HEYNE <

W0357704

DAS BUCH

Wir schreiben das Jahr 1340 Neuer Galaktischer Zeitrechnung. Eine ungeheure Gefahr bedroht Hunderte von Welten. Die Planeten sind vom Ara-Toxin befallen, eine Waffe, wie sie die Völker der Galaxis noch nie gesehen haben. Das Planetengift verwandelt bewohnte Himmelskörper in Sternenmonstren: in Mobys.
Perry Rhodan und Julian Tifflor sowie ihre Begleiterin Zhanauta Filgris versuchen verzweifelt, an ein Gegenmittel zu gelangen. Dabei besteht keinerlei Aussicht, dass die Forschungsabteilungen der Liga Freier Terraner, der Aras oder der Arkoniden in absehbarer Zeit ein solches Mittel entwickeln können. Die einzige Hoffnung liegt darin, den oder die Urheber der sich anbahnenden Katastrophe zu stellen. Von diesem muss das Gegenmittel erzwungen werden – wenn es denn überhaupt existiert!
Mit dem Gestaltwandler Synuit hatten Perry Rhodan und seine Begleiter bislang einen ebenso unberechenbaren wie skrupellosen Widersacher. Aber wer hinter dem Gestaltwandler steht, muss unvergleichlich mächtiger sein. So läuft alles auf die finale Konfrontation Rhodans mit einem Gegner zu, der wie aus den dunkelsten Albträumen der Vergangenheit auferstanden scheint. Das Schicksal ganzer Sternenreiche wird sich in dieser Konfrontation entscheiden – und zum Ort der Entscheidung wird »Der Unlichtplanet«.

DER AUTOR

Michael Marcus Thurner, geboren 1963, veröffentlichte erste Romane im Rahmen der PERRY RHODAN-Fan-Edition, bevor er im Jahr 2002 als Stammautor in die ATLAN-Serie einstieg. Seit Anfang 2005 schreibt Thurner als festes Mitglied im PERRY RHODAN-Team. Der Autor lebt und arbeitet in Wien.

Perry Rhodan

ARA-TOXIN

MICHAEL MARCUS THURNER

DER UNLICHTPLANET

Roman

Perry Rhodan » Ara-Toxin 6

Mit Bonusmaterial:
Über Albertus Magnus, seinen Roboter und einige damit zusammenhängende Gegenstände und Personen
von Claudia E. Kraszkiewicz

Originalausgabe

WILHELM HEYNE VERLAG
MÜNCHEN

Verlagsgruppe Random House FSC-DEU-0100
Das für dieses Buch verwendete
FSC-zertifizierte Papier *Holmen Book Cream*
liefert Holmen Paper, Hallstavic, Schweden.

Originalausgabe 04/08
Redaktion » Hartmut Kasper
Lektorat » Sascha Mamczak

www.heyne.de
Printed in Germany 2008
Umschlagbild » Dirk Schulz
Umschlaggestaltung » Nele Schütz Design, München
Satz » C. Schaber Datentechnik, Wels
Druck und Bindung » GGP Media GmbH, Pößneck

ISBN: 978-3-453-52391-3

Perry Rhodan

»Nein!«, schrie er und stürzte auf Julian Tifflor zu.

Er fing den Taumelnden auf, ächzte unter dem Gewicht seines Freundes und ließ ihn dann so sanft wie möglich zu Boden gleiten.

Tiff war tot.

Die Frau, die sein Freund zu lieben geglaubt hatte, war zu seiner Mörderin geworden.

Rhodan starrte Zhana an. Sie senkte die Hand und ließ die Strahlwaffe achtlos zu Boden fallen. Ihr Blick wirkte wie verschleiert. Verwirrung zeigte sich darin, Verzweiflung, Trauer.

Angst.

Perry Rhodan, der Sofortumschalter, war zu keiner Regung fähig. Vor ihm lag einer seiner ältesten Wegbegleiter.

Ein Unsterblicher. Sein Körper wirkte seltsam verdreht, die Überraschung stand ihm ins Gesicht geschrieben. Blut sickerte unter seinem Rücken hervor, verteilte sich über dem makellos sauberen Boden. Mehrere Androiden liefen herbei; sie wollten wohl die Unordnung beseitigen.

Ihr Herr hieß sie warten. Leise schnurrend kamen sie neben dem Toten zum Stillstand.

Rhodan sank auf die Knie, strich Tifflor eine der aschblonden Haarsträhnen aus dem Gesicht und schloss ihm die Augen.

Er weinte. Ohne dass er es verhindern konnte, flossen die Tränen.

Wie hatte es jemals so weit kommen können?

Der Wanderer: Gegenwart

»Töte mich! Töte mich!«, schrien die Ulkulenen.

Er tat ihnen den Gefallen, zerstampfte sie im Vorbeigehen mit den nackten Füßen und gestattete den Kristallpflanzen derart den Übergang in ihren nächsten Lebenszyklus.

Er marschierte weiter und summte eine wehmütige Melodie.

Sie war alt, uralt. Der Text war ihm entfallen. Vielleicht handelte er von Freiheit, Verrat oder der unmöglichen Liebe zu einer Androidin – er wusste es nicht mehr, und das machte ihn traurig. Irgendwann hatte er die Noten und Kadenzen von einem positronischen Musenkasten speichern lassen, um nicht auch noch ihrer verlustig zu gehen. Denn sie erinnerte ihn an die Jugend seines Lebens. An die Zeit, da er noch nicht ausgewachsen, noch nicht ausgebildet, noch nicht das Monster gewesen war, das er heute verkörperte.

Er stützte sich auf den grünen Stock, den er gar nicht brauchte und der ihm dennoch Halt gab. Das positronisch gesteuerte Wunderwerk sandte sanfte elektrische Impulsfolgen aus, die ihn stimulierten, und von Zeit zu Zeit hustete es Bilderwolken aus, die sich vor seinen Augen verfestigten und willkürlich künstlerische Szenen zeigten. Zerebralprojektionen sterbender Ingus-Wale, Leidenspassionen eines kontossimischen Flagellanten, eine Auswahl der schönsten Szenen des lange in Vergessenheit geratenen Halsballs, oder aber auch die Geburtsspuckung einer cerimischen Molekularwolke, die gegen das Zybische Sternentor brandete.

Namen. Flecken. Erinnerungsschlieren aus früheren Zeiten; nur noch bei ihm und bei niemandem sonst abgespeichert. Wenn er einstmals starb, würden diese Fragmente eines langen, langen Lebens endgültig aus diesem Universum verschwunden sein.

Er durchwanderte die Szenen, und sie zerstoben an seinem Körper, um in bedauernd jammernden Bildfunken zu Boden zu sinken. Sie glitzerten in winzigen Explosionen auf, während sie vergingen.

Er seufzte und befahl dem Stock zu schweigen. Genug gesehen, genug gehört, genug gespürt. Erinnerungen wirkten hinterlistig. Sie machten alten Schmerz wieder spürbar, brachten Dinge zurück, die vergessen bleiben sollten. In kleinen Dosen genossen, gaben sie ihm Erleichterung. In großen Mengen zerstörten sie.

Ein Robot folgte dem Wink seiner Hand und goss die Blumenbeete entlang des Weges, der sich, keinem bestimmten Muster folgend, durch das Land wand. Manche der Pflanzen bedankten sich höflich bei ihm, andere nickten ihm ehrerbietig zu. Die meisten jedoch blieben stumm. Ihr Bewusstseinsfunke war nicht stark genug ausgeprägt; trotz all der spielerischen Experimente, die er mit ihnen angestellt hatte.

Die Grenze war erreicht. Er durchdrang sie mühelos, befand sich mit einem Mal außerhalb des Kerns seines Herrschaftsgebietes.

Es war müßig, über Unterschiede zwischen der Welt da draußen und jener da drinnen nachzudenken. Er sah kaum Unterschiede. Auf dem gesamten Unlichtplaneten diente ihm alles. Die Grenze stellte lediglich eine willkürlich gezogene Markierung in seinem Sicherheitsbedürfnis dar, das er sich über all die Jahre bewahrt hatte.

Paranoia!, fuhr es ihm durch den Kopf, und lächelnd konzentrierte er sich auf den Gedanken, der ihn lange Zeit beherrscht hatte. Doch das Konzept dahinter, sein Wunsch nach Macht und darum, sie unter allen Umständen auszuweiten, verflüchtigte sich sofort wieder. Heute war nicht der passende Tag für Schwermut. Auch nicht für Hass, für Strategie oder Gier.

Heute war der Tag der Leichtigkeit. Die Zeit der Ernte, außerordentlich geeignet für jenen Moment der Reflektion, nach dem er sich schon seit Langem sehnte.

Hügelauf, hügelab trabte er. Der Stock hielt sich zurück. Er passte sich seiner Gemütslage mit einer Perfektion an, die er ihm anerzogen hatte.

Eine Kuppe war erreicht. Dahinter bot sich jener Ausblick, den er gewünscht und den dienstbare mechanische Helfer für ihn geschaffen hatten.

Die Gegend war karg, geradezu öde. Da und dort sprossen wundersame Pflanzen, leuchteten wie Edelsteine inmitten eines Kohlehaufens.

»Schönheit offenbart sich nur dann, wenn sie ausreichend präsentiert wird«, sagte er sich und wunderte sich im selben Moment über diese philosophischen Anwandlungen, die ihn stets dann überkamen, wenn der Fruchtfall des Sechzehnten Yakuva-Baumes bevorstand.

Es durfte nicht der Fünfzehnte und keinesfalls der Siebzehnte sein, dessen Ernte er beiwohnte. Die beiden trugen morsche, kaum lebensfähige Früchte. Sie plumpsten auf die Erde, leuchteten für einen Moment auf und vergingen. Die des Sechzehnten hingegen ... nun, sie waren etwas ganz Besonderes. Sie gaben ihm mehr Erleichterung als jene Memokriecher, die in seiner Heimstätte auf ihn warteten.

Roboter, die er sonst stets um sich geschart hatte, blieben auf sein Räuspern zurück. Der Stock wies ihm den Weg. Ruhig und sachlich tat er es, ganz entgegen der Programmierung der letzten Tage.

Seine Ungeduld wuchs. Er befahl dem Rasen unter seinen Füßen, ihn schneller zu tragen, ihn über sorgsam eingeimpfte Beschleunigungslamellen zum Ziel zu bringen.

Er sinnierte über einen Namen, der zu diesen Stunden der Erholung passte. Er hatte so viele verwendet. Manche waren über Epochen hinweg mit seiner Identität verschmolzen, andere waren nichts als vorbeihuschende Schatten im Lauf der Zeit gewesen.

Sollte er sich selbst gegenüber die Wahrheit bekennen? Seine ureigenen Namen annehmen?

Ja. Eine gute Idee. Dies würde ihm vielleicht den Hauch von ... Unschuld zurückgeben, die er vor langer, langer Zeit einmal gehabt hatte.

Heute würde er Aset-Radol sein.

Landschaften endeten, andere begannen. Feinst abgestimmtes Sonnenlicht sorgte für ein angenehmes, prickelndes Hitzegefühl auf seiner Haut.

Aset-Radol hieß dem Rasen, die Geschwindigkeit zu verringern. Zwillingsbäumchen umarmten einander mit paarungswilliger Bereitschaft. Das knorrige Lechzen war Ausdruck ihrer Wollust. Sie spürten die Präsenz des Sechzehnten Yakuva-Baumes, und sie freuten sich mit ihm über dessen Knospung.

Er beobachtete eine Zeit lang die beiden Bäumchen. Sie berührten einander, fuhren sich mit Blätterbüscheln über die sorgsam versteckten Schambereiche und flüsterten Liebesbekundungen, die sich mit dem Seufzen des Windes gleich darauf wieder verloren.

Der Augenblick brach. Ja. Er brach. Wie ein dürrer, toter Ast im Sturm. Die Wirkung des Yakuva-Baums ging verloren. Der Wind hatte sich gedreht.

Neuerlich fühlte sich Aset-Radol von innerer Unruhe und Sehnsucht gepackt. Er beendete den Rasentransport und schritt nun wieder selbst aus. Seine freie Hand streichelte über hoch stehende, noch niemals von einer Erntemaschine gepackte Gräser. Er fasste nach einer türkis schimmernden Ähre, ließ vom Stock ihre innere Zusammensetzung überprüfen und schob sie sich dann zwischen die Zähne.

Neben einem fröhlich sprudelnden Bach ging es forsch bergauf. Aset-Radol machte mit wachsender Vorfreude Schritt um Schritt. Er meinte, das aufgeregte Geschnatter des Yakuva-Baums bereits hören zu können. Er befand sich wahrscheinlich in der nächsten Niederung. Aset-Radol hatte seine mechanischen Beobachter angewiesen, den Baum niemals zu beobachten und ihm jegliche Freiheit zu lassen. Er war äußerst labil; er warf nur dann Früchte, wenn er mit sich und seiner Umwelt zufrieden war.

Die Kuppe war erreicht. Drei Felsen lagen da, ineinander verknäult und verschmolzen. Hatte er ihnen irgendwann Leben eingehaucht und beobachtet, was sie miteinander anfingen? Ob sie, ähnlich wie er, mit ihrer Langlebigkeit zu kämpfen hatten? Aset-Radol wusste es nicht mehr.

Da war der Yakuva-Baum.

An der schmalsten Stelle des tief eingekerbten Tals hatte er seine Wurzeln geschlagen. Er überdeckte alles in seiner Umgebung. Bei aller Freundlichkeit, die von ihm ausging, wirkte er aufgrund seiner Größe doch auch zerstörerisch auf das, was in seinem Umfeld zu gedeihen versuchte. Sonnenstrahlen fächerten über seinen Wipfel hinweg, der eifrig pumpende Stamm lag im tiefen Schatten. Er sog Wasser aus dem nahen Gewässer, das hier den Kräften der Schwerkraft nicht gehorchte. Es floss hügelan und hügelab; so, wie es die andromorphen Landschaftswärter auf seinen Wunsch hin irgendwann festgelegt hatten.

Aset-Radol atmete tief ein, bevor er den Abstieg begann. Mit sicherem Tritt und ohne Hilfe des Stocks glitt er hinab. Da und dort riss er ein Büschel Gras aus. Dressierte Käfer würden die Narben binnen kurzer Zeit repariert haben – wenn er es denn wollte.

Nun, diese Entscheidung würde er morgen treffen. Nach seiner Rückkehr.

Je weiter er hinabstieg, desto kühler wurde es. Der Schatten des Yakuva-Baums erzeugte eine besondere Kälte, die man angesichts dieses wundersamen Geschöpfs nicht erwartete. Keuchend langte er in der Kerbe des Tals an. Die viele Bewegung war ungewohnt, und deshalb umso ... schöner für Aset-Radol. Er fühlte sich wohl.

Er beugte sich hinab, schöpfte Wasser und trank in ruhigen Schlucken.

Es schmeckte köstlich.

Sein Spiegelbild war nichtssagend. Es zeigte einen Mann, nicht jung, nicht alt, mit leuchtend blauen Augen, hoher Stirn und einem schmalen, spröden Mund. Eine Narbe zog sich quer über die rechte Wange. Er wusste nicht, woher er sie hatte, ob sie künstlich oder tatsächlich zugefügt war.

Was spielte es schon für eine Rolle, wie er aussah? Das körperliche Bewusstsein hatte er längst abgelegt, profane Dinge wie Eitelkeit, Scham oder Dünkel waren ihm fremd.

Aset-Radol richtete sich auf und wandte sich endlich dem Baum zu. Ein angenehmer Schauder rann ihm über den Rücken. Er ließ es geschehen, einfach so. Beherrschung schien ihm hier, an diesem heiligen Ort, überaus falsch.

»Du kennst mich?«, fragte er leise und mit einem Anflug von Besorgnis. Seine Stimme hatte, wie er interessiert feststellte, einen vollen, dunklen Klang. Sie spiegelte nicht jene Angst wider, die er plötzlich empfand.

Keine Antwort.

»Ich war bereits zur letzten Erntezeit bei dir. Bei der davor, und auch im Jahr zuvor.« Ihm schauderte. Sollte erneut passieren, was ihm vor vier Jahren geschehen war, als ihn der Yakuva-Baum vertrieben und ihn nicht für würdig empfunden hatte, dem Augenblick des Fruchtfalls beizuwohnen?

Ein Ast neigte sich zu ihm herab. Prallvolle Früchtezapfen streichelten über sein Gesicht. Er konnte das beginnende Leben darin spüren.

Die Prüfung dauerte wenige Augenblicke. Dann zog sich der Ast würdevoll zurück. Seine silberglänzenden Blätter klingelten etwas, das eine Melodie sein mochte.

Der Baum akzeptierte ihn. Er durfte näher treten, sich im Schatten des borkigen Stammes einen Platz suchen, um von dort aus den Fruchtfall mitzuerleben.

Er war ein geselliger Baum. Einer, dem auch der Humor nicht fehlte und der sich über jede Hilfe zur Erntezeit freute. Und helfen – das wollte Aset-Radol in der Tat. Denn die Gegenleistung war mehr als lohnend.

Er deaktivierte den Stock und legte ihn bedächtig zu Boden. Der positronische Wundergeist darin seufzte leise, fast ein wenig empört. Aset-Radol ignorierte die angedeutete Kritik seines Helfers. Metallische Gerätschaften, hyperenergetische Impulswellen und künstlich erschaffenes Leben hatten an diesem sakrosankten Ort nichts zu suchen.

Er stellte die Schuhe sorgfältig beiseite und zog Hemd, Hose und Unterwäsche aus. Lediglich den Schmuck, den er um Stirn, Hals und die Arme trug, behielt er am Körper. So wie immer. Nacktheit erzeugte keinerlei Schamgefühl in ihm. Doch der glitzernde Tand, wertvolle und wertlose Stücke, erzeugten ein beruhigendes Gefühl.

Der Boden war trotz des Schattens überraschend warm. Aset-Radol tastete über die dunkle Erde und suchte nach einer geeigneten Stelle, an der er sich ausbreiten konnte.

Da! Unter seinen Fingern spürte er das Pulsieren einer besonders starken Wurzel. Sie pumpte unablässig Wasser in den Stamm, von dort weiter in das weitläufig vernetzte System der Äste, der Blätter und des zuckenden Fruchtfleisches.

Er legte sich auf den Rücken und streckte die Arme weit aus. Augenblicklich machten sich Hunderte, Tausende von Insekten über seinen Körper her. Sie zwickten und zwackten, wollten das ungewohnte Hindernis vertreiben. Aset-Radol kümmerte sich nicht darum, und irgendwann gaben die Tierchen auf. Sie akzeptierten ihn als das, was er momentan war. Ein lebender Stein, der sich an der Nähe des wundersamsten Geschöpfs labte, das er kannte.

Ein Knall tönte von der Rückseite des Baums. Er klang dezent, hohl ... und wunderschön.

Der Fruchtfall hatte begonnen.

Aset-Radol durchwühlte die lehmige Erde. Er fühlte die sich steigernde Erregung des Yakuva-Baums, die Anzeichen erheblicher Anstrengung und die freudige Erwartung, die vom komplizierten Geflecht dieses Mischwesens getragen wurde, vom winzigsten Wurzelfaden bis hinauf zur Spitze des Giganten. Der Baum genoss seinen Fruchtfall und ließ Aset-Radol seine Glücksgefühle spüren.

Eine zweite Geburtsschote platzte. Ein erschrockenes Piepsen folgte, irgendwo hoch oben, im Laubwerk des Baumes verborgen.

Rascheln. Gepolter. Das Knacken eines dünnen Astes. Ein weiterer Laut, der Furcht ausdrücken mochte. Dann plumpste die Frucht wenige Meter neben Aset-Radol zu Boden.

Er drehte sich zur Seite und blickte auf das seltsame Geschöpf. Es ähnelte einer Wurzel mit ineinander verschlungenen Strängen. Aus dem breiten Kopfteil ragten widerstandsfähige grüne Grashaare; darunter befanden sich rudimentäre Sinnesorgane, hinter einem orangem Facetten-Geflecht verborgen. Dünne Fäden an der Unterseite des kleinen Leibs zuckten hilflos durch die Luft, bis sie mit der Erde in Berührung kamen und sich in den Untergrund bohrten. Ein wohliges Grunzen erklang, von keinen sichtbaren Sprechinstrumenten erzeugt. Die Yakuva-Früchte hatten keinen Mund, keinen Gaumen, keine Zungen, keine Lungen. Sie erzeugten *Sprache*, indem sie die feinen Körperfasern und -stränge gegeneinanderrieben. Und sie würden rasch lernen, sich gedanklich mitzuteilen.

»Wie geht es dir, mein Freund?«, fragte Aset-Radol. Er stützte das Kinn auf beide Hände. »Wie war deine Geburt?«

Die Frucht kicherte. Ihr schmaler Körper zitterte heftig. Vorsichtig richtete sie das dünne Blattgewirr, das ihren »Kopf« zierte, nach ihm aus. Nach einigen Augenblicken des Überlegens traute sie sich näher an Aset-Radol heran. Mit staksigen Schritten schob sie den Wurzelkörper auf ihn zu und wühlte sich eine Armlänge von ihm entfernt neuerlich ins Erdreich.

»Du bist ein ganz Neugieriger, nicht wahr?« Er lächelte. »Die Frühchen deines Stammbaums sind immer besonders aufgeweckt; das lehrt mich die Erfahrung. Schoten, die erst später platzen, bleiben scheu und in sich gekehrt, aber nichtsdestotrotz freundlich.«

Plop. Plop. Plop.

Eine ganze Serie von Knallen ertönte nun; ein halbes Dutzend weiterer Früchte purzelte aus dem Wipfel des Yakuva-Baums herab. Manche von ihnen wirkten erschrocken, andere verärgert darüber, dass sie die schützende Schotenhaut verlassen mussten. Sie hatten ihre

Individualität längst entwickelt; genährt durch die Träume, die ihnen ihr Elter während des langen Reifeprozesses vermittelt hatte.

»Kommt zu mir, meine Kleinen!«, sagte Aset-Radol mit möglichst ruhiger Stimme. »Ich füttere euch ...«

Sie waren einfache, einfältige Geschöpfe. Solche, die in den Tag hinein lebten und nicht besonders viel Wert auf tiefschürfende Gespräche legten. Aber sie besaßen Qualitäten, die er sonst nirgendwo zuvor gefunden und erlebt hatte.

Im Sekundentakt platzten nun die reifen Schoten. Dutzende, Hunderte Früchte regneten herab. Vereinzeltes Kichern wurde zu einem Chor einander in der Lautstärke übertönender ... Kinder.

Ja. Kinder waren sie alle mitsamt. Unbedarfte, naive Wesen, die noch nichts von der Welt ringsum wussten. Ihre Köpfe waren leer ...

... und sie lechzten danach, sich Wissen anzueignen. Ihrem kurzen, kurzen Zwischenleben als Suchwurzel einen Sinn zu geben und die Erfahrungen, die andere mit ihnen zu teilen bereit waren, zu den ihren zu machen.

Aset-Radol wartete bereitwillig, bis der letzte Knall verklungen, das letzte Schotenkind zu Boden geplumpst war und sich in seiner unmittelbaren Nähe verwurzelt hatte. Da saßen sie: die feinen, erdigen Körperhärchen erwartungsvoll auf ihn ausgerichtet, mit wie aus Holz gemaserten Facettenaugen, in denen keine Gefühlsregung zu erkennen war.

Was sollte er ihnen dieses Jahr erzählen? Was würde die Kleinen interessieren und sie so lange wie möglich an ihn binden, bevor sie aufbrachen und versuchten, sich woanders eine neue Heimstätte zu suchen? Eines oder zwei der Schotenkinder dieser Ernte würden es schaffen, irgendwo Wurzeln zu schlagen. Ein Zweiundvierzigster Yakuva mochte entstehen, vielleicht sogar ein Dreiundvierzigster. Sie brauchten ein ausreichendes Rüstzeug an Gedanken und Ideen, um die harte Zeit des Heranwachsens und späterer Elternschaft zu meistern.

Aset-Radol massierte seine Schläfen und dachte nach. Trotz des häufigen Einsatzes der Memokriecher verbargen sich unendlich viele Geschichten in seinem Kopf. Manche waren wahr, andere entsprangen seiner Fantasie oder einem reichhaltigen Fundus an Erzählungen, die er selbst irgendwann zugetragen bekommen hatte.

Und dann war da noch ... seine Lebensgeschichte. Sie begann in ferner Vergangenheit, und sie war noch nicht zu Ende geschrieben. Sie hatte Tiefgang und Schwere, und sie beinhaltete alle Ingredienzien, die den Yakuva-Schoten auf ihrem künftigen Weg hilfreich sein würde.

Aset-Radol sammelte seine Gedanken und bemühte sich, sie in eine Form zu bringen. Es fiel ihm schwer, die passende Struktur zu schaffen. Dinge, die in der Gegenwart geschahen, ließen andere, die vor langer Zeit geschehen waren, in neuem Licht erscheinen. Pläne, die er irgendwann gehegt hatte, entfalteten sich erst jetzt oder in der Zukunft. Manches erwies sich als Irrtum, anderes als schicksalsbestimmt.

»Es war einmal«, sagte er leise, sich der Aufmerksamkeit der Yakuva-Früchte bewusst, »es war einmal ein Mann namens Aset-Radol, und er führte den Titel Meister der Insel ...«

Samtscharf

Samtscharf wühlte sich durch das Chaos. Er suchte nach seiner Mannschwester. Nach dem einzigen ihm verbliebenen Artgenossen, der ihm Hilfe gewähren konnte.

Er fühlte sich verzweifelt und einsam.

Er verstand nicht, was geschehen war. Er und die anderen Zatysken hatten die üblichen Handlangerdienste geleistet und wie immer den Spott von Mehandor und Tefrodern geduldig ertragen. Seit dreidreiviertel Generationen arbeiteten sie im Mittelteil der Trümmerbrücke. Als Lohn hatten sie sich Honig und Plastgranulat ausbedungen. Das eine diente als Nahrung, das andere horteten sie in mühsam gebackenen Dungschüsseln, um das Material irgendwann an die Außenhaut der Raumstation zu pfropfen und mit körpereigenem Transaft zu verfestigen. Sie wollten ihre eigene Stadt errichten. Exterritoriales Gebiet, das ihnen ganz allein gehörte und in dem sie ihre natürlichen Lebensbedingungen vorfanden: Kälte, ganz, ganz dünne Atemluft, geringe Schwerkraft. Nicht so viel Hitze und dicke Luft, die ihre Bewegungen plump und müde erscheinen ließ.

Mochten ihre Arbeitspartner noch so viel höhnen – sie verfolgten dieses Ziel mit aller Verve. Schließlich hatte die Inkarnierte Interpretatorin Vorheriger Generationen davon geträumt. Die Frauschwester, die an Bord des Trümmerstegs den hoch angesehenen Job als Kontrolleurin der Toilettenroboter innehatte, galt als weises Wesen und als letztgültige Instanz, wenn es um Traumdeutung ging.

Samtscharf schob die Erinnerungen an ein Früher, die ihn in einem feinen Gedankenschleier rings um seinen Bohrkopf umschwirrten, mühsam beiseite. Der Traum der Zatysken war zerbrochen. Die Inkarnierte Interpretatorin Vorheriger Generationen hatte sich geirrt. Sie war tot. Ihr Gedankengespinst war tot. Sein eigener Familienpool war so gut wie ausgerottet.

»Borkgründ!«, rief er den Namen seiner Mannschwester, »wo wurzelst du?«

Samtscharf stolperte über einen Metallträger, der die Decke durchbrochen hatte und aus der oberen Ebene herabgestürzt war. Es roch nach zerstörter Statik. Der innere Zusammenhang der Station, in der er große Teile seines zweitinkarnierten Lebens zugebracht hatte, drohte zu zerfließen. Energetische Muster stützten die Wände und Decken ab, aber sie schmeckten so schlecht, schlecht, schlecht …

Einer seiner fragilen Außenstränge weigerte sich, mit ihm gemeinsam weiter zu existieren. Er wollte ausgerechnet jetzt sein eigenes inkarniertes Leben begründen. Er brach sich los und versuchte, inmitten von Schutt und Staub zu geburtswurzeln. Der dumme, dumme Knochen, der …

Die Station war in drei Teile gesprengt worden. Unglaubliche Schäden waren entstanden. Reparaturen mussten durchgeführt werden, die mehrere Inkarnationsgenerationen in Anspruch nehmen würden. Aber wie sollten die Zatysken diese Aufgabe erfüllen, wenn er Borkgründ nicht fand? Er brauchte ihn, um notwendigen Gebär-Dung zu entwickeln.

Warum hatten die Tefroder und Mehandor sie nicht davor gewarnt, dass Schlechtgeruch und Zerstörung über die Heimat kommen würde?

Ganz klar: Sie scherten sich nicht um sein Volk. Samtscharf wusste, warum. Für die Zweibeiner waren die Zatysken krude Gestalten. Kein Geschwester oder Gebruder sah aus wie der andere. Für die Wenigglieder waren sie ein unsortierter Haufen seltsamer Lebewesen. Darüber hinaus vollführten sie uralte, seltsam anmutende Rituale, die ihre Inkarnationen ihnen auftrugen und die auf manche Zweibeiner bedrohlich wirkten. In deren Falschfarben sehenden Augen waren Samtscharf und die anderen Angehörigen seines Volkes billige Kräfte, die die niedrigsten Arbeiten an Bord der Trümmerbrücke erledigten.

Die Zweibeiner hatten kein Interesse am Alten. An den Gestorbenen. Sie vergaßen Vergangenes, sobald es verrottete, und forschten nach Dingen, die vor ihnen lagen. Mit ihren stumpfen Sinnen wollten sie die Zukunft aufspüren und gestalten, anstatt ihr Heil im Wissen der Altvorderen zu finden.

»Borkgründ!«, rief er noch einmal. Er ließ seine langen Forschhände die Wände des Gangs entlanggleiten und suchte nach Lebenszeichen der Mannschwester.

Da! Jenseits des Trümmerfeldes, das sich über die Breite des Gangs auftürmte, hatte er sich verwurzelt und rang verzweifelt nach dem Festhalten in der Gegenwart.

Ein metallstinkendes Tor verwehrte Samtscharf ein Weiterkommen. Es grenzte die Endstücke des sogenannten Trümmerstegs vom Leerraum ab. Die Tefroder mochten die Luftlosigkeit und die Kälte nicht besonders. Sie schützten sich mit dicken Anzügen dagegen und bewegten sich stattdessen äußerst zielgerichtet in der hier herrschenden Atmosphäre. Sie schienen die Dicke der Luft und die unerträgliche Hitze geradezu zu lieben.

Samtscharf suchte nach einem Schalter, mit dem er die Energiemauer deaktivieren konnte. Für alles hier gab es Notschalter. Mechanische Irgendwasse, die man bewegen musste, um etwas zu bewirken. Dabei wusste jedes Neuinkarnierte seines Volkes, dass es wesentlich einfacher war, Dinge erst bei Bedarf zu erzeugen. Aber die Zweibeiner wollten nicht auf die Zatysken hören. Sie schufen all ihr Zeugs im Vorhinein. Weil sie voraus- und nicht hinterherdachten. Dumme, dumme Zweibeiner ...

Er fand den Schalter. Er funktionierte nicht.

Sehr wohl aber das daneben befindliche kleine Rad, das er, wie er gelernt hatte, im Notfall betätigen musste. Das daran hängende Sicherheitszeugs protestierte nicht gegen seine Manipulation. Viel, sehr viel musste defekt geworden sein, doch Samtscharf kümmerte sich nicht darum.

Das Tor öffnete sich. Die Kälte kam. Sie war sehr intensiv. Auch die Luft dünnte immer mehr aus. Selbst seine Forschhände krachten und knackten unter den ungewohnten Bedingungen. Samtscharf verschloss alle Atemöffnungen und kroch über das Trümmerfeld, das ihm den Weg versperrte. Zum Glück ließen ihn keine weiteren Außenknochen im Stich. Er folgte der allmählich versiegenden Spur der Mannschwester. Durfte man seiner Geruchswolke Glauben schenken, dann wurde er allmählich zerquetscht. Teile des Körpers waren zudem abgetrennt worden, und er hatte längst damit begonnen, seinen Geist zu entrücken. Er rief seine Vorfahren und bat sie um das Recht, in ihre Kreise aufgenommen zu werden.

Die Spur wurde dicker. Sämiger. Borkgründ befand sich zwei oder drei Körperlängen voraus. Doch ab hier gab es kein Weiterkommen. Die Zweibeiner legten zu viel Wert auf Dinge. All das Zeugs war über die Breite des Gangs zusammengebrochen und miteinander verschmolzen. Metallstreben, Plastplatten, ultrahochverdichtete Außenwandungen, Lagerwaren aller Art. Große, widerliche Hitze musste vor Kurzem hier getobt haben. Inmitten der thermalen Katastrophe, die wohl mit der Absprengung eines Seitenteils der Trümmerbrücke einhergegangen war, lag Borkgründ. Er lamentierte, in der extrem verdünnten Luft kaum verständlich, über seine erfolglose Existenz. Seine Ahnenreihe würde hier und jetzt enden, seine Vergangenheit sterben.

»Kannst du mich hören, schmecken, riechen?«, rief Samtscharf mit aller Kraft. Die ungewohnte, nichtsdestotrotz angenehme Kälte verzerrte sein Wahrnehmungsvermögen.

»Bist ... du es?«, knarzte die Mannschwester. »Mein Brutbruder?«

»Ja.« Er suchte nach einer Lücke im Labyrinth ineinander verbackener Dinge.

»Wo sind ... die anderen? Ich kann sie nicht mehr riechen.«

»Verbrannt. Zerquetscht. Entwurzelt. Selbst die Inkarnierte Interpretatorin hat den Tod gefunden. Glücklicherweise in ihren geliebten Toilettenanlagen.«

»Du allein … bist übrig?«

»Du weißt, dass ich nicht einfach so aufhören kann zu leben. Ich muss mich fortpflanzen. Mit deiner Hilfe.«

»Ich kann dir nicht mehr … helfen. Meine Altinkarnationen haben mich bereits besucht und mich gebeten, mich zu ihnen zu gesellen. Ich werde wohl gleich aufhören zu leben.«

»Nein!« Schockstarre drohte seinen Körper zu befallen. »Ich brauche dich. Meine Aufgabe ist erst beendet, wenn ich mich vermehrt und eine weitere Generation auf den Weg geschickt habe.«

»Du bist und bleibst … ein ewiger Zukunftsschauer«, meinte Borkgründ. »Die Zweibeiner haben dich verdorben.«

»Das stimmt nicht«, widersprach Samtscharf. »Ich bin der Hohepriester der Geburten. Mir allein ist es bestimmt, das gebündelte Wissen der Zatysken an die nächste Generation weiterzureichen. Damit diese auf unsere Leistungen zurückschaut und uns zu schätzen lernt.«

Seine Forschhände schlängelten sich durch das Gewirr der zerstörten Dinge. Mehrmals musste er umkehren und von Neuem beginnen. Doch irgendwann spürte er …

… Borkgründs zerstörten, hinfälligen Leib.

Er steckte fest. Teile des Körpers waren zerbrochen und zersplittert. Nur noch ein Drittel seines Oberteils und ein Arm waren intakt. Kein Wunder, dass seine Mannschwester beschlossen hatte, mit dem Leben aufzuhören.

»Ich brauche einen einzigen Triebling«, sagte Samtscharf. Er streichelte sanft über die Reste des anderen. »Das darfst du mir nicht verwehren.«

»Damit du eine neue Generation von Zatysken in der Trümmerbrücke aufwurzeln lässt?«, fragte Borkgründ. »Damit unsere Vordergeborenen all die Demütigungen genauso hinnehmen, wie wir es getan haben? Mit der vagen Hoffnung auf eine vielleicht glücklichere Existenz in einer selbst errichteten Kältestadt? Siehst du nicht ein, dass uns die Mehandor und Tefroder betrogen haben? Niemals werden sie sich um unser Wohl kümmern.«

»Alles wird gut«, hörte sich Samtscharf sagen.

Eine Pause entstand, in der die Bewegungen seiner Mannschwester immer weniger wurden. Gerüche schickte sie schon längst keine mehr aus.

»Meine Altinkarnierten meinen, dass ich ... dir unter einer Bedingung helfen soll.«

»Und die wäre?«

»Such dir einen ... neuen Platz, um zu wurzeln. Weit weg von allen Zweibeinern. Einen Ort, der jenem ... ähnelt, von dem wir einstmals auszogen, der Faszination der Großen Kälte folgend. Erst dort darfst du ... uns vermehren. Versprichst du mir das?«

»Wie soll ich das bloß schaffen? Deine Altinkarnierten fordern Unmögliches von mir!« Samtscharf war ganz auf sich gestellt. Die Wesen, die sich noch an Bord dieses Trümmerrests befanden, würden keinerlei Verständnis für seine Bitte zeigen. Noch niemals hatten sie sich für die Wünsche und Belange der Zatysken interessiert.

»Ich verspreche es«, sagte er dennoch und fühlte, wie ihm die Hauptwurzeln schwer wurden.

»Dann sei es so.« Borkgründs letzter verbliebener Arm führte Samtscharfs Hand zu einer vernarbten Stelle an seinem verunstalteten Restkörper. Er durchbrach das sperrige Gewebe des Leibes, griff in das Innere, zog einen winzigen Trieb hervor und reichte ihn weiter.

»Dies hier soll dein ... neuer Brutbruder sein. Er trägt meine Erinnerungen in sich, und die unserer gemeinsamen ... Vorfahren. Er wird dir helfen, die Geburtswurzelung zu überstehen. Achte auf ihn ... und erfülle ... dein Versprechen.«

Borkgründs Leib zog sich zusammen. Ein letztes, hauchdünnes Ächzen erklang. Der Geist verließ den Körper. Die Ahnen fingen ihn ein und betteten ihn zwischen sich. Die Mannschwester würde lernen müssen, mit ihrer neuen Existenz zurechtzukommen.

Samtscharf fühlte, wie glücklich seine Mannschwester nun war.

Und er?

Er würde die Reste des Trümmerstegs durchwandern und nach einem neuen Ort suchen müssen, an dem er dem Wunsch des verstorbenen Zatysken entsprechen konnte. Nur dann würde sich der kleine Trieb in seiner Forschhand öffnen und ihm neues Leben schenken.

Aset-Radol: Vergangenheit

Die Vergangenheit war ein Ort, an dem sich Aset-Radol niemals wohlgefühlt hatte. All die Zeitreisen und Zeitschleifen, die den Meistern halfen, ihre Machtbefugnisse einzuzementieren – beziehungsweise erst einmal zu schaffen! –, brachten Risiken mit sich, über deren Konsequenzen er nicht nachdenken wollte.

Doch es geschah, weil es geschehen musste. Oder weil es schon geschehen war. Faktor I ließ ihn und die anderen darüber im Unklaren. Er wahrte seine Geheimnisse, blieb rätselhaft und bestimmte in weitestem Sinne über Aset-Radols Leben.

Doch wog dieser vergleichsweise geringe Preis seine unglaublichen Machtbefugnisse nicht bei Weitem auf? Immerhin war er der angehende Herrscher über eine ganze Galaxis. Mit Trinar Molat, Miras-Etrin, Barim Nantor und den anderen gebot er über Karahol, die Große Insel.

Die Methanatmer waren besiegt und domestiziert. Andere Völker, die dem heimatlichen Volk der Tefroder den Rang als Führungselite hätten ablaufen können, waren vertrieben, vernichtet, in die Unbedeutsamkeit zurückgebombt worden ...

»Sie träumen wieder einmal«, unterbrach Proht Meyhet seine Gedanken.

»Tun wir das nicht alle?« Aset-Radol zuckte mit den Achseln.

»Zu gegebener Zeit«, sagte der – scheinbar – ältere. »Aber nicht während einer Zusammenkunft. Konzentrieren Sie sich gefälligst!«

Meyhet setzte sich an den runden, aus einer riesigen Luftwurzel getriebenen Tisch und bat Aset-Radol mit einer Handbewegung neben sich. Er war ein herrischer Mann, der die Macht in vollen Zügen genoss und mancher Eitelkeit frönte. Hinter der hohen Stirn steckte ein gut funktionierender Geist. Liebend gern beschäftigte sich Proht Meyhet mit Kampfstrategien und Waffensystemen. Trotz aller Arroganz, die er in Streitgesprächen unter Beweis stellte, war er ein vielschichtiger, manchmal unorthodoxer Denker. Zudem hatte er eine Meisterschaft darin entwickelt, Dinge und Ideen aus anderen Gesellschaften abzuschauen oder zu stehlen, um sie für das Wohl ihrer kleinen, dreizehnköpfigen Gemeinschaft einzusetzen ...

Ein durchdringender Ton kündete vom Beginn der Bildübertragung. Das Abbild zweier Galaxien, unterschiedlich groß und goldfarben, erschien auf dem Fiktivschirm. Ein fluoreszierendes Band umzog die beiden Sterneninseln. Seine seltsame Leuchtkraft faszinierte und irritierte gleichermaßen.

So wie das Wesen, das sich gleich melden würde.

»Meine treuen Vasallen«, sagte die sanfte, androgyn klingende Stimme. Sie schien aus dem virtuellen Band des Symbolbilds zu dringen. »Es freut mich, dass Sie Zeit gefunden haben, unserer Versammlung beizuwohnen.«

»Verspotten Sie uns, Faktor I?«, fragte Kolin-Uns, der wie immer mit geschlossenen Augen dasaß und mit Hingabe an seinen Fingernägeln kaute.

»Keinesfalls«, antwortete der Unbekannte. »Ich weiß um die Größe eurer Aufgaben. Eine Galaxis muss verwaltet und in unserem Sinn gesteuert werden.« Kurze Pause. »Ich bin überwiegend zufrieden mit den Fortschritten, die wir in der Großen Insel machen. Unsere Machtposition in der Zentrumsregion ist unbestritten, tefrodische Einheiten dringen in die äußeren Spiralarme vor und melden dort mit aller Vehemenz unsere Ansprüche an.« Der Unbekannte stockte für einen Augenblick. Als er weiterredete, klang seine Stimme ungeduldig und forsch. »An der Grenze zu jenen Zentrumsbereichen, die wir in Zukunft als unsere innerste Machtdomäne ansehen möchten, behindern kleinere und größere Schlachtgeplänkel seit geraumer Zeit eine raschere Ausbreitung unserer Macht ...«

»Zeit kann nun wirklich nicht das Problem sein«, warf Trinar Molat ein.

Da und dort erntete er ein belustigtes Augenzwinkern. Aset-Radol enthielt sich jeder Meinungsäußerung. Faktor I schätzte Sarkasmus nicht sonderlich.

»Unsterblichkeit allein ist kein Garant für das Erreichen unserer Ziele«, sagte ihr unbekannter Gastgeber. »Es sind unsere Kraft und unser Wille, die uns von anderen Lemurern – oder Tefrodern – unterscheiden. Das Wissen, ewig zu leben, hilft uns lediglich bei unseren Vorhaben und erlaubt uns eine Weitsichtigkeit, die anderen Wesen verwehrt bleibt. Doch Überheblichkeit oder Ignoranz können den kleinen Vorteil, den wir uns geschaffen haben, im Nu ausgleichen.«

Sie alle schwiegen.

Manche, weil sie ihre despektierlichen Gedanken für sich behalten wollten, andere, weil sie Faktor I recht gaben.

»Zurück zum Thema«, sagte Faktor I. »Im Sektor Nyamand begegnen unsere Flotten dem heftigem Widerstand abtrünniger Siedler, die einstmals von Lemuria ausgezogen sind. Ich will, dass dieser Widerstand so rasch wie möglich gebrochen wird. Unter Einsatz aller verfügbaren Mittel. Erbarmungslos. Ich will keine diplomatischen Noten, keine Verhandlungsangebote, keine Überlebenden. Ich will, dass getötet und vernichtet wird. Zerbombt die Planeten, zerstört die Raumschiffe ...«

»Das bedeutet, dass wir einen Großteil unserer Kräfte in Nyamand bündeln müssen«, warf Proht Meyhet ein. »Dadurch würden wir andernorts an Kapazitäten verlieren.«

»Es geht um die Beispielwirkung, mein guter Freund«, entgegnete Faktor I. »Wir statuieren ein Exempel und dokumentieren diesen Feldzug in aller Ausführlichkeit. Aufzeichnungen und Stimmen der Schlachten sollen in ganz Karahol verteilt, die Allmacht unserer Streitkräfte ins beste Licht gerückt werden. Mit der Macht der Bilder brechen wir den Widerstand eher als mit langwierigen politischen Installationen auf einem Planeten nach dem anderen.«

»Wir gehen ein großes Risiko ein, wenn wir so handeln«, flüsterte Nevis-Latan. Er fuhr sich nervös über die buschigen Augenbrauen, wie so oft. »Sollte irgendetwas von unseren Plänen an die Öffentlichkeit geraten, würden unsere Feinde die Gelegenheit nutzen und offenen Widerstand wagen. Womit wir mehr verloren als gewonnen hätten.«

»Wollen Sie andeuten, dass es einen Verräter unter uns gibt, der Informationen weiterreichen könnte?« Die Stimme von Faktor I klang süßlich. Sanft – und weiblich.

»So habe ich das nicht gemeint«, sagte Nevis-Latan erschrocken. Er streckte die langen, fleischigen Arme von sich, als müsste er sich gegen einen Schlag wehren. »Ich sprach lediglich von Möglichkeiten ...«

Langes Schweigen.

»Dann ist es gut, mein Bester. Der Gedanke, dass ein Abtrünniger an unserem Tisch sitzen könnte, bereitete mir für einen Augenblick Sorgen.«

Paranoia. Ihr ständiger Begleiter.

Sie konnten einander nicht vertrauen. Die Meister der Insel kannten die Tarnidentitäten der jeweils anderen. Überall sahen sie Ränkespiele, Feinde, Verschwörungen, Hinterhalte, Komplotte. Sie blieben auf Distanz und suchten in den Worten ihres Gegenübers nach Anzeichen, die Grund zur Beunruhigung geben mochten. Im weiteren Umfeld wurden Spitzel, Zeitagenten oder auch Goldene herangezogen, um möglichst unauffällig Informationen über andere Meister der Insel zu sammeln.

Doch auch ihrem eigenen Mitarbeiterstab konnten sie nicht vertrauen. Aus Selbstschutz achteten sie darauf, dass das Geheimnis der Unsterblichkeit nicht ans Tageslicht kam. Zeit ihres Lebens mussten sie sich verbergen oder Masken tragen. Das war der Preis, den sie zu zahlen hatten.

Aset-Radol seufzte leise. Sie lebten in einem Intrigengeflecht sondergleichen. Einzig Faktor I blieb davon ausgenommen. Niemand kannte seine Identität. Niemand – außer ihm …

Die Sitzung endete, nachdem weitere Fortschrittsmeldungen verglichen und die üblichen Schmeicheleien ausgetauscht worden waren. Das Bild der beiden Galaxien erlosch, die Präsenz ihres Führers ebenso.

Aset-Radol blieb während des Abschlussbanketts auf Distanz. Er trank ein Gläschen Vargin-Sekt, bediente sich der üblichen Höflichkeitsfloskeln und verabschiedete sich, so rasch es die Etikette erlaubte. Er nickte den anderen Meistern zu und begab sich augenblicklich auf sein Schiff, die INSTIN. Die kleine Station im intergalaktischen Leerraum, auf der sie sich getroffen hatten, würde unmittelbar nach dem Abflug des letzten Gastes zerstört werden. Eine übliche Vorsichtsmaßnahme nach derart heiklen Zusammenkünften.

»Wohin, Herr?«, fragte die KI des Raumers.

»Zurück nach Tefrod«, ordnete Aset-Radol an. »Ins Refugium. So rasch wie möglich.«

Das Refugium … die Burg eines Neureichen, auf den höchsten Gipfel des Simplon-Gebirges auf dem Rityon-Kontinent gepfropft. Protzig leuchtete Aset-Radols Heimstatt im Licht der untergehenden Sonne. Unzählige mit einer Stahl- und Chromschicht überzogene Felsen warfen genau bemessene Reflektionen in den Himmel, die sich je nach Tageszeit über den Horizont verschoben. Sie bildeten ein tiefenperspektivisches Lichtergewirr, dessen Deutung seine Landsleute seit einer ganzen Generation in Atem hielt.

Aset-Radol lächelte. Die vielen Mysterien, mit denen er sich umgab, lenkten vom eigentlichen Rätsel seiner Person ab. Medien, Meinungsmacher, Philosophen und Populärwissenschaftler beschränkten sich bei ihren Lesarten seines Charakters auf das, was er zu sein vorgab: ein sagenhaft begüterter, dandyhafter Clown, der langbeinige und vollbusige Liebhaberinnen bevorzugte und sich bei seinen wenigen öffentlichen Auftritten reichlich ungeschickt benahm. Die Rolle zählte, die Person wurde kaum beachtet. Man nannte ihn »den Narr vom Berg«, oder noch despektierlicher »den alten Kindskopf«.

Der Gleiter glitt durch die Einflugschneise in den Berg. Angenehme Dunkelheit umfing Aset-Radol. Der Hausservo ließ wie immer eine neulemurische Melodie als Willkommensgruß anspielen. Die »Sonate purpurnen Glücks«, interpretiert vom genialen und erst vor Kurzem verstorbenen Zimbelgeiger Kosim-Tron. Variation 52 aus dem Soon-Verzeichnis des größten Komponisten des letzten Jahrtausends, Ganken Aroim.

Aset-Radol summte leise die eingängige Hauptmelodie des zweiten Satzes mit, während der Gleiter in der Parkbucht inmitten seines kleinen Grottensees anlegte. Ein Triumphchor setzte ein, mehrere Hundert Stimmen stark. Mit Inbrunst sangen die Frauen und Männer, sanft unterstützt von der kleinen Narwal-Schule, die er sich als besonderen Spleen in den unteren Bereichen seines Refugiums leistete. Die Tiere, den Mythen nach aus der Alten Heimat stammend, waren genetisch modifiziert. Sie hatten ein Repertoire von mehr als 50 Melodien, zu denen sie in mehreren Tonhöhen ihren Gesang beitragen konnten.

»Genug!«, befahl Aset-Radol.

Die Musik verstummte. Er deaktivierte den Energieschutz und stieg auf den schwankenden Landeponton. Die Holografie einer riesigen Menschenmasse füllte die Höhle, und Applaus brandete von allen Seiten auf. Die Schimären verschwanden, als er den festen Höhlenboden erreicht hatte. Aset-Radol war heute nicht in der Stimmung für hingebungsvolle Begeisterung, zumal er dieses Bild der Eitelkeit ohnehin nur für seine wenigen Gäste aufrechterhielt.

»Ist Kimte anwesend?«, fragte er.

»Ja, Herr.« Der Hausservo sprach mit der sonoren Stimme seines derzeitigen Lieblingsschauspielers. »Sie befindet sich in den Katarakten der Nordtürme.«

Wieder einmal. Seine derzeitige Favoritin gab sich den Abenteuern einer Fantasiewelt hin, die er vor längerer Zeit hatte errichten lassen.

»Bildverbindung!«, befahl er.

Der Antigrav trug ihn in die oberste Gebäudeebene. Dabei entstand ein Holo und trieb vor ihm her; es zeigte eine windumtoste Felslandschaft, durch die sich ein schäumender Fluss wand. Kimte wirbelte in einem Gebläseanzug das reißende Gewässer abwärts. Sie juchzte und kreischte vor Vergnügen. Ihr langes, dunkles Haar umrahmte das blasse Puppengesicht dieser Fleisch gewordenen Schönheit.

»Simulation beenden!«, befahl Aset-Radol leise. Augenblicklich beruhigte sich das Wasser. Lediglich vereinzelte Schaumkronen blieben auf der dunklen Oberfläche hängen.

Kimte blickte sich verärgert, irritiert um und platschte empört mit beiden Händen ins Wasser. Erst, als er sein Holo in ihre Nähe projizierte, beruhigte sie sich.

»Du bist zu Hause?« Sie zeigte ein makelloses, eingeübtes Lächeln. »Wie schön! Verzeih mir, dass ich deine Ankunft nicht bemerkt habe …«

»Hast du vergessen, dass wir heute Gäste erwarten?«, fragte Aset-Radol knapp, ohne auf ihre Worte einzugehen.

»Keinesfalls, Liebling. Aber ich dachte, dass die Party erst später losgeht …«

»Ich habe dich nicht angewiesen zu denken, Schatz. Und es handelt sich keinesfalls um eine Party, sondern um ein Zusammentreffen mit Personen des öffentlichen Lebens, die mir sehr wichtig sind.«

»Du bist heute so … so streng.« Kimte schüttelte die schulterlangen Haare aus und stieg aus dem Wasser. Der Gebläseanzug sank in sich zusammen und gab ihren nackten, makellosen Körper frei. »Benötigst du meine Gesellschaft?«

»Nein. Mir ist nicht danach. Mach dich hübsch und sorge dafür, dass am Südturm alles für das Diner bereitgestellt wird.«

Aset-Radol beendete die Bildübertragung. Seiner Geliebten gegenüber benahm er sich meist als übellauniger Tyrann, rüpelhaft und fordernd. Eine weitere Rolle, die er sich angeeignet hatte, um seine wahre Identität zu verschleiern.

Der Meister betrat sein Schlafzimmer. Er legte die graue, muffige Uniform ab. Die Zimmerdecke verschwand auf seine Anweisung hin. Er genoss die letzten Sonnenstrahlen, die den riesigen Raum in rotes Licht tauchten. Das Krächzen eines einsamen, nachtjagenden Alberassen erklang hoch im Himmel. Die Luft hier in 2000 Metern Höhe über dem Meeresspiegel war frisch und dünn;

so, wie er es liebte. Zum Abendessen würde er, der Jahreszeit angepasst, die kleinen Heizsonnen aktivieren müssen.

Seit Langem hatte er keine Gäste mehr im Refugium begrüßt. Um so mehr ärgerte ihn die Nachlässigkeit Kimtes. Er würde seine sündteure Gespielin bei nächster Gelegenheit abservieren. Ein wenig Aufregung um sein Privatleben schadete nichts. Die Frau würde sich zweifelsfrei an die Öffentlichkeit wenden, Schmerzensgeld wegen seelischer Grausamkeit fordern und eine Biografie schreiben, die sein verkrüppeltes Seelenleben thematisierte. Von seiner Vorliebe für biomechanische Gespielinnen würde ebenso die Rede sein wie von all den Albernheiten, die Aset-Radol bewusst und demonstrativ in Kimtes Gegenwart getrieben hatte. Seine Clownereien, mit denen er sie unterhielt, sein tollpatschiges Verhalten im Zwischenmenschlichen, die Angebereien im sportlichen Bereich, die meist in einem Fiasko endeten.

Niemand würde sich wundern, wenn er sich nach dem Erscheinen ihrer unautorisierten Holo-Biografie und einer Abschlagszahlung in Milliardenhöhe in ein Eremitendasein zurückzog und, nachdem man ihn 40 oder 50 Jahre lang nicht zu Gesicht bekommen hatte, vereinsamt und verbittert »starb«. Während dieser Epoche musste er seine Gelder und Besitztümer sorgfältig getarnt verschieben und eine neue Scheinidentität aufbauen, die vorzugsweise von einer der Randwelten des Großen Imperiums stammte. Ein wiedergeborener Aset-Radol würde in die Scheinwerfer des Rampenlichts treten; selbstverständlich unter einem anderen Namen.

Er genoss die prickelnde Kälte des Duschwassers, das aus der chemisch zusammengemixten Imitation einer Regenwolke wenige Meter über ihm stammte. Der Komfort an Bord der INSTIN war perfekt an seine Bedürfnisse angepasst; doch nichts konnte die Ruhe dieses Ortes ersetzen.

Ein Signal wies ihn darauf hin, dass ein Gleiter mit den ersten Gästen im Anflug war. Mehr als zwanzig Personen waren es; honorige Geschäftsleute und Politiker des tefrodischen Tamrats. Sie alle kümmerten ihn nicht, waren bloß Staffage in diesem überaus reizvollen Zusammentreffen mit der frisch erkorenen Wissenschaftsrätin des Reiches namens Silby-Ohnet.

Der Name war ohne Bedeutung. Wichtig war die Person, die dahinterstand: Faktor I, Mirona Thetin.

»Es ist mir eine besondere Ehre«, sagte Aset-Radol und verbeugte sich vor der Frau. »Ich habe nur Gutes von Ihnen gehört.«

»Sie sind nicht der Erste, der mir schmeichelt«, antwortete Silby-Ohnet unbeeindruckt. Sie nippte am Fruchtcocktail und fügte schmallippig hinzu: »Immerhin: Noch schmeichelt man mir. Doch das politische Barometer ist kein besonders zuverlässiges Messinstrument. Ein kleiner Fehler, eine falsche Entscheidung, und schon ist es um meine Karriere geschehen.«

»Ich habe mich aus gutem Grund niemals in politische Angelegenheiten eingemischt.« Aset-Radol lachte, obwohl es keinerlei Grund dafür gab. »Mich interessiert lediglich, ob die Geschäfte laufen – und auch das nur am Rande. Warum sollte ich sonst ganze Heerscharen an sündteuren Vermögensverwaltern und Managern bezahlen?«

Jene Anwesenden, die ihn und Faktor I umringten, lächelten gequält; sie entfernten sich nach und nach und fanden sich andernorts zu kleineren Gesprächsrunden zusammen. Aset-Radol spielte seine Rolle hervorragend. Niemand würde hinter der Maske des gelangweilten Dandys einen der geheimnisvollen Beherrscher weiter Bereiche der Karahol-Galaxis vermuten. Niemand – außer der Frau vor ihm.

»Mir wurden viele Geschichten und Geschichtchen über Ihren sagenhaften Reichtum zugetragen«, sagte Silby-Ohnet. »Und ich muss zugeben: Ich bin von Ihrem Anwesen beeindruckt.«

»Ja, hier waren die besten Architekten am Werk, und ich habe das nötige Kleingeld investiert. Aber reden wir doch lieber von Ihnen: Wie kommt ein solch bezauberndes Persönchen dazu, Tamrätin für Wissenschaft und Entwicklung zu werden? Welche Agenden obliegen Ihnen?«

Für einen Moment kam die wahre Mirona Thetin hinter der Maske zum Vorschein. Ihr musternder Blick war von ungewöhnlicher Intensität. Sie wusste sehr wohl, dass sie einen ihrer »Kollegen« im geheimen Rat der Meister der Insel vor sich hatte. Ihre Anwesenheit hier hatte sicherlich den einen Grund, seine Tarnidentität zu überprüfen und nach Schwächen zu suchen, die sie für ihre Ränkespiele nutzen konnte. Doch sie ahnte keinesfalls, dass er sie längst als Faktor I identifiziert hatte.

»Es ist eine verantwortungsvolle Pflicht«, antwortete Silby-Ohnet nach kurzer Nachdenkpause. »Mein Aufgabenbereich konzentriert sich in erster Linie darauf, die Kapazitäten der bedeutendsten Wissenschaftler des Imperiums zu bündeln und ihre Ideen in die Praxis umsetzen zu lassen. Es handelt sich um nahezu fünftausend Frauen und Männer, die sich den Natur- und Geisteswissenschaften verschrieben haben.« Silby-Ohnet runzelte die Stirn. »Wie Sie vielleicht wissen, droht – zu meinem großen Bedauern – ein weiterer Krieg am Horizont. Mir obliegt es derzeit, neue Waffensysteme entwickeln und testen zu lassen. Eine undankbare, eine traurige Arbeit. Viel lieber wäre es mir, könnte ich mich auf friedliche Herausforderungen konzentrieren ...«

Silby-Ohnet alias Mirona Thetin log, ohne mit der Wimper zu zucken. Sie selbst hatte diesen Krieg befohlen.

»Ich verstehe. Darf ich Ihnen nachschenken?« Aset-Radol schnippte einen Schwebediener mit gefüllten Gläsern herbei und reichte ihr einen weiteren Cocktail. Sie nickte ihm dankend zu.

Er berührte Faktor I an der nackten Schulter und schob sie vor sich her zur Brüstung des Südturms. Unter ihnen wogten grell leuchtende Nebelschwaden. Immer wieder bildeten sie Gesichter und Figuren aus altlemurischen Heldensagen und stellten kurze Szenen aus über Jahrtausende hinweg tradierten Epen nach. Unter den Ahs und Ohs der begeisterten Zuseher entstand das Schlachtenbild »An Halms Sternenklippe«, um gleich darauf von »Liloms Kampf gegen den Awachen« abgelöst zu werden.

Derlei Schauspiele wurden nur noch selten gezeigt. Mit subtilen Botschaften, die über Medien verbreitet wurden, sorgten die Meister der Insel dafür, dass die Helden der Vergangenheit allmählich in Vergessenheit gerieten. Ein Teil ihres Langzeitplans war es, Platz für neue Mythen zu schaffen; solche, die ihnen galten.

Die Nebelbilder verzogen sich zu Schlieren, die Lichter erloschen. Eine Gruppe von Lemurern in bunten Fantasiekleidern tauchte stattdessen aus der Dunkelheit empor. Die Männer und Frauen trugen Miniatur-Antigravs, die mit Plaststoff an ihre Rücken geklebt worden waren. Sie tänzelten durch die Luft, umlauerten einander scheinbar, vollführten stimulierende Figuren. Unmittelbar vor den Zuschauern fanden sie sich zu Pärchen, umfingen sich und begannen freischwebend zu kopulieren. Zum Akt intonierten sie im präzis bemessenen Takt einen zu den Mythen passenden Liebesgesang. Die Schausteller stammten aus einer Show, die derzeit in der Planetenhauptstadt Vircho sensationelle Erfolge einfuhr.

»Beeindruckend«, murmelte Silby-Ohnet, ohne zu erkennen zu geben, was sie denn eigentlich meinte.

»Nicht wahr? Es hat mir große Mühen bereitet, alles termingerecht für den heutigen Abend zu arrangieren.«

»Und das, um mein Interesse zu erwecken?« Sie drehte sich ihm zu, blickte ihm tief in die Augen.

»Aber ... so ist das nicht gemeint!«, stotterte Aset-Radol. »Es freut mich selbstverständlich, dass eine so attraktive Frau meine Gegenwart sucht; doch der eigentliche Anlass ist die Einsetzung des neuen tefrodischen Tamrats ...«

»Sie lügen«, sagte Silby-Ohnet, »und noch dazu außerordentlich schlecht. Dieses Schauspiel ist nur Teil eines viel größeren Arrangements, das Sie aufgebaut haben, um mich einzufangen.« Sie schenkte ihm einen spöttischen Blick. »Denken Sie wirklich, ich bin ein leichtes Vögelchen, das herbeigeflogen kommt, wenn man nach ihm pfeift?«

»Verzeihen Sie mir.« Aset-Radol verbeugte sich. »Ich wollte Sie keinesfalls kompromittieren …«

»Sie sind ein eingebildeter, blasierter Schmarotzer, den die Probleme des Reichs nicht scheren. Sie führen ein sorgenloses Leben in Ihrem Glasturm, während andernorts Schlachten geschlagen werden. Sie denken nicht an Witwen und Waisen, Sie halten alle Probleme von sich fern.«

Sie wollte ihn aus der Reserve locken; wollte testen, ob er aus seiner Tarnidentität schlüpfen und sein wahres Ich zu erkennen geben würde.

»Ich bin, wie ich bin, Tamrätin. Ja, ich bin ein Schmarotzer. Nein, ich interessiere mich nicht dafür, was in anderen Teilen Karahols vor sich geht. Doch bedenken Sie, dass ich mit meinen keinesfalls geringen Steuerleistungen einen Teil der Kampfflotten finanziere, und sicherlich auch einen Teil jenes Budgetpostens, der Ihnen für Ihre Arbeit zur Verfügung steht.« Aset-Radol lächelte und winkte ab. »Müssen wir uns denn mit profanen Dingen beschäftigen? Ich möchte nicht, dass dieser prachtvolle Abend in eine falsche Richtung läuft. Soll ich Ihnen ein Hautplätzchen besorgen? Manche der euphorisierenden Botenstoffe sind illegal; aber sie würden Ihre Laune gehörig verbessern.«

Faktor I musterte ihn von oben bis unten. »Keine Lust, Aset-Radol. Ich frage mich, warum Sie nicht direkt zur Sache kommen.«

»Ich verstehe nicht …«

»Du bräuchtest nur zu fragen, ob ich mit dir schlafen will, und ich würde dir die passende Antwort geben …«

Anfänglich beteiligte sich Kimte an einer »ménage à trois«. Als seine Gespielin merkte, dass Aset-Radol kein sonderliches Interesse an ihren Künsten zeigte, schlüpfte sie aus dem Sternenbett, schenkte ihm und Silby-Ohnet ein freundliches Lächeln, zuckte mit den Achseln und zog sich zurück. Auch diese Episode würde in dem Buch, das Kimte zweifelsohne schreiben lassen würde, Eingang finden.

Ihn und die getarnte Mirona Thetin scherte es nicht. Sie wälzten sich durch das Nichts des Nullgrav-Raums, umspült von Windböen und anregenden Gerüchen. Lichtreflexe, die von den virtuellen Sternen rings um sie ausgesandt wurden, steigerten die Verwirrung der Sinne. Aset-Radol fiel in dieses anregende Nichts, genoss den Augenblick, vergaß alle Sorgen. Das lüsterne Keuchen seiner Gespielin war das einer Frau, die pure Lust empfand.

Das mächtigste Geschöpf dieser Sterneninsel ließ sich mit ihm treiben. Beide dehnten sie ihre Grenzen immer weiter in diesen ungreifbarem, immer wieder neu zu entdeckenden Raum der Leidenschaft aus, vergaßen alles um sich ...

Silby-Ohnet zog sich plötzlich zurück. Die Illusion erlosch übergangslos.

»Nein!«, rief Aset-Radol, von der Erregung gefangen und gefesselt, »nicht jetzt!«

»Es ist vorbei«, sagte sie. Mit mehreren eleganten Schwimmbewegungen bewegte sie sich hinab zum Boden des Sternenraums.

Sie musterte ihn von unten, wie eine Schlange ihr Opfer, das sie gleich verschlingen würde, und grinste verächtlich.

Seine Verkrampfung, seine Erregung, wurde Aset-Radol bewusst, ließ ihn in diesen Augenblicken lächerlich und hilflos erscheinen.

»Deine Identität des gelangweilten Playboys ist nichts wert, wenn du diese Rolle nicht durchhältst«, sagte Silby-Ohnet. »Du hast dich gehen lassen. Hast während des Sexualaktes den wahren Aset-Radol zum Vorschein gebracht. Deine Unvorsichtigkeit ist lebensgefährlich – für dich.«

Ihm wurde übel. Er unterdrückte den Würgereflex und trieb mit langsamen, matten Bewegungen zum Boden hinab. Die Beine wollten das Gewicht seines Körpers nicht tragen.

Mirona weiß alles, sagte er sich, sie hat die ganze Zeit mit mir gespielt ... Panik drohte ihn zu übermannen. Sie kann dir nichts tun, versuchte er sich zu beruhigen. Du befindest dich auf deinem ureigenen Terrain. In deinem Refugium. Ausgeklügelte Waffensysteme überwachen sie wie all deine Gäste. Sie kann dich hier unmöglich angreifen ...

»Fühle dich nicht zu sicher, Faktor VI«, sagte Mirona Thetin. Sie deutete auf ihr linkes Armgelenk, riss die Hautabdeckung ab und zeigte ihm das darunterliegende flache Kontroll-Pad. »Vertraust du mir, wenn ich behaupte, dass meine Truppen mittlerweile die Schaltzentralen deines Refugiums vollends unter Kontrolle gebracht haben?«

Aset-Radol nickte wie in Trance.

Sie reinigte sich ungeniert mit einem bereitliegenden Feuchttuch und warf ihm ein Handtuch zu, das er sich augenblicklich um die Hüften wickelte. *Seltsam*, sagte er sich, *ich will sie noch immer haben. Und das angesichts meines Todes ...*

»Lass uns die Situation in Ruhe besprechen.« Mirona Thetin winkte ihn mit sich aus dem Liebeszimmer. Ihr Lächeln wirkte nun unverbindlich. »Keine Angst; wenn ich wollte, hätte ich dich längst getötet.«

Aset-Radol bewegte sich wie durch einen Albtraum. Immer hatte er geglaubt, sein Leben im Griff zu haben, alles über Faktor I zu wissen und sich in einer Blase der Sicherheit zu bewegen. Mit einem einzigen Hieb, brutal und hinterlistig geführt, hatte sie seine Deckung zerschlagen und ihn – im wahrsten Sinne des Wortes – nackt zurückgelassen.

Sie marschierten einen mit weichen Teppichen ausgelegten Gang entlang. Wie selbstverständlich vollführte Mirona Thetin seltsam anmutende Handbewegungen. Ein Energievorhang erlosch, das dahinter versteckte Musenzimmer kam zum Vorschein. Faktor I kannte die Geheimnisse des Refugiums bis ins kleinste Detail.

Sie setzte sich in seinen Lieblingssessel, hieß ihn, gegenüber Platz zu nehmen, und schnippte dann mit den Fingern. Bilder von wogenden Meereswellen schwappten über die Wände. Sie ließen einen glauben, auf einem Floß durch einen Ozean zu treiben, der sich von Horizont zu Horizont erstreckte. Der Geschmack von Salz hing in der Luft, künstlich erzeugte Gischtspritzer blieben an Körper und Haar hängen.

»Ich muss dir danken«, begann Mirona Thetin. »Diese kleine Charade bereitete mir einigen Spaß.« Sie beugte sich zu ihm vor. »Dachtest du wirklich, ich wüsste nicht, was du wusstest? Dabei warst du so leicht zu durchschauen, mein Lieber. Während all der Treffen, die wir Meister während der letzten Jahrhunderte an wechselnden Schauplätzen abhielten, warst du stets einer der aktivsten Teilnehmer an den Diskussionen. Wie aus heiterem Himmel zogst du dich vor etwas mehr als fünf Jahren zurück und bliebst dann stets im Hintergrund. In dich gekehrt, kaum bereit, aus dir herauszugehen. Du wolltest kein falsches Wort mehr sagen. Unter keinen Umständen verraten, dass du meine Identität enttarnt hattest.« Mirona Thetin schüttelte den Kopf. »Du bist ein seltsamer Mann, Aset-Radol. Ein anderer an deiner Stelle hätte längst versucht, mich aus dem Weg zu räumen und meinen Platz einzunehmen. Warum also hast du es nicht versucht?«

Sein Herz schlug bis zum Hals. Dennoch gab er sich so ruhig wie möglich. Er wollte in Würde sterben, nicht wie ein Jammerlappen, der im Augenblick des drohenden Todes zusammenbrach. »Es genügte mir, die Situation zu kontrollieren«, sagte Aset-Radol. »Mir reichte es, die Macht des Wissens in meinen Händen zu haben.« Leiser fügte er hinzu: »Darüber hinaus bin ich der Meinung, dass du die richtige Person am richtigen Ort bist. Ich hätte niemals alle Befehle mit der notwendigen Härte durchsetzen können. Ich bin intelligent genug, um zu wissen, wo meine Schwächen liegen. Ich plane, aber ich bin kein Stratege. Du verstehst den Unterschied? Ich kann mich nicht so wie du in die Rolle deines Gegners versetzen. Sonst wäre mir das heutige ... Missgeschick nicht passiert.«

»Ehrliche Worte.« Sie lehnte sich zurück.

Er empfand ihren makellosen Körper, ihre Nacktheit, als zusätzlichen Hohn. Mirona Thetin machte ihm deutlich, dass sie sich ihrer Sache sicher war.

»Nur ein starker Mann gibt seine Schwächen offen zu.« Abrupt wechselte sie das Thema. »Wie bist du mir auf die Schliche gekommen? Ich lege Wert auf bestmögliche Tarnung. Meine Scheinidentitäten sind dicht gestrickt. Im Gegensatz zu dir verzichte ich darauf, einen Namen öfter zu verwenden. Ein Lemurer-Leben lang trete ich in der Öffentlichkeit auf; dann wieder agiere ich über Jahrzehnte hinweg im Verborgenen. Ich vermeide Regelmäßigkeiten in meinem Verhalten. Ich fälsche meine DNA. Ich verberge meinen Zellaktivator, wo und wann es nur geht. Bei besonderen Gelegenheiten, so wie heute zum Beispiel, verzichte ich sogar vollends darauf.«

Aset-Radol nickte. Auch er hatte das lebenserhaltende Gerät gleich nach seiner Ankunft auf Tefrod abgelegt. Erst morgen in der Frühe, so hatte er es geplant, würde er den stabförmigen Aktivator wieder umhängen. So, wie es derzeit aussah, würde es nicht mehr dazu kommen.

»Mnemotechnik hat mir geholfen«, sagte er knapp. »Ich habe mir diese Begabung angeeignet, um mir deine Worte während all der Sitzungen zu merken, da du lediglich durch deine Stimme und dieses lächerliche Symbolbild vertreten warst. Mit all den Längen, Betonungen, Seufzern, Zwischenlauten, künstlichen Pausen und so weiter. Aufzeichnungen oder Protokolle hattest du ja aus gutem Grund verboten.« Er lächelte, stolz auf seine bislang größte Leistung. »Wusstest du, dass Sprache und Wortmelodien ebenso unverkennbar sein können wie ein genetischer Fingerabdruck? Man benötigt lediglich die notwendige technische Ausrüstung, einen analytischen Verstand und ausreichend Vergleichsmaterial, um Übereinstimmungen zu finden.« Aset-Radol deutete, mutig geworden, mit dem ausgestreckten Zeigefinger auf sein Gegenüber. »Mir war von vorneherein klar, dass

Faktor I eine Frau sein musste. Ich fand ausreichend Hinweise. Hier hintergründige Raffinesse, da Spitzfindigkeiten, über die sich kein Mann jemals Gedanken machen würde. Geringste Anzeichen von Eitelkeit. Ansichten, die mir seltsam erschienen.«

»Ich ahnte es«, sagte Mirona Thetin nachdenklich. »Ich hätte meinem Instinkt folgen und einen maschinellen Zerhacker und Interpretor zwischenschalten sollen, der auch auf diese Aspekte Rücksicht nimmt ...«

»Während der letzten eintausendfünfhundert Jahre gab es immer wieder herausragende Frauenpersönlichkeiten, die einem gewissen Typus entsprachen und in der Öffentlichkeit unseres wachsenden Imperiums Aufsehen erregten. Ich entdeckte Gemeinsamkeiten. Rhythmische Verhaltensmuster. Da hilft kein noch so guter Deckname; du kannst ebenso wenig aus deiner Haut wie ich aus meiner. Nur mit einem Unterschied: Ich hatte einen guten Grund, nach einer Unsterblichen zu suchen. Niemand in der tefrodischen Öffentlichkeit hingegen sähe einen Anlass, an einen Mythos wie den der Unsterblichkeit zu glauben und nach einem wie mir oder einem unserer gemeinsamen Freunde zu fahnden.«

»Du hast dein Geheimnis über meine Identität keinem anderen Meister der Insel verraten?« Mirona Thetins Stimme klang lauernd.

»Nein«, antwortete Aset-Radol, wohl wissend, dass er mit dieser Auskunft möglicherweise sein Todesurteil unterschrieb. »Ich vertraue niemandem in dieser trauten Runde. Wie du sicherlich weißt.«

»Gut.« Faktor I stand auf. Sie deaktivierte die Holo-Zuspielung des wogenden Wassers und streckte ihren schlanken, perfekt geformten Körper.

»Was geschieht nun mit mir?« Aset-Radol wartete die Urteilsverkündung mit geschlossenen Augen ab.

»Ich habe lange über dieses ... Problem nachgedacht.« Mirona Thetin lachte. »Ich bin zu dem Schluss gekommen, dass du mir lebend mehr nützt als tot.«

»Ich verstehe nicht ...«

»Im Grunde genommen muss ich dir dankbar sein. Du hast eine Schwäche in meiner Deckung entdeckt, die es auszumerzen gilt.«

»Mit Verlaub: Ich habe mich lange genug mit dir beschäftigt, um zu wissen, dass Dankbarkeit ein Fremdwort für dich ist. Also: Was hast du mit mir vor?«

»Du darfst weiterleben. Ich bin bereit, ein gewisses Risiko einzugehen und deiner Loyalität mir gegenüber zu vertrauen. Du wirst mir von nun an Bericht erstatten. Ich möchte wissen, was im erlauchten Kreis der Meister der Insel vor sich geht. Du wirst dich wieder mehr in die Diskussionen einbringen und dich an möglichen konspirativen Treffen beteiligen. Zwölf der machthungrigsten Wesen dieser Galaxis werden sich irgendwann einmal einig werden und mich, ihre Führerin, ausschalten wollen. Wenn es so weit ist, wirst du deine Schulden begleichen und deine Kollegen verraten. Vielleicht kommt dieser Augenblick übermorgen, vielleicht erst in ein paar Tausend Jahren. Wirst du mir diesen ... Gefallen tun?«

Mirona Thetin kam näher und schlang ihre langen Arme um seine Schultern. Zärtlich küsste sie seinen Hals und seinen Mund, streichelte sanft über sein Haar. »Das Versteck deines Zellaktivators war von meinen ahnungslosen Mitarbeitern nicht besonders schwer zu entdecken«, hauchte sie in sein Ohr. »Mittlerweile liegt das Gerät bei mir zu Hause, auf meinem Schreibtisch.

Morgen vormittags werde ich einige Modifikationen daran vornehmen. Du kennst meine Familiengeschichte, nicht wahr? Du weißt, dass ich mit der Technik einigermaßen vertraut bin? Na also. Von nun an wird das Gerät in jenem Takt schlagen, den ich vorgebe. Ein falscher Zug, ein falsches Wort ... und bumm!«

Sie hob ihre Schenkel an, umschlang seinen Leib.

Sie liebten sich bis zum Morgengrauen. Es sollte der tollste Sex in Aset-Radols langem Leben bleiben.

PERRY RHODAN

Da stand er. Schopsna, der vorgebliche Ara. Ein Gestaltwandler, der die Milchstraße ins Chaos zu stürzen drohte.

Perry Rhodan hielt Julian Tifflor an dessen Schulter fest, bevor er sich auf ihren gemeinsamen Feind stürzen konnte. Sein Freund hatte die Hände zu Fäusten geballt. Unter keinen Umständen durften sie sich jetzt verraten und den zum Greifen nahen Gegner attackieren.

Es gab einen Hintermann. Jemand, der die Strippen zog. Der die Mächtigen der Galaxis zum Narren hielt und Billiarden Lebewesen mit unsäglichem Leid, Tod und Vernichtung bedrohte.

Rhodan wandte sich ab. Er sah auf den zentralen Bildschirm. Eine Totale, die die umliegenden Sternbilder erfasste, zeigte drei mächtige, nahezu planetengroße Brocken im Mittelpunkt.

Brocken, die irgendwann von Intelligenzwesen besiedelte Welten gewesen waren. Beseeltes Leben war unabdingbar, wie der Unsterbliche mittlerweile wusste, um mihilfe des Ara-Toxins einen sogenannten Moby zu schaffen.

Metallischer Geschmack in seinem Mund irritierte ihn. Er hatte sich die Unterlippe blutig gebissen. Vor Zorn. Vor ohnmächtiger Wut.

Schopsna konzentrierte sich ebenfalls auf den großen Bildschirm und die per Holo aufbereiteten Datenkonvolute, die ihn wie Insektenschwärme umschwirrten. Leise und bestimmt richtete er Befehle an seine Untergebenen. Die Tefroder der Kommandobrücke gehorchten, ohne mit der Wimper zu zucken. Der Einfluss, den der Gestaltverformer auf seine Untergebenen ausübte, blieb frei von jeglicher Irritation. Sie folgten jeder seiner Anweisungen, ohne darüber nachzudenken.

Rhodan zog sich einige Schritte zurück. Ihm und Tiff waren in ihren Tarnexistenzen als Clotoin Rak und Liom Artar Funkfrequenz-Überwachungsketten zugewiesen. In der hiesigen Befehlshierarchie standen sie zwei Stufen unterhalb des Kommandierenden. Der Leitende Funkoffizier, ein kleinwüchsiger Tefroder namens Suin-Otro, war zwischengeschaltet. Schopsnas Aufmerksamkeit galt ihnen nicht direkt. Dennoch mussten sie größtmögliche Vorsicht walten lassen, um nicht enttarnt zu werden. Sie wussten viel zu wenig über die Möglichkeiten des Gestaltwandlers.

Er ist ein Gys-Voolbeerah, sagte sich Rhodan. *Ein Angehöriger jenes Volkes, deren in großen Teilen des Universums verstreute Mitglieder das geheimnisvolle Reich Tba gesucht und schließlich auf dem Planeten Targriffe in der Eastside der Milchstraße ihren Platz gefunden hatten. Dort stehen sie auch heute noch; unbewegt, wie willkürlich in der Gegend verteilte Schneekristalle. Rostrot, jeder mit einer anderen kristallinen Gestaltung seines Körpers. Glück-*

lich auf ihre Art genießen sie das Sonnenlicht, den Wechsel der Jahreszeiten, ihr anspruchsloses Leben. Sie haben den wirren galaktopolitischen Geschehnissen entsagt und Erfüllung gefunden. Doch dieser hier …

Zhana hatte Schopsna am typischen Artgeruch der Molekülverformer erkannt; kein Irrtum möglich. Aus irgendeinem Grund war der Gys-Voolbeerah dem Ruf, den sein Artgenosse Gerziell im Jahr 3586 alter Zeitrechnung von Targriffe ausgesandt hatte, nicht gefolgt. Er spielte sein eigenes Spiel. Im Namen eines anderen, den er »seinen Meister« nannte.

Leidenschaftslos erteilte Kommandos hallten durch die Kommandozentrale. Anders als in Schiffen der Liga Freier Terraner legten Schopsna und seine Tefroder keinen Wert auf schalldämmende Felder, die das Wirrwarr der Anweisungen entflechteten und ungestörtes Arbeiten erlaubten. Wozu auch? Die Tefroder waren derart in ihrer Beeinflussung verfangen, dass sie an nichts anderes denken konnten, als ihrem Herrn zu gehorchen. Implantate oberhalb der Nasenwurzeln bestrahlten seit Stunden ihre Para-Drüsen mit hyperenergetischen Schwingungen und zwangen sie in Schopsnas Dienst.

Rhodan und Tifflor nahmen an zwei unbelegten Kartentanks Platz. Sie kümmerten sich nicht weiter um die etwas chaotischen Umstände rings um sie und gaben sich den Anschein, ihren Aufgaben hoch konzentriert anzugehen.

Die Technik war ihnen durchaus geläufig, und die Bordpositronik, die Schopsna in seinem Sinne installiert hatte, half ihnen dabei, sich zurechtzufinden. Der Gys-Voolbeerah beging Fehler. Er hatte nicht die Möglichkeit in Betracht gezogen, dass sich Unbefugte in seiner Kommandozentrale einschleichen könnten.

Suin-Otro, ihr »Vorgesetzter« im Rang eines Korsio, wirkte hoffnungslos überfordert. Seine Abteilung war deutlich überbelegt. Schopsna hatte dafür gesorgt, dass jede einzelne Position drei- bis vierfach besetzt war, um mögliche Ausfälle während der Absprengung des Trümmerstegs kompensieren zu können. Diese Maßnahme kam den beiden Unsterblichen nun zugute. Während sich Suin-Otro damit beschäftigte, seine Abteilung zu strukturieren, konnten sich die Unsterblichen ungestört orientieren.

Schopsna störte sich nicht sonderlich an der Überbesetzung. Sein Fokus richtete sich einzig und allein auf die Mobys. So wie es aussah, steuerte er sie in die Nähe zweier sich umkreisender Sonnen: einen roten Riesen mit geringer Dichte, dessen begleitender Sternenwind ihn wie eine feurige Lohe umhüllte, und einen sterbenden Weißen Zwerg mit einer Dichte von mindestens einer Tonne pro Kubikzentimeter. Die Ortungsabteilung vermerkte Anzeichen, dass sich der ältere der beiden Sterne über kurz oder lang in ein Schwarzes Loch verwandeln würde.

Rhodan verschob seinen Arbeitsplatz um eine Vierteldrehung, sodass er Schopsna im Auge behalten konnte. Dann erst kümmerte er sich um jene Datenstreams, die in dreidimensionaler Aufbereitung über und durch seinen Informationstank liefen. Der Funkverkehr in der unmittelbaren Umgebung hielt unvermindert an. Die Absprengung des Trümmerstegs und die Zerstörung der beiden pfannenähnlichen Endteile hatten für gehörige Aufregung im Hyper-Äther gesorgt. Jene Schiffe, die der Katastrophe entkommen waren, hatten die Nachricht in Windeseile weitergetragen.

Die Funker mehrerer Einheiten baten um Hilfe. Panische Schreie eines Prospektors, dessen Transportraumer entzweigerissen worden war, überlagerten breite Bereiche der Notruffrequenzen. Eine Springersippe, die aneinandergefesselt durchs Weltall trudelte, sandte genauso Notrufe aus wie davonwirbelnde Tefroder in Schutzanzügen, die den Sprung auf den Trümmersteg nicht mehr geschafft hatten. Die Mannschaft eines beschädigten Arkonidenraumers bat um Erste Hilfe. Ein verwundeter Nasenriese lag unter den Trümmern eines abgesprengten Gebäudekomplexes und schrie vor Schmerz, zwei Unither stritten sich um eine Rettungslinse, ein ohne Punkt und Komma plappernder Haspronor kam mit den Beinen nicht in den viel zu eng anliegenden Schutzanzug.

So viel Leid, so viel Schmerz ...

Rhodan konnte nichts tun, wollte er seine Tarnidentität nicht platzen lassen. Immerhin: Das Funksystem »Hyper-THAU« war trotz des Ausfalls seines wichtigsten Relaisstücks in geringem Ausmaß funktionell. Katastrophen wie diese schweißten die Beteiligten zusammen. Für kurze Zeit würden alle Vorurteile beiseitestehen; man würde sich gegenseitig und uneigennützig helfen.

Walzenraumschiffe der Springer und Kugelschiffe der Arkoniden machten das Gros der umherschwirrenden Raumer aus. Manch einer von ihnen bombardierte den Trümmersteg, der nunmehr unter der Kennung »MO« flog, mit Anfragen. Sie forderten eine Klärung der Situation, und sie stießen Drohungen aus, die angesichts der vor Kurzem materialisierten Mobys lachhaft wirkten.

Die drei riesenhaften Objekte – schwarz, kristallin, mit Hunderten von Kilometern langen Energiefühlern als Anhängsel – erzeugten nach wie vor Strukturerschütterungen gewaltigen Ausmaßes. Die Aufrisse waren mit freiem Auge nicht erkennbar; doch sie ließen das Raum-Zeit-Gefüge nachhaltig erbeben. Sie sorgten für Irritationen, Sinnesverwirrungen, Desorientierung, Schäden an Lebewesen und Maschinen.

»Sehr gut, sehr gut!«, rief Schopsna. Er hob die Hände und zeichnete Figuren in die Luft, als dirigiere er ein unsichtbares Orchester.

»Wir müssen jetzt eingreifen!«, flüsterte Tifflor Rhodan zu. »Der Bursche ist vollkommen übergeschnappt. So nah kommen wir möglicherweise nie wieder an ihn ran.«

»Nein.« Perry atmete tief durch und schloss für einen Moment die Augen. Zutiefst konzentriert durchdachte er die Alternativen, die ihnen offenstanden. »Es ist unvorhersehbar, wie die beeinflussten Tefroder reagieren, wenn wir ihren Anführer ausschalten. Wir wissen nicht, was geschieht, wenn die Kontrolle über die Mobys verloren geht. Und wir wären keinen Schritt weiter, was den mutmaßlichen Haupttäter, den Mann hinter Schopsna, betrifft.«

»Ringsum sterben Arkoniden, Springer, Tefroder, Naats und wie sie alle heißen. Wir können nicht einfach sitzen bleiben und abwarten ...«

»Wir müssen.« Perry ergriff Tifflors Arm. Er musterte den Jüngeren eindringlich. »Wir beide kennen diese Augenblicke nur zu gut. Wir haben uns zwischen zwei Übeln zu entscheiden. Einem großen und einem ganz großen. Es gibt keinen Ausweg, in dem wir als strahlende Helden in den Sonnenuntergang reiten. Finde dich mit einer weiteren Portion an Gewissensbissen und Albträumen ab. Das ist der Preis, den wir zahlen müssen, um die Milchstraße vor der ultimaten Katastrophe zu bewahren. Du weißt, dass ich derartige Schreckensbilder selten einmal heraufbeschwöre. Doch für den Fall, dass wir den Verteiler des Ara-Toxins nicht in die Finger bekommen, sehe ich schwarz für einen geruhsamen Lebensabend.«

»Jetzt!«, beharrte Tifflor auf seinem Standpunkt. Seine hinter der Maske eines etwas fettleibigen Tefroders verborgenen Gesichtszüge verhärteten sich. »Wir erzwingen eine Entscheidung. Ich bin sogar bereit, meine gute Erziehung über Bord zu werfen und die Wahrheit aus Schopsna herauszuprügeln.«

»Aus einem Gestaltwandler? Einem Wesen mit gewaltigen Körperkräften, dessen besondere Fähigkeiten wir nicht einmal annähernd einschätzen können? Nein, mein Freund; wir müssen warten.«

Logik und Argumente hatten in dieser Auseinandersetzung nichts verloren. Seit Wochen klebten sie, die beiden Unsterblichen, aufeinander. Zusammengeschweißt durch gemeinsame schmerzhafte Erfahrungen auf dem Sklavenplaneten Jaimbor, getrennt durch zu viel Nähe. Ihrer beider Charaktere waren zu stark und einander zu ähnlich. Zwei Häuptlinge ohne Indianer waren sie, zwei Führungspersönlichkeiten, an Unabhängigkeit gewöhnt, deren Entscheidungsfreudigkeit integraler Bestandteil ihrer endlos lang erscheinenden Existenz war.

Ja, sie waren gute Freunde. Nein, sie würden niemals zu einer funktionierenden Partnerschaft zusammenfinden, wie sie zum Beispiel zwischen Perry und Atlan oder Perry und Bully funktionierte.

»Ich befehle dir, meine Entscheidung zu respektieren, Kadett Tifflor«, sagte Rhodan so ruhig er konnte.

Ein Rückgriff, wie er gemeiner nicht sein konnte. Ein Hinweis auf eine Hierarchie, wie sie zu Beginn ihrer gemeinsamen Geschichte bestanden hatte. Eine Erinnerung daran, wer die Geschicke der Menschheit von Anfang an gelenkt hatte.

Tifflors Maskengesicht versteinerte. Er zog sich an seinen Arbeitsplatz zurück, mittlerweile argwöhnisch von ihrem »Vorgesetzten« Suin-Otro beobachtet. »Ich ... verstehe«, sagte er steif und fügte ruhig, tonlos hinzu: »Fürs Protokoll, Resident: Sollte dein Vorhaben nicht den gewünschten Erfolg zeitigen, werde ich dich zur Rechenschaft ziehen.«

»Selbstverständlich.« Rhodan gab sich den Anschein, als würde er sich wiederum hoch konzentriert dem Hyperwellensalat rings um die MO widmen. Doch sein Herz schlug schnell, und er fühlte sich hundsmiserabel. Die verstärkte Impulswirkung seines Zellaktivators zeigte derzeit keinerlei Wirkung.

Die Mobys umkreisten einander. Unendlich langsam wirkten ihre Manöver. Die Lamellenarme, Hunderte von Kilometern lang und dennoch winzig wirkend, griffen gierig in Richtung der nächstgelegenen Sonne. Sie waren zu weit von den beiden anvisierten Nahrungsspendern entfernt, um sich an ihnen laben zu können.

Schopsna schien Schwierigkeiten zu haben, die drei riesigen Körper unter Kontrolle zu behalten. Er allein betätigte anachronistisch anmutende Schalthebel, mit deren Hilfe er Befehle an die Mobys weitergab. Die Befehlsfolgen waren Rhodan nicht eingängig; sie gehorchten keinerlei Muster.

Ein Energieschirm umflackerte die linke hintere Ecke von Schopsnas Arbeitstisch. Der Gestaltwandler achtete tunlichst darauf, dort nicht anzustreifen.

»Der Funkverkehr versiegt allmählich«, fasste Suin-Otro die Entwicklung der letzten Minuten zusammen. Er sprach ruhig und unaufgeregt, als lese er den Inhalt einer Gebrauchsanweisung vor. »Alles wirkt nun strukturierter. Was draußen an Schiffen und Personal gerettet werden konnte, wurde auch gerettet.«

»Wir müssen bald mit hohem Besuch rechnen«, sagte Schopsna, ohne auf die Worte seines Untergebenen einzugehen. »Der Alarmzustand bleibt aufrecht, die Schutzschirme unter allen Umständen hochgefahren. Ich brauche hier nicht mehr allzu lange. Aber zuerst ... bereinigen wir die Situation.«

Rhodan ahnte, was der Gys-Voolbeerah damit sagen wollte. Er fühlte Tifflors Blicke. Sie waren voll unterdrückten Zorns.

»Ein neuer Kontakt!«, meldete ein Tefroder von der Ortungsstation. »Ein Flottenverband taucht nahe der Sonne Cjuis aus dem Linearraum. GWALON-Klasse, Kampfschiffe, mit einem Durchmesser von zweitausendvierhundert Metern und angeflanschtem Kegelstumpf. Sechzehn Schiffe insgesamt, in klassischer arkonidischer Kampfformation. Sie nehmen Fahrt auf. Beschleunigungswerte sind höher als die unseren.«

Kein Wunder. Die MO bewegte sich lediglich mit fünf Prozent Unterlicht bei marginaler Beschleunigung und umrundete dabei in einer weit gezogenen Ellipse die drei Mobys.

Die Bordpositronik ordnete Rhodan einen neuen Auftrag zu. Er sollte sich um die Interpretation des Richtfunks der Arkoniden untereinander kümmern. Ihm oblag es, auf Sprengsel oder Reflektionen im Hyperfunk zu achten. Auf Hyperechos, die durch die von den Mobys erzeugten Strukturrisse verzerrt wiedergegeben wurden und möglicherweise in brauchbare Ergebnisse umgewandelt werden konnten.

Wenn ich die Arkoniden doch davon informieren könnte, dass sie sich zurückziehen sollen!, sagte sich Rhodan. Vielleicht war es im Bereich des Machbaren, insgeheim eine Nachricht an das Kommandoschiff zu übermitteln ...

Sie würden ihm nicht glauben, und er würde seine geheime Identität gefährden. Die Herrschsucht der Arkoniden, gepaart mit der von Imperator Bostich lancierten Selbstgefälligkeit, die auf einer zwanzigtausendjährigen Tradition als Großmacht in der Milchstraße beruhte, würde den Soldaten keine Flucht erlauben. Mochte die Gefahr auch noch so groß sein: Sie würden sich der MO stellen.

Doch es war nicht die MO allein, gegen die die Arkoniden antreten mussten. Wenn Perry die Situation richtig einschätzte, würden die drei Mobys ebenfalls in die Schlacht eingreifen.

Mit behäbigen Bewegungen näherten sich die drei Kolosse den arkonidischen Schiffen. Jedwede Energieform schien ihnen zupass zu kommen. Transformbomben verpufften wirkungslos auf ihren tristen Oberflächen. Torpedos zerschellten, weitere Energieentfaltungen wurden von den langen Lamellenarmen der Mobys aufgenommen und ins Innere der Monstren geleitet. Dort saßen Gehirn und Magen. Zwei rudimentäre Knoten eines primitiven und zugleich überaus wirkungsvoll arbeitenden Organismus. Einstmals belebt durch Bewusstseine. Durch ÜBSEF-Frequenzbilder. Durch Erinnerungen, Gefühle, kollektives Wissen einer Bewohnerschaft, die den Tod ihres Heimatplaneten mitgemacht hatte.

Das, was auf Remion geschehen war, drohte unzähligen anderen bewohnten Planeten der Milchstraße: die Verwandlung in einen Klumpen, der sich von Energien nährte und Schopsnas Befehlen gehorchte; beziehungsweise denen des Wesens, das dahinterstand.

Noch immer spielte Rhodan mit dem Gedanken, ein ultrahochverdichtetes Datenpaket an die Arkoniden zu senden, mit dem er sie aufforderte, so rasch wie möglich von hier zu verschwinden. Die Positronik der MO ließ sich möglicherweise von seinem Manöver täuschen, wenn er klug genug vorging. Mangelhafte Verknüpfungen des Hauptrechners mit seinen Nebenzentralen, die aus der Eile der Loslösung des Trümmerstegs aus dem Komplex der gesamten Brücke gründeten, ließen dem Unsterblichen vielleicht Spielraum, sein eigenes Süppchen zu kochen.

»Hört endlich mit dem Beschuss auf, ihr Narren«, sagte Rhodan leise zu sich selbst, »die Mobys ernähren sich von der Energie eurer Geschütze. Ihr füttert sie, statt sie zu schwächen.«

Tifflor sah ihn mit versteinertem Gesicht an. Die Arkoniden verhielten sich so, wie sie es immer taten. Sie vertrauten auf ihre Waffen. Auf ihre Macht. Auf das Selbstverständnis, im Kerngebiet ihres Imperiums unangreifbar zu sein. Sie testeten ihr gesamtes Waffenarsenal an den Riesenklumpen, wollten die Wahrheit nicht wahrhaben.

Den Mobys war mit herkömmlichen Mitteln nicht beizukommen. Anfang des 25. Jahrhunderts, während der Kämpfe gegen die Meister der Insel in Andromeda, hatten die Terraner erst mithilfe der STOG-Säure Erfolge erzielt. Jenen Brocken, der einst der Planet Remion gewesen war, hatten sie mit einfachsten Befehlen, die das Rudimentgehirn des »Neugeborenen« steuerten, zu beeinflussen gelernt.

»Diese Arkoniden werden lästig.« Schopsna, bislang völlig in die Arbeit an den klobigen Steuerstangen seines Pults vertieft, grinste gehässig. Er tat überrascht. Als registriere er erst jetzt, dass die MO angegriffen würde. »Wir werden sie Respekt lehren«, flüsterte er. »Kommt, meine Kleinen. Beweist mir euren Gehorsam.«

Der Molekülverformer vollführte eine weitere Reihe von Schaltungen.

Nichts tat sich.

Zumindest nichts, das sich auf den ersten Blick erkennen ließ. Die Größenmaßstäbe am Zentralebildschirm ließen jedes Manöver der Mobys behäbig und träge erscheinen. In Wirklichkeit jedoch, ahnte Rhodan, wirkten auf die viele Tausend Kilometer langen und breiten Gesteinsklumpen unglaubliche Masse- und Trägheitskräfte ein. Gigatonnen an Material wurden abgebremst und beschleunigt. Die Riesenkörper, deren Konsistenz weitgehend unbekannt war, unterlagen derzeit extremen Zerreißproben. Strukturen auf molekularer oder submolekularer Ebene mussten sich verformen, wurden möglicherweise durch die stetige Zufuhr von Rohenergien in einem strengen Korsett gehalten. Die Hohlräume im Inneren verwanden sich gegeneinander. Stützmauern brachen, wurden flugs durch neu errichtete ersetzt, die der Moby aus sich selbst erschuf.

Nichts als Vermutungen!, sagte sich Rhodan. Sie hatten kaum eine Ahnung von der Beschaffenheit dieser Monstren. Es gab keinerlei Schublade, in der die Mobys gepasst hätten. Kein Wissenschaftler dieser Galaxis hätte ihm sagen können, ob es sich bei den Kristallbrocken um Instinktlebewesen oder um beseelte Organismen handelte; Philosophen hätten einen erbitterten, über Jahrzehnte andauernden Disput begonnen und sich in langen Tagungen darüber gestritten.

Waren sich die Mobys ihrer Existenz bewusst? Stellten die ÜBSEF-Konstanten der ehemaligen Planetenbewohner ein Gehirn dar, bildeten sie ein rudimentäres Bewusstsein aus? War ein Moby kristalliner Struktur? Existierten chemische Grundstrukturen, die man in irgendein System einordnen konnte? Welche Naturgesetze waren auf die Mobys anzuwenden, welche nicht?

»Ziel erfasst – und Feuer!«, sagte Schopsna. Er ließ die klobig geformten Steuerregler los, verschränkte die Arme vor der Brust und lehnte sich entspannt in seinem Stuhl zurück.

In der Ortungsabteilung entstand Unruhe. Ein Tefroder warf Schopsna einen scheuen, verwirrten Blick zu, bevor er die Daten, die er erfasst hatte, freigab und neben den Panoramaschirm schaltete.

In einer Halbraumblase, die in unmittelbarer Nähe zu den drei Mobys anzumessen war, summierten sich Energiewerte unterschiedlicher … Güte zu einem Peak, der das Mehrtausendfache dessen auswies, was den Arkoniden auf ihren GWALON-Raumern zur Verfügung stand. Werte im Zettajoule- oder Yottajoule-Bereich, wer vermochte das zu sagen?

Die Messgeräte zeigten keinerlei vernünftigen Daten mehr an. Neuerlich wurde die so dünne und fragile Grenze zum fünf- und sechsdimensionalen Raum einer Prüfung unterzogen. Ausgeschleuste Ortungssonden versagten den Dienst, selbst die mehrfach gestaffelten Schutzschirme der MO unterlagen merkwürdigen Flacker-Effekten.

In der Halbraumblase vermengten sich Gravitationswellen. Elektromagnetische Strahlung. Ionenstrahlung. Hyperstrahlung, deren Werte in das messtechnisch nicht mehr erfassbare SHF-Band hineinragten. Ein Lenkimpuls entstand, von Schopsna festgelegt; eine dünne Markierungslinie, die die Halbraumblase mit den angreifenden GWALON-Raumern verband und einen »Marker« setzte.

Dann entluden sich die aufgestauten Energien, dann verschwanden die arkonidischen Schiffe. Von einem Moment zum anderen.

Ein Nichts blieb übrig. Ein Raum ohne Raum, ohne gültige thermodynamische Gesetze, ohne definierbare Gültigkeit. Ein Loch in allem.

Rhodan empfand Dankbarkeit dafür, dass die Bildübertragung abbrach.

Unweit von hier war ein Nichts entstanden, das einfach nicht sein durfte, das nicht sein konnte. Das der menschliche Geist nicht zu erfassen und einzuordnen vermochte.

Die Bildschirme erwachten einer nach dem anderen wieder zum Leben. Sie zeigten, wie das Einstein-Universum zögerlich jenes Gebiet zurückeroberte, das ihm für kurze Zeit entrissen worden war. Mehrere Sekunden vergingen, dann kehrte die ruhige Gleichmäßigkeit des Leerraums zurück.

Die Tefroder sahen einander betroffen an. Einen Moment lang war jegliche Beeinflussung von ihnen gewichen. Möglicherweise hatte die normal- und hyperenergetische Entladung, die in einer Entfernung von etwas mehr als zehn Lichtminuten vor sich gegangen war, eine kurzzeitige Irritation in der Wirkungsweise ihrer Implantate mit sich gebracht.

Rhodan, der Sofortumschalter, zögerte. Widerstreitende Gefühle tobten in ihm. War dies der Augenblick, auf den Tiff und er gewartet hatten? Sollten sie jetzt eingreifen?

Schopsna blieb ruhig sitzen. Beobachtend, lauernd. Mit dem milden Interesse eines Schmetterlingssammlers, der seine lebende Beute mit Stecknadeln aufspießt und zusieht, wie die Bewegungen des Tieres allmählich schwächer werden.

Tifflor sah wieder zu Perry. Seine Wut war verflogen, geblieben waren ihm Verzweiflung und Unverständnis.

»Wir müssen das gemeinsam durchstehen«, flüsterte Perry ihm zu, während die Tefroder allmählich aus ihrer Verwirrung erwachten und sich wieder ihren Aufgaben widmeten. Der Moment, da sie hätten eingreifen können, war vorbei. »Ohne dich schaffe ich das nicht.«

»Wie kann ein Wesen ein derartiges Inferno entfalten, ohne auch nur mit der Wimper zu zucken?«, fragte Tifflor, ohne auf Perrys Worte einzugehen.

»Mir scheint, als wäre er selbst das Erzeugnis eines anderen. Als reagiere er ferngesteuert, als wäre er das Produkt einer ganz besonderen ... Erziehung.«

»Das hört sich so an, als wolltest du Schopsna verteidigen.«

»Keinesfalls. Ich versuche lediglich, die Hintergründe zu verstehen.«

Perry musste sich ablenken. Unter keinen Umständen durfte er daran denken, dass soeben mehrere Zehntausend Arkoniden gestorben waren. Es hätte seine Kräfte überfordert.

»Nachdem dieses kleine Problem bereinigt ist«, sagte Schopsna so laut, dass ihn jedermann in der Zentrale hören konnte, »widmen wir uns bitte wieder unserer eigentlichen Aufgabe. Ich wünsche regelmäßige Meldungen aus der Funk- und Ortungsabteilung. Die Bereitschaft für Defensiv- und Offensivabteilung bleibt aufrecht. Ich glaube zwar nicht, dass die Arkoniden in der kurzen zur Verfügung stehenden Zeit einen weiteren Angriff lancieren werden, aber unser Freund Bostich ist jederzeit für eine Überraschung gut, nicht wahr?«

Der Gestaltwandler erwartete keine Antwort, von niemandem. Er wandte sich wieder seiner seltsamen Schaltanlage zu und kümmerte sich nicht weiter um das, was rings um ihn vorging.

Rhodan griff zu einem Wasserbecher. Seine Hand zitterte. Er gurgelte und nahm mehrere große Schlucke. Der bittere Geschmack in seinem Mund wollte nicht vergehen.

»Was hat er bloß vor?«, fragte Tifflor.

»Er steuert die Mobys. Was sonst?«

»Zu welchem Zweck?«

»Seit Stunden bewegen sie sich in eine bestimmte Formation, lediglich unterbrochen von den ... den Kampfhandlungen.«

»Will Schopsna mit den Mobys als Rückendeckung entkommen?«, überlegte Tifflor. »Das passt nicht zusammen. Wenn sich die Arkoniden auf reine Beobachtung beschränken, könnten sie der MO und ihrem Flankenschutz problemlos folgen und sich so in aller Bequemlichkeit in das Versteck von Schopsnas Hintermännern führen lassen.«

Perry widmete sich für einen Augenblick der vordergründigen Arbeit am Kartentank. Es gab nicht mehr viel zu tun. Der Funkverkehr war weitgehend abgebrochen. Die unbeteiligten Zuseher der Katastrophe, die Schopsna entfesselt hatte, schwiegen schockiert. Jedes Schiff, das in der Lage war, das Weite zu suchen, tat es auch.

Es blieb ihnen ausreichend Zeit und Gelegenheit, sich miteinander zu unterhalten. Gleichzeitig behielten sie die Geschehnisse in der Kommandozentrale im Auge. Sie mussten sich alles einprägen, was hier vor sich ging. Das kleinste Detail mochte im entscheidenden Moment an Bedeutung gewinnen.

»Drei Mobys«, sagte Rhodan leise. »Drei nahezu planetengroße ... Geschöpfe. Sie werden zueinander in eine bestimmte Position gebracht. So, wie es aussieht, in ein gleichschenkeliges Dreieck. Sie sind sozusagen bis zum Rand mit Energie angefüllt. Klingelt's bei dir?«

Tifflor schwieg. Er atmete tief durch und klammerte seine Finger so fest um die Kante seines Arbeitstisches, dass die Knöchel weiß hervortraten. »Du meinst ... nein, das kann nicht sein!«

»Die notwendigen Energien sind vorhanden«, sagte Rhodan so ruhig wie möglich. »Das Doppelsternsystem, das wir ansteuern, dient den Mobys als Nahrungsquelle, sollten sie ... austrocknen. Die notwendige Schaltstation befindet sich hier, an Bord der MO. Also: Lass deine Fantasie spielen.«

»Schopsna schafft einen Sonnentransmitter, durch den er entkommen will«, sagte Tifflor tonlos.

Rhodan nickte und lächelte müde. »Präzise gesagt: einen Moby-Transmitter.«

Uralte Technologie kam hier zur Anwendung. Solche, die vor 55.000 Jahren von den Sonneningenieuren mithilfe einer Zeitschleife zur Reife gebracht worden war. Dabei stand noch nicht einmal fest, ob die Energiewesen selbst die »Erfinder« der Sonnentransmitter waren oder ob sie noch ältere Konzepte für die Lemurer und die Meister der Insel modifiziert hatten. Die plumpen, kaum ins Jahr 1340 NGZ passenden Steuerungshebel, die Schopsna bediente, waren ein Hinweis darauf, dass der Ursprung dieser Technik in tiefer Vergangenheit lag.

Gab es denn eine Justierungsstation? Eine Steuerzentrale, die die Energieflüsse der drei Mobys konzentrierte und in einen gezielten Strahl zwang, um einen gefahrlosen Transport der MO über größere Distanzen zu gewährleisten?

Augenscheinlich nicht. Schopsna hatte wohl vor, die energetische Bündelung im Zentrum des Moby-Dreiecks über die Energiefäden der drei kristallinen Brocken zu steuern. Und es sah so aus, als würde er die dazu notwendigen Handgriffe nicht das erste Mal vollführen.

Die Unruhe in der Zentrale nahm wieder zu.

»Die Tefroder machen sich daran, Ordnung in ihre Strukturen zu bringen«, murmelte Tifflor mit einem Seitenblick auf Suin-Otro, der sich mit einem gleichrangigen Offizier unterhielt. »Wir sollten die Gelegenheit nutzen und uns zurückziehen.«

Wahrscheinlich dachte er vordergründig an Zhana, die gemeinsam mit Ignats Gorgides in einem großteils demolierten Seitentrakt des ehemaligen Trümmerstegs auf ihre Rückkehr wartete. Er sorgte sich um die Frau, mit der er auf seltsame Weise verbunden war.

»Einverstanden«, sagte Rhodan.

»Kein Widerspruch?«, fragte Tifflor verwundert.

»Erinnerst du dich an die Folgen der Entmaterialisierung? Damals, als wir nach Andromeda vorpreschten? An die Schmerzen und die Bewusstlosigkeit, die eine Ewigkeit anzuhalten schien? An Kahalo, Twin und Horror – all die Stationen einer fantastischen Odyssee?«

»Selbstverständlich«, murmelte Tifflor. »Besonders an Twin. Wir hatten dort einiges zu erledigen. Zu einer Zeit, da die Maahks noch unsere Feinde waren ...«

»Wir müssen davon ausgehen, dass wir eine größere Transition vor uns haben. Der Aufwand mit den drei Mobys hat sicherlich einen Grund. Der Strukturschock wird heftig sein. Wir sollten uns um Zhana und Ignats kümmern und uns, so gut es geht, auf den Transfer vorbereiten. Eine Transition, die via Sonnentransmitter über zigtausend Lichtjahre führt, geht nicht schadlos am menschlichen Geist vorüber. Je rascher wir uns aus der Bewusstlosigkeit hochkämpfen, desto größer die

Chance, bei der Rematerialisation aktiv werden zu können.« Rhodan drängte weitere Erinnerungen zurück. »Ich hoffte, ich würde niemals mehr wieder etwas mit dieser Brachialtechnik zu tun haben; wobei wir gut daran täten, das Netz der alten Lemurer mit mehreren Hundert Sende- und Empfangsstationen einer eingehenden Untersuchung zu unterziehen ...« Seine Gedanken schweiften ab. Er hatte Mühe, sich auf die gegenwärtige Situation zu konzentrieren.

»Hergehört, Herrschaften!«, rief Schopsna. Er stand auf und sah sich um. »Wir treten eine Reise an, die uns weit weg von hier führt. Die Begleiterscheinungen der Transmission könnten unangenehm werden.«

Perry warf Tifflor einen kurzen, vielsagenden Blick zu. Seine Vermutungen fanden eine Bestätigung.

»Die Offiziere nehmen nun eine letztgültige Arbeitseinteilung in der Zentrale vor«, fuhr Schopsna fort. »Der Dienst wird in zwei Schichten gefahren. Ein Teil der Besatzung bleibt hier, der andere zieht sich in Quartiere zurück. Neben dem Hauptschott der Zentrale befindet sich ein Medikamentendepot mit Tabletten, die eine schmerzmildernde Wirkung ausüben und euch über die Zeit der Transition hinaus im Schlaf halten. Ihr nehmt jeweils zwei Stück davon. Mehr kann ich euch nicht zumuten. Die Implantate in euren Köpfen dürfen nicht beeinflusst werden.« Schopsna lachte laut, als hätte er einen besonders guten Witz gemacht. »Sucht euch freie Kabinen und bereitet euch auf den Sprung vor, der in einer Tonta stattfindet. Informiert die Hauptpositronik über euren Aufenthaltsort. Der Übertritt erfolgt, sobald sich die Mobys in Position befinden.« Der Gys-Voolbeerah begann eine unruhige Wanderschaft durch das Rund der Zentrale. »Sobald sich die Lage an Bord der MO nach dem Rücksturz in den Normalraum einigermaßen stabilisiert hat, kümmern sich Trupps, die die Positronik zusammenstellt, um ein kleines und dennoch nicht unbedeutendes Problem: Es sind Wesen an Bord, die hier nichts zu suchen haben.«

Rhodans Puls beschleunigte. Er unterdrückte jede Reaktion. Wusste Schopsna etwa, dass Zhana, Tifflor und er den Sprung auf die MO im letzten Augenblick geschafft hatten?

»Nicht alle Springer, Arkoniden oder Naats haben meinem Wunsch entsprochen, den ehemaligen Trümmersteg vor seiner Absprengung zu verlassen«, fuhr Schopsna fort. »Die komplizierte Struktur unseres Schiffes bietet ausreichend Möglichkeiten, sich zu verstecken. Auch ist die Hauptpositronik noch längst nicht in der Lage, ihre Aufgaben im vollen Umfang zu erledigen. Es gibt nach wie vor Synchronisierungschwierigkeiten; blinde Flecke in der Überwachung an Bord, Probleme im Zusammenspiel der einzelnen Schiffsabteilungen, eine erhöhte Ausfallquote bei den redundanten Systemen und so weiter. Die Mannschaft erfährt bei ihrer Arbeit also noch nicht die erforderliche Unterstützung.« Schopsna holte tief Atem. »Ich wünsche, dass alle Nicht-Tefroder, die von euch persönlich aufgestöbert werden, von ihrem Leben ... erlöst werden. Ich will keine unliebsame Überraschung erleben, sobald wir den Unlichtplaneten erreichen. Haben wir uns verstanden?«

Die Anweisungen des Gestaltwandlers hatten also nichts mit ihrer Anwesenheit zu tun. Dennoch erschreckten Rhodan die Worte. Schopsna befahl den beeinflussten Tefrodern, jene bedauernswerten Wesen zu töten, die den Sprung auf eine der beiden Pfannenteile der ehemaligen Springer-Raumstation nicht rechtzeitig geschafft hatten.

An die fünftausend Tefroder befanden sich an Bord der MO. Ein kleiner Teil von ihnen arbeitete in der Zentrale, weitere Gruppen mussten die frisch installierten Aggregate vor Ort synchronisieren und steuern. Die maschinelle Infrastruktur war rings um die Zentrale angeordnet worden. Perry und Tiff hatten während des Marschs hierher in ehemalige Hallen gepfropfte Aggregatblöcke gesichtet. Frauen und Männer huschten dort umher. Zielgerichtet, mit virtuellen Befehlspads um sich angeordnet, die sie bedienten, als hätten sie ihren Lebtag nichts anderes getan. Die Beeinflussung, die durch die Implantate auf die tefrodischen Para-Drüsen wirkte, funktionierte offenbar ausgezeichnet.

Die Mehrzahl der Tefroder lungerte indes in Gängen und Sammelkabinen herum. Sie warteten darauf, den Rest des riesigen Schiffs besetzen und ihren Dienst in nachgeordneten Aufgabenbereichen übernehmen zu können. Eine Vielzahl von ihnen würde Beiboote bemannen und Kampfeinheiten zugeordnet werden, manche in der Restaurierung der über all die Jahre kaum gewarteten MO.

Fünftausend Gegner!, dachte Rhodan, plötzlich erschrocken über die eigene Vermessenheit. *Und wir hoffen, diese Übermacht aushebeln zu können, indem wir ihren Anführer besiegen.*

Er richtete seine Aufmerksamkeit wieder auf Schopsna. Der Gestaltwandler beendete soeben seinen Rundgang durch die Zentrale und ließ sich schwer in seinen Kommandosessel fallen. Mit einem Mal wirkte er müde, abgespannt. Als überkäme ihn nun, da er den Großteil seiner Aufgabe erledigt hatte, tiefe Erschöpfung.

Rhodan gab Suin-Otro zu verstehen, dass sie die Ablösung wünschten, um sich in einer Kabine auf die Transition vorzubereiten. Der Funkoffizier übermittelte die Namen ihrer Deckidentitäten an die Hauptpositronik und entließ sie beide. Zwei andere Tefroder nahmen augenblicklich ihre Positionen ein.

Schopsna hatte vor, weitere Namen auf die lange Liste seiner Opfer zu schreiben. Er würde die MO Halle für Halle, Raum für Raum absuchen lassen. Zhana, die Ara-Agentin, schwebte somit in höchster Gefahr. Und nicht nur sie: In dem neun Kilometer langen und ungefähr 200 Meter hohen Bauwerk mochten sich unzählige Intelligenzwesen verbergen, über die der Gestaltwandler soeben das Todesurteil gesprochen hatte.

Perry griff sich zwei Tabletten, bevor er die Kommandozentrale verließ. Tifflor folgte seinem Beispiel und marschierte schweren Schrittes hinter ihm her.

»Wirst du diejenigen, nach denen Schopsna an Bord der MO suchen lassen will, ebenfalls opfern?«, fragte Tiff mit bitterer Stimme. »Willst du weiterhin warten, bis sich der richtige Moment ergibt, um den Gys-Voolbeerah zu überwältigen?«

»Vielleicht ist es gar nicht mehr nötig, dass wir uns um die Leute kümmern«, meinte Rhodan ausweichend.

»Ich verstehe nicht ...«

»Schopsnas besondere Psyche scheint von den Einflüssen der Transition stärker in Mitleidenschaft gezogen zu werden als die der beeinflussten Tefroder. Als Paranoiker, der er ist, traut er niemandem und sichert sich gegen alle Eventualitäten ab. Was für einen Grund hätte er denn sonst, seine Untergebenen mihilfe von Tabletten längere Zeit in der Bewusstlosigkeit zu halten? Der Gys-Voolbeerah will dafür sorgen, dass ihm niemand ins Geschäft pfuschen kann. Deshalb hat er wohl darauf gedrängt, dass seine Leute zwei zusätzliche Tabletten einnehmen. Sie werden aufgrund ihrer Konditionierung seinem Befehl folgen. Wir hingegen ...«

»Die Zellaktivatoren werden uns helfen, den Transitionsschock rascher als Schopsna und die Tefroder zu verarbeiten«, führte Tifflor den Gedanken zu Ende. »Also machen wir uns nach dem Erwachen mit unserer gesamten Ausrüstung so rasch wie möglich zurück auf den Weg zur Zentrale, um den Gestaltwandler festzusetzen und die Beeinflussung der Tefroder aufzuheben. Richtig?«

»So ungefähr stelle ich mir das vor. Sobald wir die Transition hinter uns haben, können wir uns nicht mehr allzu weit vom Versteck des vermeintlichen Hintermannes entfernt befinden. Wir senden, wenn möglich, einen Ruf mit Bitte um Unterstützung aus. Wenn wir uns zu weit vom Einflussgebiet der Arkoniden, Blues oder der Liga Freier Terraner entfernt befinden, müssen wir improvisieren. Schopsna liegt offenbar sehr viel am Trümmersteg – oder der MO, wie dieses Gefährt jetzt heißt.«

»Wo hat Schopsna die Kontrollsteuerung für die Implantate der Tefroder wohl verborgen?«

»In unmittelbarer Nähe. Ein derart wichtiges Instrument würde er niemals aus den Augen lassen. Ist dir der winzige Energieschirm aufgefallen, der einen Teil seines Arbeitstisches abdeckt?«

»Ja. Du meinst ...«

»Wahrscheinlich. Womit wir beim Schwachpunkt meines kleinen Plans angelangt wären: Wie überwinden wir die Absicherung des Energiefeldes, zumal wir uns noch mit der von Schopsna beeinflussten Positronik herumschlagen müssen?«

»Die allerdings noch nicht vollständig einsatzbereit ist, wie Schopsna selbst zugibt«, warf Tifflor ein. »Immerhin wurden die meisten Aggregate erst vor Kurzem installiert und in das Gesamtsystem integriert. Wir wissen ja, was die optimale Synchronisation der Rechenkerne mit der zu steuernden ... Hardware für eine Arbeit verursacht.«

Rhodan nickte. »Es wird Schlupflöcher geben, dessen bin ich mir sicher. Wir müssen den Zeitvorteil nutzen, den wir nach dem Rücksturz haben.«

»Wie lange haben wir wohl Zeit?«

»Eineinhalb Stunden, maximal zwei. Dann müssen wir unseren Coup über die Bühne gebracht haben.«

Sie besetzten zwei Kabinen in unmittelbarer Umgebung der Kommandozentrale und meldeten ihre Aufenthaltsorte wie gewünscht an die Positronik. Sie befanden sich hier an jenem Seitenende der unstrukturierten ehemaligen Raumstation, das nahe zu »Pfanne 2« gelegen gewesen war.

Kurz darauf verließen sie die Räumlichkeiten wieder. In den Gängen nahe der Zentrale herrschte rege Betriebsamkeit. Niemand achtete auf sie. Mehr als fünftausend Tefroder hatten, durch ihre Konditionierung gezwungen, den Sprung auf die MO geschafft. Ihre Quartiere jedoch befanden sich teilweise kilometerweit entfernt. Die Infrastruktur des Schiffs war noch längst nicht an die neue Situation angepasst.

Je weiter sie sich aus der Nähe der Zentrale entfernten, desto weniger Tefroder begegneten ihnen. »Jetzt rasch!«, sagte Tifflor gehetzt, nachdem sie um die Ecke in einen leeren, von Müll übersäten Gang eingebogen waren. »Es sind knapp zwei Kilometer bis zu Zhanas Versteck.«

Die Unsichtbare beherrschte Tiffs Gedanken. Jener unbekannte Strippenzieher, der sie in die Geschehnisse um die Entdeckung des Ara-Toxins geschubst und gedrängt hatte, sorgte dafür, dass die seltsame Liebesbeziehung zwischen Ara-Frau und Terraner von besonderer Nachhaltigkeit geprägt war. Sie waren aufeinander fixiert, ließen einander kaum aus den Augen.

Ihr rascher Schritt ging allmählich in einen lockeren und entspannten Dauerlauf über. Vorbei an umgestürzten Containern, zerstörten Reinigungsrobotern, im Wind stotternder Klimaanlagen wirbelnden Schreibfolien. Sie begegneten einer einzelnen Tefroderin, bremsten ab und erweckten den Anschein, mit festem Schritt einem Ziel am Ende des Ganges entgegenzustreben. Als die Frau außer Sichtweite war, beschleunigten sie wieder.

»Bestenfalls noch eine halbe Stunde bis zur Transition«, sagte Tiff.

In Zhanas Versteck befand sich der Rest ihrer Ausrüstung. Leichte Schutzanzüge und Waffen, diverses technisches Brimborium aus dem Fundus des Ara-Beibootes DERWAY. Medizinische Ausrüstung, ebenfalls araischer Herkunft, die ihnen gegen den Transitionsschmerz möglicherweise zugute kam. Dinge, die sie in aller Eile geschnappt und hierhergebracht hatten.

»Wir sind fast da«, keuchte Tifflor. Er deutete auf verblichene, rätselhaft anmutende Markierungen an den

Seitenwänden jenes Gangs, durch den sie hetzten. Daneben waren arkonidische Zahlensymbole geschmiert. »Wir müssen zwei Ebenen hoch.«

Sie erreichten einen Antigrav-Lift. Er funktionierte nicht. Seitlich davon befand sich, schlampig markiert, der dazu gehörige Service-Schacht.

Tifflor riss die schmale Türe auf und quetschte sich hindurch. Schwache Lichtschienen aktivierten sich automatisch und leuchteten eine primitive Sprossenleiter aus, die parallel zum Antigrav durch die MO führte. Im Abstand von ein paar Metern befanden sich Zustiegsplattformen anderer Ebenen.

Tifflor verzichtete darauf, einen der bereitliegenden Sicherheitsgurte umzulegen. Freihändig kletterte er »hoch«. Die künstliche Schwerkraft war mit dem »unteren« Ende des Trümmerstegs definiert worden.

Der senkrechte Service-Korridor reichte mindestens 70 Meter in die Tiefe. Eine ungeregelte Thermik ließ abwechselnd heiße und kalte Luftströme hochzischen.

Rhodan folgte dem Beispiel seines Freundes und kletterte ebenfalls ungesichert hoch.

Tifflors Stiefel knallten oberhalb von ihm gegen die Metallsprossen. Klack, klack, klack. Das Echo hallte für Sekunden im leeren Raum wider. Dann hatte sein Partner den übernächsten Ausstieg erreicht.

»Komm schon!«, rief der Jüngere, reichte Perry die Hand und hievte ihn mit einem kräftigen Armzug hoch auf die Plattform. Gemeinsam öffneten sie das quietschende Tor und traten in den Gang hinaus. Der Weg hier ähnelte allen anderen. Er war ebenso verschmutzt und staubig, wirkte kaum benutzt. Das Leben in der Springer-Station hatte sich seit jeher auf die beiden

Pfannenteile konzentriert. Im Trümmersteg siedelten lediglich die Unterprivilegierten, zu denen bislang auch die Tefroder gezählt hatten.

Noch fünfzehn Minuten ...

Links, rechts. Einen endlos scheinenden Gang entlang. Wiederum links, an drei Türen vorbei. Durch die vierte, vor der sich leere Plastboxen stapelten.

»Wir sind's!«, rief Tifflor in den Zimmertrakt. »Alles in Ordnung bei euch?«

Seine Hingabe an Zhana war nicht nur irritierend, sondern steigerte sich manchmal zu einer regelrechten Manie. Und sie ließ Tifflor Fehler begehen. Niemals hätte er laut rufend in das Versteck vordringen dürfen.

»Wir sind hier«, antwortete Zhana leise. Die Ara-Agentin trat aus einer Seitentür des Kabinentrakts. Sie wirkte entspannt und hielt keine Waffe in der Hand. Was auch nicht unbedingt notwendig war. Perry wusste nur zu gut, dass Zhana selbst zur Waffe werden konnte.

»Wir müssen uns auf eine schmerzhafte Transition vorbereiten«, sagte Rhodan, während Tifflor Zhana umarmte. »Du und Ignats benötigt Schmerzblocker und kreislaufunterstützende Medikamente. Eine Mischung, die sowohl die Psyche als auch die Physis vor gröberem Schaden bewahrt. Für Tiff und mich dasselbe in abgeschwächter Dosis. Wir haben doch sicherlich etwas Passendes in unseren Vorräten?«

»Ich bin keine Medizinerin, wie du weißt«, antwortete Zhana kühl. Sie schob Tifflor sanft, aber bestimmt beiseite. »Erzählt erst einmal, worum es eigentlich geht.«

Rhodan nahm sich die Zeit, einen konzentrierten Bericht abzugeben. Sie gingen in den Nebenraum. Ignats Gorgides saß auf dem Boden, die Hände gegen die Schläfen gepresst. Sein Implantat erzeugte Druck auf die Para-Drüse im Kleinhirn. Nur durch den Einfluss einer Droge, dem sogenannten »Dreier«, konnte er die beeinflussende Strahlung abwehren. Einmal besser, einmal schlechter. Er war ein wankelmütiger Verbündeter, und dennoch einer, der als einigermaßen zuverlässiger Gradmesser für Schopsnas Möglichkeiten angesehen werden konnte.

In einer Ecke lagen Clotoin Rak und Liom Artar, in deren Rollen sie geschlüpft waren. Sie waren sorgfältig gefesselt. Erleichtert stellte Rhodan fest, dass ihr Atem flach, aber ruhig ging. Zhana, die zu erschreckender Kaltblütigkeit fähig war, hatte die beiden Tefroder am Leben gelassen.

Die Ara-Frau durchwühlte die sorgfältig geordnete Ausrüstung. Sie kramte einige vakuumierte Päckchen hervor und knickte sie ruckartig. Zischend strömte als Katalysator wirkender Sauerstoff ein und aktivierte die Medikamente.

»Auslecken!«, befahl Zhana. Sie reichte jedem von ihnen ein Päckchen.

Hohl und schwach gellte ein Alarmsignal durch die Gänge, gefolgt von einer unverständlichen Durchsage. Offenbar stand die Transition unmittelbar bevor.

Die mangelhafte technische Ausstattung und die derzeit nur teilweise Vernetzung der Positronikkerne machten sich in Details wie dem in weiten Bereichen nicht funktionierenden Bordkom bemerkbar. Nach der Absprengung des Trümmerstegs hatte Schopsnas Aufmerksamkeit den Defensiv- und Offensivsystemen gegolten und in weiterer Folge der hoch komplizierten Steuerung des Moby-Dreiecks.

Erschwerend kam die für Menschen, Tefroder und Arkoniden nur schwer fassbare Bauweise des in unzählige Fragmente zerfallenden »Wracks« hinzu. Das einstmals monumentale Gesamtbauwerk war das Sporenschiff eines Mächtigen gewesen und später als Kosmischer Basar genutzt worden. Nach der Zerstörung des eigentlichen Schiffskörpers war dieser Teil möglicherweise der letzte Rest uralter Substanz, die kosmische Geschichte atmete.

Die Springer, die das Trümmerstück für ihre Zwecke adaptiert hatten, waren mit der ihnen eigenen Geringschätzung an die Arbeit gegangen. Zwischendecks waren je nach Bedarf eingezogen, Antigravs quer durch die bestehenden Strukturen gebohrt worden. Überall zeigten sich Spuren der Improvisation und der Halbherzigkeit. Die Angehörigen des Nomadenvolks, unstet und von unheilbarem Fernweh geplagt, legten nicht viel Wert auf dauerhafte Einrichtungen. Nur in ihren Schiffen, deren Aggregate stets in Betrieb gehalten wurden, fühlten sie sich wohl.

»Träumst du, Perry?« Tiff stieß ihm sanft gegen die Schulter.

Der Unsterbliche schreckte hoch. Der geschichtsträchtige Boden, auf dem er sich bewegte, reizte immer wieder zum Grübeln. Nachdenklich schleckte er die Medizin aus der Packung. Sie schmeckte bitter. Zhana trat an ihn heran. Mit einem Einmalnadler jagte sie ihm ein weiteres Medikament direkt in die Blutbahn.

Der Zellaktivator würde augenblicklich beginnen, die Wirkung der Medikamente zu bekämpfen, auch wenn sie sich noch so positiv auf seinen Metabolismus auswirkten. Das Gerät erlaubte keinerlei Einflussnahme auf seinen Körper. Doch in unmittelbarer zeitlicher Nähe zur Transition konnte Perry hoffen, dass ein Teil der Wirkstoffe greifen und ihm einen weiteren, zusätzlichen Zeitvorteil beim Erwachen aus der Bewusstlosigkeit verschaffen würde. Vielleicht nur wenige Sekunden, hoffentlich ein paar Minuten.

»Wir helfen Ignats auf eine der Liegen«, ordnete er an. »Je entspannter er liegt, desto besser wird er den Transitionsschmerz ertragen.«

Erneut erklang ein Alarmsignal. Ein lang gezogener Ton, der abrupt abbrach, um gleich darauf wieder loszugellen. Die Abstände zwischen den Tonfolgen wurden sukzessive kürzer, bildeten eine Art Count-down.

Sie hievten Ignats Gorgides auf ein Bett und schlossen ihm die Augen. Sein Körper entspannte. Die Medikamente taten bereits ihre Wirkung.

»Bereit?«, fragte Rhodan. Er atmete tief durch, schlüpfte in den bereitliegenden Schutzanzug, überprüfte ein weiteres Mal die Ausrüstung. Er sah zu, wie sich Zhana und Tifflor eng umklammert niederlegten, Gesicht an Gesicht.

Perry drehte sich, unangenehm berührt, beiseite.

Es gab Beziehungen, die weitaus exotischer waren als diese hier. Dao-Lin-H'ay und Ronald Tekener waren das beste Beispiel dafür, wie sehr Liebe jegliches Vorurteil überwinden und zwei gänzlich unterschiedliche Wesen aneinanderbinden konnte. Doch er vermochte nicht zu sagen, inwieweit die Gefühle echt waren, die Zhana und Tiff füreinander empfanden.

Der Alarmton kam nun kurz, stakkatoartig. Perrys Puls beschleunigte. Er fühlte Angst, Angst vor dem Unbekannten. Auch er legte sich flach auf eins der Betten und atmete tief durch.

Was erwartete ihn am Ende dieser Reise? War das Ziel dann tatsächlich erreicht, würde er eine Entscheidung herbeizwingen können – oder wartete der Tod auf ihn?

»Diese Injektionen gebt ihr Ignats und mir, sobald ihr erwacht seid – verstanden?« Zhana deutete auf zwei weitere bereitgelegte Einmalnadler. »Mit den Wirkstoffen kann man Tote wieder zum Leben erwecken …«

Der Schmerz kam. Abrupt, übergangslos. Er zerriss den Geist, beendete alles. Das Wesen Perry Rhodan hörte auf zu existieren.

Aset-Radol

Die Früchte des Yakuva-Baumes betrachteten Aset-Radol freundlich und interessiert. Die Geschichte, die er zu erzählen begonnen hatte, schien sie über alle Maße zu interessieren. Sie kümmerten sich nicht um die beiläufig erwähnten Gräueltaten, die mit seiner langen Existenz verbunden waren. Allein die Epik seiner Erzählung faszinierte sie; die Qualität der Geschichte, die mit vielen Höhepunkten gespickt war.

Sein Lebenswerk beeinflusste eine Vielzahl von Völkern in zwei Galaxien; es wirkte über einen Zeitraum von mehr als 25.000 Jahren; wenn man die Zeitschleifen, die die Meister der Insel gesetzt hatten, berücksichtigte, reichte sein Einfluss über den Abgrund von 200.000 Jahren.

Aset-Radol war in den Augen vieler Lebewesen ein Monster. Ein Massenmörder, der mehrere Genozide ausgelöst und mit Leben so sorglos wie mit Spielfiguren umgegangen war; dessen ethische Vorstellungen stets von exzessiver Machtgier geprägt worden waren.

Die neugeborenen Früchte kannten keine Moral. Sie waren nicht daran interessiert. Sie waren wie hohle Gefäße, die sich von seinen Erzählungen nährten und ein Leben lang von deren Geschmack zehren wollten.

Aset-Radol streckte sich und stand auf. Er blickte an seinem Körper hinab. Er war normal gebaut, aber keineswegs muskulös. Fett schwabbelte um seine Hüften, und er sah die Anzeichen eines Bauchansatzes.

Was kümmerte es ihn? Er konnte seinen Körper während der Ruhestunden durch Impulsreizungen wieder in Form bringen lassen, gefräßige Nanomaschinchen in seinen Leib einschleusen oder aber ganz profan eine Fettabsaugung vornehmen lassen. Das waren Vorgänge, die er immer wieder – wie oft bereits in seinem langen Leben? Hundert, fünfhundert Mal? – vorgenommen hatte.

Sein Mund war trocken vom vielen Reden. Er trank erneut aus dem Bach und kühlte seinen Nacken, bevor er an seinen Platz zurückkehrte und sich müde gegen den Stamm lehnte.

Die Früchte fielen augenblicklich wieder über ihn her. Sie kicherten, zupften mit ihren rasch wachsenden Körperfasern an seinen Haaren und seiner Haut. Ihre Ungeduld wuchs. Er sollte fortfahren, ihnen eine weitere Epoche aus seiner bereits so lange währenden Existenz zugänglich machen.

Ein Signal drang aus dem Datengürtel, den er gemeinsam mit seiner Hose und der restlichen Kleidung abgelegt hatte. Der Ton schwoll an, beharrlich und in unangenehme Höhen vordringend. Seufzend stand Aset-Radol auf und betrachtete den Nachrichtenpulser.

Die Justierungsstation meldete, dass sie ein Sendeimpuls erreicht hätte. Sie bat um Empfangsfreigabe.

Das großartigste und gleichzeitig grässlichste Erzeugnis seines langen Lebens kehrte zurück; der Augenblick des Triumphs war nahe. Aset-Radol sendete die notwendigen Bestätigungssignale aus.

Was fühlte er? Sollte er glücklich sein? Von tiefgreifender Befriedigung erfasst? Schließlich stand ein Plan, den er vor vielen tausend Jahren ersonnen hatte, kurz vor der Erfüllung.

Nein. Aset-Radol spürte weder Triumph noch Zufriedenheit. Derzeit kümmerte ihn einzig und allein der Yakuva-Baum. Sein Interessenshorizont war auf dieses schmale Tal und sein beherrschendes Lebewesen eingeschränkt.

Die Früchte des Baumes summten und brummten ungeduldig eine monotone Melodie. Immer mehr »Stimmen« fielen ein. Drängend klangen sie, und fordernd.

Aset-Radol gab sich den Wünschen der Kleinen gern hin. Es tat so gut, loszulassen. Er setzte sich. Die Worte kamen wie von selbst ...

Aset-Radol: Vergangenheit

Die Sonneningenieure wurden endgültig in Frondienste gezwungen; Zeitreisen gerieten dank der Unterstützung der Energiewesen scheinbar zum lustigen Zeitvertreib der Herrschenden.

Die Multiduplikatoren, die aufgrund der Grundlagenforschung von Mirona Thetins Vater, Selaron Merota, angefertigt werden konnten, erzeugten sogenannte Duplos ohne Zahl. Kopien waren sie, von Atomschablonen gezogen, mit Altlemurern als »Original«. Die Duplos wurden zum militärischen Rückgrat der Meister der Insel. Abermillionen von ihnen schwärmten aus und brachen mit ihrer Kampfwut und überlegenen Waffentechnologie jedweden Widerstand. Reizwellenempfänger, in die Köpfe der Duplos implantiert, bildeten ein adäquates Kontrollinstrument für die gewaltigen Heerscharen.

Die tiefgreifende und dauerhafte Besiedlung weiter Bereiche Karahols durch die Tefroder brachte ein neues Selbstverständnis der Eroberer mit sich. Hatten sie sich, die Nachkommen der einstmals vertriebenen Lemurer, bislang als Flüchtlinge gefühlt, so entwickelten sie sich nun zu selbstbewussten Herrschern. Die Bildung eines tiefgreifenden Mythos mit den Meistern der Insel im Zentrum – sehr subtil und vorsichtig gestrickt – ließ die Tefroder endgültig mit der Vergangenheit brechen. Sie blickten vorwärts, dehnten die Imperiumsgrenzen immer weiter aus – und tanzten wie Figuren an den Strippen, die Aset-Radol und seine Wegbegleiter mit der notwendigen Vorsicht zogen.

Mirona Thetin ließ sich niemals in die Karten blicken. Über viele Jahrtausende hinweg wahrte sie ihre Anonymität. Mehr als einmal war Aset-Radol versucht, sie zu verraten, und immer wieder schreckte er davor zurück. Im kleinen Kreis der Meister der Insel konnte, ja durfte er niemandem vertrauen. Als Meisterin der Intrige sorgte Mirona Thetin für ein Klima, das sie einander immer weiter entfremdete. Sie trafen sich nur noch selten. Die Renegaten trachteten danach, die Aufgaben, die ihnen Faktor I zuordnete, möglichst autark zu erledigen.

Was für eine Ironie, dass Aset-Radol selbst mit seiner Spitzelarbeit dafür sorgte, dass jeglicher innere Zusammenhalt in der Gruppe verloren ging! Mirona Thetin verstand es ausgezeichnet, ihn unter Druck zu setzen. Der Zellaktivator, den er nun ständig trug, war in der Tat modifiziert worden. Faktor I hatte ihm mit einem liebenswerten Lächeln erklärt, dass er ihn besser nicht mehr ablegen sollte, und ein einziges falsches Wort reichte, sie dazu zu bewegen, einen bestimmten Knopf zu drücken.

Je mehr sich Aset-Radol fürchtete, desto mehr hing er am Leben. Er entwickelte ein manisches Bedürfnis nach Sicherheit. Verließ nur noch im Schutz mehrfach gestaffelter Schirme seine wechselnden Behausungen, schuf in immer rascherem Tempo neue Tarnidentitäten, mied soziale Kontakte. Er wurde zum Gefangenen seiner Unsterblichkeit. Zum psychischen Wrack, das hinter alles und jedem eine Bedrohung sah. Er entwickelte Psychosen, hatte manchmal Black-outs, die sich über ganze Tage erstreckten. Aus Angst und Scham verbarg er seine Schwäche, erzählte niemandem davon.

Wem denn auch? Er hatte keinerlei Vertraute. Niemand, dem er sich öffnen konnte.

Seine Macht ließ ihn schreckliche Dinge tun. Dinge, mit denen er all seine Probleme zu kompensieren versuchte.

Lachend ließ er einen Planeten vernichten, weil ihn anlässlich eines Besuchs ein einziger Bewohner seltsam angeblickt hatte; Teile seiner Duplo-Streitmachten traten zu seinem persönlichen Vergnügen gegeneinander an und inszenierten Schlachten, die die Struktur des vierdimensionalen Universums erschütterten; einer Konkubine schenkte er einen Kontinent auf einem tefrodischen Ferienplaneten und ließ ihn nach ihren Wünschen umformen. Nachdem sich erste Falten in ihrem wunderschönen Gesicht zeigten, erwürgte er sie mit bloßen Händen.

Aset-Radol besaß wirkliche Macht, und sie nützte ihm gar nichts.

Erst als seine nebenbei betriebenen Forschungen mit dem hyperenergetischen Erz Altrit Erfolge zeigten, kehrten Hoffnung und Zuversicht in sein Leben zurück …

Das Altrit war eine Laune der Natur. Es kam einzig und allein auf dem Planeten Tamanium vor, der sich allmählich zu einem wichtigen Umschlagplatz im Geflecht des tefrodischen Reiches mauserte. Die besondere Konsistenz des Erzes widerstand jedweder Erforschung und einer industriellen Erzeugung; die hyperenergetische Komponente, die dem Gestein beigemischt war, zeigte eine besondere Sprunghaftigkeit und war in kein bekanntes System einzuordnen. Faktor I überließ Aset-Radol überraschenderweise eine größere Menge des sonst eifersüchtig gehüteten Schatzes für diverse Versuchsreihen. Das seltene Erz, das hauptsächlich bei der Schaffung von Atomschablonen für die Erzeugung von Duplos zur Anwendung kam, fand kaum einmal den Weg in andere Forschungsbereiche.

Bei aller Bescheidenheit war Aset-Radol ein begnadeter Naturwissenschaftler. Ein Alleskönner. Ein Nexialist, der auf zahlreichen Gebieten der Forschung zu Hause war und es trefflich verstand, Querschlüsse zu ziehen. Die Allgemeinmedizin war ihm ebenso ein Anliegen wie die Grundlagenforschung auf dem Gebiet höherenergetischer Phänomene, die Toxikologie, die Mechanik, die Wirtschaftswissenschaften. Wenn es um Forschungserkenntnisse ging, waren seltsamerweise alle Ängste vergessen. Dann verbiss er sich in unorthodoxe Ideen oder startete Experimente, die 100 Jahre oder mehr in Anspruch nehmen konnten. In den Laboratorien fand er Glück und Ruhe. Dort war er fernab von Intrigen und Streit.

»Ich habe es geschafft!«, sagte er ungläubig. Er blickte auf eine Reihe zerstörter Zellklumpen in ihren unterschiedlichen Entwicklungsstadien. Dann auf die Bilder freigesetzter Kulturen in den sonnenüberfluteten Feldern seiner gigantischen Laboranlagen. Dort, wo die Vögel zwitscherten und Blumen von außergewöhnlicher Pracht gediehen, hielt der Tod Einzug. Er zerstörte alles und jeden, fraß sich wie ein Geschwür immer tiefer ins Innere der Planetenhülle. Unaufhaltsam und ohne Anzeichen dafür, dass die Metamorphose irgendwann einmal ein Ende nehmen würde. Das, was Aset-Radol freigesetzt hatte, war der absolute Todbringer.

Sorgfältig verpackte er seine Unterlagen in entkeimte Vakuumbehälter. Er würde sie im Weltall der bestmöglichen Dekontaminierung unterziehen. Das Geheimnis, das er soeben gelüftet hatte, gab ihm Macht, wie sie niemals zuvor ein Wesen in Händen gehalten hatte.

Aset-Radol zog sich aus, warf seine Kleidung achtlos beiseite und ließ sich mit dem nächstbesten Transmitter zur INSTIN abstrahlen. Er kümmerte sich nicht um die erstaunten Blicke der Duplo-Besatzungsmitglieder.

»Nach Tefrod!«, befahl er, »so rasch wie möglich.«

»Habt Ihr Eure Aufgabe auf Dumestol erledigt, Herr?«, wagte der Duplo-Kommandant zu fragen.

Dumestol? So hieß also der Planet, auf dem er seine gewaltigen Labortrakte hatte errichten lassen. Aset-Radol hatte den Namen längst vergessen. Es handelte sich um eine einfache Welt mit einfachen Lebewesen auf pflanzlicher Basis, die aufgrund ihrer körperlichen Beschränkungen wohl niemals das Weltall erobern würden.

Was kümmerten ihn solche Überlegungen? Dieser Klumpen Erde würde bald nicht mehr existieren.

»Der Planet steht ab sofort unter Quarantäne«, ordnete Aset-Radol an. »Ich will, dass er von allen Seiten beobachtet wird. Niemand landet auf der Oberfläche. Zuwiderhandlung wird mit dem Tod bestraft. Verstanden?«

»Ja, Herr.« Der Duplo-Kommandant senkte den Blick und gab den Befehl weiter. Die INSTIN setzte sich in Bewegung, der sterbende Planet blieb zurück.

Faktor I würde zufrieden mit dem Ergebnis seiner Forschungsarbeit sein. Außerdem, wie ihm allmählich dämmerte, ergaben sich für ihn persönlich vollkommen neue Aussichten.

»Sehr schön«, lobte Faktor I. »Ich denke, dass wir dieses planetenvergiftende Toxin in abschreckender Wirkung einsetzen sollten. Noch immer gibt es Völker und Kleinreiche, die unsere Dominanz in Karahol nicht anerkennen wollen.« Mirona Thetin war wie immer über das sattsam bekannte Logo mit den beiden Galaxien präsent. Die Stimme verzerrt, die Wortwahl durch einen intelligenten Zerhacker-Modus zusätzlich abgeändert.

»Bevor ich das Toxin als Waffe freigebe, möchte ich die letztgültigen Zerstörungseffekte beobachten und analysieren«, sagte Aset-Radol mit neu angefachtem Selbstbewusstsein. »Noch ist mir nicht ganz klar, wie das Endprodukt der Entwicklung aussieht.« Er deutete auf den Fiktivschirm, der den sterbenden Planeten Dumestol in mehreren Ansichten zeigte. In der Totalen war kaum etwas Verdächtiges zu erkennen; lediglich da und dort zeigten sich rätselhafte braune Flecken. Näher herangezoomte Aufnahmen präsentierten das wahre Ausmaß des Sterbeprozesses. Allerorts fraß sich das Gift in die Metabolismen alles Lebenden auf Dumestol. Zurück blieb ein Oberflächensud, der sich allmählich verfestigte und die Vorgänge im Inneren des Planeten vor den Augen der Beobachter verbarg.

Die pflanzlichen Hauptintelligenzen starben in seltsamer Ruhe. Ihre breiten Blätterarme richteten sich, verzweifelt wackelnd, in Richtung der roten Sonne. Aus den fleischigen Wurzeln schossen in kurzen Abständen faustgroße Knollen hervor. Die Pflanzenwesen gebärten angesichts ihres Todes wie wild, einem archetypischen Muster folgend, das sie offenbar niemals abgelegt hatten.

»Wie lange, meinen Sie, wird die Beobachtungsphase andauern?«, fragte Faktor I.

»Einige Wochen«, gab Aset-Radol zur Antwort. Fasziniert verfolgte er den Todeskampf der Pflanzen. »Vielleicht zwanzig Tage, bis Dumestol gestorben ist. Weitere zehn Tage für die abschließende Analyse. Wir sollten wissen, auf was wir uns mit dem Toxin einlassen.«

»Einverstanden. Wir kommen wieder zusammen, sobald mir Aset-Radol seinen Abschlussbericht übermittelt hat.«

Das Logo erlosch. Manch einer der anwesenden Meister der Insel atmete auf. Sie verabschiedeten sich rasch voneinander und verließen die INSTIN per Transmitter. Ihre Schiffe stoben so rasch auseinander, dass man glauben mochte, die riesigen Schlachtraumer stießen einander ab.

Aset-Radol packte seine Unterlagen zusammen. Der äußerste Knöchel seiner rechten Hand juckte. Er zählte die Vertiefungen und Erhöhungen ab, wie er es seit geraumer Zeit immer tat, wenn er nervös war. Sieben war die Zahl. Die knorpelige Verdickung am letzten Knöchel bildete das altlemurische System einer Null. Sieben und Null. Siebzig ...

Aset-Radol wollte soeben den Konferenzraum verlassen, als das Signal von Faktor I neuerlich ansprach. Er aktivierte den Fiktivschirm. Mirona Thetin blickte ihm entgegen.

»Welch eine Ehre«, sagte Aset-Radol überrascht. Er atmete tief durch und bemühte sich um Gelassenheit; es gelang ihm nur mangelhaft. »Wir haben uns lange nicht mehr von Angesicht zu Angesicht gesehen.«

»Tausend Jahre? Etwas mehr?« Mirona Thetin zeigte ihr bestes Raubtierlächeln. Sie wirkte jung, frisch und unverdorben.

»Wohl etwas länger.«

»Haben Sie mich vermisst? Wie geht es Ihnen?« Mirona Thetin siezte ihn also wieder. Aset-Radol empfand es als angemessen. Zwischen ihnen gab es nichts, das Vertraulichkeiten gerechtfertigt hätte. Die gemeinsam verbrachte Nacht war ein einmaliges Erlebnis gewesen.

»Sie wissen, wie ich mich fühle«, sagte er. »Einer Ihrer Spione wird Ihnen sicherlich verraten haben, wie es um meinen Gemütszustand bestellt ist.«

Sie kniff die Augen zusammen und nickte ihm zu. »Sie sollten besser auf sich achten. Ich kann keine Mitarbeiter und Mitwisser brauchen, deren Leistungsvermögen derart rapide wie das Ihre sinkt.«

»Sie drohen mir?«

»Verstehen Sie es als Aufmunterung.«

»Lassen wir den Smalltalk. Sagen Sie, was Sie wirklich von mir wollen.«

»Die Sache mit dem Toxin ist sehr ... groß.« Mirona Thetin schlug die aufregend langen Beine übereinander und lächelte neuerlich. »Ich möchte nicht, dass dabei Fehler passieren.«

»Ich auch nicht.«

Angespanntes Schweigen.

Schließlich fuhr Faktor I fort: »Ich kenne Sie wirklich, Aset-Radol. Keine Ihrer Regungen ist mir fremd. Ich lese in Ihnen wie in einem Buch. Wenn Sie auch nur daran denken, mir etwas zu verheimlichen, haben wir beide ein Problem.« Sie deutete mit dem Zeigefinger in seine Richtung, als richte sie eine Waffe auf ihn. »Ich will stets auf dem aktuellen Stand der Dinge gehalten werden. Alle neuen Erkenntnisse werden direkt und ohne Verzögerung an mich weitergeleitet. Ich werde mich gründlich in die Materie einarbeiten und Sie mit … Ratschlägen versorgen.«

Aset-Radol nickte. Mirona Thetin war eine ausgezeichnete Allgemeinwissenschaftlerin mit einem noch wesentlich breiteren Interessenshorizont als er. Als er noch den Mut gehabt hatte, über Faktor I Erkundigungen einzuziehen, hatte er beeindruckende Dinge zu Gesicht bekommen.

War es genetische Konditionierung gewesen, der sie zu dem gemacht hatte, was sie heute darstellte? Überbordender Ehrgeiz der Eltern? Ein Langzeitplan mit einer ganzen Reihe von Vorfahren, die ein superiores Geschöpf züchten wollten? Oder ganz einfach … Zufall?

»Ich werde Sie selbstverständlich in meine Forschung einbinden«, sagte Aset-Radol steif. Er setzte ein Gesicht auf, von dem er hoffte, dass es sie von seinen lauteren Absichten überzeugte.

»Es freut mich, dass ich nach so langer Zeit wieder mit Ihnen plaudern durfte, Faktor VI.« Mirona Thetin nickte ihm zu. »Ich würde das Gespräch gern weiter vertiefen, aber Sie wissen ja: Die Arbeit geht vor. Ich habe zwei Galaxien zu erobern.«

Die Übertragung endete. Aset-Radol blieb stocksteif sitzen.

Zwei Galaxien? *Zwei?!*

Er nannte das Gift gänzlich unbescheiden »Radolxin«. Auch wenn es im engeren Sinn gar kein Toxin darstellte, ließ seine Wirkung den betroffenen Planeten doch erscheinen, als würde er durch die Wirkung des Mittels von innen zerfressen. Als würden seine Lebensadern allmählich vergiftet und seine komplizierte Gesamtstruktur nachhaltig geschädigt.

Umso größer war Aset-Radols Erstaunen, als die letzte Phase der Umwandlung vonstattenging. Dumestol verwandelte sich in einen kristallinen Brocken bar jeden Lebens. In einem Prozess, dessen Ursache und Wirkung Aset-Radol nicht begreiflich wurden, entstand daraus neues Leben. Solches, dessen Existenz unwahrscheinlicher nicht sein konnte.

War er durch Zufall hinter das Geheimnis des Lebens an sich gekommen? Besaß er die Macht eines Gottes, der umherschwirrende Seelensubstanzen und passende Körper miteinander zu verbinden vermochte?

Nun, wenn dem so war, herrschte Aset-Radol über ein äußerst hässliches, ungefüges Lebewesen. Es war annähernd planetengroß, und sein jungfräuliches Bewusstsein reduzierte sich auf instinktbehaftetes Verhalten. Es gierte nach hochenergetischer Nahrung, und es lernte nur ganz langsam, selbst nach den Maßstäben eines Meisters der Insel ...

»Abgelehnt!«, unterbrach Faktor I Aset-Radols abschweifende Gedanken. »Wir beenden die Versuche nunmehr. Das Ziel ist erreicht. Es ist bewiesen, dass wir mit dem Radolxin eine wirksame Waffe in Händen haben, und eine heimtückische noch dazu. Das erinnert mich an etwas oder jemanden. Hm, wer könnte das wohl sein? Ach ja, die Beschreibung könnte auf mich passen.« Mirona Thetin lachte mit verzerrter Stimme.

»Es gibt noch so viel zu lernen«, wagte Aset-Radol zu widersprechen. »Wenn wir weiterforschten, könnten wir tiefschürfende Ergebnisse über die Lebenswerdung an sich gewinnen ...«

»Ist das von irgendeinem Belang für unsere Ziele?«, unterbrach ihn Mirona Thetin. »Ich wollte eine Waffe, und ich habe eine bekommen, die ich möglichst rasch einzusetzen gedenke. Ich habe bereits mehrere Ziele ausgesucht, die wir – nun, sagen wir mal: im Zuge eines Präventivschlags – vernichten werden.« Die Direktverbindung wurde kurz unterbrochen. Die INSTIN befand sich in einem hyperenergetisch hoch belasteten Bereich am Südrand Karahols; Faktor I an Bord ihres eigenen Schiffs, wahrscheinlich nur wenige Lichtjahre von ihm entfernt, ohne ihren Standort zu verraten.

»... es gibt wirklich kein Heilmittel gegen das Radolxin?«, erklang Mirona Thetins Stimme von Neuem.

»Sie haben meine Unterlagen sicherlich ausführlich durchgearbeitet«, erwiderte Aset-Radol. »Die Transformation verläuft, sobald einmal in Gang gesetzt, unaufhaltsam und unerbittlich. Bis das Endstadium erreicht ist. Aber ...«

»Ja?«

Er zögerte bewusst. Wieder einmal juckte sein Knöchel. *Sieben,* dachte er, *siebzig* ... »Je hoch entwickelter das Leben auf dem vergifteten Planeten ist, desto leistungsstärker ist das Wesen, das sich in der letzten Phase der Umwandlung bildet.«

»Interessant.«

»Ich würde dringend davon abraten, Welten zu vergiften, deren Bevölkerung die Raumfahrt beherrschen. Die Konsequenzen für ganz Karahol wären unabsehbar, sollte auch nur ein einziger Infektionsherd entkommen. Ein Einzeller. Ein Haustier. Ein vernunftbegabtes Lebewesen. Einmal in der Atmosphäre einer anderen Welt ausgesetzt, würde er oder es die Krankheit weitertragen.«

Mirona Thetin kniff die Augen zusammen. »Ich verstehe. Wir können das Radolxin also bestenfalls zu Demonstrationszwecken einsetzen, um mutmaßliche Herausforderer unserer Macht abzuschrecken.«

»Und wir können die entstandenen Rudimentlebewesen, die ich Darlos nennen möchte, selbst als Waffe einsetzen. Immerhin ernähren sie sich direkt von Sonnenenergie und können diese auch gezielt abstrahlen.«

»Sehr gut, sehr gut«, murmelte Faktor I. Sie wirkte kurz unkonzentriert, fing sich aber gleich wieder. »Sie haben sich bewährt, Aset-Radol. Ich bin zufrieden mit Ihnen. Ich denke, ich kann Ihnen einen neuen Auftrag erteilen, der ein wenig ... delikat ist.«

Er nickte. Seine Rechte ging instinktiv zum stabförmigen Zellaktivator, der um seinen Hals hing.

»Ich möchte meine Hände vorsichtig in Richtung der alten Heimat ausstrecken«, sagte Mirona Thetin bedächtig. »Die Informationen aus Apsuhol, aus der Ersten Insel, tropfen spärlich. Ich möchte Sie für eine Zeit lang dorthin versetzen und fordere Sie auf, sich ein Bild von den Machtverhältnissen zu machen. Die sogenannten Arkoniden sind ein aufstrebendes Volk. Ihnen gilt der

Hauptaugenmerk bei Ihrer Aufklärungstätigkeit.« Faktor I betätigte mehrere Schalter und Knöpfe am Instrumentenpult vor ihr. Aset-Radol überlegte, warum sie, die Meister, diesem Retrodesign huldigten. Glaubten sie, die Zeit, die für einen Unsterblichen eine ganz andere Bedeutung besaß, damit ruhigstellen zu können? Müßige Gedanken ...

Thetin fuhr fort: »Ich übermittle Ihnen alle Daten, die mir selbst zur Verfügung stehen. Auf Basis dieser Informationen möchte ich einen ordentlichen Bericht. Nehmen Sie sich Zeit, erledigen Sie Ihre Aufgabe gründlich.«

»Wieviel Zeit?«

»Ein paar Jahrzehnte? Jahrhunderte? Die Entscheidung darüber obliegt Ihrem Ermessen. Ich bitte um regelmäßige Fortschrittsberichte, die Sie mir über die Sonnentransmitterstrecke und Botenschiffe zukommen lassen.« Ihre Augen verengten sich. »Sie brauchen nicht zu glauben, dass Sie in der Ersten Insel meinem Einflussbereich entkommen, Teuerster. Jeder einzelne Duplo an Bord der INSTIN könnte mein Agent sein. Seien Sie versichert, dass mein Arm sogar über den Abgrund zwischen den beiden Sterneninseln reicht. Ihr Leben gehört mir, Aset-Radol. Bis ans Ende aller Zeiten.«

Er atmete tief durch, konnte das Zittern seiner Hände nicht verhindern. »Ich verstehe und gehorche«, sagte Faktor VI und schlug die Augen nieder.

Die Bildübertragung endete, der ganze psychische Druck fiel von ihm ab. Er fühlte sich erleichtert, erlöst von der Gegenwart dieses Monsters in Frauengestalt.

Sieben, dachte er einmal mehr, *siebzig.*

Der Gewaltakt einer Reise über das altbekannte System der Sonnentransmitter verlangte den Duplos an Bord der INSTIN und ihm alles ab. Eine Distanz von mehr als einer Million Lichtjahren, in mehreren Etappen überbrückt, zehrte an der Psyche selbst des robustesten Lebewesens. Und Aset-Radol war weit davon entfernt, sich gesund zu fühlen.

Nichtsdestotrotz sammelte er an den Sende- und Empfangsstationen so viele Informationen wie möglich. Er nahm den komplizierten Weg über das Kulloch- und das Sheadolb-Duo. Er kontrollierte die jeweiligen Justierungsstationen, ebenso wie die Anlagen des Tergham-Trios im Zentrum der Ersten Insel. Die über Jahrzehntausende hinweg perfekt zueinander geparkten Sonnen, die Installation mehrerer Wächtervölker, die Pyramiden und Justierungsstationen – das alles waren Dinge, die Aset-Radol mit Bedacht registrierte und in seinem Hinterkopf abspeicherte.

Er nahm sich die Zeit und verschaffte sich einen ausführlichen Überblick über die Verhältnisse in Apsuhol. Die Heimat seiner lemurischen Vorfahren wirkte im Vergleich zu Karahol klein und unstrukturiert. Sternenreiche waren gekommen und vergangen. Allerorts fanden sich Hinweise auf Schlachten unterschiedlichster Herkunft. Von den gefürchteten Bestien fanden sich keine Spuren mehr. Sie schienen nach der Zerstörung des lemurischen Tamaniums weitergezogen zu sein, von einem unbändigen Zerstörungsdrang getrieben.

Nach mehreren Jahrzehnten ruhelosen Umherreisens hielt er inne. Er parkte die INSTIN im Orbit eines namenlosen Planeten und begab sich an die Auswertung der ermittelten Daten.

»Wie heißt du?«, fragte Aset-Radol den Kommandanten der INSTIN.

»Soub-Hare Viervierdrei, Herr«, antwortete der Duplo mit gesenktem Blick.

»Du dienst mir seit langer Zeit, nicht wahr?«

»Ja, Herr. Seit vierzig Jahren.«

Seltsam. Aset-Radol hatte sich niemals für den Namen seines nominellen Stellvertreters interessiert. Der Mann gehörte zu einer endlosen Reihe an Untergebenen, mit denen er es im Lauf seines Lebens zu tun gehabt hatte.

»Was hältst du von den Informationen, die wir gesammelt haben?«

»Ich verstehe nicht, Herr ...«

»Ich will deine Meinung hören. Ich sehe zum Beispiel, dass sich die Arkoniden in ihrer Region immer weiter ausbreiten und davon sprechen, ein sogenanntes Großes Imperium aufzubauen. Du hast gesehen, wie sich die Akonen auf einem schleichenden Rückzug aus ihren ehemaligen Herrschaftsgebieten befinden. Sie haben ihre lemurische Herkunft vergessen oder verdrängt und ziehen sich in die selbst gewählte Isolation zurück, nachdem sie mehrere Entscheidungsschlachten gegen die Arkoniden verloren. Du selbst hast den zu erwartenden Niedergang der Yir-Allianz in der Eastside dokumentiert, der dort Platz für Neues schafft. Was hältst du von all diesen Vorgängen?«

»Ich würde mir niemals erlauben, ein Urteil über diese Dinge zu bilden, Herr. Das bleibt ganz allein Ihnen überlassen.«

Aset-Radol stand auf. Er trat zum Kommandanten, der ihn um einen halben Kopf überragte. Er wirkte muskulös, bewegte sich mit der Geschmeidigkeit eines Raubtiers.

Der Meister der Insel betrachtete seine Linke. Er trug mehrere Ringe an seinen Fingern, mit edlen, glitzernden Steinen besetzt. Er holte aus und schlug mit dem Handrücken zu.

Soub-Hare 443 nahm den Schlag regungslos hin. Die Edelsteine zogen lange und tiefe Furchen durch seine Wangen. Die Haut sprang auf wie die einer gekochten Wurst, Teile des Kiefers blinkten zwischen zerfetzten Fleischfasern hervor.

»Tut das weh?«, fragte Aset-Radol.

»Ja, Herr.«

»Würdest du mir trotz der Schmerzen, die ich dir zugefügt habe, trotzdem unter allen Umständen gehorchen?«

»Ja, Herr.«

»Bist du ein Spion von Faktor I?«

»Nein, Herr.«

»Bist du mir gegenüber der Lüge fähig, Soub-Hare?«

»Nein, Herr.«

»Nun, das ist kein Beweis. Solltest du mich anlügen können, hättest du es soeben getan. Stimmt's?«

»Ja, Herr.«

»Willst du dich nicht verarzten lassen? Dein Kiefer ist verletzt, du blutest auf unappetitliche Weise den Boden voll, und die Schmerzen sind sicherlich unerträglich.«

»Ich warte auf weitere Befehle, Herr«, nuschelte Soub-Hare. Er wankte, hielt sich krampfhaft aufrecht.

»Melde dich in der Medostation und lass dich ärztlich versorgen.«

»Danke, Herr.«

Der Duplo drehte sich um und marschierte in zackigem Schritt davon.

»Halt, Soub-Hare.« Aset-Radol hieß dem Kommandanten der INSTIN, zu ihm zurückzukehren. Er seufzte tief. »Ich habe es mir anders überlegt. Sag deinem Stellvertreter, dass er hierherkommen soll. Dann gehst du zum nächstbesten Energiekonverter und stürzt dich hinein. Ich benötige dich nicht mehr.«

Einen Augenblick lang zögerte der Duplo. So etwas wie Angst oder Bedauern zeigte sich in seinen Augen. Ein Funke von Selbstwertgefühl vielleicht. »Ja, Herr«, sagte er leise und marschierte davon.

Soub-Hare war minderwertiges Material. Auf ihn und die anderen Meister der Insel konditioniert, ohne eigenen Willen. Ein Massenprodukt im schlechtesten Sinne. Er widerte Aset-Radol an.

Er ballte die Hände und atmete tief durch. Wie er sein Leben doch hasste.

Sieben, siebzig ...

Kopfschüttelnd betrachtete Aset-Radol die vor ihm ausgebreiteten Ergebnisse seiner Nachforschungen. Die Erste Insel barst geradezu vor Leben. Veränderungen waren an der Tagesordnung. Was gestern gegolten hatte, besaß schon heute keine Bedeutung mehr und würde morgen durch etwas gänzlich anderes ersetzt werden. In Karahol hingegen verliefen einzelne Entwicklungsstufen in einem gänzlich anderen Tempo. Selbst die so forsch vorgetragenen Eroberungsfeldzüge durch die Meister der Insel waren von einer gewissen Behäbigkeit getragen. Technischer Fortschritt passierte zwar, aber keinesfalls so rasant wie in Apsuhol.

Man könnte glauben, dass ein Gott seine Aussaat über die Planeten dieser Sterneninsel verteilt hätte und regelmäßig gießen würde, dachte Aset-Radol. *Der Preis, den die hier lebenden Völker für ein Übermaß an Vitalität bezahlen müssen, ist die mangelnde Kontinuität. Dieses Auf und Ab muss auf Dauer ins Chaos führen.*

Oder aber, und dies schien ihm der weitaus erschreckendere Gedanke: Die Apsuhol-Galaxis war der Normalfall, und die Meister der Insel bremsten durch ihre bloße Existenz den Fortschritt in Karahol. Er und seine Kollegen legten Lebensstandards fest, sie manipulierten die Geschichte, indem sie Zeitreisen ins lemurische Stammreich unternahmen/unternommen hatten/unternehmen würden, sie formten die Bevölkerung nach ihrem Willen und unterbanden tunlichst den Kontakt der Völker untereinander.

»Mirona Thetin will ein für alle Ewigkeiten eingefrorenes Standbild erzeugen«, murmelte er. »Sie strebt danach, einen für ihre Machtansprüche optimalen Zustand zu erschaffen und diesen dann in einer Stasis festzuhalten.«

Jahrtausende waren vergangen, ohne dass ein nennenswerter technischer Fortschritt im Raumschiffsbau erzielt worden wäre. Jeder halbwegs bewanderte Theoretiker auf Tamanium oder Tefrod hätte Aset-Radol auf die Frage, ob man nicht leistungsfähigere und schnellere Raumer bauen könnte, geantwortet, dass die vorbereitenden Arbeiten längst geschehen seien. Zur Umsetzung jedoch fehlten die Mittel. Diese wurden anderwärtig gebraucht und in bestehende Strukturen investiert. Allein die Quantität zählte im Reich Mirona Thetins.

Er vermied es tunlichst, diese Gedanken in seinem ersten Bericht an Faktor I auch nur anzudeuten. Eine derartige Kritik hätte ihm mit Sicherheit den Kopf gekostet. Aset-Radol beschränkte sich auf eine nüchterne Aufbereitung der Daten und die Vermutung, dass den Arkoniden eine glorreiche Zeit der Expansion bevorstehen würde. Sie waren jung und hungrig. Sie gierten nach Erfolgen, und sie sehnten sich nach neuen Ufern. Mit bewundernswertem Elan und ebensolcher Rücksichtslosigkeit gliederten sie ein Sternensystem nach dem anderen in ihr Reich ein.

»Ich veranschlage einen vorläufigen Beobachtungszeitraum von tausend Jahren«, schloss er den Bericht. »Derzeit scheint es mir nicht ratsam, die Aktivitäten der Meister der Insel hierher in die Erste Insel auszudehnen. Wir sollten abwarten und beobachten, bis eine Stagnation in der Entwicklung der Arkoniden eintritt. Es dürfte uns dann ein Leichtes sein, in ein Vakuum vorzustoßen und die bestehenden Strukturen für unsere Zwecke zu nutzen.«

Sie waren wie Aasfresser. Dank der Zellaktivatoren konnten sie geduldig eine jedwede für sie ungünstige Situation überdauern, um dann zuzuschlagen, wenn man nicht mit ihnen rechnete. Wenn das oder die Opfer geschwächt am Boden lagen.

»Du bringst diese Nachricht zu den angegebenen Koordinaten«, sagte Aset-Radol zum Beiboot-Kommandanten, der die lange Rückreise nach Karahol antreten würde. »Was weiter damit geschehen soll, wird dir an Ort und Stelle mitgeteilt. Verstanden?«

»Ja, Herr.« Der Duplo nickte und entfernte sich rückwärtsgehend.

Aset-Radol entließ ihn mit einem Wink seiner rechten Hand. Ein Teil des Informationspakets umfasste auch den Vorschlag, die Duplos in Zukunft weniger servil zu formen und ihnen einen größeren Lebenswillen einzuimpfen. Ebenfalls schlug er vor, mithilfe des Zeittransmitters auf Tamanium direkten Rückgriff auf Altlemurer zu nehmen. Auf ihre Vorfahren, die aufgrund ihrer Aggressivität und kämpferischer Qualitäten ein gewaltiges Reich errichtet hatten.

War das der richtige Weg? Würden die Meister der Insel ihre Macht zementieren, indem sie aus Vergangenem Neues schufen? Immer wieder, in einer endlosen Zeitschleife gefangen?

Aset-Radol spürte Furcht, wenn er an die Reaktion Mirona Thetins auf seine Empfehlung dachte. Faktor I ließ sich ungern etwas vorschreiben. Sie mochte auf die Idee kommen, ihn für seine Unbotmäßigkeiten zu maßregeln.

Wie so oft lieferte Faktor I keine direkte Antwort. Sie gestand ihm ein größeres Kontingent an Duplos und tefrodischen Untergebenen zu, die er auf einem paradiesischen Planeten ansiedelte, den er Olmar nannte. Olmar befand sich in einem Sternenarm der Westside Apsuhols, unweit Lemur, jenem blauen Juwel, auf dem alles begonnen hatte.

Während der nächsten Jahrzehnte verwandte Aset-Radol all seine Kraft darauf, die notwendige Infrastruktur auf Olmar zu schaffen. Er baute seine planetare Basis so weit aus, dass er gegen alle Eventualitäten gefeit war. Und dennoch fiel es ihm schwer, seine Gedanken vom Neunplanetensystem abzuwenden.

Dort hatte alles begonnen, vor nahezu 40.000 Jahren ...

Das Große Imperium der Arkoniden gedieh indes wie vorhergesagt. Und dennoch keimte in den großen militärischen Triumphen der Albinoähnlichen bereits der Niedergang. Das feudalistische System, das die arkonidischen Herrscher pflegten, brachte immer mächtiger werdende Sippen und Familien hervor, die irgendwann die drei Mutterwelten in Formalismen und höfischem Gehabe ersticken würden. Schon jetzt sorgten die einflussreichsten Geschlechter durch Intrigen und Meuchelmord für eine Absicherung ihrer Pfründe. Der Zugang zur Wahl zum arkonidischen Imperator wurde auf den sich entwickelnden Hochadel beschränkt. Die alten Blutlinien dünnten durch inzestuöse Eheschließungen innerhalb der Khasurn aus, der Zustrom unverdorbener und hungriger Kolonialisten versiegte allmählich.

Eine Reihe schwacher Imperatoren führte zum Abfall mehrerer Welten vom Großen Imperium. Kleine Kolonialreiche entstanden. Zufall und genetische Durchmischung sorgten für die Entstehung einer gänzlich neuen Abart von Arkonidisch-Stämmigen. Sie besiedelten eine Welt namens Archetz und nannten sich Mehandor. Krämer waren sie. Unruhig und unstet, immer auf der Suche nach einem raschen Gewinn, um bald darauf weiterzureisen, immer weiter ...

Aset-Radol ging in seiner Aufgabe auf, die ungesteuerten und dennoch faszinierenden Vorgänge in der Ersten Insel zu beobachten. Niemand sagte ihm, was und wie er es zu tun hatte. Mirona Thetin war weit weg, obgleich ihre Spitzel sicherlich Notizen über ihn machten. Über Jahrhunderte und Jahrtausende hinweg pendelte er zwischen den beiden Sterneninseln hin und her. Vermehrte sein Wissen. Beobachtete. Beeinflusste. Zog seine Schlüsse. War auf eine gewisse Weise ... glücklich.

Dann kam der Tag, an dem sich alles änderte. Kolin-Uns ließ ihm über die Transmitterstrecke hinweg eine geheime Botschaft zukommen.

Aset-Radol las die dekodierte Version des in wenigen Worten abgefassten Schriftstücks durch. Einmal, zweimal, immer wieder. So lange, bis er den Text auswendig konnte.

Es war so weit. Er musste sich entscheiden. Faktor XI rief zum Sturz der Renegatin auf.

Samtscharf

Er trug Borkgründs Gedeihwurzel in seinem Inneren, so nah wie möglich an seinen Geburtspflanzen. Die Kleinen regten sich bereits. Sie spürten die Nähe der Hormonbombe der Mannschwester. Sie drehten fast durch, begannen unruhige Märsche durch einen Hohlleib und schrien lautstark, dass sie geboren werden wollten.

Samtscharf verweigerte sich ihnen. Er hatte seiner Mannschwester ein Versprechen gegeben, und die Kleinen würden nur dann ausreichend wachsen, wenn er mit sich selbst im Reinen war. Eine Lüge würde den Nachkommen schaden. Wie Unkraut würden sie vergehen, und das Ende seines uralten Volkes wäre endgültig besiegelt.

Bedauernd stellte er fest, dass die Hitze zunahm, je weiter er sich vom Rand des heimatlichen Baus entfernte. Auch die Luft wurde dicker. Der übliche Schleimreiz legte sich über seine Borkenfilter.

Mit den Forschhänden stützte er sich an den Gangwänden ab und arbeitete sich ins Innere des Schiffsteils vor. Er begriff nicht, warum die Heimat in drei Teile gesprengt worden war. Es fehlte ihm jegliches Verständnis dafür. Die Zweiarmigen hatten durch die Sprengung des Schiffes fast sein Volk ausgerottet. In Samtscharf lagerte und lebte alles, was die Vergangenheit der Zatysken durch die Gegenwart trug.

Warum hatten die Mehandor so gehandelt? Hofften sie, irgendetwas zu bewirken, das die Zukunft neu formen würde?

Dumme, dumme Zweibeiner ...

Sollte er wütend werden und Teile der Umgebung in Trümmer zerwurzeln? Oder sollte er sich einer herkömmlichen Traumdepression hingeben, die ihm helfen würde, die Bedeutung der Situation richtig zu deuten?

Weder noch. Er musste sich den Tatsachen stellen und das Bestmögliche aus der Situation machen.

Samtscharf drückte dünnflüssigen Transaft aus seinem Gewurzel. Der Stoff verband sich augenblicklich mit dem Boden und schuf einen Untergrund, auf dem er sich niederlassen und in aller Ruhe nachdenken konnte.

Was sollte er tun? Was konnte er tun? Sein Versprechen der Mannschwester gegenüber war bindend. Er benötigte einen geeigneten Platz zur Geburtswurzelung.

In einer der mittleren Ebenen des Trümmerstegs befand sich eine kleine, nicht besonders lebenswerte Grünanlage. Die Tefroder fanden sich manchmal dort ein, um ihren amüsant anmutenden Geschlechtstrieben zu frönen. Dann pressten sie quietschende Laute aus ihren oberen Körperöffnungen und vollführten seltsam anmutende Bewegungen, die Samtscharf in unangenehmer Art und Weise an einen misslungenen Ausscheidungsprozess erinnerten. Sie scherten sich nicht viel um die Umgebung. Um »Bäume«, »Sträucher« und »Gräser«, für die Samtscharf eine gewisse familiäre

Verbundenheit empfand. Der Platz, »Park« genannt, war in beschämender Weise verschmutzt. Es stand keinerlei Reinigunggerät zur Verfügung, niemand kümmerte sich um die Pflege der Anlage. Samtscharf erinnerte sich, wie sehr es ihm stets davor gegraut hatte, seine Forschhände in die tiefer liegenden Erdregionen zu schieben. Der hohe Kontaminationsgrad des Bodens hatte Ekel und einen widerwärtigen Verholzungsreiz in ihm ausgelöst.

Doch hatte er eine andere Wahl? Lange, so spürte er, würde er die Kleinen in seinem Muttervaterschoß nicht mehr zurückhalten können. Vielleicht konnte er sich im Park eine ruhige, saubere Ecke zusammenscharren und mithilfe des Transafts einigermaßen gegen unliebsame Blicke abdichten. Die Geburtswurzlung war ein intimer Augenblick, den er keinem Tefroder oder Mehandor zugänglich machen wollte.

Er zog sich aus dem verfestigten Bodensud zurück und machte sich auf den Weg.

Niemand begegnete ihm. Der Trümmersteg wirkte wie ausgestorben. Als wäre er das letzte Lebewesen an Bord der ehemaligen Raumstation. Alles hier roch und schmeckte, als wäre es dem Tod geweiht.

Nachdem er sich mühsam einen der deaktivierten Antigravschächte hochgehantelt hatte, erreichte er die Ausläufer des Parks. Schmale, kieselbestreute Wege führten zu dessen Mittelpunkt. Im Zentrum der Anlage fristeten Wasservögel ein trauriges Leben in einer trüben, kaum handtiefen Pfütze. Sie schnatterten empört, als Samtscharf mithilfe der Porenwurzeln seinen Durst stillte. Er tötete eins der Tiere mit einem raschen Hieb und saugte laut schmatzend das Eiweiß in seinen Leib. Die anderen Wassertiere ergriffen panisch die Flucht.

Weder Wasser noch Tier schmeckten. Die Kleinen in seinem Leib protestierten mit heftigen Fußtritten.

Er sah sich um. Von der niedrigen Decke leuchtete flackerndes Licht auf das fahle Grün der Wiesenflächen herab. Am anderen Ende grenzten drei breite, mächtige Bäume den Park gegen offene Lagerflächen ab. Ihre Luftwurzeln waren ineinander verflochten. Es schien, als kämpften die drei um mehr Raum, verhangen in Zeitlosigkeit. Vielleicht war es auch so. Samtscharf wusste viel zu wenig über diese Wesen.

Er beendete den Tränkungsvorgang und bewegte sich auf die kleine Baumreihe zu. Im Labyrinth der Luftwurzeln, so erinnerte sich Samtscharf, hatten sich die Tefroder besonders gern versammelt, um ihren Vereinigungsritualen zu frönen. Noch immer hielt sich der saure Gestank ihrer Körper im Boden. Er konnte ihn nur zu gut ertasten.

Das Blattwerk der Bäume hielt das Deckenlicht weitgehend fern. Seltsames Halbdunkel herrschte hier. Die drei Riesen atmeten viel zu viel des widerlichen Sauerstoffs aus. Unter anderen Umständen wäre er niemals auf die Idee gekommen, ausgerechnet hier nach einem Ort für die Geburtswurzlung zu suchen.

Er schob zwei seiner Forschhände zwischen die Luftwurzeln und vergrößerte vorsichtig die Öffnung. Dahinter befand sich ein Hohlraum. Groß genug, um ihn aufzunehmen, wenn er all seine Körperglieder so nah wie möglich an den Hauptstamm einfuhr.

Ja. Es würde gehen. Es musste gehen. Unter den gegebenen Umständen war dies wohl der einzige Ort, an dem er halbwegs vernünftige Bedingungen vorfand, um den Geburtsvorgang zu beginnen. Er würde sich in die übliche Trance singen, mehrere seiner Außenknochen ablegen und sich eine Mulde scharren, in der sich die Kleinen auf spielerische Art und Weise mit dem Brutbruder verbanden. Viele Hundert Stunden der Anstrengung warteten auf ihn ...

Samtscharf schüttelte angewidert das Gewurzel aus. Die schlechten Eigenschaften der Mehandor und Tefroder begannen, auf ihn abzufärben. Er machte sich Gedanken über die Zukunft, plante sein Leben im Voraus! Bäh!

Er verbreiterte die Öffnung ein wenig mehr. Die Luftwurzeln knackten protestierend, brachen aber nicht. Sie fühlten sich geschmeidig und zäh an.

Samtscharf quetschte seinen Hauptkörper durch die Öffnung. Der Transaft quoll bereits in großen Mengen aus seinen Hauptwurzeln. Er tropfte zu Boden, dick und sämig, verband sich augenblicklich mit dem Erdreich. Er hatte gut daran getan, zusätzliches Wasser aufzunehmen. Er würde die Flüssigkeit während der Geburtswurzelung benötigen.

Ein Schrei, ausgestoßen von einem Zweibeiner. Er kam aus dem hinteren Bereich der natürlichen Höhle und schmeckte nach Entsetzen und Angst.

Ein Geschöpf saß dort hinten und wimmerte. Die Extremitäten waren eng an den Körper gezogen, aus den winzigen Augen träufelte Salzsekret.

Ein Kind.

Ein tefrodisches Kleines hatte sich ausgerechnet hier versteckt.

Samtscharf schob mehrere Forschhände auf das Junge zu und tastete es trotz dessen Widerwillens sorgfältig ab. Es fürchtete sich, und es wirkte hochgradig verwirrt.

Nun gut. Samtscharf würde das Kleine wohl aufessen müssen, um alle Spuren seiner Anwesenheit hier zu verwischen. Nach dem Untergang seines Volkes war jeder Respekt dahin, den er einmal vor den Zweibeinern empfunden hatte.

Er schob sich vorwärts, bis er den Hohlraum fast zur Gänze ausfüllte. Das Kind schnaufte und zitterte, brachte keinen vernünftigen Ton hervor. Was für eine leichte Beute ... Ob es wohl schmeckte?

Er stülpte die borkige Unterseite seines Hauptkörpers hoch und legte den Magen frei, der soeben die Verdauung des Wasservogels beendet hatte. Säure tropfte zu Boden und hinterließ zischende Wunden im Erdreich.

Die Mahlzeit konnte beginnen.

Vorsichtig drückte Samtscharf den Kopf des Kindes mit den Forschhänden zum freiliegenden Magen hinab. Es war schwach und wehrte sich kaum. In einem bewussten Vorgang öffnete er den Verdauungstrakt, plötzlich von Gier und Hunger befallen ...

Dann kam der Schmerz und schickte ihn in eine tiefe, traumlose Bewusstlosigkeit.

PERRY RHODAN

Das Erwachen wurde von fürchterlichen Kopfschmerzen und Übelkeit begleitet. Perry Rhodan richtete sich ächzend auf. Da war etwas, das er unbedingt tun musste. Das ihm keine Zeit zum Ausruhen und Erholen ließ. Eine Aufgabe erwartete ihn, so wichtig wie selten etwas zuvor …

Er spürte einen schwachen Griff an seinem Oberarm. *Tiff…lor. Julian Tifflor, Freund und Wegbegleiter.* Gemeinsam befanden sie sich an Bord der … MO.

»Grässlich!«, sagte Perry. Er taumelte in den Nassraum und spuckte ins Becken. Der Geschmack in seinem Mund war der von toten, fauligen Fischen. Die Impulse des Zellaktivators, so ahnte er, würden bei dieser Sinnesempfindung keinerlei Linderung bewirken.

Keine Zeit, um lange über seine körperliche Befindlichkeit nachzudenken. Keine Zeit, um zu jammern oder sein Los zu bedauern. Er musste los, so rasch wie möglich.

Wohin, fragte sich Perry, wollte er nur?

Tifflor trat zu ihm. Er ließ sich kaltes Wasser über den Kopf rinnen.

»Zurück zur Kommandozentrale«, krächzte der Freund. Als müsse er sich selbst in Erinnerung rufen, was sie zu tun hatten, fügte er hinzu: »Wir müssen die Beeinflussung der Tefroder beenden. Die dazugehörige Schaltung deaktivieren.« Tifflor schloss die Augen. Wasser troff ihm übers Gesicht, über den Kragen hinab in den Schutzanzug. Er kümmerte sich nicht darum, war offenbar von einem Moment zum nächsten in Meditationsübungen verhangen, die er sich im Rahmen seiner Upanishad-Ausbildung angeeignet hatte.

Rhodan sah nach Zhana und Ignats Gorgides, dann nach den beiden Tefrodern, deren Rollen sie übernommen hatten. Alle waren sie unruhig. Ignats' Kopf fühlte sich glühend heiß an, die Ara-Frau schwitzte heftig.

»Wir müssen ihnen die vorbereiteten Injektionen verabreichen«, sagte Tifflor, der zu ihm getreten war. Er schob dünne, weiße Haarsträhnen aus Zhanas blassem Gesicht und streichelte zärtlich über die Wangen der Frau.

Rhodan griff zu einem der Einmalnadler und setzte ihn an Gorgides' Hals. Leise zischend entlud sich das Medikament. Nur wenige Sekunden später öffnete der Tefroder die Augen. Er schaute Perry an. Da war kein Erkennen zu sehen.

Gorgides würgte laut. Schaum trat aus seinem Mund. Er schüttelte den Kopf, sprang auf, stieß den Unsterblichen wie ein Spielzeug beiseite, ließ ihn gegen ein klappriges Regalgestell knallen. In seiner Desorientierung entwickelte Ignats Bärenkräfte. Er taumelte durch den Kabinentrakt, trat gegen alles, das ihm im Weg stand, schrie seine Panik laut hinaus.

Die Dosierung des Muntermachers war zu stark! Der angegriffene Metabolismus des Tefroders revoltierte gegen die Walrosskur, die sie ihm hatten angedeihen lassen.

Rhodan stürzte hinter dem Tobenden her. Er warf sich auf dessen Rücken, nahm ihn in einen Würgegriff. »Hilf mir, Tiff!«, rief er.

Gorgides löste den Griff mit erschreckender Leichtigkeit. Adern traten überdeutlich an seiner Stirn hervor. Er atmete heftig, begann zu hyperventilieren.

Endlich war Tifflor heran. Mit aller Entschlossenheit stürzte er sich auf den Tobenden und stieß ihn über ein Sitzsofa zu Boden. Perry hechtete hinterher, bekam den rechten Arm des Tefroders zu fassen und drückte ihn zu Boden. Tifflor hieb zweimal gezielt gegen Gorgides' Schläfen. Der wirkte mehr irritiert denn benommen. Er ignorierte die Attacke und schrie erneuet wie ein Wilder auf, wollte sich mit aller Gewalt aus Rhodans Griff lösen.

Zhana torkelte heran. Sie wirkte bleich und schien sich lediglich kraft ihres Willens vorwärtsbewegen zu können. »Haltet seine Arme fest!«, befahl sie mit zittriger Stimme und näherte sich Gorgides von der Seite. Der Tefroder schnappte wie ein wildes Tier nach ihr.

Mit bewundernswerter Ruhe wartete Zhana den richtigen Augenblick ab. Als Gorgides für einen Moment innehielt und durchatmete, injizierte sie ihm ein weiteres Medikament, ebenfalls nahe der Halsschlagader.

»Ihr könnt loslassen«, sagte sie und glitt nach hinten zu Boden. Da saß sie auf allen vieren und atmete keuchend ein.

Die Anspannung des Tefroders ließ allmählich nach. Seine Muskulatur erschlaffte.

»Vor dem Übergang hatte ich keine ... Zeit mehr, Gorgides' Dosierung geringer als bei mir anzusetzen«, sagte

Zhana. Sie hechelte angestrengt zwischen den einzelnen Worten. »Das Eyemalin-Derivat, das er nach wie vor in seiner Blutbahn hat, verträgt sich wohl nicht hundertprozentig mit dem Zeug, das wir ihm verpasst haben.«

»Ich hoffe, er trägt keine Folgeschäden dieser Rosskur davon«, sagte Rhodan. »Ich könnte es mir nie verzeihen ...«

»Was meinst du bitte?«, unterbrach ihn Zhana. »Dass er an einer falschen Dosierung stirbt, bevor er von seinen beeinflussten Landsleuten gehetzt und getötet wird? Bevor uns ein unbekannter Feind mithilfe des Ara-Toxins tötet?« Die Ara-Frau lachte bitter auf, plötzlich wieder ganz sie selbst. Beherrscht, zynisch, eine Kampfmaschine, die keinerlei physische und psychische Grenzen akzeptierte.

»Wir sollten uns beeilen«, würgte Tifflor die aufkeimende Diskussion ab. »Wir müssen sofort los, wollen wir etwas ausrichten.«

Perry nickte. Hastig griff er nach der bereitliegenden Ausrüstung, unterwarf sie einem abschließenden Check und aktivierte die Funktionen seines Anzugs. *Etwas, das ich schon vor Ignats' Attacke hätte tun sollen,* ärgerte er sich über seine Nachlässigkeit.

»Wir nehmen Gorgides zwischen uns«, befahl er, »und transportieren ihn mithilfe der Antigravs bis zur Zentrale.«

»Damit verraten wir uns«, gab Zhana zu bedenken. »Du warst es, der bislang darauf bestand, ja keine Ara-Technik einzusetzen.«

»Aus gutem Grund; ich kannte die Möglichkeiten unserer Feinde nicht. Jetzt steht für mich fest, dass sich der

Einflussbereich der Bordpositronik auf die Zentrale, die Leistungsaggregate und die Lebenserhaltungssysteme beschränkt. Nachgeordnete Aufgaben wie die Überwachung der Räumlichkeiten hat Schopsna noch nicht im Griff. Sonst hätten wir uns nicht persönlich aus unserer vermeintlichen Aufenthaltskabine abmelden müssen, sonst wären das Bordkom und die Tonanlage in diesem Bereich des Schiffs längst instandgesetzt.«

»Vermutungen.« Zhana lachte verächtlich. »Terranische Logik. Grobkörnig und konzeptlos.«

»Meine Vermutungen«, bestätigte Rhodan ungehalten. »Ich wäre nicht so alt geworden, würde mein Instinkt nicht ausreichend funktionieren.« Er schob die Kritik der Ara-Frau beiseite. »Ich vermute, dass wir bis auf wenige Hundert Meter an die Zentrale herankommen, bevor wir uns wieder tefrodisch geben müssen.«

»Und ich?«, fragte Zhana.

»Du begleitest uns, soweit es vertretbar ist. Du und Tifflor, ihr bleibt in unmittelbarer Nähe zur Zentrale zurück. Wir legen von der Zentrale aus eine Bild- und Funkverbindung und sprechen die weitere Vorgehensweise ab.«

»Was soll mit den beiden gefesselten Tefrodern geschehen?«

»Die bleiben hier. Wir verpassen ihnen eine weitere Dosis mit dem Paralysator. Bis sie wieder zu sich kommen, ist die ganze Geschichte gegessen.«

»Ein umständlicher Plan, auf Vermutungen und Hoffnungen aufgebaut!« Zhanas Gesicht wurde weiß vor unterdrücktem Zorn. Sie war eine Einzelgängerin. Eine Unberührbare. Sie mochte es nicht, im Team zu arbeiten, und schon gar nicht, Anweisungen von jemand anderem entgegenzunehmen. »Wir sollten alles auf eine Karte setzen ...«

»Abgelehnt!«, fiel ihr Rhodan ins Wort. »Wir machen es so, wie ich es befehle.«

Einen Augenblick lang schien die Ara-Frau widersprechen zu wollen. Sie fing sich rasch wieder. Wie viel ihres Meinungswandels selbst- und wie viel durch die Konditionierung eines Unbekannten fremdbestimmt war, wagte der Unsterbliche nicht zu beurteilen.

Er nickte Tifflor zu. Gemeinsam hoben sie Ignats Gorgides an und synchronisierten den Antigrav-Antrieb seines Anzugs mit den ihren. Dann flogen sie los. In wilder Jagd, im verzweifelten Kampf gegen die Uhr und das Erwachen ihres Gegners.

Gorgides kam zu sich. Von einem Moment zum nächsten war er »da«. Er sah sich irritiert um und verzog das Gesicht zu einer schmerzverzerrten Fratze.

Zhana schwebte neben ihm. »Nimm das«, sagte sie und schob ihm eine Kapsel in den Mund.

»Dreier?«, fragte Ignats Gorgides.

»Ja.« Die Ara-Frau nickte. »Eine schwache Dosis. Ausreichend, um dich von der Beeinflussungsstrahlung fernzuhalten, und schwach genug, um dich nicht wieder in Raserei zu versetzen.«

»Habe ich etwa ...?«

»Hast du. Kurz nach dem Wiedererwachen.«

Rhodan klinkte die Antigrav-Steuerung des Tefroders aus, nachdem er gesehen hatte, dass er wieder Herr über seine Sinne war und selbsttätig handeln konnte.

»Du und Tifflor, ihr bleibt hier«, sagte Perry zu Zhana, deutete in Richtung eines Gangknicks und bremste ab.

Seine Beine berührten sanft den Boden. »Von nun an geht es nur noch geradeaus bis zur Kommandozentrale. Zweihundert Meter vielleicht. Ihr versteckt euch in diesem Kämmerchen.« Er öffnete die Tür. Von einer klebrigen Flüssigkeit verschmutzte Regale aus Metall ließen kaum Platz für mehr als vier Personen. »Ihr richtet euch häuslich ein und wartet.« Er wandte sich Zhana zu. »Gibt es eine Möglichkeit, untereinander Kontakt zu halten, ohne die Aufmerksamkeit der Schiffspositronik auf uns zu ziehen?«

Die Ara-Frau nickte. Sie öffnete einen der beiden Schwebekoffer, die sie mit sich führte, und breitete den Inhalt in einer der Regalflächen vor sich aus.

»Mund auf!«, befahl sie Perry.

Er gehorchte. Zhana sprühte ihm mit einem kleinen Zerstäuber nach exotischen Früchten schmeckende Flüssigkeit in den Rachenbereich und über die Lippen.

»Was machst du da?«

»Ich lege einen sogenannten Norvie. Dabei handelt es sich um araische Geheimdiensttechnologie, eigentlich nicht für Ohren und Augen eines Terraners bestimmt.« Sie lächelte mild. »Die nanomodulierte Schicht der aufgesprühten Flüssigkeit legt sich über die Schleimhäute deines Rachenraums, die Zunge und die Lippen. Sie zeigt ein Abbild aller Muskel und Räume, die du beim Sprechen beanspruchst, und speichert sie. Die aufgewandte kinetische Energie deiner Sprechbewegungen genügt, um elektromagnetische Impulse zu erzeugen. Diese wiederum lassen sich mit dem entsprechenden Empfangsgerät über eine Entfernung von mehreren Hundert Meter nachvollziehen.«

»Ich verstehe noch nicht ganz ...«

Zhana zog ein handgroßes Schaltelement aus ihrem Fundus und aktivierte es. Ein seltsam geformtes Etwas materialisierte flackernd in der Luft zwischen den vier Gefährten. »Sag etwas!«, forderte sie Rhodan auf.

Der Unsterbliche räusperte sich. »Ich wollt, ich wär' ein Huhn und hätt' nicht viel zu tun. Ich legte jeden Tag ein Ei, und sonntags auch mal zwei!«

Gorgides sah ihn verwundert an; noch erstaunter wirkte er, als er die virtuelle Nachbildung von Rhodans Lippen und Rachenraum die Bewegungen imitieren sah. Eine metallisch klingende Stimme intonierte die Worte des Unsterblichen. Sie kamen um eine Nuance zeitverschoben, waren aber gut verständlich.

»Beeindruckend«, murmelte Rhodan.

»Du brauchst übrigens nicht einmal zu sprechen. Es reicht, wenn du die passenden Mundbewegungen ausführst. Der Norvie wandelt sie in für uns verständliche Worte um.«

»Ich werde Mundsprays in Zukunft in die Liste der zu beachtenden Artikel aufnehmen, wenn ich interne Dinge mit meinen Mitarbeitern zu besprechen habe.«

»Das ist wohl an der Zeit.« Zhana zuckte mit den Schultern. »Der Tu-Ra-Cel verwendet den Norvie seit längerer Zeit; die Arkoniden haben ihn uns für teures Geld abgekauft. Aber ich denke, man wird mir nicht gram sein, dass ich dieses kleine Arbeitsgeheimnis verrate. Ein Nachfolgeprodukt, den mein Suhyag produziert, nähert sich bereits der Serienreife.«

Rhodan atmete durch. Unter anderen Umständen hätte er dieses Gespräch gern vertieft. Zhana wusste Dinge, die interessant und wichtig waren; auch stellte sich die Frage, ob die Liga Freier Terraner die Zusammenarbeit mit den Aras nicht weiter ausbauen sollte. Der Einblick in deren Gesellschaft, den er auf Aralon gewonnen hatte, erleichterte ihm das Verständnis des merkwürdigen, über Jahrtausende von einer bestimmten Aufgabe geprägten Volkes. Darüber hinaus waren die Aras finanziellen Argumenten zugänglich. Mit dem notwendigen Kleingeld konnte man sicherlich den einen oder anderen Suhyag zu einer Zusammenarbeit mit Terra überreden.

Fasziniert sah Perry zu, wie die virtuelle Imitation jede muskuläre Kontraktion in seinem Mundraum imitierte. Dann konzentrierte er sich wieder auf die Aufgabe, die vor ihm lag.

»Ihr unternehmt nichts, bevor wir nicht die Zentrale betreten haben. Ich will permanent einen Gesprächspartner an diesem ... Norvie wissen, der meine Anweisungen entgegennimmt und mich unterstützt. Bereitet euch darauf vor, Gorgides und mir bei einer möglichen Flucht aus der Zentrale zu helfen.« Er sah Zhana an. »Ich vertraue voll auf deine Fähigkeiten in derlei Angelegenheiten. Einverstanden?«

Zhana nickte ihm zu. Perry ließ ihr mehr Freiraum, als es in solchen Situationen angebracht war. Er wusste um die besonderen Qualitäten der Ara-Agentin.

Perry sah auf die Uhr. Sieben Minuten waren vergangen, seitdem sie sich von ihrem Versteck aus in Bewegung gesetzt hatten; eine Viertelstunde, seitdem sie aus der Bewusstlosigkeit erwacht waren. Mit etwas Glück blieb ihnen eine Stunde, um Schopsna zu überwältigen, die Tefroder von ihrer Beeinflussung zu befreien und die MO zu erobern.

Wenn sich das nicht nach Größenwahn anhört, dann weiß ich nicht ... Perry schüttelte den Kopf.

»Hier ist das zum Norvie passende Gesprächspflaster«, sagte Zhana. Sie klebte ihm ein unsichtbares Etwas unterhalb des rechten Ohrs gegen den Kieferknochen.

Rhodan streifte mit dem Finger über die Fläche; nichts war zu spüren.

»Damit kannst du mich und Tifflor hören«, fuhr die Ara-Frau fort.

»Ist dieses Pflaster ebenfalls aus dem Fundus araischer Geheimdiensttechnologie?«

»So ist es.«

»Sobald ich wieder auf der Erde bin«, murmelte der Unsterbliche, »werde ich ein paar Takte mit den Verantwortlichen des Terranischen Liga-Dienstes reden müssen.«

»Noch etwas«, sagte die Unsichtbare und hielt ihn zurück.

»Ja?« Perry sah angespannt auf die Uhr.

»Wenn alle Taue reißen – so sagt ihr Terraner doch, nicht wahr? –, dann sieh zu, dass du diesen Krabbler in unmittelbarer Nähe zum Schaltelement anbringst. Einfach auf eine glatte Fläche drücken. Der Rest geschieht von selbst.«

»Was ist das für ein Ding?«

»Das erkläre ich dir, wenn es notwendig sein sollte«, antwortete Zhana. »Und jetzt seht zu, dass ihr wegkommt.«

Ignats Gorgides

Ignats Gorgides stolperte hinter Perry Rhodan her. Links und rechts von ihnen lagen Artgenossen bewusstlos am Boden. Über- und nebeneinander angeordnet waren sie. Ihr Gegenspieler Schopsna hatte keinen Wert darauf gelegt, den Tefrodern den Transitionsschock allzu sehr zu erleichtern. Da und dort staksten langbeinige Spinnenroboter zwischen den Bewusstlosen umher. Sie bewegten sich gespenstisch leise. Mit Fühlern, die Insektenrüsseln ähnelten, versprühten sie einen feinen Flüssigkeitsnebel, möglicherweise ein Mittel, das von den Tefrodern über die Haut absorbiert wurde und das Erwachen schmerzfrei gestalten sollte.

Die Spinnenroboter achteten nicht weiter auf Rhodan und ihn.

Er hatte Angst. Er spürte Schmerzen. Sinneseindrücke überlagerten sich. Von allen Seiten bedrängten ihn Bilder, Schemen, Eindrücke. Die Wirkung des Dreiers, das seine Sinnesrezeptionen verstärkte, vermischte sich auf unangenehme Art und Weise mit dem Druck, den er auf seinen Kopf verspürte.

Die Para-Drüse war so sehr Teil von ihm, dass er sie stets als »natürlich« betrachtet hatte. Sie war eins von den Dingen, die Tefroder über die Masse der anderen lemurischstämmigen Völker hoben und ihnen früher das Gefühl einer gewissen Überlegenheit gegeben hatten.

Für einen Tefroder gab es wenige Gründe, Stolz zu entwickeln. Sie waren Parias. Verstoßene. Flüchtlinge, die eine lange Leidenszeit hinter sich hatten. Die für die Untaten ihrer Vorfahren büßten. Denen jegliches Selbstwertgefühl genommen worden war und die in ihren Kolonien in der Eastside der Milchstraße eine erbärmliche Existenz führten.

Ignats Gorgides war stets ein Wanderarbeiter gewesen. Eine billige Arbeitskraft, mit der die stolzen Arkoniden oder Springer wenig am Hut hatten und der auch von Terranern eine unterschwellige Abneigung entgegengebracht wurde.

Wie hatte es so weit kommen können? Warum waren ihre Begabungen so verkümmert? Mussten sie für alle Zeiten an einer Schuld tragen, die ihnen die Meister der Insel aufgebürdet hatten?

Die aufgepfropfte Identität des Korsio drang durch. Sie durchbohrte ihn, überlagerte sein eigentliches Ich, ließ ihn zu einem gänzlich anderen Ignats Gorgides werden. Fachwissen strömte auf ihn über. Sein Charakter veränderte sich fühlbar. Er wurde ... leerer. Beherrscht von Informationen, von geradliniger Denke, die kaum Platz für Emotionen ließ. Der wahre Ignats Gorgides hasste den neuen.

Er kämpfte gegen die Wandlung an. Er wollte der bleiben, der er eigentlich war.

Oder?

Verdrehte er die Tatsachen? War jene gescheiterte Existenz eines Trümmerlotsen eine Fluchtidentität, die er sich zugelegt hatte, um von Zeit zu Zeit auszubrechen, um das mühselige Leben eines Rechenkünstlers und hoch begabten Positroniktechnikers für wenige Momente ablegen zu können?

Ignats wusste es nicht mehr.

»Alles in Ordnung mit dir?«, fragte der Tefroder, der ihn begleitete. Wie hieß er noch mal?

»Ja«, murmelte Gorgides. »Mir geht's gut.«

Clotoin Rak. Oder Perry Rhodan? Auch er nicht der, den er vorzugeben trachtete. Ein Funktechniker, oder der Resident der Liga Freier Terraner.

Was stimmte, was war Schimäre?

Er blieb stehen, gab vor, husten zu müssen, und lehnte sich an die Seitenwand des Gangs. Er brauchte Zeit, um seine Gedanken zu sortieren. Um Lösungen für die verwirrenden Ideen zu finden, die sich in seinem Kopf bildeten.

»Wir müssen weiter«, drängte Clotoin Rak/Perry Rhodan. »Du weißt, was auf dem Spiel steht.«

Ja. Nein. Er hatte keine Ahnung. Er sollte die Hauptpositronik in der Zentrale des Schiffs in seinem Sinn beeinflussen und dafür sorgen, dass sein Partner irgendwie an jene Steuerung herankam, die für die Verwirrung in seinem Kopf sorgte. Oder ...

»Ich schaffe es nicht!«, sagte er. Sein Herz schlug wie verrückt. Falschfarbene Bilder erschienen vor seinem geistigen Auge, zeigten verzerrte Perspektiven, vermengten sich mit einer Vielzahl an widerlichen Gerüchen, die seine empfindliche Nase nicht richtig einzuordnen wusste.

Sein Partner griff ihm unter die Arme und stützte ihn. »Und ob du es schaffst!«, sagte er.

Leise und ruhig. Voll Aufrichtigkeit. Anfeuernd, stärkend, Kraft gebend.

»Du bist ein bewundernswerter Kerl, Ignats Gorgides«, fuhr er leise fort. »Du stellst dich deinen inneren Dämonen. Andere hätten sich verkrochen und vor Angst in die Hosen gemacht. Du aber kämpfst dagegen an. Und weißt du warum? Nein? Ich kann es dir sagen: Du kämpfst diesen Kampf stellvertretend für dein Volk. Du willst beweisen, dass die Tefroder weitaus besser sind als ihr Ruf. Du willst beispielgebend sein, nicht wahr?«

Ja. Das war sein Ziel.

So lange hatte man ihnen im Konzert der Großen in der Milchstraße eine Stimme verweigert. Man hatte sie abgedrängt, sie nicht für voll genommen. Ihren Stolz gebrochen, die Ausweitung ihres Einflusses tunlichst verhindert und jegliche Hilfestellung auf einem Minimum gehalten. Wer wollte etwas mit den Tefrodern zu tun haben, die die Erbschuld in sich trugen? Die das personifizierte Böse darstellten? Konnte er denn zulassen, dass neuerlich eine unglaubliche Schandtat mit ihnen in Verbindung gebracht werden würde? Dass man Ara-Toxin in einem Atemzug mit dem Volk der Tefroder nannte?

»Ich werde dir helfen«, sagte er leise. »Nie wieder wird man schlecht über uns reden, nie wieder ...«

Er stützte sich schwer auf Rhodan und ließ sich vorwärtsschieben. Nach wenigen Schritten fühlte er sich kräftig genug, um allein zu gehen.

Er würde es schaffen.

Perry Rhodan

Die Waffen, die ihnen Zhana angeboten hatte, blieben im neuen Versteck zurück. Mit Sicherheit wurden sie auf derlei Dinge durchleuchtet, sobald sie die Kommandozentrale betraten.

»Du weißt, was du zu tun hast?«, fragte Perry ein letztes Mal seinen Partner.

»Ich spiele meine Rolle als Korsio meiner Abteilung. Ich verwirre die Positronik. Und ich warte auf dein Stichwort.«

»Genau.« Der Unsterbliche drückte Ignats Gorgides die Hand. »Viel Glück.«

Der Tefroder wirkte hochgradig verwirrt, kaum mehr Herr seiner Sinne. Er war ein denkbar schlechter Verbündeter – und dennoch der einzige, den er in der derzeitigen Situation hatte. Mehr als ein wenig Seelenmassage hatte er Gorgides nicht angedeihen lassen können. Perry konnte nur hoffen, dass sein Partner die nächste Stunde irgendwie überstand.

Das Hauptschott öffnete sich leise zischend. Nichts geschah. Kein Alarm, kein Fesselfeld. Die Zentralepositronik gab durch nichts zu erkennen, dass sie das vorzeitige

Erwachen der beiden vermeintlichen Tefroder als verdächtig ansah. Ringsum lagen Frauen und Männer der Zentralebesatzung entspannt in Sesseln, die sich in Liegeflächen verwandelt hatten; manche von ihnen wurden von kleinen Robotdrohnen betreut. Schopsna lehnte über dem Kommandopult, als wollte er es selbst in diesen Minuten der Bewusstlosigkeit für sich allein beanspruchen. Eine bläulich schimmernde Schutzschirmkuppel umfasste ihn und seinen Arbeitsplatz.

Rhodans Aufmerksamkeit wurde vom Bild auf dem Panoramaschirm abgelenkt. Mit zitternden Händen machte er Ignats Gorgides darauf aufmerksam.

Der Tefroder nickte. Sein bronzefarbenes Gesicht wirkte eingefallen, die Augen waren entzündet und glasig. »Der galaktische Leerraum«, sagte er leise. »Ein schrecklicher Anblick ...«

Mehrere kleinere Bildschirme zeigten Galaxien und Schemen weit entfernter Sterneninseln, die sich in anderen »Himmelsrichtungen« befanden und nicht vom großen Panoramabild eingefangen wurden.

Das könnte Andromeda sein!, sagte sich Perry und konzentrierte sich auf die gesonderte Darstellung einer Spiralgalaxie. Der hell leuchtende Zentrumsbereich ist ein überdeutliches Indiz.

Andromeda: Teil der Lokalen Gruppe, ein Krisenherd über Jahrtausende hinweg, Heimat ihrer einstmals erbittertsten Gegner, der Meister der Insel.

Diese Gefahr ist endgültig gebannt, sagte er sich. *Mögen auch da und dort noch Relikte einer ehemals allgegenwärtigen Macht auftauchen – wir haben diese sieben verfluchten Massenmörder endgültig besiegt. Aber irgendjemand bedient sich des alten Wissens und der alten Praktiken. Je-*

mand, der einen sehr guten Einblick in die Methodik der MdI besitzt.

Und dieses Bild hier ... zeigte einen zweiten Moby-Transmitter. Die Empfangsstation. Drei weitere der schrecklichen Kristallkörper waren wie jene Exemplare, die die MO auf die weite Reise geschickt hatten, zueinander in einem perfekten gleichschenkeligen Dreieck angeordnet worden.

Der Trümmersteg hatte sich aufgrund seiner Eigengeschwindigkeit mittlerweile mehrere 10.000 Kilometer vom virtuellen Schnittpunkt im Zentrum des Moby-Transmitters fortbewegt. Fahle Energiezungen leckten über den Schiffskörper hinweg. Trotz des aktivierten Schutzschirms tanzten über die metallene Oberfläche der MO bläuliche »Elmsfeuer«. Als wollten die drei Körper das Schiff zurücklocken und sich an seinen Energien laben.

Ein weiterer Bildschirm zeigte einen einzelnen Planeten, der durch den Leerraum trieb. Er wurde von einer gelben Sonne begleitet. Sie schenkte der blaugrün gesprenkelten Welt Licht und Wärme.

Das Ziel, vermutete Rhodan. *Von hier aus wird der Einsatz des Ara-Toxins befohlen, gesteuert.*

Zum Nachdenken und Reflektieren blieb keine Zeit. Er musste sich so rasch wie möglich einen Überblick verschaffen und die Eindrücke speichern.

Auf einem weiteren Holobild war eine Raumstation unbekannter Größe zu erkennen, die wiederum den Planeten in einer Orbitalbahn umkreiste. Wer auch immer sie errichtet hatte, sein Geist musste zerrüttet sein oder gänzlich anderen Geschmacksmustern folgen. Sie ähnelte einem nach außen gestülpten Magen, der von

Gedärmen umwickelt wurde. Mehrere Ausleger ragten wie unterschiedlich lange Stacheln aus den »Darmschläuchen« hervor. Die Station drehte sich mit hoher Geschwindigkeit um zwei Achsen. Die Ausleger warfen dabei seltsame, verwirrende Schattenmuster über den Hauptkörper.

Ein leises Sirren ertönte; ein diskusförmiger Schweberoboter raste aus dem Nichts auf Rhodan und Gorgides zu und bremste erschreckend knapp vor ihnen ab. »Identifikation!«, schnarrte er.

»Clotoin Rak«, sagte der Unsterbliche, »in Begleitung des Korsio Ignats Gorgides.« Er zog die von Zhana auf seine DNA verfälschte Identifikationsmarke hervor und deutete dem Tefroder, es ihm gleich zu tun.

»Erkennung positiv«, sagte der Roboter nach wenigen Sekunden. »Warum seid ihr so früh erwacht?« Ein Waffenlauf, der aus seinem Körper ragte, war bedrohlich auf sie gerichtet. Eine falsche Bewegung, ein falsches Wort, und die Maschine würde sie paralysieren – oder noch Schlimmeres anrichten.

»Ich weiß es nicht.« Rhodan sprach, bevor Ignats das Wort ergreifen konnte. »Ich kam zu mir und fand den Korsio laut schreiend in meiner Kabine. Er scheint auf die Transition besonders empfindlich reagiert zu haben. Mittlerweile ist er aber wieder vollends bei Sinnen. Wir wollten uns so rasch wie möglich zum Dienst melden und haben uns deshalb in die Zentrale begeben.«

Der Roboter schwankte leicht. Ein spitzer Tentakelarm fuhr seitlich aus und ritzte Gorgides' Hals.

»Reste von toxischen Verunreinigungen im Blutbild entdeckt«, sagte der Roboter wie zu sich selbst. »Solche, die auf eine Designerdroge hinweisen. Eine unerwünschte Reaktion auf die verabreichten Mittel ist plausibel.«

»Danke.« Rhodan verbarg seine Erleichterung. »Sollen wir unseren Dienst nun wieder aufnehmen? Der Korsio ist als Leitender Ingenieur an der Hauptpositronik ausgebildet, und ich an den Funkanlagen.«

Die Robotdrohne schwebte hoch und nieder. Sie wirkte ... unsicher?

»Ja«, sagte sie mit merklicher Verzögerung. »Es wäre gut, wenn jemand die Adaptionsmechanismen meiner Hauptpositronik überwacht. Unter anderen Umständen hätte ich auf das Erwachen des Kommandanten Schopsna gewartet. Doch eine Selbstanalyse hat ergeben, dass sich diverse Leistungsverknüpfungen fehlerhaft entwickeln. Die Schadensmeldungen mehren sich. Es könnte zu Aggregatsausfällen kommen. Grund dafür ist ein Teilausfall im Bereich der Hypertoyktischen Verzahnung nach der Transition.«

Kein Wunder. Die Schnittstelle zwischen dem Bioponblock und der eigentlichen Positronik basierte auf quasi-biologischen Balpirol-Halbleitern. Die organischen Strukturen mochten durch den Strukturschock der Transition in Mitleidenschaft gezogen worden sein.

Rhodan räusperte sich und schubste Ignats an. Der setzte sich in Bewegung, folgte dem Diskusroboter. Langsam, allmählich sicherer werdend.

Der Tefroder war Trümmerlotse, der keinerlei Vorkenntnisse auf dem Gebiet der Positronik besaß. Dank seiner aufgesetzten Identität hingegen, die über die Para-Drüse fremdgesteuert wurde, wusste er sehr wohl darüber Bescheid, was er zu tun hatte. Perry musste darauf vertrauen, dass Ignats den heiklen Tanz zwischen zwei

Bewusstseinen ausreichend lang durchhielt. Zhana hatte sich tunlichst bemüht, einen möglichst ausgeglichenen Zustand zwischen dem Trümmerlotsen und dem hochgestellten Positroniker seiner aufgepfropften Persönlichkeit herzustellen. Dass es ihr nicht ganz gelungen war, hatte sich unmittelbar nach der Transition gezeigt.

»Ich mache mich ebenfalls an die Arbeit«, sagte Rhodan laut.

Der Diskusroboter scherte sich nicht weiter um ihn; er reagierte, als könne er sich lediglich auf ein einziges Lebewesen konzentrieren.

Vorsichtig schob der Unsterbliche einen bewusstlosen Funker von seinem Stuhl. Weitere, ähnlich gebaute Diskusroboter kamen aus Kästen in Kniehöhe herausgeflogen. Mit pendelnden Körpern umflatterten sie den Tefroder, packten ihn mit ihren winzigen Armen an der Kleidung und transportierten ihn in einen Nebenraum.

Rhodan orientierte sich neu und drückte einen der so altmodisch wirkenden Knöpfe. Er nahm eine bewusste Fehlschaltung vor und ließ die Schiffsroutinen ein gänzlich ungewöhnliches Funkfrequenzband im Bereich von weniger als 0,5 Kilohertz absuchen.

Nichts rührte sich. Kein Alarm, kein warnender Hinweis der Hauptpositronik.

Gut so.

In einem zweiten Versuch verkürzte er die Reichweite des eigenen Hyperfunk-Suchlaufs auf eine Zehntel Lichtsekunde.

Wiederum keine Reaktion. Die Positronik war aufgrund des Ausfalls der Hypertoyktischen Verzahnung allzu sehr mit sich selbst beschäftigt, um sich um die

Aktivitäten des Unsterblichen zu kümmern. Auch die redundanten Überwachungssysteme griffen nicht. Die MO befand sich in einem äußerst labilen Zustand. Ein Angreifer hätte das Schiff mit einem lauten Husten aus dem All fegen können.

Rhodan beugte sich über seinen Kartentank und stützte die Hände auf, sodass sie den größten Teil seines Gesichts verbargen. Er bewegte lediglich die Lippen und gab einen ersten Statusbericht an Zhana und Tifflor weiter. Leise fügte er hinzu: »Nutzt eure Mittel. Sorgt für Unruhe im Schiff. Es darf allerdings nicht nach Sabotage aussehen, sondern nach natürlichen Aggregatsausfällen, Sicherheitslecks oder Zufälligkeiten, die sich aufgrund der Transition ergeben haben. Gorgides wird seinen Teil dazu beitragen, dass die Aufmerksamkeit der Positronik den Selbstreparatur-Routinen und der Ordnung im Schiff gilt. Er wartet auf den geeigneten Moment, um den Schutzschirm rings um Schopsna zu deaktivieren. Dann kümmere ich mich um den Gestaltwandler.«

»Und wie willst du das tun?«, hörte er Tifflors Stimme nahe an seinem Ohr.

»So, wie wir seit Wochen oder Monaten arbeiten«, gab Rhodan zur Antwort. »Ich improvisiere.«

Julian Tifflor

»Befindet sich etwas in deinem Fundus, das wir nutzen können?«, fragte Julian Tifflor. Nach wie vor betrachtete er fasziniert das Gebilde, das Perrys Mundbewegungen nachahmte. Das Wunderwerk araischer Technologie imitierte selbst Schluckgeräusche.

»Ich habe einiges in petto, das dir gefallen könnte«, sagte die Unsichtbare. Es klang keineswegs prahlerisch. Wie eine Selbstverständlichkeit, die kaum Erwähnung verdiente.

Zhana griff mit spitzen Fingern nach einem Dutzend winziger Kügelchen und hielt eins davon hoch. Es veränderte je nach Lichteinfall die Farbe seiner Oberfläche. »Ein nettes Spielzeug, dieses Shoon«, sagte sie. »Es wird niedrigenergetisch angetrieben. Durch die Umgebungswärme und Licht. Die eigenen Emissionswerte liegen nahe null. Im Inneren befindet sich ein miniaturisiertes Wunderwerk moderner Positroniktechnologie. Ein Störprozessor, der Rechenvorgänge gegnerischer Positroniken erfassen und beeinflussen kann. Vorausgesetzt, dass sie nicht sonderlich abgesichert sind. Ungeschützte Redundanzsysteme zum Beispiel. Die Shoons erschnüffeln sozusagen ihre Opfer, fühlen sich von ihnen angezogen.«

»Wir haben so etwas Ähnliches in Arbeit«, sagte Julian nachdenklich. »Da hat ein unerwünschter Technologietransfer stattgefunden. Stammt es aus arkonidischer Fertigung?«

»Wir teilen zwar das Bettlager«, sagte Zhana mit versteinertem Gesicht, »aber du wirst verstehen, dass ich die Arbeitsgeheimnisse meines Volks nicht preisgebe. Ich habe die Hoffnung auf ein Leben nach diesem Auftrag nicht aufgegeben. Sündteure Gimmicks wie die Shoons sind Garanten für ein möglichst langes Agentenleben. Wenn dir etwas an mir liegt, frag mich nie wieder nach irgendwelchen Betriebsgeheimnissen.«

Julian lächelte. »Man wird's ja versuchen dürfen«, sagte er und konzentrierte sich wiederum auf die seltsame Kugel.

Zhana streichelte über den Shoon und warf ihn hoch. Die Kugel blieb in der Luft hängen, schien sich eine Weile lang zu orientieren und setzte sich dann langsam in Bewegung. Sie drängte gegen die geschlossene Tür, die zum Gang führte.

Tifflor runzelte die Stirn. »Und jetzt?«

»Abwarten.«

Der Shoon stieß mehrmals sanft gegen den Türrahmen. Suchend, fordernd. Die Körpersubstanz zerfloss, wurde zu einem dünnen, kaum mehr erkennbaren Fladen, der durch einen winzigen Spalt glitt.

»Beeindruckend«, murmelte Tifflor.

»Die Shoons funktionieren leider nur in einer Umgebung, deren Absicherungsstatus niedrig ist«, sagte Zhana fast entschuldigend. »Energieschirme, dichte Verschlusssysteme, hochempfindliche Messgeräte oder Vakuumräume sind nur einige der Hinderungsgründe.«

Zhana nahm weitere Shoons zur Hand und aktivierte sie. Sie folgten ihrem Vorgänger auf dieselbe Weise.

»Haben wir sonst noch etwas, um für Unruhe zu sorgen?« Tifflor begutachtete die sorgfältig angeordnete Sammlung von Dingen, die Zhana ausgebreitet hatte. Mehrere Handwaffen und Energiepacks lagen bereit. Nachtsichtgeräte. Hochkonzentrierte Nahrung, Dutzende von Medikamenten, winzige Sauerstoffladungen, die mit einem Mundstück versehen waren.

Tifflor sah auf die Uhr. Perry befand sich seit knapp zwölf Minuten in der Zentrale der MO. Immer wieder sandte er knappe Statusberichte und erzählte von den Beobachtungen, die er machte. Noch hatte er keinen Weg gefunden, Schopsnas Energieschirm anzugreifen.

Ignats Gorgides, dem sie ebenfalls einen Norvie über die Mundschleimhäute gespritzt hatten, arbeitete angestrengt an Schaltelementen der Hauptpositronik. Er tauschte sich mit einem Arbeitsroboter aus. Ihre Unterhaltung barg kaum nennenswerte Informationen. Nur allzu gern hätte Julian gewusst, was der Tefroder machte und ob er Möglichkeiten hatte, Einfluss auf das Schiffsgehirn zu nehmen. Ignats tat ihm nicht den Gefallen. Stattdessen beschwerte er sich zeternd über den lästigen Diskusroboter, der ihn bei der Arbeit behinderte, und versuchte, ihn zu verscheuchen.

»Ruhig Blut!«, mahnte ihn der Unsterbliche über den kleinen Richtfunksender des Norvie. »Konzentrier dich auf deine Aufgabe. Sag dir laut vor, was du gerade machst, damit wir es hier aufzeichnen und analysieren können. Sieh zu, dass du das Schadensvolumen erhöhst oder zumindest auf dem derzeitigen Niveau hältst, ohne dass der Roboter etwas davon bemerkt. Diese Maschine ist dumm und derzeit wahrscheinlich vollständig von ihrer Leitpositronik abgeschottet. Sie kann wohl kaum erkennen, was du eigentlich tust.«

»Schon gut«, erklang Gorgides' geflüsterte Stimme. Er holte, am Norvie gut erkennbar, tief Atem und schilderte endlich, was er vor sich sah. Tifflor verstand kaum ein Wort. Das technische Kauderwelsch war die Sprache eines Spezialisten für einen Spezialisten.

Der Unsterbliche ließ ein Aufzeichnungsgerät laufen und drehte sich zu Zhana um, die mittlerweile ihre Ausrüstung einer weiteren Selektion unterzogen hatte.

Erneut ein Blick auf die Uhr. Die Zeit lief ihnen davon. Schweißtropfen sammelten sich auf Tiffs Stirn. Am liebsten wäre er hinausgestürmt und hätte irgendetwas getan.

»Was ist das?« Er wischte sich über die Stirn und deutete auf ein olivfarbenes Zäpfchen, umhüllt von feinen Härchen mit Widerhaken. »Ich bilde mir ein, so etwas schon einmal gesehen zu haben. Ist es eine semibiologische Angriffswaffe, die als Symbiont den Geist ihres Trägers verwirrt oder beeinflusst?«

»Nein, das ist ...«

»Ein Grabber? Ein Objekt, das, sobald aktiviert, hypnoenergetische Impulse ausstrahlt und derart einen Gegner falsche Tatsachen vorspiegelt?«

»Ganz falsch, Julian, das ist ...«

»Warte, lass mich nochmals raten.« Der Unsterbliche runzelte angestrengt die Stirn und sagte dann, mit deutlicher Besorgnis in der Stimme: »Ich hab's! Dass ich nicht gleich draufgekommen bin! Ein araischer Seuchenknoten, wie ihn deine Landsleute schon öfter eingesetzt haben. Eine heimtückische Waffe, vergleichbar mit einer Arkonbombe. Darin befindet sich eine Vielzahl von Virenstämmen, die mit- und aufeinander reagieren. Einmal über die Klimaanlage der MO verteilt, würde sie die Tefroder binnen Kurzem befallen und für diverse Krankheiten sorgen ...«

»Jetzt reicht's!« Zhana stampfte energisch mit einem Fuß auf. »Lass mich gefälligst mal zu Wort kommen! Deine Vermutungen sind einfach lächerlich!«

Julian blickte sie erstaunt an. »Dann sag endlich, was diese hässliche, behaarte Olive darstellt.«

»Das ist mein neues Hormonzäpfchen; die Wirkung des alten endet demnächst.«

»Du meinst ...«

»Ja. Wir sprechen von Empfängnisverhütung, du Trottel!«

Zhana setzte eine ganze Serie von Spionsonden in Bewegung. Sie sollten den Trümmersteg nach einem vorher bestimmten Schema durchfliegen, einen Raster erstellen und insbesondere auf verstreute Flüchtlinge achten, die Schopsna erbarmungslos töten lassen wollte. Deren Sicherheit war besonders Julian ein Anliegen. Auch gab es den vagen Hintergedanken, in den Flüchtlingen Verbündete in einem Entscheidungskampf gegen Schopsna und dessen Verbündete zu gewinnen.

»Was macht Perry?«, fragte Tifflor die Ara-Frau.

»Derzeit gar nichts. Er wartet auf den richtigen Augenblick. Er wirkt bewundernswert ruhig. Wenn ich daran denke, worum es geht ...«

»... sagte die kaltblütige Auftragskillerin ...«

»An deiner Stelle würde ich den Mund halten! Das Guthaben an blöden Bemerkungen, das ich dir pro Tag zugestehe, ist für heute verbraucht.«

Beide schwiegen, vermieden den Blick auf den jeweils anderen. Konnte es sein, dass die Wirkung des »Liebeszaubers« allmählich schwächer wurde? Oder war es die Anspannung, die sie gereizt reagieren ließ?

Eine Dreiviertelstunde war seit ihrem Erwachen vergangen. In den nächsten Minuten würde, musste eine Entscheidung fallen.

»Wir bereiten uns darauf vor, von hier zu verschwinden«, gab Tiff die neue Devise aus. Er atmete tief durch. »Rechnen wir mit dem schlimmsten anzunehmenden Fall.«

»Und das wäre?«

»Zu zweit die Zentrale anzugreifen, um Perry und Ignats rauszuhauen.«

Zhana zeigte ein seltenes Lächeln. »Endlich!«, sagte sie.

Ignats Gorgides

Hätte er bloß ein wenig Dreier bei sich gehabt! Eine kleine zusätzliche Dosis, die die Verwirrung in seinem Kopf beseitigte und das Gefühl zurückbrachte, die Situation im Griff zu haben.

Seine Hände schmerzten. Er öffnete und schloss sie immer wieder, in einem krampfhaften Versuch, die Herrschaft über seinen Körper aufrechtzuerhalten. Der Korsio drängte in ihm hoch. Wollte ihn, den wahren Ignats Gorgides, beiseiteschieben. Wollte seine eiskalten, fürchterlich linearen Überlegungen in den Vordergrund des Denkens bringen und jenen Auftrag erfüllen, den Schopsna ihm aufgezwungen hatte. Reparieren. Positronik-Techniker sein. Arbeiten. Befehlen gehorchen.

»Nein!«, rief er laut.

»Bitte?« Der Diskusroboter zog sich ein Stückchen zurück. Irgendetwas in seinem Inneren surrte leise, bedrohlich.

»Ich ... ich habe einen Gedankengang verworfen«, sagte Ignats.

»Du zeigst stark emotionell gefärbte Reaktionen.«

»Ich bin ja auch ein Lebewesen und keine Maschine.« Er verbarg beide Hände hinter dem Rücken. Der Diskus sollte ihr Zittern nicht sehen.

»Es ist besser, wenn ich dich außer Dienst setze. Befehlshaber Schopsna muss ohnehin jeden Augenblick zu sich kommen.«

»Negativ«, sagte Ignats rasch. »Ich habe Fehlschaltungen entdeckt, die eine Kettenreaktion in den Antriebsaggregaten auslösen könnten.« Er blieb bewusst vage. Maschinen konnten den Sinn und Wahrheitsgehalt derartiger Aussagen nur schwer nachvollziehen. »Ich bin gezwungen, innerhalb der nächsten fünf Minuten zwei Modulelemente im nachgeordneten Bereich der Hypertoyktischen Verzahnung auszutauschen.«

»Dann tu das.«

»Ich brauche die Ersatzteilboxen XC8 sowie YC5. Sofort. Ebenso das dazugehörige Service-Werkzeug. Das Gehäuse dreizehn muss gelöst und eine elektrostatische Reinigung der Komposit-Fassung vorgenommen werden ...«

»Negativ«, sagte der Diskusroboter. »Hinter Gehäuse dreizehn verbergen sich die assoziativen Steuerungselemente des Bioponblocks.«

»Siehst du denn die Zusammenhänge nicht?«, herrschte Gorgides die Maschine an. »Dort nimmt eine geringfügige Unruhe ihren Anfang. Hier, hier und hier erkennbar.« Er deutete auf drei willkürliche Elemente in der virtuell-dreidimensionalen Aufbereitung des positronischen Hauptblocks links von ihm. »Eine semilineare Unruhe, um genauer zu sein. Sie verteilt sich über die permeablen Hauptzwischenkühler und nimmt Einfluss auf die positronischen Verknüpfungszentren, die mit dem Aggregatswesen verbunden sind.«

Der Diskus schwieg. Er verarbeitete. Suchte Hinweise aus irgendwelchen abgespeicherten Bibliotheken, die ihm zur Verfügung standen – und kam zu keiner Lösung. Die Brocken, die ihm Ignats hingeworfen hatte, ergaben im Einzelnen durchaus Sinn, schufen aber keine zusammenhängenden Informationen.

»Antriebsaggregat-Block drei befindet sich in unmittelbarer Gefahr!«, drängte er. »Eine Überhitzung der dortigen Kühlelemente führt unweigerlich zur Explosion; selbst ein mehrfach gestaffelter, ins Innere des Schiffs gerichteter Schutzschirm könnte das Ende der MO nicht verhindern. Ich habe noch viereinhalb Minuten, um Gegenmaßnahmen einzuleiten …«

Der Diskus schwankte neuerlich. Für ihn war der Druck, den Gorgides entwickelte, ein kaum nachvollziehbarer Faktor. Das Dilemma, in dem die teilweise »bewusstlose« Positronik steckte, wurde in ihrem externen Element sicht- und spürbar. Der Diskus war verwirrt, konnte logische Rechenvorgänge und Verknüpfungen nicht mehr von Technogeschwätz unterscheiden.

»Erlaubnis erteilt«, sagte der Roboter. »Werkzeug und Reparaturelemente werden augenblicklich bereitgestellt.«

»Danke.« Ignats atmete tief durch, massierte sich müde die Schläfen und verzog das Gesicht zu einer Grimasse.

Scheinbar.

In Wirklichkeit gab er über den Norvie Anweisungen an Tifflor weiter: »Perry soll sich bereithalten. In genau drei Minuten öffne ich die beiden Schutzschirme rings um Schopsna und die Steuerung der Para-Drüsen.«

Drei der Diskusroboter umschwirrten ihn nun. Sie achteten auf jeden seiner Handgriffe.

So weit wie möglich überließ Ignats dem Korsio in ihm die Kontrolle über den geteilten Körper. Der Techniker wusste ganz genau, was zu tun war, um das gewünschte Szenario herbeizuführen. Doch der wehrte sich mit aller Kraft, »falsche« Handgriffe zu setzen. Er war Schopsna untertan, ein willenloser Sklave des Kommandanten.

Sie trugen einen unsichtbaren Kampf aus, wie er härter und erbarmungsloser nicht geführt werden konnte. Wie zwei Dämonen. Wie Gut und Böse. Wie Mirona Thetin und Atlan.

Sein unter zwei Bewusstseinen aufgeteilter Metabolismus revoltierte. Ignats nässte sich ein. Seine Körperfunktionen gerieten außer Kontrolle.

Zwei Schaltungen noch. Mit möglichst ruhiger Hand geführt. So, dass die Roboter keinen Verdacht schöpften. Dann ...

Ihm wurde schwarz vor Augen. Ein kühl geführter mentaler Kick des Korsio trieb ihn ins Vergessen, schwappte den anderen hoch, ließ ihn die Herrschaft über den gemeinsamen Körper gewinnen.

Gorgides kämpfte sich mit aller Kraft zurück. Hakte sich an Erinnerungen an eine glückliche Jugend und an unbeschwerte Wanderjahre quer durch die Milchstraße fest, hantelte sich kraft seines Willens an die Oberfläche seines Bewusstseins. Soeben wollte der Korsio den Mund öffnen und eine Warnung an die Roboter richten.

Wollte diesen Hoffnungsschimmer vernichten, den Perry Rhodan und Julian Tifflor geweckt hatten, um der mentalen Knechtschaft von mehr als 5000 Tefrodern ein Ende zu setzen.

Auf ihn kam es an. Auf den Trümmerlotsen, in den der berühmteste aller Unsterblichen sein ganzes Vertrauen setzte. Der ihm hochgeholfen, ihn gestützt und neue Hoffnung zugesprochen hatte.

Letztendlich war es eine Willenssache.

Ignats drängte den Korsio hinab. Dorthin, wo er gerade selbst gewesen war. In die Dunkelheit des Vergessens. Er gewann die Herrschaft über seinen Körper zurück. Er schloss den halb geöffneten Mund und machte sich daran, die beiden letzten Handgriffe zu tun. Der Tefroder hatte nun das notwendige Wissen, um die Situation zu bereinigen.

Er würde es schaffen.

Ignats blickte sich um – und erschrak.

Schopsna rührte sich an seinem Arbeitsplatz. Er stützte sich hoch, schüttelte den Kopf. Die Augen wirkten glasig, das Gesicht war zu einer schmerzverzerrten Fratze verzogen.

Rasch!, feuerte sich der Tefroder an. Aber wie konnte er sich beeilen, wenn die ihn umschwirrenden Roboter auf jede hastige Bewegung reagieren und ihn außer Gefecht setzen würden? Sie wirkten »misstrauisch«. Schienen bloß auf einen Fehler zu warten. Sie wussten, welchen Schaltweg er gehen musste, um logischerweise die Steuerungs- und Synchronisierungselemente des dritten Antriebsblocks aus der positronischen Vernetzung zu nehmen. Ihnen selbst war es nicht erlaubt, derartige Reparaturmaßnahmen durchzuführen. In ihrer gesteuerten Gedankenwelt wäre dies einem Teilsuizid gleichgekommen. Immerhin war die Hauptpositronik der Zentrale ihre »Mutter«, der gegenüber sie zu Gehorsam verpflichtet waren.

Ignats initiierte die vorletzte Korrekturschaltung. Seine Rechte streichelte über die kühlende Schutzschicht, die die energetischen Elemente eines der vielen Biopon-Blocks bändigte, die wiederum in einem dichten Netz das Zellplasma durchzogen. Immer höher glitt seine Hand. Er tastete nach dem aus Sicherheitsgründen geschickt versteckten Eingabeelement nahe der vordersten Reihe winziger Howalgonium-Kristallchips. Hier befand sich alles, was er für seinen Coup benötigte.

Schopsna murmelte Unzusammenhängendes. Er war auf die Beine gekommen. Sein Blick klärte sich. Erschreckend rasch fand er in die Realität zurück.

»Aktion abbrechen!«, befahl einer der Diskusroboter. »Kommandant Schopsna ist wieder einsatzbereit. Es bleibt ihm genügend Zeit, um eine Entscheidung über die Notschaltung zu treffen. Deine Aufgabe ist hiermit erledigt, Korsio. Zieh dich augenblicklich an deinen Platz zurück.«

»J... ja.« Ignats konnte sein Pech nicht fassen. Ein paar Sekunden fehlten, um an das entscheidende Steuerelement zu gelangen. Perry Rhodan saß da, beide Hände um den Kartentank geklammert, sprungbereit. »Aktion vorerst abbrechen!«, flüsterte ihm nun auch der Unsterbliche vermittels Norvio zu. »Wir warten einen besseren Moment ab. Wir bekommen sicherlich eine weitere Chance.«

Nein. Es musste jetzt sein.

Schopsna würde Fragen stellen. Warum die Abdeckung der Hauptpositronik gelöst worden war. Warum zwei Tefroder vorzeitig erwacht waren. Wie sich denn bitteschön die Gefährdung der Antriebsaggregate manifestierte, die Gorgides reparieren wollte.

»Die Hände weg!«, mahnte der Diskusroboter ein weiteres Mal.

Der Tefroder traf eine Entscheidung. Er tippte den finalen Befehl in das gut versteckte Pad ein. Mit einem Fingernagel zog er in einer beiläufig wirkenden Bewegung durch die Fuge des danebenliegenden Unterbrechers. In offiziellen Aufzeichnungen gab es keinerlei Notizen über diese Kurzschlussschaltung; sie war Teil einer rein informativen Befehlskette, die dem Fachmann helfen sollte, im Notfall umständliche Routinen zu vermeiden. Das Zellplasma, der »Gefühlssektor«, trennte sich in einem genau abgemessenen Bereich von der Rechnereinheit. Er hatte den positronischen Knotenpunkt aller Schutzschirmfelder der Zentrale aus der Vernetzung genommen.

Befehlsverknüpfungen versiegten in räumlicher Leere. Die Notabschaltung zeitigte das genaue Gegenteil des gewünschten Effekts: War es der Hintergedanke des Erfinders gewesen, eine ungesteuerte Überhitzung der Schutzschirmaggregate möglichst rasch zu verhindern, beraubte sie nun Schopsna jeglicher Deckung. Und schaffte – hoffentlich! – freien Zugang zu jenem Kontrollelement, das die Implantate und damit die tefrodischen Para-Drüsen steuerte.

Der Tefroder zog die Schultern hoch. Jeden Moment erwartete er den tödlichen Schuss eines der Diskusroboter.

Nichts.

Die Maschinen sanken allmählich zu Boden, wie Blätter im Wind. Sie litten unter einem Sekundärschock jenes Schadens, den Gorgides der Hauptpositronik zugefügt hatte.

»Was, bei Mo ...«

Schopsna war wieder da. Mit all seinen Sinnen, mit all seiner Präsenz. Seine Umrisse veränderten sich, zeigten für einen Augenblick das Aussehen eines facettenüberwachsenen Molluskenwesens, im nächsten den eines silbrig glänzenden Gazeschleiers, der sich rasend schnell in sich selbst verknotete. Ein Arkonide. Ein Terraner. Ein Naat. Ein Topsider. Ein pelzbedeckter Nasenriese. Hundert Schemen, vielleicht mehr, binnen weniger Sekunden.

Warum unternahm Rhodan nichts? Er galt doch als Sofortumschalter, als Wesen, das intuitiv erfasste, welche Entscheidung wann zu treffen war! Oder hatte der Unsterbliche bereits entschieden? Dass die Situation keinen Erfolg versprach, dass es besser war, ruhig zu bleiben? Wollte er ihn zum Bauernopfer machen?

Nein! Rhodan war ein Moralist. Niemals würde er zulassen, dass ein anderer zu Schaden kam, wenn er es irgendwie verhindern konnte.

Da! Endlich setzte er sich in Bewegung! Er hatte lediglich auf jenen Moment gewartet, da Schopsna seine ganze Aufmerksamkeit auf ihn, Gorgides, richtete. Schon stürmte der Unsterbliche heran, hieb den Gestaltwandler seitlich mit der Handkante gegen den Hals.

Schopsnas Kopf flog zur Seite. Es knackte hässlich, als wäre einer seiner Halswirbel in Mitleidenschaft gezogen worden.

Und dann ...

Mit einer elegant wirkenden Körperdrehung wich der Gestaltwandler Rhodans erneutem Angriff aus und packte zu. Griff nach dem rechten Handgelenk des Unsterblichen, erhaschte es und verdrehte es spielerisch um 90 Grad.

Perry unterdrückte einen Schmerzensschrei, folgte der Bewegung seines Gegners, setzte einen Fußtritt gegen dessen Leibesmitte.

Schopsna ließ los, mehr irritiert denn tatsächlich verletzt.

Er lachte.

»Komm her, kleiner Tefroder!«, rief der Gestaltwandler. »Du willst mit mir spielen?«

Blitzschnell ließ er sich zu Boden fallen und fuhr die Beinschere aus. Rhodan konnte sich gerade noch in Sicherheit bringen, während Schopsna in einer fließenden Bewegung wieder auf die Füße kam. Seine Körperkräfte und Reaktionswerte waren denen des Terraners haushoch überlegen.

Die Tefroder ringsum schliefen nach wie vor. Sie bekamen nichts vom Kampf der beiden so ungleichen Wesen mit. Die Robotdrohnen, spinnebeinig oder diskusförmig, lagen auf dem Boden. Die einen zuckten hilflos mit den dünnen, langen Gliedern, die andern pendelten unruhig mit ihren konvex geformten Oberflächen hoch und nieder.

Warum brachte Ignats nicht die Kraft auf, in den Kampf einzugreifen? Fehlte ihm der Mumm? Trug gar der Korsio in ihm Schuld, hatte er sich in ihr geteiltes Bewusstsein zurückgedrängt?

Schopsna machte sich einen Spaß daraus, Rhodan mit weiten Schwingern vor sich her zu treiben. Der Unsterbliche verteidigte sich, so gut es ging, und wandte dabei unterschiedliche Techniken an. Solche, die Gorgides an die Künste des Dagor erinnerten, die er in arkonidischen Fach-Trivids gesehen hatte. Dazu kamen scheinbar hölzerne Bewegungen, begleitet von lauten, irritierenden Schreien, die so ganz und gar nicht dem Wesen des Unsterblichen entsprachen.

Rhodan stolperte. Fiel der Länge nach zu Boden. Rollte sich ab, kam allzu spät auf die Beine. Schopsna war heran, hieb ihm mit der flachen Hand quer über die Brust. Der Terraner wurde meterweit davongeschleudert. Noch im Flug drehte er sich geschickt wie eine Katze um die eigene Achse und minderte, indem er Arme und Beine von sich streckte, die Wucht des Aufpralls an der gläsernen Trennwand zwischen Funk- und Ortungsabteilung. Benommen richtete er sich wieder auf, schüttelte den Kopf und machte sich bereit für die Fortsetzung des Kampfs. Dünne Blutbahnen zogen sich von beiden Mundwinkeln hinab zum Kinn. Sie gaben ihm ein gespenstisches Aussehen.

Schopsna lachte laut. Mit den Händen winkte er Rhodan zu sich. Er stieß unflätige Beschimpfungen in mehreren Sprachen aus; darunter waren auch welche, die Ignats nicht verstand. Der Gestaltwandler redete sich immer weiter in Rage. Er achtete weder auf die Umgebung, noch kümmerte er sich um die Umstände des Kampfes. War er verrückt geworden? Litt er unter den Nachwirkungen der Transition oder zeigte er erstmals seinen wahren Charakter?

Erneuet trat Schopsna zu. Traf Rhodan punktgenau am Solarplexus. Der Unsterbliche konnte die Wucht des Schlags gerade noch ein wenig mildern, indem er um einige Zentimeter zurückzuckte. Etwas knackste wie trockenes Holz. Der Terraner sackte erneut zu Boden, die Augen weit aufgerissen. Schmerzverzerrt blickte er drein. Verwundert, dass es so enden würde. Verletzt und geschlagen.

»Nein!«, hörte Ignats jemanden aufbrüllen.

Überrascht stellte er fest, dass er selbst es war, der den Schrei ausstieß – und Schopsna angriff.

PERRY RHODAN

»Weg mit dir! Gib endlich Fersengeld, verdammt noch mal!« Julian Tifflor schrie sich die Seele aus dem Leib. Perry musste sich die Worte zusammenreimen. Sie gelangten lediglich bruchstückhaft über das Empfangsgerät des Norvie an sein Ohr.

Sein Wegbegleiter hatte keine Ahnung, wie es um ihn bestellt war. Seine Rippen fühlten sich an, als hätte sie jemand zertrümmert, im rechten Arm war kein Gefühl mehr. Um jeden Atemzug musste er kämpfen, der Schmerz breitete sich wie ein rasend schnell wachsendes Geflecht über seinem Körper aus.

Er konnte nur noch darauf warten, dass ihm Schopsna den Garaus machte. Wehrlos, müde, entkräftet war er. Der Gestaltwandler hatte ihn dank körperlicher Stärke und abartig guter Reflexe besiegt. Deutlich war, dass der Gys-Voolbeerah Techniken und Geschicklichkeit unterschiedlichster Völker für seine Zwecke adaptiert hatte und perfekt einsetzen konnte. Darüber hinaus strahlte er das Wissen und die Erfahrung eines langen Lebens aus. Wie bei einem Schachspiel hatte er ihn immer weiter in die Defensive gedrängt und ihn schlussendlich matt gesetzt.

Perry konnte nichts mehr tun. Nur noch da sitzen und den tödlichen Hieb erwarten.

Ein Schrei ertönte. Nichtmenschlich wirkte er. Ausgestoßen von einem Wesen, dessen innere Verzweiflung groß war.

Ignats Gorgides. Er stürmte heran. Mit weit ausgestreckten Armen stürzte er sich auf Schopsna. Schaumflocken spritzten aus seinem Mund. Er prallte gegen den Gestaltwandler, klammerte sich an ihm fest, schob ihn meterweise beiseite. Weg von Rhodan.

Aufstehen. Helfen. Es gemeinsam schaffen ...

Der Unsterbliche kam nicht mehr hoch. Er fühlte sich zu müde, zu kraftlos.

Schopsna, zuerst von der Leidenschaft des Tefroders überrascht, überwand seine Irritation rasch. Er hieb mit ineinander verschränkten Händen von oben nach unten zu. Es war ein fürchterlicher Schlag gegen die Schädeldecke des Tefroders.

Ein Knacken. Blut spritzte, und noch etwas anderes. Etwas Grauweißes, Glitschiges.

Mit einem einzigen Schlag hatte der Gestaltwandler seinen Wegbegleiter getötet. Hatte bedenkenlos ein Leben ausgelöscht, als wäre es das einer lästigen Fliege.

Genauso würde er auch enden, wenn er nicht augenblicklich auf die Beine kam und sich davonmachte.

Schopsna lächelte und sah seelenruhig zu, wie das Leben aus dem Tefroder entwich. Er delektierte sich daran. Schien den Tod seines Gegners zu genießen.

Rhodan verdrängte den Schmerz. Er rappelte sich hoch. Seine Empfindungen wurden nebensächlich, gehörten nicht mehr zu ihm. Schopsnas Steuerpult war zum Greifen nahe. Die Schutzschirme waren erloschen, die Schaltung zur Befreiung der Tefroder lag frei. Es bedurfte eines einzigen Handgriffs, um sie aus ihrem Sklavendasein zu befreien ...

Versagt.

Drei Doppelreihen an Schaltern und Knöpfen waren unter der Abschirmung zum Vorschein gekommen, bislang von einem energetischen Trugbild überdeckt. Es gab mehrere tausend Möglichkeiten zur Auswahl. Mehrere tausend Chancen, um dieses hässliche Spiel zu beenden. Viel zu viele, um hier und jetzt etwas zu bewirken.

Der Gestaltwandler sah ihn hämisch an und kam mit langsamen Schritten näher. Er schleifte Gorgides wie eine unnütze Last hinter sich her. Der Tefroder hatte ihn im Todeskampf umschlungen und ließ ihn nicht mehr los.

Rhodan musste fliehen. Jetzt. Er stützte sich an Schopsnas Schaltpult ab und drückte so unauffällig wie möglich den Krabbler, den ihm Zhana gegeben hatte, auf die Abdeckung. Das flache, eckige und scharfkantige Teil verschmolz augenblicklich mit der Metallplatte und war nicht mehr zu sehen.

Was auch immer das Ding war und anrichten konnte – er musste all seine Hoffnungen darauf projizieren, dass Zhanas kleines Gimmick die gewünschte Wirkung zeigte.

Ächzend und stöhnend torkelte er in Richtung des Hauptschotts. Schritt für Schritt. Viel zu langsam, um dem Gestaltwandler zu entkommen.

Plötzlich stiegen die Diskusroboter in die Höhe, richteten ihre feinen Nadler auf ihn. Die deaktivierten Teile der Hauptpositronik erwachten zu neuem Leben, Schutzschirme umfingen das Kommandopult und Schopsna.

Das Zeitfenster schloss sich; die Chance, alles zu ihren Gunsten zu wenden, war endgültig vorbei. Sie hatten hoch gespielt – und verloren.

Das Hauptschott öffnete sich. Zhana und Julian stürmten herein. Die Ara-Frau feuerte ein Explosivgeschoss auf Schopsna ab. Es verfing sich im Schutzschirm und verpuffte wirkungslos. Die Unsichtbare nahm es regungslos zur Kenntnis, änderte augenblicklich ihre Taktik. Nadlergeschosse rissen faustgroße Löcher in ungeschützte Aggregate. Glitzernder Tand, den sie mit einer raschen Handbewegung in die Luft warf, entwickelte seltsames Eigenleben. Er zog die Aufmerksamkeit der Diskus- und Spinnenroboter auf sich.

Rhodan fühlte, wie ihn etwas packte. Hochhob. Mithilfe eines rasch um seinen Leib gegurteten Antigrav-Paks durch die Luft trug, durch das Schott hinaus auf den breiten Gang. Zwei Diskusroboter folgten ihnen. Tifflor vernichtete den einen, Zhana den anderen. Sie lächelten sich kurz an, wandten sich dann mit besorgten Blicken Perry zu.

Er brachte ein trauriges Seufzen zustande. Dann trieben ihn die Schmerzen im Brustbereich auf den Abgrund zu. Verschlangen ihn, ließen ihn in eine Ohnmacht gleiten.

Aset-Radol

Die Früchte des Sechzehnten Yakuva-Baums zeigten Müdigkeit. Die langen Erzählungen erschöpften ihre noch jungen Geister. Aset-Radol musste ihnen eine Pause gewähren. Also erhob er sich, streckte seine Glieder und tat ein paar Schritte den Hügel hinauf. Die müden, abendlichen Strahlen seiner Sonne waren auf den obersten Spitzen des Yakuva-Baums nur noch zu erahnen. Die Nacht kam. Sie würde den Unlichtplaneten in nahezu vollkommene Schwärze hüllen. Nur dünne Leuchtgespinste blieben dann hängen. Spinnweben, weiträumig verteilt, die beeindruckende Bilder in die Dunkelheit zauberten.

Aset-Radol hatte den Unlichtplaneten anfertigen lassen und eine Sonne für ihn ausgesucht. Damals, in der Hohen Zeit. Als er am Zenit seiner Macht stand und sich aus den Fängen der Verantwortung befreit hatte. Ein ganzes Universum stand ihm offen, und er hatte jedwede Möglichkeit genützt, um die neu gewonnene Freiheit durch Monumente wie dieses hier manifest werden zu lassen.

Eine Frucht zupfte mit ihren Fühlern an seinen Knöcheln. Sie wollte ihn zum Stamm des Sechzehnten Yakuva-Baums zurücklocken, damit er in seinen Erzählungen fortfuhr. Die Haut der Frucht wirkte schmalzig und prall. Sie hatte dringend notwendige Nährflüssigkeit aus den Wurzeln seines Elters gezogen und benötigte nun, gestärkt und gesättigt, weiteren Ideenstoff.

»Ich komme«, murmelte Aset-Radol. Er streichelte beiläufig über die weit herabreichenden Blätter des Elterbaums. Sie fühlten sich saftlos an. Der vielhundertfache Fruchtfall zehrte an der Substanz des Geschöpfs.

Selbstverständlich hätte er den Yakuva stärken können. In vielerlei medizinischen Teilbereichen galt er als Koryphäe. Sein Wissen war unvergleichlich, und er hatte es mehr als einmal fruchtbringend eingesetzt.

Doch es würde Ehrgefühl und Stolz des Yakuva nicht gut tun, versorgte er ihn mit den Mitteln moderner Dendro-Medizin. Viele Lebewesen benötigten weitaus mehr als Medikamente. Trost, Fürsprache und Zuneigung waren Elemente, die in der Gesundung eines Lebewesens seit jeher eine völlig unterschätzte Rolle spielten. Der Yakuva war eines der sensibelsten Geschöpfe, das er jemals kennengelernt hatte. Möglicherweise beschloss er, seinem Leben ein Ende zu setzen und die Wurzeln Richtung Himmel zu strecken, wenn Aset-Radol ihm in guter Absicht Medikamente zusetzte.

Er hockte sich hin. Die Dunkelheit unter dem dichten Blätterdach war nahezu allumfassend. Kleine Phosphorelemente in den Facettenaugen der Früchte sorgten für ein unruhiges Auf und Ab rings um ihn.

»Wo war ich stehen geblieben, meine Kleinen?«, fragte er zerstreut. »Ach ja ... wir waren beim Verrat an Mirona Thetin ...«

Aset-Radol: Vergangenheit

Kolin-Uns war ein Tefroder, dessen Blut verwässert war. Seine Haut war um eine Nuance heller als die seiner Gefährten, und am Hals zeigte sich eine ungewöhnliche Schuppenflechte, die keinesfalls im Krankheitsbild geborener Lemurischstämmiger verankert war.

Aset-Radol störte sich nicht an der geringfügigen Andersartigkeit von Faktor XI, im Gegenteil: Eine Durchmischung des tefrodischen Genpools barg viele Vorteile, wie er aufgrund seiner Grundlagenforschungen nur zu gut wusste.

Kolin-Uns selbst war das Problem: Er fühlte sich minderwertig im Kreis der Meister. Er unternahm alles, um diese Gefühle durch Übereifer in allem, was er tat, zu kompensieren. Er hatte ihnen mehr als einmal deutlich gemacht, dass er nicht glaubte, sich in diesem erlauchten Kreis der Unsterblichen als Gleichberechtigter bewegen zu dürfen.

Faktor XI war ein Opportunist. Er zeigte sich herrisch und arrogant. Er liebte den Prunk, überspielte den geringfügigen körperlichen Mangel mit besonderer Geltungssucht.

Als Ironie des Schicksals hatte sich Kolin-Uns den Ruf als profiliertester Psychologe der MdI redlich erworben. Punktgenau trafen seine Diagnosen nicht nur auf Einzelwesen, sondern auch auf ganze Stämme und Völker zu. Kolin-Uns hatte eine außerordentliche Begabung, die fast an Zauberei grenzte – und ausgerechnet bei ihm selbst versagte.

»Es freut mich, dass Sie meiner Einladung gefolgt sind«, sagte Faktor XI. Er nickte knapp und deutete eine Verbeugung an.

Der Gesichtsausdruck strafte seine Worte Lügen. Sie mochten sich nicht, hatten sich niemals ausstehen können. »Sie sind der Letzte in unserer Runde. Ich hoffe, Sie hatten eine angenehme Anreise?«

»Es geht.« Es hatte Aset-Radol Tage gekostet, über die Transmitterstrecke nach Karahol zurückzukehren. In eine einsame Sternenbastion der Meister am Rand der riesigen Galaxis, in eine namenlose Station, die tief in den Fels eines leblosen Asteroidenbrocken getrieben worden war.

Handverlesene Besatzungsmitglieder der INSTIN hatten ihn begleitet; Weggefährten waren sie, die seit mehr als 30 Jahren bei ihm Dienst leisteten. Wahrscheinlich würde er die Duplos töten müssen; je weniger Lebewesen vom heutigen Treffen wussten, desto besser.

Aset-Radol fühlte Angst. Panik. Die Furcht, das Falsche zu tun. Mit gehetzten Blicken sah er sich im Versammlungsraum um. An einem hochpolierten Tisch saßen vier weitere Meister. Sie wirkten angespannt so wie er. Einer, der hünenhafte Comden Partan, klopfte mit einem länglichen Gegenstand in langsamem Rhythmus aufs Holz. Es war sein Zellaktivator, den er derart malträtierte. Ein anderer, Barim Nantor, trank gierig aus einem zinnoberroten Becher. Der stechende Geruch nach hochprozentigem Alkohol lag in der Luft. Zeno Kortin, Nantor und Soynte Abil saßen sich gegenüber. Vor ihnen schwebten Hunderte Stäbchen in einem verwirrenden Konstrukt, dessen Umrisse entfernt einem miniaturisierten Zweibeiner ähnelten. Abwechselnd korrigierten die Meister die Positionen einzelner Stäbe. Kügelchen drangen mit jedem Spielzug aus dem Innersten des Bauwerks; sie explodierten in einem Feuerwerk aus Düften, Geräuschen und Bildern und dokumentierten das Ergebnis der Veränderung an der Struktur.

Die drei Meister konzentrierten sich auch auf *Abstrakta*, ein kompliziertes Gesellschaftsspiel. Aset-Radol hatte sich vor langer Zeit eingehend damit beschäftigt. Ziel des Spiels war, durch die Stäbe, die jeweils einem verkürzten und vereinfachten DNA-Strang entsprachen, den Charakter eines möglichst perfekten Tefroders lebendig werden zu lassen. Schaffte man es, den virtuellen Homunkulus anhand einer langen Liste an Vorgaben durch die eigenen Abänderungen lebensfähig zu halten, hatte man gewonnen.

Aset-Radol konzentrierte sich wieder auf Kolin-Uns.

Faktor XI trug eine lächerlich wirkende, auf den Boden reichende Robe. Feinste Platinfäden, in einem verwirrenden Muster angeordnet, gaben dem schweren Stoff eine besonders exklusive Note, und es hätte Aset-Radol nicht gewundert, wenn in dem schweren Stoff nicht auch immens wertvolle Howalgonium-Splitter eingearbeitet waren.

»Faktor I ist ein Übel«, begann der Renegat übergangslos seine Rede. Er deutete Aset-Radol, am ovalen

Tisch Platz zu nehmen, und begab sich selbst an dessen Schmalseite. »Er spielt Verstecken mit uns, er weiht uns in keinen seiner Pläne ein, er hetzt uns gegeneinander auf. Bislang ist es ihm gelungen, das Misstrauen in unseren Reihen so weit zu schüren, dass wir es uns nicht erlauben, untereinander offene Worte zu finden.« Kolin-Uns räusperte sich. »Ich habe mich eingehend mit jedem einzelnen Meister befasst – mit Ausnahme von Faktor I, selbstverständlich.« Er lächelte gezwungen. »Die Auswertung aller Charaktere hat mich dazu bewogen, einen Teil unserer kleinen Gruppe hierher einzuladen – und andere wiederum nicht. Im Kern meiner Überlegungen über das Warum der heutigen Zusammenkunft steht das Maß an Unzufriedenheit über den Kurs von Faktor I und die etwaig vorhandene Willenskraft, die Dinge selbst in die Hand zu nehmen. In aller Bescheidenheit glaube ich sagen zu dürfen, dass ich geeignet wäre, eine ... Rebellion gegen den obersten Renegaten anzuführen.«

»Mit anderen Worten: Sie wollen Faktor I ersetzen und dessen Platz einnehmen?«, fragte Comden Partan lauernd. »Was würde sich für uns denn ändern? Und: Wer sagt uns, dass Sie nicht von ihm vorgeschickt wurden, um unsere Loyalität zu testen?«

»Niemand kann Ihnen dafür eine Garantie geben, Faktor XIII.« Kolin-Uns zuckte mit den Achseln. »Doch überlegen Sie: Jahrtausende sind vergangen, während derer wir Handlanger einer einzelnen Person waren. Wir haben uns in Furcht und Paranoia vergraben, uns voneinander abgeschottet, jeglichen sozialen Kontakt gemieden. Ist das denn ein Leben, wie Sie es sich vorgestellt haben? Wollten Sie damals, als Sie den Zellaktivator verliehen bekamen, nicht ganz andere Dinge erreichen? Was ist denn übrig geblieben von den Werten, die wir uns alle ans Heft geklebt haben?«

Aset-Radol versuchte sich zu erinnern. Er wusste keine Antwort. Moralische Vorstellungen hatten sich verschoben. Dinge, die ihm früher einmal wichtig gewesen waren, besaßen nun keinerlei Bedeutung mehr. Und umgekehrt: Nebensächlichkeiten waren in ihrer Wertigkeit gestiegen, nahmen heutzutage wesentlich breiteren Raum ein. Die Zeit hatte Antworten geschluckt und neue Fragen aufgeworfen.

»Hier und heute geht es darum, ein kalkuliertes Risiko einzugehen. Etwas, das wir alle längst verlernt haben. Wir müssen nur eins für uns selbst festlegen: Vertrauen wir einander?« Seine Stimme, sonor und kräftig, füllte den Raum aus. Wahrscheinlich befanden sich irgendwo versteckte Verstärker, die das Stimmvolumen von Faktor XI weiter steigerten und eine quasi-hypnotische Unterlage zu seiner Ansprache bildeten. Aset-Radol fühlte sich mitgerissen. Mehr, als er eigentlich wollte.

»Was haben wir denn zu verlieren, außer unserem Leben?«, fuhr Kolin-Uns beschwörend fort. »Eine Existenz, die vom Gutdünken eines Einzelnen abhängt und in meinen Augen jeglichen Inhalts entbehrt!« Er ließ die hochgerissenen Arme sinken und sagte leise: »Ist es denn nicht so, dass jeder von uns in Kenntnis gesetzt wurde, dass er sterben muss, sobald er den Zellaktivator ablegt oder in Oppositon zu Faktor I geht?«

Beklommenes Schweigen. Aset-Radol hatte es geahnt, aber nicht weiter darüber nachdenken wollen. Alle Meister der Insel wurden, so wie er, vom obersten Renegaten bedroht und kuschten deshalb.

»Also gut«, sagte Soynte Abil betreten, »Sie haben ausgesprochen, was uns alle plagt. Aber bringt uns das irgendwie weiter? Wir haben keine Ahnung, in welcher Form Faktor I die Funktionsfähigkeit der Aktivatoren beeinflussen kann. Diejenigen, die es wissen könnten, sind seit Ewigkeiten tot.«

Genau; Wie wollte Kolin-Uns diesem übelsten aller Druckmittel, das Mirona Thetin besaß, entgegenwirken?

»Indem wir einen Plan ins Auge fassen, der es uns erlaubt, so rasch zuzuschlagen, dass Faktor I nicht mehr dazukommt, uns zu töten.«

»Unmöglich!« Comden Partan sprang auf. Er reckte den mächtigen Körper. »Wie sollen wir an den Renegaten herankommen? Wo sollen wir ihn treffen, und vor allem: Wie? Keiner von uns hat eine Ahnung, wer er überhaupt sein könnte ...«

»Falsch.« Kolin-Uns lächelte. »Ich weiß es.«

Laute Aufschreie erklangen, das Abstrakta-Spiel zerstob, ein Glas fiel zu Boden und zerklirrte.

Kolin-Uns genoss den Augenblick seines Triumphs. Breitbeinig stand er da, ließ die Fragen an sich abprallen. »Bleiben Sie ruhig«, sagte er nach einer Weile und streckte die Arme abwehrend von sich. »Sie werden hier und jetzt keine Antworten von mir erhalten.«

Es wurde ruhig. Würde kehrte in den Besprechungsraum zurück. Die mächtigsten Wesen einer ganzen Galaxis hatten sich gehen lassen wie ein Haufen Pennäler.

»Ja, es stimmt«, fuhr Kolin-Uns großspurig fort, »anhand intensiver Studien konnte ich die Identität von Faktor I ausmachen. Er hat es mir nicht leicht gemacht; es existieren Dutzende falsche Spuren, die ich mit aller gebotenen Vorsicht verfolgte ...«

»Warum reden Sie um den heißen Brei herum?«, fragte Comden Partan. Er tat einen Schritt auf Faktor XI zu. Eine jede Bewegung, die er tat, wirkte aggressiv und bedrohlich. »Legen Sie die Fakten offen auf den Tisch. Es wäre der beste Beweis für Ihre Vertrauenswürdigkeit.«

»Unterschätzen Sie bitte nicht die Brisanz dieser Information. Fünf Mitwisser sind fünf potenzielle Gefahrenquellen. Trotz der psychologischen Profile, die ich von Ihnen allen erstellt habe, kann ich dennoch nicht in Sie hineinblicken. Ein falsches Wort zur falschen Zeit mag ausreichen, um Faktor I auf meine ... unsere Spur zu locken. Ich denke, dass dieses Geheimnis so lange wie möglich hier drin« – er deutete auf seinen Kopf – »verborgen bleiben sollte.«

»Wie ist also Ihr Plan?« Aset-Radol trat zu seinen Kollegen. Er war nervös geworden. Aus anderen Gründen, als die Mitverschwörer ahnen mochten.

»Vorerst gibt es lediglich eine vage Idee. Sie bedarf einiger Vorbereitung und des Wartens auf den richtigen Zeitpunkt. Vielleicht ein Jahr, vielleicht ein Jahrhundert. Die Gelegenheit muss schlichtweg perfekt sein, um das Risiko für uns zu minimieren.«

»Wenn Sie die Identität von Faktor I kennen, wäre es doch ein Leichtes, den Planeten, auf dem er sich befindet, einfach in die Luft zu blasen«, sagte Comden Partan. »Ein paar Milliarden tote Tefroder ist mir diese Tat allemal wert.« Er ballte die Fäuste.

»Ich danke Ihnen für Ihre offenen Worte.« Kolin-Uns lächelte einmal mehr. »Aber ich denke, dass wir nicht so ohne Weiteres auf Tamanium verzichten können.«

Aset-Radol bemühte sich, seine Nervosität nicht allzu deutlich bemerkbar zu machen. Hatte er bislang nicht einschätzen können, ob Faktor XI bluffte oder Mirona Thetin tatsächlich als ihre Führerin identifiziert hatte, so wuchs nunmehr die Wahrscheinlichkeit, dass er die Wahrheit sagte. Mirona hielt sich seit langer Zeit fast ausschließlich auf dem bestgeschützten Planeten Karahols auf.

Tamanium. Der ausgehöhlte Planet. Bestückt mit Tausenden von Gegenpolkanonen. In einen Halbraumschirm gehüllt. Von Eliteeinheiten wie den Zeitagenten bewacht. Umgeben und abgeschirmt von einer gewaltigen Streitmacht an Schlachtschiffen. Heimat der Schläfer, Experimentalstätte für Duplos, Station eines Zeittransmitters. Einziger Fundort des für die Darlos so wichtigen Hyperkristalls Altrit, manchmal auch »Atem der Schöpfung« genannt.

Eine Welt, in der man auf Tritt und Schritt beobachtet wurde. Die man im Volksmund längst nur noch »Superfestung« nannte.

»Ein Attentäter könnte jedes Hindernis überwinden«, wandte der bedächtige Zeno Kortin ein.

»Es müsste einer der besten seiner Branche sein.« Kolin-Uns wählte seine Worte mit Bedacht. »Wir selbst haben dafür gesorgt, dass der Mythos der Meister der Insel seine derzeitige Bedeutung erlangte. Wir gelten als unangreifbar. Kein Tefroder mit Würde im Leib würde sich bereit erklären, ein derartiges Attentat durchzuführen.«

»Und wenn wir demjenigen verschwiegen, dass es gegen Faktor I ginge?«

»Es bedürfte langwieriger Vorbereitungen, diesen Mann auf seine Aufgabe vorzubereiten. Eine falsche Geschichte zu erfinden, die Dinge über Mittelsmänner ins

Laufen zu bringen. Wir hätten eine Vielzahl an Beteiligten. Nein, liebe Freunde, glauben Sie mir: Ich habe alles ganz genau durchgedacht. Wir ganz allein dürfen an der Tat beteiligt sein. Wir selbst werden die Waffe führen, und wir werden den Auslöser betätigen.«

Sie schwiegen, in ihre Überlegungen verhangen.

Wahrscheinlich hatte Kolin-Uns recht.

Seltsam.

Es schien beschlossene Sache zu sein, Faktor I aus dem Weg zu räumen. Niemand stellte diesen Punkt auch nur für einen Moment infrage oder ergriff für Mirona Thetin Partei. Faktor XI hatte seine Mitverschwörer sorgfältig ausgewählt, und er hatte recht behalten. Niemand in dieser Gruppe würde ihn an Faktor I verraten. Nur gemeinsam hatten sie eine Chance, gegen den obersten Renegaten anzugehen.

»Ich habe mir das folgendermaßen vorgestellt ...«, begann Kolin-Uns.

Aset-Radol hatte Mühe, den Ausführungen zu folgen. Denn in seinem Kopf fielen plötzlich Dinge zusammen, die seit langer Zeit als Fragmente in seinen Gedanken gewesen waren. Der posthypnotische Block, den er sich selbst vor langer Zeit verabreicht hatte, löste sich auf. Sein eigener Plan wurde sichtbar, legte sich über denjenigen, den Kolin-Uns vor ihm und den anderen Meistern der Insel ausbreitete.

Es gab nun doch einen Verräter in den Reihen der Verschwörer: ihn.

Sie wollten sich »Der Rat der Sechs« nennen und ein neues Regime in Andromeda errichten. Kolin-Uns' Pläne waren visionär, um nicht zu sagen, von Größenwahn geprägt. Mit seinem egozentrischen Weltbild bezog er alle Fakten auf sich, machte sich selbst zum Mittelpunkt des Universums.

Seine Mitwisser ließen sich mitreißen. Selbst der so skeptische Comden Partan willigte schließlich in den Plan ein, berauscht von der Aussicht, endlich einmal frei entscheiden zu können und nicht mehr vom Gutdünken von Faktor I abhängig zu sein.

Aset-Radol beteiligte sich, so gut es ihm möglich war, an den Diskussionen. Er durfte unter keinen Umständen den Anschein erwecken, nicht mit Herz und Seele bei der Sache zu sein. In diesem aufgeheizten Klima mochte der kleinste Fehler seinen Untergang bedeuten.

Nach zwei Tagen endete die Versammlung. Sie alle kehrten in ihre vorgegebenen Identitäten zurück, Aset-Radol machte sich auf die lange Reise nach Apsuhol. Zu gegebener Zeit würden sie sich wieder treffen und den Fortschritt der Vorbereitungen auf dieses bedeutendste Attentat seit Lemurer-Gedenken besprechen.

Erneut nahm er die sattsam bekannte Transmitterstraße über den großen Abgrund. Sie bereitete ihm keinesfalls jene Schmerzen und Angstzustände wie bei vorherigen Passagen. Denn er war wieder frei, hatte sein eigentliches Ich zurück.

Nachdem das Beiboot der INSTIN vom Tergham-Trio in Zentrumsnähe der Apsuhol-Galaxis ausgespuckt worden war, ließ er die Duplo-Besatzung seines Schiffs von Kampfrobotern töten. Er durfte unter keinen Umständen ein Risiko eingehen, wollte er heil aus dieser Sache aussteigen.

Diskusförmige Maschinenwesen entsorgten die Leichen ins All, während Aset-Radol von einem Symbionten

Schmerzreste der Transmission aus Gliedern und Knochen massiert wurden. Entspannt lag er da, mit ätherischen Ölen behandelt und parfümiert. Dies war der rechte Zeitpunkt, um in aller Muße über das nachzudenken, was während der Versammlung geschehen war.

Klick hatte es gemacht. *Klickklickklick.* Dinge, die er seit langer Zeit nicht bewusst in Augenschein genommen hatte, hatten plötzlich an ihren Platz gefunden. Eine selbst auferlegte Hypnoseblockade war abgefallen, ausgelöst vom Gedanken an das Komplott gegen Mirona Thetin.

Sieben. Und Siebzig.

Siebenundsiebzig.

Zwei Zahlen, die Aset-Radol jedes Mal, wenn er seine Fingerknöchel betrachtet hatte, in den Sinn gekommen waren, bekamen eine besondere Bedeutung. Sie verwiesen auf jene Tage, da er Herr über seine Sinne, dem posthypnotischen Leben, dem er sich hingegeben hatte, nicht verpflichtet gewesen war.

Über Äonen hinweg hatte er den Feigling gespielt. Ein Schoßhündchen und Erfüllungsgehilfe, der Mirona Thetins Anweisungen bedingungslos gehorchte. Der antriebslos das Leben an sich vorbeiziehen ließ und sich selbst zum willensschwachen Statisten degradierte.

An jedem 77. Tag war er aus diesem erbärmlichen Daseinszustand erwacht. Für wenige Stunden nur, um Dinge, Kleinigkeiten in Bewegung zu setzen und alles für den Tag X vorzubereiten.

Nun war die passende Gelegenheit gekommen. Kolin-Uns bot ihm die Chance, sich ein für alle Mal aus dem goldenen Käfig zu befreien, den Mirona Thetin ihm gebaut hatte.

»Schiff gereinigt!«, brachte einer der Diskusroboter die Vollzugsmeldung.

Aset-Radol richtete sich auf und streckte sich. »Sehr gut. Kontakt mit der INSTIN aufnehmen. Sie muss sich in unmittelbarer Umgebung befinden. Eine Meldung soll an die Basis auf Olmar rausgehen. Ich benötige frisches, zusätzliches Personal an Bord des Schiffes.«

Aset-Radol: Gegenwart

»Warum seht ihr mich so enttäuscht an?«, fragte Aset-Radol die Früchte des Yakuva-Baums. »Reicht euch denn nicht zu wissen, dass diese Zeit meines Lebens von besonderer Aufregung geprägt war? Ich definierte meine Ziele neu, konzentrierte meinen Fokus auf Apsuhol, die alte Heimat. Das war es, was ich euch vermitteln wollte …«

Das Leuchten der Früchtekörper nahm an Intensität weiter zu. Die Neugeborenen signalisierten Unzufriedenheit, wollten unbedingt mehr von ihm wissen.

Ein leichter Lichtschleier war am Horizont zu erkennen. Er tauchte das Wiesengrün in Flammen. Die Nächte waren zu dieser Zeit des Jahres besonders kurz.

Eine kräftige Frucht hüpfte auf seinen nackten Körper. Sie wand und wälzte sich über den Bauch, krabbelte angestrengt nach oben, in Richtung des Zellaktivators, den er anbehalten hatte. So wie meist.

»Ganz schön frech, mein Kleiner!«, sagte Aset-Radol. Er lachte und legte den Ableger des Yakuva-Baums zurück auf den Erdboden. Instinktiv tauchte der seine Wurzeln in den fruchtbaren Humus. Ein winziger Käfer, der zufällig des Wegs gekrabbelt kam, wurde von seinen feinen Fühlerchen umschlungen und ausgesaugt.

»Na gut«, seufzte Aset-Radol. »Aber ihr müsst schon verzeihen; ein Teil meiner Erinnerungen ist ... verloren gegangen. Das hat etwas mit der selektiven Wahrnehmung zu tun, die Teil meiner Existenz geworden ist. So leistungsfähig mein Kopf auch sein mag – es ist längst nicht mehr Platz für alles. Irgendwann einmal war ich gezwungen, Raum für Neues zu schaffen. So kann ich euch nur einen lückenhaften Bericht über das Attentat auf Mirona Thetin anbieten ...«

Das Leuchten der Yakuva-Früchte ließ nach. Es wirkte nun fröhlich, erwartungsvoll. Nicht mehr bedrohlich und aggressiv.

Kurz dachte Aset-Radol an das Signal von der Moby-Empfangsstation, das er empfangen hatte. Noch musste er sich nicht darum kümmern. Sein Stellvertreter hatte sicherlich alles unter Kontrolle. Aset-Radol wollte diesen Tag genießen. Bereits morgen würde die Neugierde der Früchte ohnehin verflogen oder auf ein geringeres Maß reduziert sein. Es galt, diese Stunden zu nutzen ...

Aset-Radol: Vergangenheit

Ja, er hatte die Verräter mit einer Botschaft, die die Umstände des geplanten Attentats in allen Details darlegte, an Mirona Thetin ausgeliefert. Ja, er plante, die Situation auszunutzen, um sich für alle Zeiten aus dem Machtgefüge der Meister der Insel zu lösen. Um diesem goldenen Käfig zu entkommen und kraft seines Geistes eine eigene Machtbasis zu errichten. Weit weg von den Renegaten Karahols.

Der Attentatsversuch war von vorneherein zum Scheitern verurteilt gewesen. Mirona Thetin hockte wie eine Spinne im Netz ihrer Informanten, Zuträger und Spione. Nichts schien in dieser Galaxis zu geschehen, von dem sie nicht Wind bekam. Die Renegatin wusste bereits, dass »etwas« geplant worden war. Aset-Radol lieferte ihr lediglich Details wie Zeit und Ort des Verbrechens.

Faktor I drehte an wenigen Rädern, und die Mechanismen einer ungeheuer komplexen und leistungsfähigen Maschinerie sprangen an. Einmal mehr zeigte sich, dass sie verdientermaßen auf dem obersten Thron Karahols saß und über die tefrodischen sowie alle anderen Völker der Galaxis herrschte.

Mirona Thetin war gerecht in ihrer Ungerechtigkeit. Nichts und niemand, der sich ihren Absichten in den Weg stellte, entkam. Sie bestrafte die Abtrünnigen ebenso, wie sie ihn, Aset-Radol, für seinen doppelten Verrat vernichten wollte. In ihrer seltsam verdrehten Sichtweise ergab auch das noch Sinn: Konnte sie jemandem, der seine Kollegen denunzierte, denn noch vertrauen? Also hatte sie auch seinen Zellaktivator »gezündet«.

Oder: versucht, ihn zu zünden.

Denn längst befand er sich im sichersten Versteck, das man sich nur ausdenken konnte. Ein Duplo, den er auf Olmar hatte anfertigen lassen und der eine semifunktionelle Attrappe seines Zellaktivators trug, war an seiner Stelle gestorben.

Er hingegen hatte sich bestens davor geschützt, durch den hochenergetischen Vernichtungsimpuls getötet zu werden – denn er saß im Inneren eines Darlos'.

Nahe dessen Gehirns. Inmitten eines Gewirrs an Energieströmen, die das kristallisierte Wesen gierig aufnahm – und damit auch den Todesimpuls »fraß«.

Gekrümmte Gestalten umschwirrten ihn. Bohnenförmige Wesen, semitransparent, die die Rollen des Reinigungspersonals im Inneren des Darlos' wahrnahmen. Vor allem im Magentrakt des Riesenwesens sorgten sie für Ordnung und bekämpften dort seltsame Parasiten. Hier jedoch, wo die rudimentären Denkprozesse des Darlos' ihren Ausgang nahmen, war Aset-Radol vor ihren Umtrieben sicher. Sie ignorierten ihn, da sie seine Tätigkeiten nicht verstanden. Er hatte sich ausreichend mit den hiesigen Strukturen beschäftigt, um Sicherheit über ihr Funktionieren zu haben.

Mithilfe mechanischer Einwirkung steuerte er das Geschöpf; sogar Kommunikation war in geringem Ausmaß möglich. Lange genug hatte er seine Studien an diesem seltsamsten aller Lebewesen vorangetrieben; die Erkenntnisse, die er daraus gezogen hatte, sollten ihm nun helfen, ein für alle Mal aus Mirona Thetins Herrschaftsbereich zu entkommen.

Aset-Radol nahm einen Schläger zur Hand; ein zwei Meter langes Leichtholz, dessen stoffumwickeltes Ende er in Säure getunkt hatte.

Was für ein primitives, archaisches Instrument! Doch es leistete ihm gute Dienste. Der Unsterbliche marschierte von einem der kristallinen Blöcke des Instinktgehirns zum nächsten, berührte sie in einer genau vorbestimmten Reihenfolge und formte derart »Befehle«, die der Darlos verstand.

Er hatte sich die Steueranweisungen wie Melodien gemerkt. Wie die Abfolge von Akkordgruppen.

Eine Große Sekunde steigend. Eine Sexte steigend. Eine Terz fallend. Und so weiter, und so fort. Die Teile ergaben ein harmonisches Bild, eine Befehlsgruppe. Kadenzen, die die kristalline Masse des Gehirns dazu brachten, bestimmte Bewegungen auszuführen.

Es kostete Aset-Radol Kraft, Geduld und Konzentration, mit dem Schläger zu hantieren. Immerhin dirigierte er ein Geschöpf von der Größe eines Planeten. Es zog neun weitere dieser Monstren hinter sich her, auf einen der selten verwendeten Sonnentransmitter in Karahol zu.

Dank einfacher Mess-, Funk- und Sichtgeräte war er mit der Oberfläche seines Darlos' verbunden und konnte derart steuern. Die Ortung erfolgte nach großräumigen Schätzungen und barg einige Risiken. Doch er hatte viel Zeit mit der Bändigung der Geschöpfe verbracht, hatte einen Großteil seiner Energie während der letzten Jahre in deren Domestizierung gesteckt. Im Geheimen, stets mit der Furcht lebend, trotz aller Vorsichtsmaßnahmen von einem der Agenten Mirona Thetins ertappt zu werden.

Aset-Radol verband den Rhythmus, der eine »Beschleunigung« des Darlos' ergeben würde, mit einer Melodie, die er aus seiner Kindheit auf Tefrod im Kopf behalten hatte.

»Mama schlägt das Ei entzwei«, summte er, »bringt das Mehl und kocht den Brei. Mama macht dir Essen, tut's niemals vergessen.

Sie ist dein Ein und Alles, schützt im Fall des Falles ...«

Ein Kinderreim. Einfach und einprägsam. Eine Hymne an die Mutter, die in lemurisch-tefroden Gesellschaftssystemen eine zentrale Rolle in der Kindererziehung einnahm.

Nachdem Mirona Thetin ihm den Zellaktivator hatte zukommen lassen, hatte er seine Mutter eigenhändig getötet. Erwürgt und in der Nähe ihres Heims verscharrt. Aset-Radol hatte alle Verbindungen zu seiner Vergangenheit abbrechen müssen. Der Freundeskreis, ohnehin schon klein, war bei Säuberungsarbeiten in den Anfangsjahren der Herrschaft der Meister der Insel ebenso ... beseitigt worden, wie er auch seinen Vater mit einem Intervall-Strahler zu Staub zermahlen hatte.

Aset-Radol lenkte seine Aufmerksamkeit zurück in die Gegenwart. Der Einflug in den »verbotenen« Transmitter des Holoin-Fünfecks stand unmittelbar bevor. Er würde einen Umweg durch den intergalaktischen Leerraum nehmen und einzelne, von den lemurischen Vorfahren errichtete Zwischenstationen aufsuchen. Dort wusste er Fallensysteme, die er für etwaige Verfolger aktivieren und programmieren konnte.

Eine Tonika in C-Dur. Eine Subdominante. Eine Dominante in Form eines Dominantseptakkords, gefolgt von einer Umkehrung, einem Quintsextakkord. Wiederum summte Aset-Radol und setzte die Hiebe auf die Kristallblöcke mit besonderer Leichtigkeit. Je sanfter der Anschlag, desto gehorsamer reagierte der Darlos. Die Brennspuren der Säure, die er hinterließ, brachten sein Gefährt dazu, den Kurs um mehrere Grad abzuändern. Einflugswinkel und Geschwindigkeit waren nun erreicht. Die neun anderen Darlos folgten ihm, aufgereiht wie auf einer Perlenkette.

Hatte er etwas zu bereuen?

Nein.

Er hatte mit Karahol abgeschlossen. Apsuhol war ein ausgezeichneter Boden. Es schien so, als warteten die Völker dieser Galaxis nur darauf, dass einer wie er kam und energisch zupackte. Schon vor langer Zeit hatte er Entwicklungen forciert, deren Früchte er in Kürze ernten würde. Veränderungen im genetischen Erbgut der Mehandor, die er vorgenommen hatte, brachten ein Volk hervor, dem er in Zukunft verstärktes Augenmerk widmen würde. Die sogenannten Aras, deren Anlagen er in der Petrischale seinen Anforderungen gemäß gezüchtet hatte, würden ihm große Freude bereiten. Sie waren integrer Bestandteil seiner Pläne.

Aset-Radol lächelte über eine seiner Schwächen, die Eitelkeit. Er hatte dem Mehandor-Volk eine Bezeichnung zugedacht, die auf seinem Doppelnamen gründete. Doch niemand würde jemals von dieser närrischen Torheit erfahren.

Er konzentrierte sich wiederum auf die Dinge, die vor ihm lagen. Selbstverständlich würde er vorsichtig sein müssen, um nicht die Fehler von Faktor I zu wiederholen. Herrschaft schmeckte am besten, wenn man sie allein genoss.

Der Darlos streckte seine Energiefäden gierig nach allen Richtungen aus. Immerhungrig wie er war, wollte er sich am Strahlencocktail der fünf Sonnen nähren, die in geometrisch perfekter Stellung zueinander angeordnet worden waren. Aset-Radol musste eine weitere Befehlskadenz formulieren, um Gehorsam von seinem »Schiff« einzufordern.

Missmutig reagierte der Darlos, sog lediglich geringe Mengen hyperdimensionaler Strahlung in sich auf, die wirkungslos im Inneren des Hohlkörpers verpuffte. Seine neun Begleiter folgten dem Beispiel. Es war, als befehle der Vater seinen Kindern, nichts Verbotenes zu tun.

Aset-Radol hatte viel über die riesigen Instinktgeschöpfe gelernt und war immer wieder neuen Fragen begegnet.

Die hyperenergetische Konstante, die das Restbewusstsein der getöteten Planetenbevölkerung ausmachte, bildete eine quasiplanetare »Seele« aus. Etwas Neues entstand im Laufe der Jahrhunderte. Etwas, das in keinem Lehrbuch über die Lebenswerdung jemals Eingang gefunden hatte. Etwas, das Aset-Radol unerwartete Demut vor dem Wunder der Schöpfung lehrte.

Sein Zellaktivator sandte die lebenserhaltenden Impulse aus, wie er es seit vielen Jahrtausenden tat. Die energetische Abschirmung durch den Darlos funktionierte ausgezeichnet. Er würde Faktor I entkommen, er allein. Er hatte Mirona Thetin überlistet.

Aset-Radol aktivierte die Justierungsstation auf dem Mond eines nahen Planeten. Routinen, die er vor Ewigkeiten vorbereitet hatte, ließen die gewaltige Station erwachen und initiierten den Eintrittsmodus. Gewaltige Strahlenbahnen loderten von den Sternen des Transmitters »herab«, trafen sich im Fokus des Fünfecks. Neuerlich zeigte der Darlos freudige Erregung, neuerlich musste Aset-Radol umherspringen und tanzen, um das Wesen zu besänftigen.

Das war eines der Jüngeren der Geschöpfe. Sein Gehirn befand sich noch gut geschützt im Inneren seines Selbst. Bei älteren Exemplaren wanderten die Kristallblöcke nach außen, zeigten sich stolz an der Oberfläche des Darlos'. Als hätten sie dort, der Kälte des Weltalls ausgesetzt, eine bessere Verbindung zu den sie umgebenden Einflüssen wie Gravitation, Energieflüsse, Thermodynamik, Raum-Zeit-Verquickungen.

Das Eintrittsfeld war erreicht. Auf der Justierungsstation würden die Aggregate nunmehr in die Gefahr geraten, dass ihnen sprichwörtlich die Sicherungen durchbrannten. Die zehn Riesenbrocken beanspruchte die robuste lemurische Technik bis aufs Äußerste. Doch er hatte die benötigten energetischen Kraftströme im Vorhinein durchgerechnet. Es würde funktionieren, keine Frage.

Die Entmaterialisation verlief ... ungewöhnlich. Sie zog sich endlos in die Länge, bedingt durch Größe und Masse des Darlos'. Der Schmerz drückte gegen Aset-Radols Stirn und Nacken, reduzierte jegliche Sinnesempfindung auf ein Potpourri aus Unsicherheiten und Ängsten.

Und dennoch: Er hatte es geschafft.

Samtscharf

Samtscharf erwachte. Seine Porenwurzeln schmerzten ebenso wie die Forschhände. Das Innerste, in dem sich die Kleinen verbargen, war ein Hort brennender Schmerzen. Mit Erleichterung stellte er fest, dass seine Nachfahren lebten. Sie würden sich bald erholen. Einer Geburtswurzelung stand nach wie vor nichts im Weg.

Eine Versetzung hatte stattgefunden. Der Trümmersteg war weit, weit weg gebracht worden. In eine Umgebung, deren Kälte und Dunkelheit er roch. Hier waren keine bitterbösen Sterne und Planeten in der Nähe, hier herrschte herrliche, prächtige Kälte.

Das tefrodische Kind ... Es lag neben ihm und schlief. Stinkender Atem entwich in einem regelmäßigen Rhythmus aus seinen oberen Körperöffnungen. Der winzige Kopf war auf Samtscharfs ausgestülpten Magen gerutscht. Schleimsäfte bedeckten das Gesicht des Kindes und hinterließen Brandnarben.

Ihm war der Appetit vergangen. Das Kleine roch seltsam. Nach Angst, nach Sehnsucht. Es erweckte etwas in ihm, das er ganz und gar nicht kannte: Beschützerinstinkt.

Gemeinsam hatten sie diese ewig lange Reise überstanden. Die Große Macht, der alle Lebewesen verpflichtet und untertan waren, hatte durch ihr überraschendes Eingreifen dafür gesorgt, dass das Kind nicht Opfer seines Hungers geworden war. Sie hatte ein Zeichen gesetzt und ihren Willen kundgetan. Samtscharf verstand und akzeptierte: Er war verpflichtet, für das Kleine zu sorgen.

Es war nunmehr gewissermaßen mit ihm verwandt. Sein Erst-Inkarnierter würde ihm für seine gute Tat den Bohrkopf sauber säfteln, sobald er in Unserallerreich Einwurzelung hielt und dem Älteren, Vorherigen wiederbegegnete.

»Wach auf!«, säuselte er, so leise er konnte, in der tefrodischen Mundsprache und streichelte mit einer Fühlhand über das Gehaare des Kindskopfes. »Wir sind weg und jetzt woanders. Wir müssen rausfinden, was geschehen ist. Bevor ich die Geburtswurzeln versenke, muss ich wissen, ob dieser neue Ort richtig für mich und meine Brut ist ...«

Das Kind seufzte, wälzte sich unruhig hin und her. Schlaftrunken öffnete es die Augen, sah ihn an und richtete sich verdutzt auf. »So etwas Hässliches wie dich hab ich noch nie gesehen!«, sagte es, gähnte und streckte sich ausführlich.

»Du hast keine Angst mehr?«, fragte Samtscharf. Er nahm seine Forschhände zurück in die Körperöffnungen und verbarg sie sorgsam.

»Ja. Nein. Weiß nicht.« Das Kind stand auf, quetschte sich an ihm vorbei und blickte an dem Wurzelwerk hinaus in den kleinen Park. »Wolltest du mir was antun, hättest du's längst getan.«

»Ich habe aber Hunger. Ich könnte dich jetzt auslutschen und mir mit deinen Knochen die Borken reinigen.«

»Lass den Blödsinn!« Das Kleine gab seltsame Geräusche von sich. Es kicherte. »Ich weiß, dass du ein Zotyske bist. Einer, der niemandem etwas zuleide tut. Ihr seid geschickte Handwerker und träumt davon, eine eigene Stadt zu gründen. Stimmt's?«

Samtscharf zog sich zurück, so weit es ihm im schmalen Versteck möglich war. »Woher weißt du das? Das ist ... ungeheuerlich! Niemals durfte dieses Wissen an einen unborkigen Nicht-Zatysken weitergegeben werden ...«

»Ist es aber. Und was jetzt?« Das Kind schob die wulleweichen Kauleisten-Überdecker ein wenig auseinander. Es lachte. »Wirst du mich deshalb töten? Und alle anderen Tefroder auch, die davon gehört haben? Da hättest du aber ganz schön viel Arbeit und würdest dir deinen Magen – oder was auch immer du da unter deiner faltigen Rinde hast – mächtig verderben.«

Samtscharfs Spleißgedärme verkrampften. Irgendwie war dieses große Geheimnis aufgedeckt worden. Wenn es die Tefroder wussten, wussten es auch die Springer, die Arkoniden, die Aras, die Naats. Und niemanden kümmerte es: Was waren die Wenigglieder nur für komische Lebewesen, dass sie gänzlich andere Wertigkeiten in ihrer Existenz setzten!

Er durfte auf keinen Fall hierbleiben. Er musste sich einen neuen Ort suchen, an dem er niemanden kannte und wo ihn niemand kannte. Dort erst durfte er geburtswurzeln. Die Schande hierzubleiben hätte schorfende Beißpilze in seinen Nervenbahnen wachsen lassen.

»Wie ist deine Inhaltsverzeichnung?«, fragte Samtscharf. Er musste sich von dem Schock erholen, seine Gedanken in unverfängliche Bahnen lenken und Zeit zum Überlegen gewinnen.

»Was meinst du mit: Inhaltsverzeichnung?«

»Das, was dich ausmacht, muss von deinem Gebärer sinnerklärend bestimmt worden sein. Ich zum Beispiel bin Samtscharf. Duftsumm, der mich wurzelte, schenkte mir diesen Begriff. Er meinte, dass die Schärfe meines Äußeren von der Wärme weichen Samts in meiner Seele überdeckt wird.«

»Das ist also so etwas Ähnliches wie ein Name.«

»Verzeih; ich vergaß, dass ihr Tefroder wenig Wert darauf legt, euch selbst zu erkennen. Wie ist also dein Name?«

»Semta.«

»Semta. Sehr schön. Hat das Wort irgendeine Bedeutung?«

»Meine Mutter hat gesagt, dass eine Kristallblume auf ihrem Heimatplaneten so heißt. Sie sei rot, tausendblättrig und würde von wunderschönen violetten Härchen umkränzt. Sie soll duften wie der Frühling; was auch immer der Frühling ist.«

»Du bist an Bord des Trümmerstegs gewurzelt, Semta?«

»Du meinst: geboren?« Neuerlich zog das Kleine die Kauleisten-Überdecker hoch. »Mann, hast du eine seltsame Sprache.«

»Wann bist du also geboren?«

»Vor elf Jahren. Und ja, es stimmt: Ich lebe seit meiner Geburt hier im Trümmersteg.«

»Wo befindet sich deine Mutter?«

Die Kauleisten verschwanden hinter den dicken, beweglichen Fleischlappen. »Ich war allein zu Hause, als ein Alarm ertönte. Mama war nicht da; sie musste arbeiten. Ich klopfte also bei einer Nachbarkabine nach der anderen und fragte, was ich tun sollte. Aber niemand kümmerte sich um mich. Die Nachbarn mögen mich nicht besonders, musst du wissen. Alle rannten an mir vorbei, schubsten mich umher, schrien wild durcheinander. Ein Wildfremder wollte mich packen und mitnehmen. Ich wehrte mich, wie es Mama mich gelehrt hatte.«

Semtas Worte wurden undeutlich. Die Stimmung des Kindes kippte. Die aufgesetzte Fröhlichkeit machte einer bitterblumigen Trauer Platz. Samtscharf roch winzige Mengen mineralienreicher Flüssigkeit, die aus den Sehwerkzeugen der Kleinen tropften.

»Plötzlich war alles ruhig«, fuhr Semta fort, nachdem sie sich beruhigt hatte. »Ich wusste nicht, was ich tun sollte. Die Gänge waren leer. Ich hatte fürchterliche Angst. Also bin ich hierhergelaufen.« Semta streichelte über eine der Luftwurzeln ihres gemeinsamen Verstecks. »Hier habe ich immer gern gespielt. Mama meinte, im Park wäre es so ähnlich wie auf ihrem Planeten, auf den sie irgendwann mit mir zurückkehren wollte.«

Ein neuerlicher Stimmungswechsel. Das Kleine vergaß die Sorgen genauso rasch, wie sie gekommen waren. »Ich habe mich versteckt. Ich fühle mich zwischen all den Bäumen sicher und geborgen.«

»Das hast du gut gemacht, Semta.« Samtscharf zögerte. »Darf ich dir einen anderen Namen geben? Eine passende Inhaltsverzeichnung?«

Das Kind klatschte begeistert in die Hände. »Ja, das wäre toll? Wie willst du mich ... inhaltsverzeichnen?«

»Lass mich mal überlegen. Hm, hm. Frechsicht? Nein. Zu ungenau, zu unpassend. Hm, hm. Stürmlieb? Nein. Das liegt zwar schon näher an deinem Wesen, ist aber immer noch zu unpräzise.«

Samtscharf streckte die Porenwurzeln tief in die Erde und atmete ein wenig Flüssigkeit ein. Er fühlte sich ausgezehrt. Die Kleinen nagten bereits an seiner Substanz. »Wie wäre es mit ... Seidenkratz?«

»Seidenkratz?« Das Kind wackelte mit dem Kopf und schien zu überlegen. »Ja – das gefällt mir.«

»Das freut mich.«

»Und was machen wir jetzt, Samtscharf? Gehen wir meine Mami suchen?«

»Nicht sofort«, wich er einer direkten Antwort aus. »Zuerst müssen wir herausfinden, was hier eigentlich geschehen ist.«

Es gab kaum Hinweise auf die Art und Form der Katastrophe, die über den Trümmersteg gekommen war. Die in den unteren Kabinentrakten ansässigen Lebensformen waren größtenteils geflüchtet. Die Tefroder zum zugigen Ende der Raumstation, die anderen Hilfsarbeiter in die entgegengesetzte Richtung. Ob sich noch andere Weniggliedler hier aufhielten, konnte Samtscharf nur mutmaßen.

Samtscharfs Geduld wurde auf eine schwere Probe gestellt. Seidenkratz blieb alle Wurzlang stehen, sah sich um, hob eine am Boden liegende Schreibfolie auf und spielte mit ihr oder ließ sich durch irgendetwas anderes von ihrer gemeinsamen Suche ablenken. Das Kleine war bei Weitem nicht so reif wie ein junger Zatyske im selben Alter. Dieser hätte sich schon längst in die Arbeitsgesellschaft eingegliedert und wäre ordentlich seinen Aufgaben nachgekommen. Seidenkratz hingegen war ... unmöglich.

»Ich fresse dich doch noch, wenn du dich nicht augenblicklich in Bewegung setzt!«, fuhr er das Kind an. Um seiner Drohung Nachdruck zu verleihen, stülpte er neuerlich den Magen hervor und zeigte seine Verdauungssymbionten. Dick und fett und träge hingen sie an ihm. Rote Würmchen, die erst dann aus ihrer Lethargie erwachten, wenn sie Blut schmeckten und rochen.

»Mich kannst du nicht erschrecken, du altes, hässliches Gestrüppbüschel!«, sagte Seidenkratz. »Ich glaube sogar, dass du Angst hättest, dich ohne mich durch den Trümmersteg zu bewegen.«

»Angst?« Samtscharf kratzte mit den Forschhänden links und rechts über die Gangwände. Er zog tiefe Furchen mit den kräftigen Krallen. Blankes Metall kam hinter der Farb- und Plastschicht zum Vorschein. »Ich könnte eine ganze Inkarnationskette von euch Tefrodern töten, ohne mich auch nur anzustrengen.«

»Na und? Der dicke Edwain, mit dem ich zur Schule ging, war auch stark wie ein Terkonitträger. Aber sobald er irgendein winziges Kriechtier sah, watschelte er laut kreischend davon und schrie nach seiner Mami. Nur weil man stark ist, heißt das noch lange nicht, dass man auch mutig ist.«

»Hompf!« Samtscharf nahm die Forschhände zurück und marschierte weiter. Es hatte keinen Sinn, mit Seidenkratz zu streiten. Sie war ... sie war ... ein Kind.

»Vielleicht hätte ich den dicken Edwain sogar einmal zum Mann genommen«, fuhr das Kleine laut plappernd fort. »Irgendwie war er ganz brauchbar. Ich habe ihm immer die Hälfte meiner Nahrungsbons gegeben, und er hat mich vor den anderen Jungs beschützt.«

»Warum brauchtest du Schutz? Was hatten die anderen Kinder gegen dich?«

»Sie haben mich aufgezogen, weil ich nicht von den Aras behandelt worden war. Meine Mami hat sich stets gegen Ärzte gewehrt und wollte nicht, dass ich den Eierköpfen in die Finger gerate. Viele Kinder meinten deswegen, dass Mami ein wenig verrückt sei.«

»Und? Stimmte das auch?«

»Sie ist meine Mami!« Seidenkratz stampfte mit einem der Gehwerkzeuge auf. Seine Stimme klang empört und wütend. »Mamis sind niemals verrückt.«

»Mein Erstinkarnierter zumindest war verrückt«, dröhnte Samtscharf stolz. »Sein Gebärbruder hat ihn während der Geburtswurzelung um mindestens zwei Körperlängen nach vorn ins Erdreich verrückt.«

»Du redest Unsinn!«, stellte Seidenkratz fest. »Manchmal verstehe ich kein Wort von dem, was du sagst.«

»Mir geht es genauso mit euch Tefrodern, Aras, Arkoniden, Terranern. Ihr denkt so fürchterlich simpel, und dann doch wieder kompliziert. Dreiwurzelhoch, sozusagen.«

Abrupt wechselte Seidenkratz das Thema, wie es ihrer kindlichen Art entsprach: »Meine Mami hat mir ein wenig von euch erzählt, wenn ich was ausgefressen hatte. Wenn sie mich erschrecken wollte. Aber ich habe niemals Angst vor euch Zatysken gehabt.«

»Solltest du aber!«

»Unterbrich mich nicht dauernd, Gestrüppbüschel! Also: Sie meinte, dass ihr dreißig oder mehr verschiedene ... wie sagt man gleich ... Geschlechter habt, um euch fortzupflanzen?«

»Sechsundzwanzig. Und es sind keine Geschlechter wie bei euch, sondern sogenannte Beigebende. Wir tauschen uns im Lauf unserer Existenz immer wieder aus. Gleiten ineinander, tasten uns ab und suchen Dinge, die wir selbst nicht in uns tragen. Erst, wenn wir fünfundzwanzig Erfahrungen gemacht haben, sind wir bereit zur Geburtswurzelung.«

»Ineinander verschlingen? Bäh!« Seidenkratz schüttelte den kleinen, zarten Körper. »Und du hast das alles schon hinter dir?«

»Leider nein.« Samtscharf blieb stehen und zog alle Glieder traurig in die Körperöffnungen zurück. »Ich hatte erst vierzehn Erfahrungen. Doch alle anderen Zatysken sind unter einem zusammengebrochenen Arbeitsdeck erdrückt worden und gestorben. Die Nachinkarnierten, die ich gebären werde, tragen weitaus weniger Erinnerungen in sich, als sie haben sollten. Sie werden ärmer und dümmer sein. Es wird lange dauern, bis sie diesen Wissensrückstand wieder aufgeholt haben werden.«

»Das tut mir leid ...«

Etwas unglaublich Rührendes steckte in den Worten von Seidenkratz. Das Kind zeigte wahres Mitgefühl; als verstünde es den Schmerz, den Samtscharf in einem borkigen Loch seines Nervengeflechts eingekapselt hatte, um ihn, sobald er die Geburtswurzelung hinter sich gebracht hatte, ausführlich zu zelebrieren.

»Wir Zatysken gelten als zäh und aus hartem Holz geschnitzt«, machte er sich selbst wieder Hoffnung auf eine bessere Zukunft. »Ich weiß, dass ich es schaffen werde.«

»Dass wir es schaffen werden!«, verbesserte Seidenkratz. »Wir werden meine Mami finden und dann einen Ort, an dem du dein Nest bauen kannst.«

Schweigend marschierten sie weiter. Vor ihnen zweigten mehrere Wege ab. Alle waren schlecht beleuchtet und mit Gerümpel übersät. Bislang waren sie aufs Geratewohl marschiert. Bald würden sie eine Entscheidung über ihr Vorgehen treffen müssen.

»Sag mal«, begann Samtscharf zögerlich brummend, »bist du nun ein – wie sagt man bei euch – Männlein oder ein Weiblein? Ich verstehe zwar nicht, wie man zu zweit halbwegs intelligente Kinder in die Welt setzen kann, aber es scheint irgendwie zu funktionieren.«

»Ich bin ein Mädchen, du schimmelpilziger Asthaufen!«

»Müsst ihr euch auch ineinander verschlingen?«

»Mami sagt, ja. Aber ich glaube nicht daran. In Wirklichkeit muss man einander an den Händen halten und an ein Baby denken. So hat's mir Edwain erzählt.« Kläglich fügte Seidenkratz hinzu: »Zumindest hoffe ich, dass es so funktioniert.«

»Eine Geistesgeburt also. Sehr spannend. Nun, vielleicht habt ihr Wenigglieder ja doch ein paar interessante Eigenschaften.«

Das Wirrwarr an Gängen, Lagerhallen, Aufenthaltsräumen, Freizeitebenen und der sich über weite Teile erstreckenden Gerümpelhalden hatte, solange sich Samtscharf zurückerinnern konnte, niemals ein homogenes Erscheinungsbild gehabt. Händler, die es sich nicht leisten konnten, in einen der beiden Pfannenstücke der Trümmerbrücke ihre Waren zu verstauen, hatten in diesem Chaos billige Warenumschlagslager angemietet. Sie nutzten die Räumlichkeiten in der Hoffnung, ein schnelles Geschäft zu machen und dann so rasch wie möglich wieder zu verschwinden. Kaum einer der Springer-Patriarchen hatte sich bemüßigt gefühlt, Ordnung zu halten. Schließlich gab es die Tefroder oder, noch günstiger, die Zatysken, die diese Aufgaben erledigten.

Tagtäglich schaffte Samtscharf mit seinen Geschwistern und Gebrüdern neue Wege durch das Gewirr angehäuften Unrats und Reste von Lagerstätten. Jegliche Systematik war längst verloren gegangen; jede robotische Reinigungs- und Ordnungskraft war den Mehandor-Patriarchen zu schade gewesen, um sie einzusetzen. Orte wie der Park, in dem er Seidenkratz gefunden hatte, waren die rühmlichen Ausnahmen inmitten unbeschreiblichen Chaos.

»Wohin sollen wir jetzt gehen?«, fragte das Kleine.

»Weißt du, wo deine Mutter gearbeitet hat?«

»In einem der Pfannenteile. Als Hausputze des Patriarchen Swinghol.«

Konnte er dem Kind die Wahrheit zumuten? Konnte er sagen, dass der Trümmersteg von seinen beiden pfannenähnlichen Auslegern getrennt worden war? Dass es vermutlich weit, weit weg von seiner Vorinkarnierten war?

Nun ... er wusste selbst nicht genau, was wann passiert war. Samtscharf verließ sich so wie sein Schutzbefohlener auf Vermutungen. Sie benötigten Sicherheit. Einen Daten-Terminal, an dem sie die notwendigen

Auskünfte abrufen konnten. Vermutungen, dass ein schrecklicher Unfall oder gar ein Überfall von Raumpiraten auf die Station geschehen war, halfen nicht weiter.

Samtscharf drehte sich einmal im Kreis und lugte in jeden der acht abzweigenden Gänge hinein, die von hier wegführten. Die meisten Wege waren abgedunkelt. Aus Erfahrung wusste er, dass Beleuchtung mit besser gewarteten Teilen des Trümmerstegs gleichzusetzen war.

»Wir gehen da entlang«, sagte er und deutete in die Richtung, die von der Parkebene leicht hinab- und nach links führte. Ein grässlich warmer Lichtschein erwartete sie dort nach wenigen Hundert Schritten. Vielleicht ein Lagerort, der noch vor Kurzem genutzt worden war.

»Eine Richtung ist so gut wie die andere«, sagte Seidenkratz altklug. »Ich hoffe, du hast einen Plan?«

»Selbstverständlich.« Er setzte eine Fühlhand vor die andere und hob den Kernstamm so vorsichtig wie möglich hinterher.

»Und wie lautet der?«

»Wir finden deine Mutter, ganz einfach. Danach wurzele ich.«

»So einfach ist das?«

»Tja ... es könnten sich ein paar Schwierigkeiten ergeben ...«

»Das hab ich mir gedacht. Du hast keine Ahnung, was du tust. Ich wär wohl besser dran, wenn ich allein weitergehen würde.«

»Man sagte mir, dass die weiblichen Exemplare eurer Gattung manchmal zänkisch seien. Jetzt verstehe ich, was damit gemeint ist.«

»Typisch Erwachsener! Egal ob Tefroder oder Busch – ihr redet groß daher und wisst eigentlich gar nicht, was ihr tut. Steht dein Angebot noch, mich aufzufressen? Dann müsste ich mich nicht mehr mit dir herumärgern.«

»Du erlaubst es mir tatsächlich?« Samtscharf blieb stehen und sah sich nach der Kleinen um. »Oder redest du in – wie sagt man bei euch? – in Scherzen? Indem du das Gegenteil von dem sagst, das du eigentlich willst?«

»Scheint so, du Blitzgneißer.«

»Hömm. Hömm. Sehr ... lustig. Wenn ich nur wüsste, was ich tun muss, um ein Lachgeräusch zu erzeugen. Ist es so vielleicht richtig?« Samtscharf presste einen Teil der in seinem Leib gespeicherten Luft durch Entsorgungsöffnungen aus. Ein Ton, der ihn an einen kläglich gescheiterten Ineinandergleitungs-Versuch erinnerte, war die Folge.

»Nein, das war gar nicht gut«, rief Seidenkratz. Sie hielt sich die Forschhände gegen die holzlosen Hörverstärkungslappen. »Wenn du sofort aufhörst, laut zu rülpsen, verspreche ich dir, dass ich nie mehr einen Spaß mache. Einverstanden?«

»Ja.« Er senkte als Zeichen seines Einverständnisses alle Forschhände. Das Kleine hatte also doch ein Einsehen und verzichtete auf unklare Aussagen, die ihn verwirren würden.

Sie kamen nun rasch voran. Samtscharf meinte, diesen Teil des Trümmerstegs vor Kurzem gereinigt zu haben. Tiefe Kratzspuren an der Decke und den Seitenwänden wiesen darauf hin, dass hier ein Zatyske am Werk gewesen war.

Ein kreisrundes Loch im Boden erschwerte ihnen das Weiterkommen. Ja, hier hatte er die Reste eines Lagers mit getrockneten Glücksfäkalien weggeräumt. Der Mehandor hatte ihm ein besonders dickes Trinkgeld für seine gründliche Arbeit zukommen lassen, das er stolz und mit Freude in die Gemeinschaftskasse seines Volkes einbezahlt hatte ...

Er hob Seidenkratz über das Loch hinweg. In unmittelbarer Nähe befand sich ein positronischer Knotenpunkt, wie er sich erinnerte. Dort würde er die dringend benötigten Auskünfte erhalten ...

Ein Lautsprecher des Bordkoms sprang unvermittelt an. Eine fistelnde, unangenehm hohe Stimme meldete sich zu Wort. »Hier spricht Kommandant Schopsna«, sagte die Stimme. »Ich bitte alle einsatzbereiten Tefroder auf ihre Posten. All diejenigen, die die Reise der MO irrtümlich mitgemacht haben, werden gebeten, sich unverzüglich mit Standortangabe über Rufkode Neunneunneun zu melden. Keine Angst, es besteht keinerlei Gefahr für euch. Wir müssen lediglich so rasch wie möglich die Ordnung an Bord der MO herstellen ...«

»Der Mann lügt!«, rief Seidenkratz aus. »Das kann ich an seiner Stimme hören. Ich bin zwar Tefroderin, aber diesem Schopsna traue ich nicht so weit, wie ich spucken kann. Der kann mir sicherlich nicht sagen, wo meine Mami steckt.«

Die Instinkte eines Kindes ... Jungwurzler besaßen ein außerordentlich gutes Gespür für Falschheit und Lügen. Nicht nur deshalb nahmen jüngere Zatysken einen besonders großen Stellenwert in ihrer Gesellschaft ein.

»Ich befürchte, du hast recht«, meinte Samtscharf. »Unsere Probleme sind größer als angenommen.« Auch er hatte durch die vielen persönlichen Kontakte mit den Tefrodern ein einigermaßen brauchbares Gefühl dafür entwickelt, was die Tefroder wie sagten. Mochten ihm die Zusammenhänge innerer sozialer Strukturen der Weniggliedler auch verborgen bleiben – er spürte, wenn etwas nicht so war, wie es sein sollte.

Doch konnte er Seidenkratz das Zusammentreffen mit Angehörigen ihrer Art vorenthalten?

Ja. Solange er nicht wusste, was hier vor sich ging, beabsichtigte er, niemandem als sich selbst und dem »Mädchen« zu trauen.

»Kennst du noch einen Ort, an dem wir uns verstecken könnten?«, fragte er.

»Nein.« Seidenkratz umarmte eine seiner ausgefahrenen Porenwurzeln. Das Kleine zitterte. »Ich hab Angst, Samtscharf«, sagte es.

»Ich auch. Aber wir dürfen die Blätter unter keinen Umständen fallen lassen.« Samtscharf dachte nach. »Kennst du dich mit Positroniken aus?«

»Nur mit der Lernpositronik, die mir Mami geschenkt hat.«

»Aber du kannst so ein Ding richtig bedienen und vielleicht auch einfache Befehle erteilen?«

»Na klar. Sag bloß, du hast das nie gelernt?«

»Wir Zatysken erhielten nur einen sehr eingeschränkten Zugriff auf Positroniken aller Art. Die Mehandor meinten, wir hätten nicht die nötigen Sinne, um damit umgehen zu können. Wahrscheinlich haben sie sogar recht. Wir können Orientierungspläne abfragen, Wegleitsysteme organisieren oder unsere Aufträge über die Ordnungsrichtlinien begutachten; aber viele andere Funktionen habe ich nie verstanden.«

»Macht nichts. Gemeinsam kriegen wir das schon hin.«

Da war er wieder. Dieser kindliche Optimismus, der noch durch keine oder nur wenige negative Erfahrungen gedämpft worden war.

»Da vorn ist ein Terminal«, sagte Samtscharf. »Ich werde feststellen, wo genau wir uns derzeit befinden und wie wir weitermarschieren müssen.«

»Wohin willst du?«

»Irgendwo muss es eine Funkzentrale geben. Von dort aus werden wir um Hilfe rufen.«

Sie gingen weiter. Seidenkratz schwieg. Sie schien Zweifel an seinem Plan zu hegen, sagte aber nichts.

Handelte er richtig?

Er wusste es nicht. Die Situation überforderte ihn. Er hasste Änderungen, er hasste Lebensumstellungen. Seine Art war nicht auf rasche Wechsel eingestellt. Sie benötigten Ruhe und Wurzelboden, um über Probleme grübeln zu können. Die Hektik und das Gepolter der Mehandor waren einigermaßen zu ertragen gewesen. Die Händler hatten Aufträge erteilt und sich kaum um das Arbeitstempo der Zatysken gekümmert. Sie waren zufrieden, wenn die Dinge einigermaßen gründlich erledigt wurden. Aber jetzt, da alles schnell gehen musste und er die Geburtswurzelung nur noch unter großen Anstrengungen hinausschieben konnte ...

»Hier«, sagte Samtscharf. Er schob Seidenkratz vor sich her zum Terminal.

Mehrere Lichter am zerkratzten Display blinkten rot und gelb. Eine holografische Aufbereitung des Wegenetzes durch den Trümmersteg stand nicht zur Verfügung; die Primitivfunktion von übereinandergelegten Planbildern, mit denen Samtscharf ohnehin besser zurechtkam, hingegen schon.

»Wir sind hier«, sagte er zu dem Kleinen und deutete auf einen rot blinkenden Punkt. »Ebene sechs, Deck dreizehn. Das nächstgelegene Verwaltungszentrum mit einer Wirkungspositronik befindet sich ... da.«

Er zog eine gedachte Linie von dem einen Ort zum anderen. Ein virtueller Wegweiser, leuchtend gelb und nur in einem Umkreis von wenigen Metern sichtbar, würde sich nun bilden und vor ihnen her schweben, bis sie das Ziel erreicht hatten. »Ist doch ganz leicht, oder?«, sagte er mehr zu sich selbst als zu Seidenkratz.

Ein auf- und abschwellender Alarmton erklang. Aus einem der drei Gänge, die in den kleinen Platz nahe dem Terminal mündeten, flogen ihm unbekannte Diskusroboter entgegen. Sie hatten spitze Dinger auf ihn ausgerichtet, Ästen nicht unähnlich.

Waffenäste.

Dahinter waren drei Schatten zu erkennen. Tefroder, ebenfalls bewaffnet.

Es war vorbei; ihre Flucht vor Wasauchimmer endete hier und jetzt. Samtscharf musste darauf vertrauen, dass ihn sein Gefühl getrogen hatte. Dass dieser Schopsna es gut mit Seidenkratz und ihm meinte.

Das Sirren mehrerer Waffen wurde laut. Er fühlte ihr Ziel-Infrarot auf seinem Hauptstamm. Und er roch den nahenden Tod.

Schopsna

Eine tief empfundene Wut füllte ihn aus. Warum, bei Mo, war etwas schiefgegangen? Wer waren diese Wesen, die glaubten, seine Pläne durchkreuzen zu können? Und: Was wussten sie tatsächlich?

Schopsna nahm sich zurück, atmete tief durch. Er musste zugeben, dass die Verräter es fast geschafft hätten. Der eine, der mit gebrochenem Genick über seinem Arbeitspult hing, war sehr nah an ihn und die Para-Steuerung herangekommen.

»Aufräumen!«, befahl er den Tasci. Die Allzweckroboter, die er eigens für diesen einen Einsatz hatte anfertigen lassen, erfüllten ihre Aufgaben innerhalb des ihnen vorgegebenen Rahmens. Aber sie konnten die Tefroder und deren unabdingbare Treue, die er mithilfe seines kleinen Gimmicks im Griff hatte, nicht ersetzen.

»Verfolgt diese drei Geschöpfe!«, wies er weitere Diskusroboter an. »Bringt sie hierher zurück. Lebend. Ich benötige Antworten.« Er trat zum Arbeitspult. Achtlos schob er den Leichnam des Toten in die Arme der spinnenförmigen Roboter; ein Heer kleiner mechanischer Käfer wuselte indes über die glatte, verschmutzte Fläche hinweg. Sie beseitigten Blut- und andere Reste mithilfe von Ultraschall. Um die Para-Steuerung, die das Verhalten der Tefroder kontrollierte, machten sie einen weiten Bogen. Dieser Teil des Pults war wiederum durch eine hochenergetische Glocke gesichert, die nur er durchdringen konnte, indem er seine körperliche Konsistenz geringfügig korrigierte.

Schopsna fluchte. Er hatte sich zu früh in Sicherheit gewähnt. Nun zeigte sich, dass sein manchmal übertriebenes Schutzbedürfnis durchaus seine Berechtigung hatte. Er würde den Öffnungskode ändern und zusätzliche Maßnahmen ergreifen müssen, um diesen einen Bereich gegen jedwede Zugriffsmöglichkeit abzuschirmen.

Ein Tefroder, der im etwas abgesenkten Bereich der Schiffslogistik in seinem Liegesessel ruhte, öffnete die Augen und blickte verständnislos um sich. Eine Frau mit gelbem, auffällig hochtoupiertem Haar in der Ortung bewegte sich ebenfalls.

Er erinnerte sich, sie bereits einmal gesehen zu haben. Seltsame Gelüste packten ihn plötzlich. Sexuelle Erregung, die diese angenommene Körperhülle eines Aras in unregelmäßigen Schüben und besonderer Intensität überfiel. Schopsna würde diese Frau sicherlich irgendwann zu sich holen.

»Ich wünsche, dass die Zentralebesatzung in fünf Minuten wieder auf den Beinen ist!«, befahl er. »Verwendet die vorbereiteten Medikamente, um sie aufzuwecken.«

»Sollen wir zuvor die jeweiligen Biodaten einer Prüfung unterziehen?«, fragte der ihm nächste Tasci. »Wir könnten so Ausfälle vermeiden.«

»Uninteressant!«, sagte Schopsna. »Es steht mir genügend Material an Lebewesen zur Verfügung. Mir ist wichtig, dass so bald wie möglich ausreichend viele Tefroder wieder einsatzbereit sind.«

Sein Herzschlag wollte sich nicht beruhigen. Wer waren die Attentäter gewesen? Wie hatten sie ihn überlisten können, was war hier eigentlich vor sich gegangen?

»Irgendwelche Erfolgsmeldungen?«, fragte er über Funk jene Tasci, die die Verfolgung der Flüchtigen aufgenommen hatten.

Er erhielt Negativmeldungen. Und Berichte über drei Ausfälle. Die Diskusroboter waren kaum für Kampfeinsätze konzipiert; zudem waren sie durch den teilweisen Ausfall der Positronik gehandicapt. Aber sie würden den Flüchtigen auf den Fersen bleiben. So lange, bis er sie einkesseln und durch tefrodische Kommandotruppen dingfest machen lassen konnte.

Er ließ sich in den Kommandosessel plumpsen, schaltete die Probleme hier an Bord beiseite. Mit wachsender Genugtuung nahm er die eingehenden Daten zur Kenntnis. Die Transition hatte perfekt geklappt, die Abweichungen hielten sich in einem vernachlässigbaren Rahmen. Jene Technologie, die er in höchster Eile auf der MO hatte installieren lassen, leistete ausgezeichnete Dienste. Es war ein kleines Wunder, dass der Umbau derart schnell und effizient vor sich gegangen war. Die tefrodische »Redundanzbesatzung«, die mit einer Vierfachbesetzung des Schiffes ihren Zweck erfüllt hatte, war eine ausgezeichnete Idee seines Meisters gewesen. Er konnte immer wieder nur den Kopf schütteln, wenn er an das Genie, die Voraussicht und die Gelassenheit dieses über alle Dinge erhabenen Wesens dachte.

Aset-Radol würde rasend stolz sein, wenn er Bericht erstattete. Er würde ihn loben, ihm dieses wärmende Gefühl in seinem Inneren bereiten, nach dem er sich so sehr sehnte ...

Doch zuerst galt es, andere Dinge zu beachten. Er musste das jahrtausendealte Spiel mit den Aras weiterführen. Sie warteten auf eine Vollzugsmeldung.

Schopsna lachte laut auf. Erwachende Tefroder sahen ihn erstaunt und ängstlich an.

Diese Narren! Wenn sie nur wüssten ...

Nachdem ein Großteil der Besatzung wieder bei Besinnung war, ließ er die großräumige Jagd auf unerwünschte Gäste an Bord der MO beginnen. Ein paar tumbe Gestalten meldeten sich tatsächlich auf seinen Aufruf hin.

Er ließ sie entsorgen. Wie Ungeziefer, das sie in Wirklichkeit auch waren. Seinen Schätzungen zufolge hielten sich weitere 200 bis 500 Illegale in den Eingeweiden des Schiffs auf. Seine »Kammerjäger-Trupps« würden sie vernichten. Die Tefroder gehorchten ihm ausgezeichnet. Es waren ihm lediglich acht Fälle von Auffälligkeiten bei seinen Besatzungsmitgliedern zu Ohren gekommen; sie waren bei jenen Lemurischstämmigen aufgetreten, die unter einem postoperativen Trauma litten oder deren intensiver Drogenkonsum die Wirkung auf die Para-Drüse verwässert hatte. In Blut und Körper jenes Attentäters, den er eigenhändig getötet hatte, waren Ärztedrohnen auf Symptome gestoßen, die auf die häufige Nutzung eines Eyemalin-Derivats schließen ließen.

Schopsna nahm diese Information mit einer gewissen Erleichterung zur Kenntnis. Sie deutete darauf hin, dass der Anschlag auf ihn und das Schiff keinesfalls geplant gewesen, sondern Zufälligkeiten entsprungen war. Möglicherweise standen auch die drei nach wie vor Flüchtigen unter dem Einfluss irgendwelcher Medikamente oder Drogencocktails.

Er schüttelte den Kopf. Nein. So einfach durfte er es sich nicht machen! Schopsna vermutete, dass eins dieser Geschöpfe ein Ara war. Die Bildaufnahmen der Robotdrohnen hatten leider kein eindeutiges Ergebnis gebracht; die beiden Bewaffneten, die nachträglich in die Kommandozentrale vorgedrungen waren, hatten sich hinter semitransparenten Schutzschirmen verborgen, die keine präzise Einschätzung erlaubten.

Wenn ein Ara an dem Angriff beteiligt gewesen war: Was hatte er auf der MO zu suchen? Er hatte ein paar Dutzend von ihnen um gutes Geld gedrungen, damit sie den Tefrodern serienweise die Steuerimplantate nahe der Nasenwurzel einsetzten. War einer von ihnen geldgierig geworden? Wollte er mehr wissen, als ihm gut tat? Oder gab es Interessensgruppen, die die großen Pläne um das Ara-Toxin nicht goutierten und eigene Ziele verfolgten?

Seine Abreise von Aralon in Begleitung von Kreolin und Trantipon hatte Fluchtcharakter besessen. Man neidete ihm und den anderen sogenannten Mantarheilern sicherlich die vordergründig als Geldgeschäft aufgezogene Ara-Toxin-Epidemie. Vielleicht fürchtete man sich vor der Rache durch die Völkergemeinschaft der Milchstraßenvölker, auch wenn es dafür keinerlei Grund gab. Die unsterblichen Mantarheiler würden die ganze

»Schuld« auf sich nehmen – und recht gut damit leben können. Schließlich würden sie durch Dekontamination und Heilung der Betroffenen dem Volk der Aras zu jenem prominenten Platz in der Milchstraßengemeinschaft verhelfen, der ihm zustand.

Nein. Er kannte die Aras aus dem Effeff. Bezahlte man sie gut, waren sie die loyalsten Mitarbeiter, die man sich nur wünschen konnte. Ihre Moralvorstellungen waren, abgesehen von der Treue zu ihrem Suhyag, hauptsächlich mit dem Kreditstand auf ihrem Konto-Chip in Einklang zu bringen.

Waren es Arkoniden gewesen? Immerhin hatten Aset-Radol und er gewagt, deren Imperium im unmittelbaren Einflussbereich anzugreifen. Die Trümmerstation der Mehandor hatte zwar offiziell das Schleifchen der Unabhängigkeit umgehängt bekommen, war aber dennoch vom Gutdünken Seiner Allessehenden und Alleswissenden Erhabenheit, Imperator Bostich, abhängig gewesen. Und es war bekannt, dass sich der Hohe Herr nur äußerst ungern in die Suppe spucken ließ.

Nein. Die schlecht synchronisierte Jagd auf die MO durch das Jagdgeschwader der Arkoniden hatte Schopsna bewiesen, dass die Weißhaarigen vollkommen überrascht worden waren.

Oder waren ihm Perry Rhodan und Julian Tifflor gefolgt?

Das erschien ihm mehr als unwahrscheinlich. Er hatte seine Spuren im Salida-Sonnensystem sorgfältig verwischt. Trantipon war tot, die sorgfältig präparierten Spuren in den Anlagen auf Oyloz legten falsche Fährten, die allen Verdacht bezüglich des Ara-Toxins auf die Arkoniden lenken sollten. Die beiden Unsterblichen waren zwar äußerst hartnäckig und hatten seinen Weg ein ums andere Mal gekreuzt, doch es fehlte ihnen die Weitsicht, um auch nur ansatzweise zu ahnen, worum es hier und jetzt eigentlich ging.

Sosehr er auch über die Attentäter grübelte und nachdachte – er tappte im Dunklen. Solange die Flüchtigen nicht eingefangen waren, schienen alle weiterführenden Überlegungen müßig.

»Die Jagd geht weiter«, wies Schopsna mehrere der Tefroder an, die um ihn herum standen und auf Befehle warteten. Sie waren wie Marionetten. »Ich will informiert werden, sobald die drei Attentäter gefasst sind. Auch erwarte ich in regelmäßigen Abständen Bulletins über die Fortschritte bei der Reinigung der MO und der Wiederherstellung der Schiffspositronik.«

»Sehr wohl, Herr!«, sagten die Frauen und Männer ehrerbietig im Chor und verbeugten sich demutsvoll.

»Alle Informationen gehen über die Kodierung, die ich hinterlassen habe«, fuhr Schopsna fort. »Ich befinde mich während der nächsten Stunden in heiklen Verhandlungen und benötige auf der FOARY keinerlei Mitwisser.«

»Ja, Herr.«

»Ist der Transmitter für den Übertritt zur Raumstation bereit?«

»Ja, Herr.«

Schopsna sah auf die Uhr. »Ich habe noch etwas Zeit, wie ich sehe. Ich werde mich in meinen Räumlichkeiten ein wenig entspannen.« Er winkte der Gelbhaarigen, die an einem der Ortungstanks Dienst tat: »Du da! Lass dich ablösen; du kommst mit mir!«

Die Frau nickte, sprach kurz mit einem Kollegen und folgte ihm dann in einem Respektabstand von wenigen Metern.

»Zieh dich aus!«, befahl er, als sie seine Kabine betreten hatte. »Hast du ausgeprägte sexuelle Fantasien?«

»Ja, Herr.«

»Irgendetwas Ungewöhnliches?«

Sie zögerte. Tefroder hatten ein starkes Schamgefühl. Die innersten Gefühle der Frau kämpften gegen die Beeinflussung durch die Para-Steuerung; selbstverständlich obsiegte die Konditionierung.

»Ich träume manchmal davon, es mit Andersartigen zu tun«, sagte sie schließlich.

Schopsna zog sich aus und legte die Kleidung pedantisch gefaltet über einen vorbereiteten Schwebediener. Er würde Hose und Jacke energiebügeln lassen, solange er mit der Frau beschäftigt war.

»Du meinst: mit einem Arkoniden, oder mit einem Mehandor?«, hakte Schopsna nach.

»N... nein«, flüsterte die Gelbhaarige. »Er sollte fremdartiger sein.«

»Ein Ferrone? Ein Naat? Oder gar ein Blue?«

Sie senkte den Kopf. Ihr Leib zitterte. Vor Scham, oder vor heimlicher Erregung?

Schopsna gefiel diese Situation. Sie weckte außerordentliche Lust in ihm.

»Ich träume ... von einem der Unsterblichen.«

»Einem Terraner? Dao-Lin-H'ay? Oder gar Icho Tolot?« Schopsna lachte laut auf.

»Ich dachte an den ... den ...«

»Nein! Doch nicht an dieses buschige Wesen mit dem Nagezahn? An Gucky?«

»Ja, Herr.« Die Frau setzte sich auf die Bettkante und schob die Hände zwischen die eng zusammengedrückten Schenkel.

»Na gut!«, sagte Schopsna und grinste.

Der Krabbler

Der letzte Reinigungskäfer war soeben in seinen Unterschlupf zurückgekehrt. Der Krabbler konnte seinen Aktiv-Status initialisieren.

Es dauerte mehrere Sekunden, bis all seine Routinen ansprangen und sich zu einem sinnvollen Ganzen fügten. Als es so weit war, fühlte sich der Krabbler augenblicklich von den Schaltmechanismen angezogen. Sie waren sein Ziel. Die Orte, um die sich seine gesamte Existenz drehte.

Seine Beobachtungsmechanismen vermochten in ausreichendem Ausmaß jene Parameter analysieren, die er als zerstörenswert einschätzte. Seine Aktivierung war zurecht erfolgt, seine bewusste Existenz hatte eine Berechtigung.

Zuerst folgte er der Grundprogrammierung und verschmolz noch intensiver mit jenem Untergrundmaterial, auf dem er abgelegt worden war. Er trieb in der intelligenten Fluidschicht dahin, in der seine mikropositronischen Prozessoren verankert waren; auf sein mögliches Ziel zu. Möglichst darauf bedacht, nur ja keine überflüssige Energie zu verschwenden. Seine Funktionsdauer war einschränkt. Je geduldiger und gezielter er an seine Aufgabe ging, desto höher waren seine Chancen, im entscheidenden Moment über ausreichend Impulsdynamik zu verfügen.

Er unterschied nun zwischen drei Steuerelementen innerhalb seiner Reichweite. Jedes von ihnen war ein lohnendes Ziel. Sein Auftraggeber hatte ihn in die Freiheit entlassen, ohne ihm genauere Vorgaben zu machen – und stellte ihn damit vor ein erstes Dilemma.

Die Logik zwang ihn, jene Schaltung auszuwählen, die über die schärfste und kräftigste Abriegelungskette verfügte. Die beiden anderen Elemente wirkten sekundär und standen in einem losen Verbund mit der Hauptpositronik. Diese eine jedoch, in seiner Begriffswelt »steil« und »scharf« und »schmackhaft«, schien ihm der Ort der Erfüllung zu sein.

Seine Bewegungen, durch Myriaden von Nanolamellen ausgeführt, brachten ihn immer weiter in die Nähe des Ziels. Das geringfügige Verdunstungselement des Transportfluids löste eine chemische Reaktion aus, die ihm ausreichend Energie verschaffte, um weiterzukrabbeln. Indes nahm er die Witterung der Verschlüsselungskomponenten auf. Seine Programmierung zwang ihn, die Aufgabe in araischen Allegorien zu erfassen: Sie roch nach Schwierigkeiten.

Perry Rhodan

Perry Rhodan erwachte und fühlte den Schmerz, die Lähmung, die von unterhalb des Rippenbogens ihren Ausgang nahm. Er schaute sich kurz um, sah Lichter, Gangwände, verrottetes Arbeitsgerät und Müll wie Blitze vorbeihuschen. Als sehe er alles wie im Licht eines Stroboskops.

Sie befanden sich nach wie vor auf der Flucht. Er konnte bloß Sekunden oder Minuten ohnmächtig gewesen sein. Mühsam konzentrierte er sich. Auf die Schmerzen, auf die Empfindungen. Er dachte nicht mehr an seine prekäre Situation und die wilde Jagd durch die Gänge der MO. Das Antigrav-Pak würde seinen Körper weiterhin mit den Bewegungen Julian Tifflors und Zhanas synchronisieren. Die beiden besaßen sein vollstes Vertrauen, der Gefahr zu entkommen und ein geeignetes Versteck zu finden.

Er musste danach trachten, so rasch wie möglich wieder einsatzbereit zu sein. Das Gefühl der Atemlosigkeit und der blockierten Bewegungsfreiheit, verursacht durch den wuchtigen Hieb Schopsnas gegen das Nervenzentrum nahe des Magens, konnte er durch Entspannungsübungen lindern. Die Schmerzen einer Prellung würden bleiben, doch die würde er medikamentös in den Griff bekommen. Rhodan ließ sich fallen, entspannte, löste sich aus der körperlichen Befindlichkeit. Suchte sich selbst von außen ab, bis er das Zentrum seines Empfindens gefunden hatte. Er schloss es aus seinem Denken aus, ließ es zur bedeutungslosen Schimäre werden. Augenblicklich setzte Entspannung ein.

Rhodan öffnete die Augen. Er sah sich um, fühlte die Blicke Zhanas auf sich gerichtet.

»Sobald wir unser Ziel erreicht haben, untersuche ich dich und verabreiche dir einen Schmerzlöser.«

»Nicht notwendig«, erwiderte er, »ich fühle mich bereits besser.«

Zhana veranlasste per Handsteuerung eine Richtungsänderung, sicherte mit ihrer Waffe einen Quergang, widmete sich gleich darauf wiederum Rhodan. Sie wirkte ruhig und höchst konzentriert. Fast so, als empfände sie ... Freude an der Situation.

»Ihr Terraner besitzt bemerkenswerte Selbstheilungsfähigkeiten«, sagte die Ara-Frau. »Ich habe viele von euch als emotionelle und schwächliche Geschöpfe erlebt, noch viel erbärmlicher als die Arkoniden. Verfügst du wie Tiff über eine Upanishad-Ausbildung?«

»Nein.« Perry lächelte kurz. Er löste sich aus dem Flugverbund. Er wirkte sich hinderlich auf ihre Geschwindigkeit und ihre Verhaltensmöglichkeiten aus. »Ich hatte es nie mit dem Gedankengut, das hinter dem Upanishad stand. Ich gebe mich lieber mit einer Form terranischer Ganzheitsmedizin ab, die tief in der Vergangenheit des asiatischen Kontinents auf Terra wurzelt. Sie wird nach wie vor auf mehreren Kolonialplaneten gehegt und auch weiterentwickelt. Immer wenn ich Zeit finde – leider viel zu selten –, bringe ich mich dort auf den neuesten Wissensstand.«

»Altchinesische Medizin?«, fragte Zhana.

»Du überraschst mich; woher weißt du darüber Bescheid?«

»Fragen und ungewöhnliche Lösungen im Gesundheitswesen sind Bestandteil der Schulbildung. Außerdem kenne ich deinen Lebenslauf, und ich habe auch persönliches Interesse an allen Arten der Heilmedizin. In meiner Profession kommt man auch nicht immer ohne blaue Flecken davon.«

Sie landeten an der Frontwand eines Gangs, in den sie soeben eingeflogen waren. Zhana gab Tifflor ein Zeichen. Der lugte konzentriert auf sein Armbandkom, nickte zufrieden und öffnete mit einem Ruck eine kaum erkennbare Verkleidung. Er stieg in den Wartungsschacht ein. Die Ara-Frau wies Rhodan an, seinem Freund zu folgen, um dann selbst hinterherzukriechen. Es war so eng, dass sie kaum hindurchpassten.

»Wir befinden uns nahe eines Antriebsblocks«, sagte Tifflor. »Zhana und ich konnten diesen Bereich durch kleine Spione aus ihrem speziellen Fundus auskundschaften. Wir sind von energetischem Smog umgeben, der die Emissionen unserer Aggregate überdeckt. Wir haben unsere Verfolger mittlerweile abgeschüttelt.« Es waren die ersten Worte, die er seit der gelungenen Flucht an Rhodan richtete. Seine Stimme klang hohl. Der rostende Metallgrund, über den sie sich vorwärtsbewegten, wirkte nicht besonders vertrauenserweckend.

»Wohin soll's gehen?«, fragte Perry. Er unterdrückte ein Stöhnen. Die gebückte Haltung und die ungewohnten Kriechbewegungen waren einer weiteren Erholung nicht besonders dienlich.

»Es gibt einen Abfallsammelplatz nahe einer Konverteranlage, an dem wir zwanzig bis dreißig Biowerte anmessen konnten. Aller Voraussicht nach handelt es sich um weitere ... Verschlagene, die sich dort sammeln.« Tifflor hielt kurz an und schob das Armbandkom wieder vor sein Gesicht. »Schopsna hat mittlerweile einen Aufruf an mögliche blinde Passagiere gerichtet. Ich hoffe, dass nicht allzu viele von ihnen darauf reagieren.«

Er setzte sich wieder in Bewegung. Rhodan hatte Mühe, seinem Tempo zu folgen. »Habt ihr einen Überblick, wie viele Wesen sich außer den Tefrodern noch an Bord der MO befinden?«

»Typisch Rhodan«, hörte er Zhanas Stimme von hinten. »Selbst wenn ihm das Feuer unter dem fetten Arsch brennt, sorgt er sich noch um andere.«

»Dass mein Hintern zu fett sei, hat mir noch nie jemand gesagt.«

»Du hattest auch noch nie etwas mit einer Ara, oder?«

Tifflor kicherte unterdrückt, wurde aber gleich wieder ernst. »Die Spionsonden haben mittlerweile dreihundertdreißig Bioimpulse ausgewertet, die nicht den Tefrodern zuzuordnen sind. Da sind zum Beispiel die halbwüchsigen Springer, die in irgendeinem Lager eine Fete feierten und in ihrem Suff nicht mitbekamen, was geschah. In einer für ihre Bedürfnisse geschaffenen Hitzebox liegen fünf Darbidinen in den Wehen. Du kennst diese Wesen, nicht wahr, Perry? Sie gelten trotz ihres etwas gewöhnungsbedürftigen Aussehens als perfekte Liebesdienerinnen, leiden aber nach praktisch jedwedem Sexualverkehr unter Scheinschwangerschaften, die sie im Kollektiv und beim Aufsagen endloser Mantras ausschwitzen müssen …«

»Ich erinnere mich«, sagte Perry kurzangebunden.

»Dann hätte ich noch eine Gruppe von Topsidern anzubieten, die einer christlichen Sekte angehört …«

»Einer christlichen?«

»So ist es. Die Jünger, ungefähr zwanzig an der Zahl, besuchten die Trümmerbrücke als Teil einer intergalaktischen Pilgerfahrt.« Vor Tifflor teilte sich der Wartungsschacht. Rhodans Partner wählte nach kurzem Überlegen den linken Weg. »Weiter im Programm habe ich einen Selbstmörder aus einer Mehandor-Sippe, der es sich inzwischen allerdings überlegt hat, dessen Freundin, die ihn nunmehr in der falschen Richtung sucht, eine Gruppe von Clochards, die sich seit Jahren von den hiesigen Abfällen ernährt, sieben Insassen der Demenz-Abteilung einer tefrodischen Altersklinik, drei völlig heruntergekommene und verwirrte Blues, die keine Ahnung haben, wo sie sich eigentlich befinden …«

»Danke, das reicht.« Rhodan hielt kurz inne und schöpfte Atem. »Wir dürfen uns also von niemandem Unterstützung erwarten?«

»Jein.« Tifflor zögerte. »Dort, wo wir uns hinbewegen, befinden sich Arkoniden. Genauer gesagt, vermute ich, dass es sich um eine Tu-Ra-Cel-Einheit handelt, die vor der Absprengung der Pfannenteile irgendwie den Schritt in die MO geschafft hat.«

»Arkonidische Geheimdienstleute. Ein Elitetrupp, wahrscheinlich bis an die Zähne bewaffnet.«

»Ganz schlecht, ganz schlecht …«, murmelte Zhana hinter ihnen.

»Ich verstehe nicht …«

»Du solltest die Arkoniden besser kennen als ich, Rhodan«, sagte die Unsichtbare. »Sie kochen gern ihr eigenes Süppchen. Wie werden sie wohl reagieren, wenn zwei vermeintliche Tefroder und eine Ara-Frau vor ihnen auftauchen und ihnen eine Geschichte vom drohenden Untergang der Milchstraße auftischen? Wenn ihr ihnen offenbart, dass ihr zwei Unsterbliche seid, die sozusagen zu Fuß den Verursacher des ganzen Übels verfolgt?«

»Auch Agenten der Tu-Ra-Cel können sich triftigen Argumenten nicht verschließen.«

»Dass sie es sehr wohl können, haben wir bei Shallowain dem Hund nur allzu deutlich zu verstehen bekommen, nicht wahr?«, unterstützte Julian die Frau. »Sie sind Herrenmenschen, wir armselige Kolonisten, die ihrem Volk noch dazu das Recht der führenden Macht in der Milchstraße streitig machen. Sie würden sich uns niemals anschließen, wenn es gegen Schopsna geht, geschweige denn, sich uns unterordnen.«

»Du siehst das zu schwarz«, sagte Rhodan mit wachsender Verärgerung. »Ich bin mir sicher, wir werden eine Einigung finden.«

»Darauf müssen wir wohl hoffen.« Zhana gab einen Laut von sich, der an ein terranisches Seufzen erinnerte. »Es wäre mir recht, könnte ich bei den Verhandlungen tunlichst im Hintergrund bleiben. Die Leute vom Tu-Ra-Cel haben mittlerweile viel zu viele Informationen über die Unsichtbaren. Eine Ara, die sich als Kämpferin betätigt, mag ihnen verdächtig vorkommen.«

»Höre ich da so etwas wie Besorgnis in deiner Stimme?«, fragte Tifflor. »Vielleicht ist es an der Zeit, dass du in den Ruhestand trittst?«

»Nur, wenn du mich in die Pension begleitest und wir uns einen geruhsamen Lebensabend in einer friedlichen Ecke des Universums gönnen. Ich könnte uns ab und zu mit einem winzig kleinen Auftragsmord das Taschengeld aufbessern, und du kümmerst dich indessen um deine Sparkonten, die du hoffentlich in deiner Jugend angelegt hast …«

»Still!«, fuhr Rhodan ärgerlich dazwischen. »Dies ist nicht die Zeit und nicht der Ort zum Herumalbern!«

Er hörte seine Begleiter tief Atem holen, als wollten sie ihm widersprechen. Sie ließen es bleiben. Leise krochen sie weiter, den bestialisch stinkenden Wartungsschacht entlang.

Perry akzeptierte, dass das kindische Getue von Zhana und Tifflor ein probates Mittel war, um die Schrecken und Anstrengungen der letzten Stunden zu vergessen. Er aber konnte da nicht mitmachen. Er fühlte plötzliche Trauer über Ignats Gorgides' Tod. Der Tefroder war ein weiteres Opfer auf ihrer Suche nach dem oder den Wesen hinter Schopsna, die das Ara-Toxin auf die Milchstraße losgelassen hatten.

Rhodans Zorn wuchs und wuchs.

Er verspürte Angst davor, dem Unbekannten gegenüberzutreten: Angst vor sich selbst.

Sie kamen zu spät.

Ätzender Rauch, der nur mühsam von den altersschwachen Luftumwälzanlagen abgesaugt wurde, überdeckte Teile des Schlachtfelds. Mangelhaft ausgerüstete Arkoniden lagen weit verstreut in einem Labyrinth von Gängen und schmalen Lagerräumen, in dem zu handlichen Kuben zusammengepresste Abfallreste zwischengelagert wurden. Armlange Nager und seltsam schillernde Insekten beherrschten das Areal, das sich über drei Ebenen und einer Fläche von 100 mal 100 Meter hinzog. Die Tiere taten sich bereits an den Leichen gütlich; beziehungsweise an dem, was Tefroder und Roboter von den Tu-Ra-Cel-Agenten übrig gelassen hatten: verschmorte Körperglieder, Blutlachen, Hautfetzen.

»Ich werde mich niemals an diesen Geruch gewöhnen«, sagte Tifflor gedämpft. Er drückte sich einen Stofffetzen gegen Mund und Nase.

»Sie wollten keine Gefangenen machen«, meinte Zhana, ohne auf Tiffs Wort einzugehen. Unbeeindruckt stakste sie zwischen den Leichenteilen umher. Sie hob eine Hand hoch, deren Finger sich um einen Nadler krallten. »Die ganze Munition wurde verschossen«, sagte sie. »Die Tefroder waren schlichtweg besser ausgerüstet als die Tu-Ra-Cel-Leute. Und sie ließen sich auf keinerlei Diskussionen ein.«

Einer der sattsam bekannten Diskusroboter hatte sich mit fürchterlicher Wucht in die Decke gebohrt. Flüssigkeit drang aus seinem Inneren, tropfte schwer zu Boden und ätzte dort den Belag weg.

»Tefrodische Technik«, murmelte Tifflor nach einem gründlichen Blick auf die Innereien der Maschine. »Ich sehe nichts Auffälliges.«

Wie nicht anders zu erwarten gewesen war: Der oder die Wesen, die hinter Schopsna an den Strippen zogen, hielten sich bedeckt. Auch der Gestaltwandler war erst vor Kurzem – und auch nur für Rhodan und Tifflor erkennbar – in den Fokus der Aufmerksamkeit gerückt. Ihre Hoffnung, der Lösung des Rätsels um das Ara-Toxin einen entscheidenden Schritt näher zu rücken, würde sich hoffentlich auf jenem Planeten erfüllen, in dessen Nähe die MO wiederverstofflicht war.

»Wir sollten uns in diesem Irrgarten ein vorläufiges Quartier suchen«, sagte Zhana. »Ich kann mir nicht vorstellen, dass die Tefroder nochmals hierher zurückkehren. Sie haben das Gelände von Feinden … gesäubert. Für sie ist die Arbeit erledigt, und sie verlassen sich wohl auf die Aasfresser, um alle Spuren endgültig zu beseitigen.«

Tifflor blickte die Unsichtbare entsetzt an. »Tut mir leid, meine Schöne – aber ich fühle mich zwischen Leichenteilen und Gestank nicht sonderlich wohl.«

»Die Vorteile …«

»Die Vorteile eines solchen Vorgehens sind uns relativ egal!«, unterbrach Rhodan barsch. »Tiff und mir geht es um Dinge wie Pietät.«

»Die Arkoniden sind tot; eine Ehrerbietung vor ein paar Leichenresten ist ohne Belang.«

»Ich sagte: Wir suchen uns ein anderes Versteck!« Rhodan sah die Ara an. Er konnte sein Entsetzen über ihre Gefühllosigkeit nur mangelhaft verbergen.

»Meinetwegen.« Zhana drehte sich um und ging voran, an einem Abfallberg vorbei, der bis zur Decke eines mehrgeschossigen Lagers reichte. Fiepen und Piepsen wurde laut. Nager, die sich hier verborgen hielten, machten deutlich, dass sie keine Eindringlinge in ihrem Revier duldeten.

Die Unsichtbare holte aus und warf die Hand des Arkoniden, die sie mitgenommen hatte, in Richtung des Müllhaufens. Zhana marschierte weiter, ohne dem Kampf um die Beute, der sich zwischen den Aasfressern entwickelte, auch nur für einen Augenblick ihre Aufmerksamkeit zu schenken.

»Die zweitbeste Wahl für einen Unterschlupf befindet sich unweit einer stillgelegten Kläranlage.« Tifflor deutete auf den winzigen Lageplan im Holobild seines Armbandkoms. »Es gibt ein altes, aufgelassenes Lager, in dem Trockenschlamm und diverse Chemikalien zwischengelagert wurden. Der Bereich ist sauber; zumindest, was Tefroder oder deren Roboter betrifft.«

»Prächtige Aussichten.« Rhodan rümpfte die Nase. »Aber was soll's, ein oder zwei Stunden müssten reichen, um die Dinge zu sortieren und einen neuen Schlachtplan zu entwickeln.«

Einen Schlachtplan ... Eine Idee, die ihnen helfen konnte, aus dieser schier ausweglosen Situation zu entkommen. Ihre Möglichkeiten schienen bis auf eine letzte Karte ausgereizt.

Den sogenannten Krabbler, den ich auf Schopsnas Arbeitspult anbrachte ... Und über den weiß ich so gut wie gar nichts.

»Achtung!«, sagte Zhana leise, »vor uns bewegen sich mehrere Diskusroboter. Sie befinden sich im Kampfmodus. Wir müssen ihnen ausweichen.«

Rhodan gab mit einem Kopfnicken sein Einverständnis. Zhana deutete ihm, dass sie sich nach rechts bewegen sollten.

»Die Roboter bewegen sich auf ein bestimmtes Ziel zu«, ergänzte Tiff. »In Richtung zweier Wesen. Allem Anschein nach ist zumindest das eine kein Tefroder.«

Die Erfassungsgeräte, die sie mit sich trugen, arbeiteten mit Bewegungssensoren, Infrarot und Messdaten, die aus den energetischen Erscheinungsbildern der Beobachteten gewonnen wurden, aber auch mit Biodaten wie zum Beispiel Herzschlag und Atemgeräusche. Über eine Entfernung von bis zu 50 Metern konnten so Freund oder Feind voneinander unterschieden werden.

»Ein sehr junger Tefroder und ein ... Irgendwas«, ergänzte Tifflor.

»Wir kümmern uns darum«, befahl Rhodan, ohne zu zögern.

»Nein!«, zischte Zhana. »Wir begeben uns unnötig in Gefahr!«

Perry hörte nicht auf die Unsichtbare und setzte sich an die Spitze der kleinen Gruppe. Die Diskusroboter würden kaum in den Kampfmodus übergehen, wenn sie sich nicht auf der Jagd befänden. Erst vor Kurzem hatte sich Rhodan davon überzeugen können, wie kompromisslos die Maschinen zuschlugen.

Sie eilten ein verwirrendes Labyrinth aus kurzen Wegen entlang, einem unbekannten Ziel entgegen. Perry drehte sich nicht um; er wusste, dass Zhana ihm und Tifflor folgte. Sie konnte gar nicht anders, musste ihrer »Programmierung« gehorchen. Vielleicht fluchend, aber nichtsdestotrotz mit der Absicht, ihnen unbedingt zu helfen.

Ein Gang. Breit und leicht gekrümmt, führte er in Richtung eines hell erleuchteten Platzes. Drei Diskusroboter trieben in gemächlicher Geschwindigkeit dahin. Als wüssten sie, dass ihre Beute ihnen nicht entkommen konnte. Ein tefrodisches Kind, zehn bis zwölf Jahre alt, und ein pflanzliches Lebewesen, das sich nur schwer beschreiben ließ.

Rhodan stürzte vorwärts, schaltete die araische Kombiwaffe auf Nadlerstrahl-Beschuss. Es war kein Wort mehr zu verlieren. Tifflor und Zhana wussten selbst, dass die Situation keinen Impulsbeschuss erlaubte. Die beiden

Flüchtlinge dahinter würden sonst geröstet und zu Staub verwandelt werden.

Die Diskusroboter registrierten die neu Hinzugekommenen. Sie hielten inne, schwebten unschlüssig hoch und nieder. Möglicherweise benötigten sie aus der Schiffszentrale Anweisungen, wie sie mit der Situation umgehen sollten. Immerhin erfassten sie Rhodan und Tifflor als Tefroder und damit als »Freunde«. Die etwas abgeplatteten Außenkanten ihrer Körper leuchteten in bedrohlichem Rot, als wollten sie sie warnen, nicht näher zu kommen.

Rhodan richtete seine Waffe aus und verschoss im Schnellfeuermodus das gesamte Magazin. Die Geschosse trafen Wand und Decke, bildeten einen Streuvorhang, der sich über die Roboter legte. Zwei von ihnen stürzten laut heulend ab, der dritte nahm unbeschadet Fahrt auf und raste dem Unsterblichen entgegen. Der Schutzschirm, in den Rhodan gehüllt war, würde den Energien einer Explosion problemlos standhalten; die mechanische Wucht eines Zusammenpralls hingegen mochte tödlich sein. Perry bewegte sich zur Seite, in Richtung einer kleinen Nische, in der sich vielleicht einmal ein Reinigungsgerät befunden hatte. Der Diskusroboter, 50 Zentimeter im Durchmesser, korrigierte ohne Verzögerung den Kollisionskurs. Zehn Meter noch, dann ...

Zwei Schüsse. Zwei Treffer. Tosender Lärm, den rasch zugeschaltete Akustikdämpfer mangelhaft schluckten.

Der Roboter zerbröselte in der Luft, wurde von zwei Geschützen zerrieben.

Stille.

»Ich habe zuerst getroffen«, sagte Tifflor.

»Du irrst dich, mein Lieber.« Zhana kam näher und half Rhodan auf die Beine, ohne ihn auch nur anzusehen. »Und damit nur ja keine Diskussionen aufkommen, habe ich mitgefilmt. Wir sehen uns die Bilder an, sobald Zeit und Muße dafür ist. Dann wirst du dich bei mir entschuldigen und deine Wettschulden an mir … abarbeiten.«

Tatsächlich: ein tefrodisches Kind. Ein Mädchen mit zerzaustem Haar und völlig zerrissener Kleidung, das ihnen mit einer Mischung an Misstrauen und Hoffnung entgegenblickte. Daneben ruhte ein Wesen, wie Rhodan es noch nie zuvor gesehen hatte. An einen Stamm, dem beständig harzige Flüssigkeit aus schmalen Löchern troff, waren schlängelnde Astarme angeflanscht. Sie peitschten unruhig über Boden und Wände. Ihre Reichweite war beeindruckend, die langen Krallen an ihren Enden furchterregend. Die vielen Blätter, die sich wie in einer sanften Windbrise bewegten, schienen Sinnesorgane zu beinhalten. Manche waren facettiert, andere von feinsten Härchen überzogen, als könnten sie damit Geräusche oder Gerüche ausfiltern.

»Das hier ist Samtscharf«, sagte das kleine Mädchen. Es schob seine Unterlippe weit nach vorn. »Tut ihm ja nicht weh, sonst werd ich böse. Er kann nichts dafür, dass er so hässlich und gemein ist.«

»Ich werde daran denken, kleines Fräulein.« Rhodan lächelte. »Und dein Name ist …«

»Seidenkratz; ich meine: Semta. Seidenkratz darf mich nur Samtscharf nennen. Er meint, das Wort passt zu mir.«

»Ich … verstehe. Und was habt ihr hier zu suchen, ihr beiden Hübschen?«

Zögernd, dann immer schneller erzählte Semta die Geschichte einer seltsamen Bekanntschaft, die sich während der letzten Stunden zwischen den beiden so unterschiedlichen Lebewesen entwickelt hatte. Das Mädchen plapperte unbekümmert drauflos, sprang von einem Thema zum nächsten, ohne einen roten Faden erkennen zu lassen, brachte immer wieder Dinge durcheinander.

»Sie zeigt eine Verhaltensstörung«, flüsterte ihm Zhana zu. »Vielleicht durch die Situation bedingt, vielleicht auch angeboren. Einerseits erkenne ich Konzentrationsmängel, andererseits scheint Semta nicht in der Lage zu sein, allein durchs Leben zu gehen. Siehst du, wie sie sich an die Wurzeln des Baums lehnt, als benötige sie den Körperkontakt? Vielleicht leidet sie unter einer besonderen Form des Autismus. Möglicherweise hat man deshalb darauf verzichtet, ihr ein Implantat einzusetzen, um die Para-Drüse steuern zu können. Sie riecht außerdem merkwürdig ...«

»Abgesehen von deinen Ressentiments Kindern gegenüber scheint sie durchaus in der Lage zu sein, mit der ungewöhnlichen Situation fertig zu werden.« Rhodan wandte sich an den intelligenten Buschbaum. »Entschuldige, dass ich mich erst jetzt um dich kümmere. Du verstehst hoffentlich, dass ich zuallererst um das Wohlergehen meines ... Artgenossen besorgt war?«

»Selbstverständlich«, sagte Samtscharf. »Aber warum bist du als Tefroder verkleidet?« Das Baumwesen fuhr mit einem seiner Arme sanft über Rhodans Gesicht. Er zupfte an einem der Gewebeimplantate, das seine Wangen fülliger wirken ließ. »Bist du auf der Paarungsflucht?«

»Paarungsflucht? Nein ... es ist weitaus komplizierter, und es hat mit den Robotern zu tun, die euch an die ... an die Rinde wollten.«

»An die Borke«, verbesserte Samtscharf. »Nur die Kleinen besitzen eine Rinde.«

»Ich verstehe. Nun, es wäre besser, wenn wir so rasch wie möglich von hier verschwänden. Die Diskusroboter hatten sicherlich Zeit, einen Bericht an ihre Zentrale abzusenden und von unserem Auftauchen hier zu berichten. Dann wird es hier bald nur so von Maschinen wimmeln.«

»Dann lass uns gehen, Wenigglіedler. Hast du auch eine Inhaltsverzeichnung?« Samtscharf setzte sich in Bewegung. Mit enormem Krafteinsatz hob er sich über Hindernisse hinweg. Seine langen Äste wirkten, als könnte er mit ihnen Terkonit-Stahl verbiegen und durchstechen.

»Eine ... Inhaltsverzeichnung?« Rhodan dachte nach. »Man nennt mich Clotoin Rak.« Er war nicht gewillt, seine Tarnung einem wildfremden Wesen gegenüber aufzugeben.

»Das klingt falsch«, sagte Samtscharf heftig. Die Stimme pfiff aus mehreren Löchern im »Hauptstamm«. Bei manchen Worten formten sich Überlagerungen wie bei einem Duett, dann wiederum klang das Organ des Pflanzenwesens dünn und hinfällig. »Du hast sicherlich deine Gründe, mich anzulügen, Fremder. Ich werde dich Leidpflicht nennen.«

»Leidpflicht? Ich begreife nicht ...«

»Diese Inhaltsverzeichnung passt bestens zu dir; ich fühle es.«

Sie marschierten drauflos, einem unbekannten Ziel entgegen. Rhodan verspürte Ungeduld. Die Zeit rannte ihnen davon. Sie hatten sich zusätzliche Probleme aufgehalst, mussten nunmehr auf ein möglicherweise autistisches Kind und ein Wesen achten, dessen Begriffsvermögen sich gänzlich von dem ihren unterschied.

Die Probleme wurden nicht weniger; ganz im Gegenteil.

Der Krabbler

Der Krabbler war so weit an sein Ziel herangekrochen, wie es ihm notwendig erschien. Unter ihm glühte Wärme, die ihm half, zusätzliche Energiereserven zu gewinnen, andererseits aber auch die Verdunstung beschleunigte. Schon bald würde er nicht viel mehr als ein winziger, kristallisierter Positronik-Chip sein, mit dem freien Auge kaum erkennbar. Ohne Kraft, gerade noch dazu in der Lage, seine fremdbestimmte Existenz zur Kenntnis zu nehmen. Erst Jahre später würde alles erlöschen, würde die letzte Zeile seines primitiven hexadezimalen Basiskodes in Vergessenheit geraten. Er musste sich beeilen, um nicht abzuschalten, ohne seine Aufgabe erfüllt zu haben.

Er nahm eine Einschätzung der zu bewältigenden Aufgabe vor. Die gegnerische Schaltung hantierte in ihrer fließenden Permanentverschlüsselung mit Variablen und Algorithmen, die ein biologisches Wesen geschaltet hatte. Dies allein war kein Grund, sich »Sorgen« zu machen; ganz im Gegenteil. Aus den Tiefen seiner aufgepfropften Erfahrungsspeicher bekam er die Erkenntnis vermittelt, dass sich hinter den raffiniertesten Kodes oftmals ein irrational arbeitender Verstand verbarg. Wenn man dessen Funktionsprämissen kannte oder ausloten konnte, war das Ziel bereits zu mehr als 50 Prozent erreicht.

Jener Gegner, der hinter der zu bekämpfenden Verschlüsselung stand, zeigte jedoch ungewöhnliche Züge. Solche, die die Gedächtnisspeicher als »paranoid« einstuften und die darüber hinaus von mindestens zwölf verschiedenen Persönlichkeiten in einem Körper gesteuert waren. Als könnte das Wesen, »Feind« genannt, beliebig von einem Leib in den nächsten schlüpfen und würde dabei – in geringem Ausmaß – auch dessen Geisteshaltung imitieren.

Der Krabbler erkannte den neunstelligen Kode zur Desaktivierung des Steuermechanismus. Er ergab sich durch eine Anmessung unterschiedlich starker Druckstellen auf einer Tastatur. Wie primitiv!

Doch die zweite, weitaus relevantere Komponente war eine biologisch erzeugte Unbekannte. Ein wechselnder Rhythmus in der genetischen Erkennung des Bedieners. Der Feind verstand es tatsächlich, seine Körperstruktur zu verändern und sich diesen Umstand bei der Verschlüsselung des Befehlsgebers zunutze zu machen.

Der Krabbler kramte ein pseudobiologisches Programmbild aus seinen Erinnerungsspeichern hervor. Er imitierte einen positronischen Daseinszustand, der »Hochachtung« ausdrücken sollte.

Schopsna

Schopsna ließ die Frau im Bettlager liegen. Sie schluchzte und weinte jämmerlich, trotz der hypnosuggestiven Beeinflussung, die er ihr zusätzlich auferlegt hatte. Ein Roboter würde sich später um sie kümmern, ihre physischen Schäden beseitigen und sie zurück an ihren Arbeitsplatz begleiten.

Als er die Transmitterhalle betrat, war die Gelbhaarige längst vergessen. Er ordnete sein Gewand und seine Körperstruktur. In Augenblicken höchster Erregung konnte sie ein wenig »verrutschen«. Es bedurfte eines gewissen geistigen Aufwands, um der zu bleiben, den er darstellen wollte: Schopsna, der Mantarheiler. Ein Wesen aus der Vergangenheit. Unsterblich und mit ungeheurem Wissen gesegnet.

Er begab sich zwischen die Transmittertore, unterdrückte das leise Unbehagen, das ihn immer befiel, wenn er sich entstofflichen lassen musste, und fand sich gleich darauf im Bereich der Gegenstation wieder. Schriftzeichen an der Wand bewiesen ihm, dass er sich auf der FOARY befand; jener Raumstation, die irgendwann einmal seinem Meister unter der Bezeichnung INSTIN als

Raumschiff zur Verfügung gestanden hatte. Aset-Radol hatte sie in jahrhundertelanger Arbeit umbauen lassen. Er hatte Kugel- und Kubusformen sattgehabt, wollte seine Blicke an etwas Neuem und Ungewöhnlichem ergötzen. Nun – das Werk war ihm gelungen. Selbst auf Schopsna wirkte das Aussehen FOARYS ungewöhnlich und irritierend. Er hatte sie auf Wunsch des Meisters eines Tages für die Jünger Mos »entdeckt« und an sie übergeben. Die Station bot ausreichend Möglichkeiten, um die unsterblichen Aras zu überwachen. Nur selten hatte es Schopsna nötig gehabt, seine nichts ahnenden Kollegen zu beeinflussen. Sie waren Mo – besser gesagt: Ostiam Meharro – weit über dessen Tod hinaus treu. Der größte aller Mantarheiler hatte sie nachhaltig beeindruckt. Sie folgten dessen uralter Konditionierung, die Schopsna lediglich von Zeit zu Zeit auffrischen musste. Zum Beispiel, wenn sie im Erholungsschlaf ihrer Unsterblichkeitsbehandlungen ruhten. Manchmal über wenige Jahrzehnte hinweg, manchmal ein ganzes Jahrhundert lang.

»Willkommen«, sagte ein Roboter uralter Fertigung. Seine Stimme röchelte, die Gelenke quietschten. Aset-Radol legte Wert darauf, Dinge altern zu sehen, während er selbst unverändert blieb.

Nun – es stand Schopsna nicht zu, die Überlegungen des Meisters zu beurteilen. Er lebte, um dessen Pläne umzusetzen.

»Bring mich zu den anderen«, forderte er vom Maschinenwesen.

»Sehr wohl, Herr.«

Sie stiegen auf den Schienengleiter. Augenblicklich setzte er sich mit hoher Beschleunigung in Bewegung.

Schopsna hielt sich am Haltegriff fest. Sie glitten an bunt beschmierten Wänden vorbei. Die Zeichen und Schemata, die er sah, ergaben erst bei Höchstgeschwindigkeit einen Sinn. Dann, wenn die Bilder zu Schriftzeichen wurden und die Schriftzeichen zu Worten. Sie zeigten Sinnsprüche in der alten Sprache des Meisters. Niemand außer ihm wusste um diese Bedeutung. Aset-Radol hatte ihn als seinen engsten und einzigen Vertrauten eingeweiht.

Die Reise endete an der Kopfstation des Leitsystems. Mehrere Aras warteten auf ihn.

»Es tut gut, dich wieder zu sehen«, sagte einer von ihnen. Zucry-Dal. Der geniale Pharmakologe, dessen unglücklichen und kurzen Liebschaften Gegenstand des Spotts der anderen waren. »Wo hast du Trantipon und Kreolin gelassen?«

»Sie ... sind nicht mehr«, sagte Schopsna leise und senkte den Kopf.

»Wie?«

»Ich verstehe nicht ...«

»Das kann nicht sein!«

»Nach all der Zeit! Wie ist das möglich?«

Die Mantarheiler zeigten kollektives Entsetzen, gestikulierten wie wild, schrien durcheinander. Alymen, die einzige Frau, die als unerbittliches und besonders herzloses Wesen galt, zeigte Tränen. Seeste Hreich ohrfeigte sich. Wie ein Flagellant, der seine Sünden abbüßen wollte. Einzig der wegen seiner cholerischen Anfälle berüchtigte Stongill blieb ruhig. Der Hypergenetiker zeigte eine Selbstbeherrschung, die zwar seltsam anmutete, aber durchaus zu seinem zwiespältigen Charakter passte.

»Ich dachte, auf Remion wäre alles glattgelaufen?«, fragte Zucry-Dal nach einer Weile. »Als Erbente-Bor und ich abreisten, war die Umwandlung der Welt weit fortgeschritten. Kreolin, Trantipon und du gabt uns zu verstehen, dass alles zu eurer Zufriedenheit ablief.«

»Perry Rhodan trägt Schuld«, sagte Schopsna kurz angebunden. »Er und dieser andere Unsterbliche, Julian Tifflor, durchkreuzten unsere Pläne. Er tötete unsere Freunde, während sich auf Remion die Umwandlung vollzog. Ich konnte unter großen Mühen entkommen. Einen genauen Bericht habe ich hier abgespeichert.«

Er hielt einen Datenkristall in die Höhe. Er beinhaltete teilweise verfälschtes Material, das seine eigene Rolle in einem unverfänglichen Licht zeigte. Die Aras durften nichts von seinen Fähigkeiten als Molekülverformer ahnen, mit deren Hilfe er unterschiedliche Gestalten angenommen und sich so auf Rhodans Schiff abgesetzt hatte, um schlussendlich von Oyloz aus das Weite zu suchen.

Zu flüchten, verbesserte er sich insgeheim verärgert. Rhodan und seine Verbündeten hatten ihn unter Druck gesetzt. Und es war ihnen gelungen, dem mehr oder weniger toten Trantipon einige Geheimnisse zu entlocken.

»Wurden unsere Pläne in irgendeiner Form beeinträchtigt?«, fragte Seeste Hreich, pragmatisch wie immer.

»Keinesfalls. Nachdem das Projekt Remion zu einem gelungenen Abschluss kam, ließ ich den Umbau der MO geschehen. Ich arbeitete unter einem gewissen Zeitdruck, da mir Trantipon und Kreolin bei der Umsetzung der Arbeiten fehlten. Doch die Tefroder reagierten ausgezeichnet auf die Implantate.«

Kein Wunder; Aset-Radol verfügt über uraltes Wissen, wie man die Neu-Lemurer durch Beeinflussung unter die Knute zwingt ...

»Wo befindet sich der neue Moby?« Grandia Por, der Unauffällige, meldete sich ebenfalls zu Wort.

»Ich habe ihn aus dem Salida-Sonnensystem weggelockt und ihn vorerst auf einen unbestimmten linearen Kurs gesetzt. Meinetwegen können ihn die Arkoniden und Terraner gründlich untersuchen. Sie sollen sehen, was ihren heimatlichen Welten droht. Weitere mit Ara-Toxin befallene Wirtskörper – beziehungsweise Planeten – werden binnen fünfhundert Tagen dasselbe Schicksal wie Remion erleiden.«

Die Aras entspannten sich. Niemand misstraute ihm. Sie bildeten seit mehr als 5000 Jahren eine eingeschworene Gemeinschaft, waren aufgrund ihrer Fähigkeiten und der gemeinsamen Vorgeschichte aufeinander angewiesen.

Eine Vorgeschichte, die in weiser Voraussicht konstruiert worden war und die mit der »Erschaffung« der Aras ihren Anfang genommen hatte. Schopsna kam nicht umhin, Aset-Radols Genialität und Weitblick ein ums andere Mal zu bewundern.

»Ahnt Perry Rhodan irgendetwas vom Großen Plan?«, fragte Erbente-Bor.

»Nein«, antwortete Schopsna. *Genauso wenig wie ihr ahnt, dass ihr von Anfang an manipuliert wurdet ...* »Er konnte vielleicht einen kleinen Einblick in die tatsächlichen Vorgänge gewinnen, bekam aber niemals das gesamte Bild zu sehen. Leider blieb mir keine Zeit, mich auf Oyloz zu vergewissern, ob er in eine vorbereitete Falle stolperte. Ich hatte ... Terminprobleme.«

»Wir werden den Tod unserer Kollegen in einer kleinen Zeremonie betrauern«, brachte Grandia Por das Thema zu einem Abschluss. »Aber wir werden auch feiern. Das Volk der Aras geht prächtigen Zeiten entgegen. Wir nehmen die Schuld an der Freisetzung des Ara-Toxins auf uns. Ich würde sagen, dass unsere Schultern breit genug sind, um diese Last zu tragen.«

Sie alle lachten pflichtbewusst. Grandia Por benötigte den Applaus, um sich seine Genialität in den Fachgebieten der Parabiologie und des nanomolekularen Gesundheitswesens zu bewahren.

»Die Aras werden dank der Quarantäneraumer, die wir umrüsten ließen, eine deutlich stärkere Monopolstellung als je zuvor ein Volk in der Milchstraße innehaben«, fuhr Seeste Hreich fort. »Gesundheit ist das wichtigste Gut, das einem Lebewesen zur Verfügung steht. Und der Druck, den wir auf handlich-kleine Sternenreiche aufrechterhalten werden, sobald Terra, Gatas und Arkon dank des Ara-Toxin zu verschrumpelten Kristallbrocken verkommen sind, wird groß genug sein, dass nie wieder jemand unsere Vormachtstellung hinterfragen wird.«

»Du vereinfachst«, holte Alymen ihren männlichen Kollegen auf den Boden der Tatsachen zurück. »Es wartet noch ein hartes Stück Arbeit auf uns.«

»Hat trotzdem jemand etwas dagegen, wenn wir mit einem Schluck Vurguzz anstoßen?«, fragte Zucry-Dal.

Die Unsterblichen verneinten. Roboter schwebten herbei. Sie boten mit terranischen Apfelspalten gefüllte Cocktailgläser an. Die exotischen Früchte verfeinerten den Geschmack des hochprozentigen Alkohols und gaben ihm eine besondere Note.

»Auf die Reine Heilslehre des Mo!«, rief Erbente-Bor voll Pathos aus.

»Auf die Unsterblichkeit!«, fügte Stongill hinzu.

»Auf uns!«, schloss Schopsna. Er führte das Glas zum Mund und nippte am Vurguzz.

Und auf Mo, der uns den richtigen Weg gezeigt hat, fügte er in Gedanken hinzu.

Aset-Radol: Gegenwart

Er fühlte, wie das Verlangen der Früchte nach weiteren Erzählungen einem Höhepunkt zustrebte. Ihr Bitten und Drängen erreichte eine Intensität, die an Schmerz grenzte. Der Meister der Insel hatte die Phase bereits mehrmals durchgemacht. Er wusste, dass das Hochgefühl der Ableger bald nachlassen würde. Dann überkam Erschöpfung und Sättigung die lebenden Früchte. Traumtrunken verließen sie anschließend ihren Mutterbaum, um, in Erinnerungen versunken, selbst Wurzel zu fassen.

Mehr! Mehr! Mehr!, dröhnten die Forderungen durch Aset-Radols Kopf. *Füttere uns, nähre uns!*

Es fiel ihm schwer, sich der Beeinflussung zu entziehen. Er mochte diese Phase nicht besonders. Sie machte ihm deutlich, dass selbst das reinigende Innehalten unter dem Yakuva-Baum negative Seiten hatte.

»Ich erzähle euch das Ende meiner Geschichte«, sagte er leise, »dann ist es genug.« Er musste endlich Synuits Bitte entsprechen, ihn auf der FOARY zu treffen. Beziehungsweise Schopsnas, wie sich der Gestaltwandler derzeit nannte.

Die Früchte beruhigten sich, es wurde wieder still.

Die nächtlichen Jäger kehrten soeben in ihre Schlupflöcher zurück, die ersten Tagvögel zwitscherten ihre Freude über die beginnenden Sonnenstunden in die Welt hinaus. Das Gleichgewicht von Leben und Tod, das er nach vielen Versuchen erfolgreich auf dem Unlichtplaneten etabliert hatte, machte ihn stolz. Hier hatte er wahrscheinlich mehr über die Natur der Dinge gelernt als in all den Labors, Büros und Konferenzräumen, die er in seinem langen Leben besucht hatte.

»Ich flüchtete also aus der Großen Insel und wagte den Sprung in die ... Selbstständigkeit«, begann Aset-Radol das nächste Kapitel seiner Geschichte. Auf ein Fingerschnippen hin brachte ein bunt geflügelter Langschwanzkochzer eine bunt schillernde Frucht herbei. Er nahm sie, biss herzhaft hinein, schmeckte den bittersüßen Geschmack und achtete nicht darauf, dass ihm Saft übers Kinn auf die Brust tropfte. »Es war eine Epoche der Erholung, ehrgeiziger Planung – aber auch der Enttäuschungen ...«

Aset-Radol: Vergangenheit

Das Erz Altrit war durch nichts zu ersetzen. Trotz intensiver Bemühungen fand er keinen zweiten Ort, an dem das wertvolle hyperenergetische Mineral vorkam. Nachdem er die Suche aufgegeben hatte, verbrachte Aset-Radol lange Jahre damit, die hyperenergetische Komponente des Altrit zu lokalisieren und von hinderlichen vierdimensionalen Komponenten zu befreien.

Vergebens.

Er sah sich vor die Alternative gestellt, nach Karahol zurückzukehren und vom bestbewachten Planeten der Galaxis, Tamanium, weiteres Erz stehlen zu lassen – oder zur Gänze darauf zu verzichten.

»Es tut uns leid, Maghan«, sagte der leitende Forscher auf Olmar, ein tumber und in Regelwerke verliebter Duplo. »Eine nicht bestimmbare Komponente fehlt. Ein Glied in der Formelkette, das sich jeglicher Erforschung entzieht. Sie wissen, dass unsere Forschungen im Bereich der Hypertechnologie seit langer Zeit auf der Stelle treten. Es mangelt uns ...«

»Es mangelt euch an Hirn!«, schrie Aset-Radol. »Es fehlt euch an Forschungsgeist, an Lust am Risiko.«

»Ja, Herr.« Der Duplo blieb stehen und starrte geradeaus.

Aset-Radol atmete tief durch, suchte mühsam nach innerer Gelassenheit. Dann sagte er leise: »Du kannst gehen. Komm mir nie wieder unter die Augen.«

»Ja, Herr.«

Alles in ihm drängte danach, dieses hirnlose Wesen zu töten. Doch was hätte es gebracht? Sie selbst, die Meister der Insel, hatten diese stupide Sorte von Geschöpfen geformt. Weder Tefroder noch Duplos durften sich eigene Gedanken machen, unter keinen Umständen Eigeninitiative zeigen.

Die als weitsichtige gerühmte Planung fiel auf die MdI zurück; und hatte nicht Mirona Thetin selbst jeglichen Wunsch ihrer engsten Mitarbeiter nach Selbstständigkeit unterbunden, indem sie die anderen Renegaten mit dem Verlust der Unsterblichkeit bedrohte? Das System hatte sich von ganz oben bis nach ganz unten fortgesetzt.

»Sie ist es falsch angegangen«, sagte Aset-Radol. »Irgendwann wird es ihr auf den Kopf fallen.«

Die Vorräte an Duplos schrumpften rascher, als ihm lieb war. Aset-Radol lernte, mit dem auszukommen, was ihm zur Verfügung stand, und seine Planung wesentlich langfristiger als vorgesehen anzulegen.

Tefrodisches Menschenmaterial erschien ihm wichtiger als die Produktion weiterer Darlos. Also nutzte er die letzten Reste des Altrits für die Erzeugung von weiteren Duplos.

Die Riesengeschöpfe, die er aus Karahol mitgebracht hatte, parkte er vorerst gut versteckt in der Nähe des

Galaxienzentrums. Wann immer ihm Zeit blieb, beobachtete er die weitere Entwicklung der neun Darlos. Doch auch sie boten keinerlei Grund zur Freude. Nach der Entwicklung eines rudimentären Bewusstseins geschah nichts mehr; es war, als begäben sie sich in eine Hibernation. Aset-Radol gab sich zähneknirschend damit zufrieden. Er wusste die Darlos in der Hinterhand, wollte er stante pede ins Rampenlicht treten und seine Machtansprüche in Apsuhol untermauern. Doch vorerst, so wusste er, war er dazu nicht in der Lage. Es fehlte ihm am den notwendigen Strukturen. An Wesen, die eigenverantwortlich wirkten – und dennoch, ohne es zu ahnen, seinen Wünschen entsprachen.

Die Aras, die er vor langer Zeit auf den Weg geschickt hattc, boten die besten Voraussetzungen für diesen Plan.

Ein klitzekleiner Eingriff hatte genügt. Eine geringfügige genetische Veränderung, die gewisse Charakterzüge in den Vordergrund drängten. Das merkantile Talent, das die Mehandor im Laufe der Jahrtausende entwickelt hatten, durfte durchaus verankert bleiben. Sein besonderer Beitrag war ein unbändiger Wissensdurst, den Aset-Radol auf das Leben an sich konzentrierte. Notwendiges Beiwerk, um mit diesem heiklen Thema nüchtern umgehen zu können, war eine emotionale Dämpfung. Den Rest überließ der Unsterbliche der Natur. Sie sollte sich einen Weg bahnen, eine möglichst unverkrampfte Weiterentwicklung dieses gezüchteten Mehandor-Zweigvolkes bringen.

Mit einer Mischung aus Erstaunen und Belustigung hatte er bereits während seiner früheren Aufenthalte in

Apsuhol die Evolution der Aras beobachtet. Sie wurden nicht zu einem Volk der Allgemeinforscher, sondern spezialisierten sich auf den breiten Zweig der Medizin, legten ihre Spielregeln dafür fest, adaptierten das passende Gesellschaftssystem.

Ihre Körper veränderten sich. Aset-Radol konnte nicht sagen, ob die Ausformung des Spitzkopfes und die Ausdünnung der Körperbehaarung Folge seines Eingriffs war oder ob frühe Generationen der Aras durch riskante Selbstversuche diese markanten Merkmale gezüchtet hatten, um sich stärker von Mehandor und Arkoniden zu unterscheiden.

Es war ihm einerlei. Wichtig erschien ihm, eine gesunde Balance zwischen Einflussnahme und Laissez-faire zu finden. Niemals durften die Aras ihr überhöhtes Selbstbewusstsein verlieren, stets sollten sie sich über ihre Schwächen im Klaren sein.

Bald nannten sie sich die »Galaktischen Mediziner«. Sie leisteten Großartiges auf ihrem Fachgebiet, standen aber andererseits den expansionistischen Bestrebungen der Arkoniden hilflos gegenüber. Deren bewundernswerte Kaltblütigkeit, gemischt mit einem schier unbezähmbaren Willen, brachte das Große Imperium auf einen Kurs, sodass Aset-Radol immer wieder mal ins Grübeln kam. Hatte er auf die falsche Karte gesetzt? Hätte er sich doch der arkonidischen Herrscherhäuser annehmen und dort seinen Einfluss geltend machen sollen? Die Dynastie der Orbanaschols schien besonders prädestiniert dafür zu sein, den Einflussbereich der Arkoniden weit über deren Kerngebiet hinaus auszudehnen.

Die Kriege gegen die Methanatmer veranschaulichten, dass es mit Gewalt allein nicht getan war. Unter großen Opfern wurden die Maahks, vor denen auch Aset-Radol gehörigen Respekt – um nicht zu sagen: Angst – hegte, zurückgetrieben. Das aggressive Vorwärtsdrängen der Arkoniden endete für eine Weile. Sie mussten ihre Wunden lecken, sich der Situation in ihren Kerngebieten besinnen und widerspenstige Satellitenreiche neu eingliedern.

Aset-Radol, für den ein Jahr wie ein Tag und ein Jahrhundert wie ein Jahr verging, fühlte sich bestätigt: Herrschaftsansprüche und Macht waren Dinge, die kamen und gingen, scheinbar uralten Gesetzen gehorchend. Wollte er sich selbst für längere Zeit ganz oben etablieren, musste er es äußerst geschickt angehen und mit der Abgeklärtheit größter Erfahrung handeln.

Und er benötigte dringend einen Erfüllungsgehilfen. Ein Wesen, das er vorschicken konnte, das für Aset-Radol die Drecksarbeit erledigte und ihn in scheinbarer Unsichtbarkeit die große Planung erledigen ließ.

Er fand seinen »Mann« durch reinen Zufall ...

Die Welt hieß Flaun. Die Flaunesen hatten es niemals geschafft, eine gesamtplanetare Regierungsform auszubilden. Die Bevölkerungen von sieben kleineren Kontinenten mochten einander nicht, und sie legten großen Wert auf soziokulturelle wie gesellschaftssystematische Unterschiede.

Aset-Radol faszinierte die Vielfalt auf dem tefrodgroßen Planeten. Die Flaunesen, stierähnliche Geschöpfe mit Augäpfeln, die an langen, knöchernen Tentakeln hingen, gaben sich mit unerschöpflicher Leidenschaft dem Streit innerhalb ihrer kontinentalen Sippen und Häuser hin. Sie schmiedeten Allianzen, die meist nicht lange hielten, stritten und trugen auf neutralen Inselgebieten ihre Schlachten aus. Nach Sieg oder Niederlage hielten sie für eine Zeit lang erschöpft inne. Um neuen Schwung für weitere Auseinandersetzungen zu nehmen.

Flaun war aus einem Grund, den niemand mehr so richtig kannte, Anlaufpunkt für abenteuerlustige Touristen und Arbeit suchende Prospektoren aus weiten Teilen der Milchstraße geworden. Geheimdienstleute und Vertreter krimineller Vereinigungen aus dem arkonidischen Reich saßen in den Kaschemmen der sieben Hauptstädte beisammen und schmiedeten merkwürdige Bündnisse. Fantan-Leute berauschten sich am kristallklaren Flaun-Wasser, Naats boten ihre Dienste in gewaltigen Kampfarenen an, Golgoiden schabten Teile ihrer biogenetisch veränderten Schuppen ab und verkauften sie als äußerst wirksames Rauschgift. Die Dreißigtausend Falotten des Homplat-Nebels wetteiferten in ihren Weissagungen, um sich, im Falle eines Irrtums, reklameträchtig in aller Öffentlichkeit zu entleiben. Eine heruntergekommene, bunte Welt war Flaun, in der das Wort »Moral« Gelächter auslöste und Rechtschaffenheit Entsetzen unter der Bevölkerung. Nur derjenige brachte es zu etwas, der sich nicht an Regeln und Vorschriften hielt.

Aset-Radol fand *ihn* durch Zufall. Besser gesagt: Synuit fand ihn. In der dunklen Gosse eines dunklen Viertels in der dunklen Kontinental-Hauptstadt Fontblo.

Der Unsterbliche watete durch stinkenden Morast, kümmerte sich nicht weiter um die Bettler, Mannshuren und Kriegssöldner. Er marschierte an den Reihen vorbei, warf da und dort Münzen in der landesüblichen Währung in die bereitgestellten Schuhe, um kein unnötiges Aufsehen zu erregen. Er strebte dem Treffen mit einem Informanten aus einem verarmten arkonidischen Khasurn zu. Gleich ihm waren mehrere Gruppen in diesem Teil der Stadt unterwegs, die meisten von Leibwächtern und Robotern umrahmt. Angebot und Nachfrage hielten sich hier das Gleichgewicht.

Aset-Radols Leibstandarte, fünf angemietete Flauns mit massiven Muskeln und zehn seiner kräftigsten Duplos umgaben ihn; zusätzlich fühlte er die vertraute Sicherheit eines Schutzschirms. Mehrere winzige Satelliten, die in 20 Metern Höhe über ihm schwebten und die Gegend scannten, sorgten für zusätzliche Gewissheit, dass ihm nichts passieren konnte.

»Wenn ich wollte, könnte ich dich töten!«, hörte Aset-Radol eine raue Stimme dicht neben sich.

Er drehte sich zur Seite und sah – nichts, das ihn beunruhigt hätte. Ein altes Mütterchen kochte am Straßenrand ein widerlich riechendes Süppchen, ein tefrodergroßes Spinnengeschöpf stakste elegant an ihm vorbei.

War die Stimme Einbildung? Eine Überreizung seiner Sinne?

Er konnte es nicht glauben. Nie zuvor hatte er so etwas erlebt.

»Ich sehe, dass du ein hoher Herr bist. Ich möchte dir meine Dienste anbieten. Ich bin mir sicher, du kannst einen wie mich gut gebrauchen. Ich rieche es ...«

Die Worte kamen von oben. Wie eine Einflüsterung durch den Wind huschten sie an ihm vorbei. Breite Schwingen eines Flugwesens mit langem, biegsamem Hals fächelten ihm Luft zu.

Mehrere seiner Leibwächter griffen irritiert zu den Waffen und näherten sich, so weit es ihnen möglich war, Aset-Radols Schutzschirm. Sie wurden dafür bezahlt, ihn mit ihrem Leben zu beschützen.

»Das gefällt mir nicht!«, sagte einer von ihnen, ein Flaun. »Wir sollten zurückgehen.«

Aset-Radol nickte, mehr irritiert denn verängstigt. Er ließ sich durch die Prallfelder seiner Wächter in die richtige Richtung schieben und drängeln, zurück zur bereitstehenden Morpho-Taxe, die binnen weniger Sekunden auf seine individuellen Bedürfnisse angepasst wurde. Seine Leute räumten Touristen und Einheimische rücksichtslos aus dem Weg, kümmerten sich nicht um Proteste und wütendes Geschrei.

Er machte sich keine Sorgen, tatsächlich in Gefahr zu geraten. Seine Lebensumstände hatten ihn mit schier unendlicher Gelassenheit ausgestattet. Es gab kaum ein vorstellbares Szenario, das ihn noch verunsichern konnte.

Sie erreichten die Morpho-Taxe. Ein Leibwächter schob ihn mithilfe der Bugsier-Prallfelder hinein, von der anderen Seite kam ein zweiter zugestiegen und setzte sich dicht neben ihn. Aset-Radols Schutzschirm erlosch. Die Minisonden hüllten das Gefährt von außerhalb in ein leistungsfähigeres energetisches Netz. Der Leibwächter, ein Flaun, dessen Stielaugen wachsam über die Umgebung schweiften, ordnete den Abflug an. »Zurück zum Schiff!«, befahl er in dumpfem Arkonidisch.

Das morphogene Antriebsfeld gehorchte und beschleunigte. Sie zogen einen langen Feuerschweif verbrennenden Energiefleischs hinter sich her; der Geruch war gewöhnungsbedürftig, die erreichte Beschleunigung mit dieser seltsamen Form eines Antriebs atemberaubend.

Die Morpho-Taxe landete, sie stiegen aus. Augenblicklich wurde Aset-Radol von einem weiteren Trupp tefrodischer Duplo-Agenten umringt, dem Flaun wurde ein Weitergehen untersagt. Die Männer vom schiffsinternen Sicherheitsdienst geleiteten den Unsterblichen über die Rampe, hinein in die Sicherheit der INSTIN.

»Sollen wir starten, Maghan?«, fragte einer der Duplos.

»Ich bin mir nicht sicher«, antwortete Aset-Radol nachdenklich. »Ich habe keine unmittelbare Bedrohung erkannt. Auch bin ich neugierig, was dieser Unbekannte von mir wollte.« Er marschierte in die Zentrale des Schiffs.

»Ich wollte dir zeigen, was ich kann«, sagte einer von ihnen, drückte dem ehemaligen Meister der Insel den Lauf seiner Waffe in die Seite und grinste gehässig.

»Ich war ein Bettlerjunge. Ein spinnenbeiniger Astorlaz. Ein fliegender Schemenmark. Dann jener Flaun-Wächter, der dich zu deinem Schiff brachte. Und abschließend einer deiner Offiziere.«

»Ein Gestaltwandler«, sagte Aset-Radol nachdenklich, »wie überaus interessant.«

Sie waren allein. Auf besonderen Wunsch des Meisters leitete man sie, nachdem der Unbekannte die Waffe zu Boden hatte fallen lassen, in eine kleine Kabine nahe der Kommandozentrale. Die Duplos verstanden nicht, was hier geschah, aber sie gehorchten. Wie immer.

»Wie ist dein Name?«

»Synuit.«

»Und du bist ...?«

»Ein Gys-Voolbeerah.« Synuit ließ sich auf einen Stuhl sinken. Er wirkte erschöpft. »Zumindest haben mir das meine Eltern erzählt.«

»Mehr weißt du nicht über dein Volk, über deine Abstammung?«

»Sie haben mich ausgesetzt.« Die Gesichtszüge verschwammen. Eine Fratze mit widerlichem Aussehen erschien. »Ich kenne ihre Beweggründe nicht. Ich weiß lediglich, dass sie mich nicht bei sich haben wollten, weil sie mich als andersartig erachteten.«

»Inwiefern?«

Synuit zuckte mit den Schultern. »Keine Ahnung. Mangels Vergleich hatte ich nie eine Möglichkeit festzustellen, was an mir falsch ist.«

»Deine Eltern haben dich auf Flaun ausgesetzt ...«

»Falsch. Auf Koros II. Von dort ließ ich mich als blinder Passagier nach Solonofgha transportieren, und von dort weiter auf Lurpos Welt. Insgesamt waren es dreiundzwanzig Zwischenstationen, bis ich hier strandete – und dich roch.«

»Was sagt dir dein Geruchssinn?« Aset-Radol setzte sich ebenfalls. Er fühlte sich nach wie vor nicht bedroht. Der Gys-Voolbeerah wirkte trotz seiner beeindruckenden Vorstellung keinesfalls so, als wollte er ihn gefährden.

»Du riechst nach Kraft. Nach Macht. Nach ... nach Tiefe. Nach Unendlichkeit. Ich habe noch niemals zuvor so intensive Gefühle entwickelt.«

Synuits Körper zerrann. Ein metamorpher Klumpen blieb über. Die Masse verteilte sich flach über dem Boden des kleinen Raums. Es dauerte eine Zeit lang, bis sich der

Gys-Voolbeerah erholte und eine neue Gestalt für sich ersann. Es war die eines Arkoniden.

»Du möchtest mit mir kommen?«, fragte Aset-Radol.

»Ich würde alles dafür geben!«

Was für ein seltsames Bild! Ein stolzer Arkonide, der vor Unterwürfigkeit fast sabberte. Dennoch strahlte er hypnosuggestive Impulse aus. Denen Aset-Radol allerdings ohne Schwierigkeiten widerstand.

»Es mag sein, dass ich für deine speziellen Fähigkeiten eine Verwendung finde«, sagte er. »Dir ist klar, dass du ein ziemlich einzigartiges Lebewesen bist?«

»Ich bin ein Gys-Voolbeerah, und es gibt viele von uns«, sagte Synuit trotzig. »Ich habe während meiner Reisen mehrere Verwandte in irgendwelchen Tarnidentitäten gerochen und gespürt. Aber ich will nichts mit ihnen zu tun haben. Nie mehr!«

»Ich ... verstehe.« Synuit litt mehr unter seiner Aussetzung, als ihm jemals bewusst werden würde. Aber das würde Aset-Radol ihm sicherlich nicht auf die Nase binden. Dieses Wesen schien ihm ein perfektes Werkzeug zu sein, um seine Pläne voranzutreiben. »Ich denke, ich werde dich in meine Obhut nehmen.« Er streckte warnend den Zeigefinger aus. »Du tust, was ich dir sage; du wirst meine Autorität niemals infrage stellen, du wirst ungefragt für mich durchs Feuer gehen. Verstanden?«

»Ja.« Synuit erhob sich, wandelte sich zu einem Drachenwesen, dessen schlanker Körper von feurig heißer Luft umwabert wurde. Dann fiel er um, wie ein Stück Holz. Total erschöpft von einer ganzen Reihe an Verwandlungen. »Ich bin endlich zu Hause«, flüsterte er, bevor er einschlief.

Aset-Radol trieb dem jungen Gys-Voolbeerah letzte Reste an ungesunden Ethik- und Moralvorstellungen aus. Er benötigte ein Geschöpf, das zwar durchaus in der Lage dazu war, eigene Entscheidungen zu treffen und für lange Zeit selbstständig zu agieren; andererseits musste es ihm bedingungslos ergeben sein.

»Ich kann noch nicht sagen, wie lange es dauern wird, bis die Zeit reif ist, um meine Pläne in die Realität umzusetzen«, sagte er. »Du wirst eine gediegene Ausbildung erhalten und diverse Missionen für mich erledigen. Danach werde ich dich in einen Kryo-Schlaf versetzen, bis ich dich wieder benötige. Da weder du noch ich deine natürliche Lebensdauer kennen, werden wir höchst sorgsam mit der Zeit umgehen, die dir zur Verfügung steht.«

»Ja, Meister.«

Da war sie wieder, diese bedingungslose Ergebenheit, die ihn an den Duplos so fürchterlich aufregte. Dabei war Synuit trotz seiner Jugend ein brillanter Kopf, der den Vergleich mit den Wissenschaftlern und Forschern auf Olmar nicht zu scheuen brauchte.

Aset-Radol schulte Synuit nach alter Geheimdienstmanier. Er ließ ihn ein mehrjähriges Studium auf dem arkonidischen Gerichtsplaneten Celkar absolvieren, das er so erfolgreich bestritt, dass man ihm die ARK SUMMIA und damit die Aktivierung des Extrasinns in Aussicht stellte. Synuit lernte auf Iprasa, dem traditionsreichsten jener fünf Planeten, die Absolventen der ARK SUMMIA hervorbrachten. Er bestand die zweite von insgesamt drei Ausbildungsstufen und durfte sich Tai-Laktrote nennen. Anschließend täuschte er den Tod seiner arkonidischen Identität vor. Eine weiterführende Ausbildung hätte höchstwahrscheinlich zu einer Enttarnung geführt. Beim besten Willen war es dem Gestaltwandler nicht möglich, die spezielle Hirnstruktur der Arkoniden ausreichend nachzubilden, um den Tests und Untersuchungen Genüge zu tun.

Später ging er bei den Aras in die Schule, studierte bei einer Assassinen-Vereinigung, kam mit dem Bàalol-Kult in Berührung, erklomm mehrere Stufen des Dagor. 30 Jahre dauerten Synuits Lehr- und Wanderjahre. Jahre, in denen seine Fähigkeiten als Gestaltwandler kontinuierlich nachließen.

»Während deiner Jugend hattest du die Kraft, um eine Reihe von Verwandlungen rasch hintereinander durchzumachen«, sagte Aset-Radol. »Alles geschah instinktiv, ohne dass du darüber nachdachtest. Heute musst du dein Opfer beeinflussen, dich konzentriert mit seinem Geist beschäftigen, damit du es imitieren kannst. Du bist dir im Klaren, dass dein Wert für mich durch diesen teilweisen Verlust deiner Fähigkeiten ... sinkt?«

Synuit ballte die Hände, wie es auch ein Tefroder an seiner Stelle gemacht hätte. »Es tut mir leid, Meister; ich weiß zu wenig über mein Volk. Haben mich meine Eltern ausgestoßen, weil sie ahnten, dass ich ein ... Krüppel werden würde? Oder ist das ein natürlicher Vorgang?«

»Es interessiert mich nicht. Wichtig erscheint mir lediglich, ob du weiterhin von Bedeutung für mich bist.«

»Sollen meine Ausbildungsjahre umsonst gewesen sein? Ich habe gelernt, gekämpft und getötet; nur für dich, Meister!«

»Meine Duplos tun dasselbe.«

»Das sind hirnlose, beschränkte Kretins!« Zorn schwappte in Synuit hoch. Er hieb mit der arkonidischen Faust auf den Tisch. Eine Beule zeigte sich. Der

Gys-Voolbeerah besaß außerordentliche Kräfte. Reparaturroboter eilten herbei, um den Schaden augenblicklich zu beheben.

Aset-Radol liebte es, den Gestaltwandler zu reizen. Synuit war wie ein kleines Kind, das um Anerkennung bettelte. Trotz des gewaltigen Potenzials, das er in intellektueller wie taktischer Hinsicht besaß, fühlte er sich minderwertig und hatte größte Mühe, Kritik einzustecken. Am allerwenigsten von ihm, seinem Herrn, Meister und Vaterersatz.

»Lassen wir das Thema«, sagte Aset-Radol kühl. »Du wirst nunmehr in den Tiefschlaf versetzt. In nächster Zeit brauche ich dich nicht. Es scheint mir angesichts der galaktopolitischen Situation nicht ratsam, irgendwelche halbgaren Pläne in Angriff zu nehmen.« Er wandte sich ab und redete leise weiter. Die Worte waren mehr für sich selbst als für den Gestaltwandler bestimmt: »Mirona Thetin und ihre Lakaien sind nach wie vor an der Macht. Das Reich der verbliebenen sieben Meister der Insel ist zwar über weite Teile Karahols ausgedehnt, aber es erstarrt immer mehr. Wie glühend flüssige Lava, die erkaltet. Irgendwann wird dieser Prozess unumkehrbar sein. Das Weib wird sich auf die Bewahrung der Macht konzentrieren, ohne Ohren und Augen nach außen zu richten. Dann erst ist es für mich an der Zeit, das Reich Aset-Radols entstehen zu lassen.«

Einmal mehr verfluchte er die Tatsache, dass ohne Altrit die Herstellung des Radolxin nicht mehr möglich war. Nach wie vor zogen Schwärme seiner kleinen und gut bewaffneten Schiffseinheiten im Stillen durch weite Teile Apsuhols, um nach dem unersetzbaren Erz zu suchen. Bislang ohne Erfolg.

Mit den Darlos als Drohmittel und als militärische Waffe wäre alles so leicht gewesen ...

»Ich behalte dich vorerst als eine Art ... Reserve«, sagte er laut zu Synuit, ohne sich zu ihm umzudrehen. »Vielleicht kommt die Stunde, da ich dich benötige.«

»Danke, Meister!«

Die Stimme klang weinerlich. Als sehnte sich der Gys-Voolbeerah nach einem Wort des Lobs. Der Anerkennung. Der Aufmunterung.

Aset-Radol hatte derartige Gunstbeweise nicht zu verschenken. Die Hierarchie musste eindeutig gewahrt bleiben, und er würde seinen Vorteil dem Jüngeren gegenüber nutzen. Synuit sollte stets darauf hoffen, ihm gefallen zu können, sich dessen aber niemals sicher sein dürfen. Ein guter zweiter Mann war den Untergeordneten in allen Belangen überlegen; dem Mann an der Spitze jedoch bedingungslos ergeben. Wenn der Gys-Voolbeerah wüsste, wie sehr Aset-Radol ihn eigentlich schätzte, wäre jegliche Distanz weggebrochen. Synuits Begehrlichkeiten wären ins Unendliche gewachsen.

So oder ähnlich hatte auch ihr Aufbegehren gegen Mirona Thetin in Karahol seinen Anfang genommen. Synuit durfte nicht einmal im Entferntesten auf die Idee kommen, Aset-Radols Platz einzunehmen. Es war gut, wenn er ein paar Jahrhunderte verschlief.

Aset-Radol setzte kleine Schritte. Er startete einen Putschversuch gegen den schwächelnden arkonidischen Imperator Helonk II., um den inneren Zusammenhalt des Imperiums des Kristallimperiums einem Test zu unterziehen.

Das Reich hielt.

Noch.

Kolonialisten unterstützten die regulären Elitetruppen auf Arkon, waren dem Dreiplanetensystem ergebener, als die dort herrschenden Khasurn es eigentlich verdienten. Die schwelgten in unvorstellbarem Luxus, lebten von den Steuerleistungen weit entfernter Welten. Sie verließen sich auf Ruhm, Namen und eine geschickte Propaganda.

Durchaus fähige Imperatoren wechselten sich mit degenerierten Kretins ab. Die Forschungsleistung ließ nach; übrig blieb, ähnlich wie in Karahol, eine gut ausgerüstete Soldateska, die durch ihre bloße Zahl aufmüpfige Renegaten und Aufwiegler im Zaum hielt.

Die Mehandor-Händler hatten längst eine Monopolstellung errungen, ebenso die von Aset-Radol immer wieder geförderten Aras auf medizinischem Gebiet. Ein Abkommen, an dem der Unsterbliche in aller Stille mitwirkte, gab den Galaktischen Medizinern eine größtmögliche Handlungsfreiheit. Im Krankenversicherungsmodell Arakos, mit Imperator Tutmos VII. ausgehandelt, behandelten die Aras bevorzugt die Wehwehchen der Arkoniden. Im Gegenzug erhielten sie eine Befreiung von jeglicher Abgabenlast dem Imperium gegenüber – und eine Bewegungsfreiheit, die einzigartig im Großen Imperium war.

Für Aset-Radol besaßen Mobilität und Handlungsspielraum mehr Wert als alles andere. Trotz der räumlichen Nähe zu Arkon konnten die Aras tun und lassen, was sie wollten. Auf mehreren Welten experimentierten sie munter drauflos, ohne auf irgendwelche Tabus oder Ressentiments Rücksicht nehmen zu müssen. Die Aras erfassten Leben und Tod als Einheit. Sie schenkten das eine und nahmen das andere, wie es ihnen beliebte. Sie erfüllten Aset-Radols Forschungsaufträge, arbeiteten nach genau spezifizierten Vorgaben, schufen Grundlagen, die er irgendwann einmal abrufen konnte.

Bei der Erschaffung eines neuen Radolxin konnten ihm bedauerlicherweise auch die Aras nicht helfen. Die Formeln waren bekannt, die Mittel und die technischen Möglichkeiten standen zur Verfügung, das Wissen war in seinem Kopf gespeichert – doch das Fehlen einer einzigen Komponente verhinderte die Erzeugung auch nur eines Gramms Radolxin. Es war zum Verzweifeln.

Im philosophischen Diskurs kamen die Aras andererseits der Lösung eines besonderen Problems immer näher: Aset-Radol wollte die Unsterblichkeit erschaffen lassen und als Belohnung an seine besten Mitarbeiter vergeben. So, wie es auch in Karahol geschehen war – und dennoch ganz anders.

Unsterblichkeit war ein Reizwort, dem er einiges abgewinnen konnte. Apsuhol stand viel mehr und deutlicher im Fokus höherer Mächte des Universums. Aset-Radol musste zur Kenntnis nehmen, dass er, selbst wenn er die Galaxis eroberte, lediglich eine kleine Figur auf einem riesigen Spielbrett sein würde. Eine sogenannte Superintelligenz manipulierte die Arkoniden, versprach ihnen ihre Gunst und bot die faktische Unsterblichkeit als Gegenleistung für die Befriedung Apsuhols. Wann und mit wem auch immer dieser Pakt geschlossen worden war – er zeigte kaum Auswirkungen. Das Naturell der Weißhaarigen stand ihnen im Weg, wenn es darum ging, über den Tellerrand hinauszublicken.

Aset-Radol lernte neuerlich. Bescheidenheit war nicht nur eine Tugend, sondern eine Notwendigkeit. Viele

Jahrtausende hatte er bereits zugebracht, um zu beobachten und zu verstehen. Wahrscheinlich würden noch weitere dazu kommen, bevor er zuschlagen konnte und sich, großmaßstäblich gesehen, ein »Nischenreich« aufbaute.

»Was will ich eigentlich?«, fragte er sich eines Tages. Er starrte von seinem gläsernen Zwiebelturm auf die nahezu ausgestorbenen Straßen der größten Stadt Olmars hinab. Seine Vorräte an Duplos gingen zu Neige.

»Ist es allein die Macht, die mich lockt? Das Verlangen, unumschränkt zu herrschen, ohne teilen zu müssen?«

Sein Spiegelbild verneinte. Raffiniert verborgene Stimmungsresonatoren erarbeiteten anhand seiner Gefühlslage, Stimmung, Laune und Körpersprache eine passende Reaktion und projizierten sie gegen das gehärtete Glas.

»Ganz recht«, sagte Aset-Radol zu sich selbst. »Ich wollte nie nur der rücksichtslose Usurpator sein. Ich suche nach einem Utopia. Nach einem Weg, in dauerhafter Veränderung den Fortschritt zu schaffen, der es den Völkern Apsuhols ermöglicht, nicht allzu rasch wieder unterzugehen.«

Aus allen Teilen der Galaxis hatten ihm Forschungsschiffe Relikte mitgebracht, die darauf hinwiesen, dass diese Sterneninsel seit mehreren Jahrmillionen von unterschiedlichen Kulturen zur Blüte und in den unweigerlich folgenden Untergang getrieben worden war. Die Zeit der Lemurer, die schon weit mehr als 40.000 Jahre in der Vergangenheit lag, war ein kleines Zwischenspiel in einer schier unendlichen Abfolge von Aufstieg und Niedergang gewesen. Die Namen weiterer herrschenden Völker waren vergangen. Nichts hatte gehalten. Jedes noch so ambitionierte Projekt war bereits in der Entstehung zum Untergang verurteilt gewesen.

Gewalt allein war niemals der richtige Weg. Es bedurfte weiser Voraussicht. Planung. Der Vorsicht. Guter, ausgezeichneter Helfer und Erfüllungsgehilfen.

»Ich will das Perpetuum Mobile der Macht. Ein Werk, das sich selbst antreibt und immer wieder erneuert.«

Aset-Radols Spiegelbild lächelte ihn entspannt an.

»Irgendwann wird es mir gelingen. Es ist bloß eine Frage der Zeit …«

Perry Rhodan

»Es stinkt mir!«, sagte Semta beziehungsweise Seidenkratz. »Warum müssen wir uns hier verstecken? Mir ist kalt! Können wir nicht diesen dauernd quatschenden Busch zerhacken und verbrennen, wie ich's mit meinen Freunden ab und zu im Park mit trockenem Holz gemacht hab? Und Hunger hab ich auch …«

»Da hast du!«, sagte Zhana. Sie blickte böse und warf dem Mädchen eine araische Essensration zu. »Und hör endlich auf zu jammern, sonst kannst du was erleben.«

Perry Rhodan wusste, dass die Worte ernst gemeint waren. Die Unsichtbare zeigte keinerlei Geduld für das Kind und fand noch weniger Verständnis dafür, dass sie sich die beiden so unterschiedlichen Lebewesen überhaupt aufgehalst hatten. Für Zhana stellten Semta und Samtscharf eine Belastung dar; für Rhodan und Tifflor waren sie zwei im Chaos der Geschehnisse gerettete Leben.

Das Mädchen griff eingeschüchtert nach der Ration, öffnete den Mund und verschlang sie. Ihrem Gesichtsausdruck war zu entnehmen, dass ihr der farblose Riegel ganz und gar nicht schmeckte.

»Was hat es nun mit diesem Krabbler auf sich?«, fragte Perry die Ara-Frau. Er überprüfte die Energieladungen seiner Ausrüstung und trank einen Schluck lauwarmen Wassers. »Was für ein Geschenk habe ich dem Gestaltwandler hinterlassen, und wie wirkt es?«

»Es handelt sich um einen semiintelligenten Positronikprozessor, dessen Nanomotorik sich selbstständig dem Umfeld anpasst«, antwortete Zhana, als zitiere sie aus einem Lehrbuch. »Der Krabbler ist darauf spezialisiert, Steuermechanismen in seinem Umfeld zu entkodifizieren und zu zerstören. Er ist leider kein besonders sensibles Instrument. Trotz der immensen Rechenleistung, die er aufbringt, wenn er etwas zerstören muss, kann er nicht zwischen einem positronisch gesicherten Türschloss und einer Transmittersteuerung unterscheiden.«

»Er befindet sich unter dem Schutzschirm des Steuerungsmechanismus. Das heißt, wir können davon ausgehen, dass der Krabbler jetzt soeben sein Werk tut?« Rhodan atmete erleichtert durch. Ein schmaler Lichtschein der Hoffnung leuchtete am Ende des Horizonts auf.

»Bedingt.« Zhana zögerte.

Äußerst ungewöhnlich für diese Frau …, dachte Rhodan.

»Er arbeitet niedrigenergetisch, um keine Aufmerksamkeit zu erregen. Aus denselben Gründen ist er relativ langsam. Es wird noch zwanzig Stunden dauern, bis er den Steuerungsmechanismus geknackt hat. Die Entwicklung dieser … hm … Breitband-Zerstörungspositronik steckt noch in den Kinderschuhen. Ein Erfolg ist keinesfalls garantiert. Und drittens …«

»Ja?«

»Ich kann nicht sagen, welche Schäden der Krabbler tatsächlich anrichtet.« Zhana wandte den Blick ab, sah zu Boden.

»Ich verstehe nicht.«

»Ist das denn so schwer zu begreifen?«, mischte sich Tifflor ein, der bislang ruhig zugehört hatte. »Der Krabbler zerstört. Wenn wir Pech haben, frisst er sich in eine Nebenprogrammierung und lässt die Implantate der Tefroder heiß laufen, die wiederum deren Para-Drüsen beeinflussen. Die Folge wäre ...«

»... Exitus.«

»Mit zerschmelzenden, kochenden, zerrinnenden, explodierenden Gehirnen, wie auch immer. Fünftausend oder mehr an der Zahl.«

Zhana erhob sich. Sie marschierte ein paar Schritte in die Dunkelheit und blieb dort stehen, ihnen den Rücken zugewandt. Vielleicht war dies ihre Art, um Entschuldigung zu bitten.

Rhodan blieb hocken. Der Unsterbliche atmete tief durch und legte die Hände in den Schoß. Er dachte daran, wie viel sie riskiert und wie wenig sie gewonnen hatten.

Weitere Daten tröpfelten langsam und zäh herein. Spionsonden taten in Teilen der MO Dienst. Sie zeigten Bilder von wilden Verfolgungsjagden, die stets mit dem Tod der Gehetzten endeten. Noch immer, so wusste Rhodan, verbargen sich weit mehr als hundert nichttefrodische Wesen in vielfältigsten Verstecken.

Schopsna hatte das Schiff verlassen. Eine rudimentär erhaltene Gesprächsaufzeichnung zwischen zwei

Tefrodern, die sich außerhalb der gut abgeschirmten Zentrale unterhalten hatten, brachte Vermutungen zutage, dass sich der Gestaltwandler per Transmitter zu einer Raumstation namens FOARY im Orbit des Unlichtplaneten begeben hatte. Dort, so hieß es, würde er sich mit den geheimnisvollen Oberbefehlshabern der ganzen Operation treffen.

Mit Aras.

»Das ist bloß Hörensagen«, murmelte Zhana, die sich wieder genähert hatte. Die Möglichkeit, dass weitere Landsleute hinter Produktion und »Aussaat« des Ara-Toxins steckten, schien sie mehr mitzunehmen, als sie zugeben wollte.

Sie saß im Widerschein einer Lux-Box, die neben Licht auch Wärme schenkte. »Willst du Schopsna wieder einmal ins Unbekannte verfolgen?«

»Er ist nun mal der Schlüssel, um an die großen Bosse heranzukommen«, erwiderte Rhodan. »Hier können wir herzlich wenig ausrichten.«

»Die Transmitteranlagen sind zu gut abgesichert.« Zhana deutete auf ein holografisches Schemabild. »An dieser Vielzahl an Wächtern kommst du niemals vorbei. Deine und Tiffs Tarnung ist aufgeflogen, eure Gesichter kennt man mittlerweile.«

»Es gibt sicherlich einen Weg.« Rhodan sah auf die Uhr. Mittlerweile befanden sie sich seit mehr als acht Stunden im Orbit um den Planeten. Ihnen lief die Zeit davon.

»Ich konnte Daten der Positronik auswerten«, fuhr Zhana fort. »Die Raumstation FOARY und die Welt unter uns stehen in einer nicht näher definierten Verbindung. Der Planet selbst ist wenig bis gar nicht besiedelt.

Ich habe Informationen über scheinbar naturbelassene Landschaften und gewaltige Parkanlagen; dazwischen Ozeane, Seen, Gebirge. Und eine reichhaltige Fauna, die sich ungehemmt ausbreitet. Es gibt eine einzige Ansiedlung, deren Ausstattung ... bemerkenswert, aber auch fremdartig wirkt.«

»Das heißt?«

»Die technischen Parameter ähneln denen, die wir von überallher in der Milchstraße kennen. Ein Teil der Welt beherbergt unterirdische abgekapselte Technikblöcke, über die ich nichts sagen kann und die scheinbar von der Stadt aus geschaltet werden. Mögliche Aufgabengebiete sind die Synchronsteuerung der Orbitalstation, die Steuerung der Kunstsonne, im Großen und Ganzen die Aufrechterhaltung der Lebensbedingungen auf dem Planeten, vielleicht auch die Justierungsstation für den Moby-Transmitter. Auf dem Unlichtplaneten laufen alle Fäden zusammen, nicht auf der FOARY.«

»Aber Schopsna befindet sich auf der Station. Wir brauchen ihn ...« Nachdenklich hielt Rhodan inne. »Oder seine Hintermänner. Dennoch verstehe ich nicht, worauf du hinauswillst, Zhana. Wir kommen dir zufolge nicht an die Transmitterstation der MO heran. Wir können also weder das eine noch das andere Ziel ansteuern.«

»Der Unlichtplanet ist im Gegensatz zur FOARY nicht von einem Schutzschirm umgeben. Auch die Stadt scheint sauber zu sein, als legten die Bewohner keinen gesteigerten Wert auf Sicherheit.«

»... oder als hätten sie es nicht nötig, weil sie auf andere Sicherheitsmaßnahmen vertrauen«, warf Tifflor ein, misstrauisch wie immer. »Abwehrvorrichtungen können auch waffenbiologischer oder waffenchemischer Natur sein.«

»Vielleicht.« Zhanas Gesicht blieb ausdruckslos. »Vorerst sehe ich aber auf dem Unlichtplaneten einen wesentlich besseren Ansatz, etwas gegen Schopsna und die großen Unbekannten zu bewirken.«

»Du hast noch immer nicht die Frage beantwortet, wie wir dort hinabkommen sollen.« Perry mochte Zhanas Art nicht, um den heißen Brei herumzureden. Sicherlich verhielt sie sich nicht immer so. Die Unsichtbare war es nicht gewohnt, in der Gruppe zu agieren. Sie wollte glänzen, gebauchpinselt werden, und verstand sich nicht als Teil eines größeren Ganzen.

»Zu Fuß«, sagte sie ruhig.

»Zu Fuß?« Tifflor schüttelte den Kopf. »Sollen wir zur nächsten Schleuse gehen, sie öffnen und uns hinabfallen lassen?«

»Genauso ist es.« Zhana bleckte die Zähne und versuchte sich an einem terranischen Lächeln.

Die MO schwebte in einer Höhe von knapp 500 Kilometern, FOARY »stand« fast doppelt so hoch.

»Wir schleusen aus, lassen uns von der Station wegtreiben und gehen in einen kontrollierten Sturzflug über. Die Schutzanzüge sollten halten, die Energie-Paks reichen für diverse Steuermanöver.«

»Es würde Stunden dauern, bis wir unten angekommen wären«, warf Tifflor ein. »In der Zwischenzeit könnte hier oben alles Mögliche geschehen. Sollte der Krabbler funktionieren, bekommen wir unsere Chance.«

»Sollte er funktionieren.« Rhodan nickte Zhana zu. »Ich stimme dir zu, dass wir unser Glück auch auf dem Unlichtplaneten versuchen sollten.«

»Auch?«

»So ist es. Ihr beide bleibt hier und behaltet die Lage im Augenschein. Sofern es die Situation zulässt, kümmert ihr euch um die anderen Flüchtlinge und bringt sie in Sicherheit. Was auch immer geschieht – eine Entscheidung fällt in den nächsten Stunden. Danach schließt sich unser Handlungsfenster wohl für immer.«

So viele Eventualitäten, dachte Rhodan. So viele Fragen. So wenig Wissen ... Wenn wir Schopsna nicht zuvorkommen, wird er unsere Umtriebe entdecken und uns töten lassen. Seltsam, dass in einem derart eng gesteckten Zeitrahmen über das Schicksal einer ganzen Galaxis entschieden wird. Man könnte meinen, dass das gewaltige Konvolut an Himmelskörpern, Wesen, Entitäten in der Milchstraße zu schwerfällig ist, zu spröde, um durch eine einzige Entscheidung beeinflusst zu werden. Doch wenn wir dem Verursacher der Ara-Toxin-Seuche nicht beikommen, taumeln die derzeit bestehenden Sternenreiche einem unrühmlichen Ende entgegen, und der Zyklus von Entstehen und Werden der Zivilisationen beginnt frühzeitig von Neuem ...

»Einverstanden«, sagte Tifflor. »Wir werden sehen, was wir von hier aus tun können.« Und, an Zhana gerichtet: »Hast du einen Vorschlag, wie Perry die MO ungesehen verlassen kann?«

»Das ist der Haken an der Geschichte«, gestand die Ara-Frau, die sich in der Betrachtung mehrerer

Holobilder verloren hatte. »Die Außenschotte werden positronisch überwacht, Meldungen augenblicklich an die Zentrale und die Sicherheitsdienste weitergeleitet.«

»Wir müssten also die Aufmerksamkeit der Tefroder auf andere Dinge lenken«, sagte Tifflor. »Ringsum ein großes Buschfeuer entfachen, damit ein kleiner Brand unbemerkt bleibt.«

»Womit eure Aufgabe hier an Bord umso schwerer werden würde und wir das Leben der Flüchtlinge noch mehr gefährdeten.« Perry schüttelte den Kopf.

»Die Flüchtlinge sind ohnedies so gut wie tot. Wir sollten uns um das große Ziel kümmern und nicht um irgendwelches Kleinvieh ...«

Der Unsterbliche schloss die Augen und atmete tief durch. Er hatte schlichtweg nicht die Zeit, um Zhanas lebensverachtenden Ansichten einer Analyse zu unterziehen. »Hat jemand einen anderen Vorschlag, wie ich die MO verlassen könnte?«, fragte er also, ohne auf die Worte der Ara-Frau einzugehen.

Zuerst Schweigen.

Dann: »Du willst hinaus in die wunderbar riechende Kälte, Leidpflicht?«, meldete sich Samtscharf zu Wort.

»Ja.« Wie wollte ihnen das Busch- oder Baumwesen helfen?

»Es gibt einen Schiffsbereich, in dem es kaum nach Energie schmeckt. Dort nistet sich die Kälte ein. Schwere Tore verhindern, dass sie sich über die MO ausbreitet. Aber ich war dort, habe nach meiner Mannschwester Borkgründ gesucht. Trümmer, die man beiseiteräumen könnte, haben sie erdrückt. Ich konnte es nicht tun, weil ich von nachrutschenden Teilen erschlagen worden wäre.« Samtscharf hielt inne. Sein Buschleib zitterte. »Dahinter ist das Schwarze Nichts. So angenehm, so schön ...«

»Schwere Tore, also Schotte«, sagte Rhodan. »Bestimmt sind auch sie positronisch gesichert.«

»Ich öffnete und schloss sie mit den Forschhänden. Niemand kümmerte sich um mich. Keine Maschinen, keine Tefroder.«

»Wahrscheinlich handelt sich's um eine Notabschottung, die nach der Absprengung der Pfannenteile gegriffen hat.« Zhana deutete auf mehrere Punkte in einem Holobild. »Diese Bereiche sind anscheinend nicht mehr im Überwachungssystem verankert. Hm ... das könnte klappen. Kannst du mir zeigen, wo deine Mannschwester gestorben ist, Samtscharf?«

»Zeigen? In diesem unriechenden Schwebebild, in dem sich kein Ästling auskennt?« Das Buschwesen atmete laut knarrend aus. Seltsamer Geruch mit einer Mischung aus verfaultem Fisch und Eiter machte sich breit. »Nein, das werde ich in zehn Austriebsaisonen nicht kapieren. Aber ich könnte dich hinführen, Leidpflicht. Ich habe den Weg in einer Merkborke verzeichnet. Ich würde dir helfen. Sagtest du nicht, es handele sich dort unten um einen Planeten, auf dem viel Leben vorkommt? Mit samtigem Erdreich, zwitschernden Nistern, nahrhaften Bodenkriechern?«

Zhana bestätigte.

»Ich führe dich, wenn du mich mitnimmst, Leidpflicht. Ich habe eine schwierige Aufgabe vor mir, für die ich ein derartiges Umfeld benötige.« Mit mehreren seiner Wurzelkrallen rieb er sich kreisförmig über den Hauptstamm.

»Er bekommt Babys!«, mischte sich Semta ein. »Einen ganzen Haufen von ihnen.«

»Mag ja sein.« Rhodan schüttelte den Kopf. »Ich würde dich gern mitnehmen, aber das ist unmöglich. Wir besitzen keinen Schutzanzug, der dir passen könnte.«

»Schutzanzug? Sind etwa deine Blätter welk? Ich wäre froh, könnte ich endlich dieser Hitze und der dicken Luft entrinnen.«

»Ich rede von einem Beinahe-Vakuum. Vom Ausstieg in die Exosphäre des Planeten. Von unmöglichen Lebensumständen. Du würdest binnen weniger Augenblicke erfrieren, ersticken oder am Unterdruck sterben. Du kannst es dir aussuchen.«

»Ich mache dir einen Vorschlag, Leidpflicht. Ich bringe dich zur Ausstiegsstelle, und du überlässt mir die weiteren Entscheidungen. Öhm. Öhm.«

Samtscharf lachte! Tief und grollend, begleitet vom linden Rascheln seines Blattwerks.

»Wenn ich mit der Temperatur zurechtkomme«, fuhr er fort, nachdem er sich beruhigt hatte, »geleitest du mich huckepack mit deinem Fluggerät hinab auf den Unlichtplaneten. Einverstanden?«

»Du schaffst das nicht. Niemals ...«

»Wenn du meinen Fähigkeiten nicht vertraust, dann schlag meinetwegen hier deine verlausten Wurzeln in den Boden!« Samtscharf drehte sich um und zog sich tiefer ins Innere des Lagerraums zurück.

Rhodan überlegte kurz, dann flüsterte er Tiff zu: »Also gut; ich gehe auf seine Forderung ein. Sobald er die Kälte des Weltalls auch nur für einen Augenblick zu spüren bekommt, nachdem ich das äußerste Schott einen Spaltbreit geöffnet habe, wird er es bereuen. Dann wird er sich diese Wahnsinnstat sicherlich nochmals überlegen.«

»Und wenn er es doch schafft?«, fragte Zhana. »Wissen wir denn, wie sein Metabolismus funktionert?«

»Worauf willst du hinaus?«

»Was ... was machen wir dann mit diesem Kind?« Zhana deutete mit dem Kopf in Semtas Richtung. Unsicher, als stünde sie dem leibhaftigen Teufel gegenüber.

»Semta obliegt deiner und Tiffs Fürsorge. Versteckt die Kleine und kümmert euch um andere Flüchtlinge. Tiff, ich kann mich auf dich verlassen?«

»Jederzeit, Perry.« Sein Freund nickte und sah Zhana streng an. »Du kannst dich auf uns verlassen.«

Eine halbe Stunde dauerte der Marsch durch hauptsächlich leere Bereiche der MO; araische Spionsonden umkreisten sie im näheren und weiteren Umfeld und sorgten dafür, dass sie keinen tefrodischen Patrouillen oder Robotern begegneten. Wann immer Rhodan ein Signal erhielt, dass der Einsatz der Flugaggregate möglich war, machte er davon Gebrauch. Samtscharf beschleunigte dann und eilte ihm mit gesteigertem Tempo voraus. Mithilfe seiner Gehwurzeln schob er sich vorwärts, umging zerstörte Hindernisse, glitt und kroch um Ecken, die Hebelwirkungen seines Körpers perfekt ausnutzend.

»Hier ist es«, sagte er schließlich und hielt vor einem bullig wirkenden Schott an. Noch bevor Rhodan gelandet war, begann er an einem kleinen Handrad seitlich des zweigeteilten Tors zu drehen.

»Vorsicht!«, rief der Unsterbliche. »Warte auf mich ...«

Luft entwich zischend.

Fluchend schloss Rhodan seinen Schutzanzug und eilte auf Samtscharf zu, wollte das Tor sofort wieder schließen ...

»Endlich!«, sagte das Buschwesen. Es kümmerte sich nicht weiter um Gegenstände, die davonwirbelten, in die zerstörten Räumlichkeiten hinter dem Schott gesogen wurden. Seine Worte klangen in der dünner werdenden Luft verändert.

Glücklich.

»Du ... du verträgst tatsächlich eine Menge.« Rhodan schaltete die Außenlautsprecher zu. Es verblieb kaum Zeit zum Überlegen. Samtscharf schien ganz genau zu wissen, was er tat.

Was für ein erstaunliches Lebewesen ...

»Versprich mir, dass du augenblicklich umkehrst, sobald die Bedingungen zu ... unwirtlich werden.«

»Jaja ...« Samtscharf glitt durch den Spalt.

Der Unsterbliche folgte ihm und schloss das Schott hinter sich. Zhanas Spionsonden blieben zurück. Sie hatten ihre Aufgaben vorerst erfüllt.

Ein unglaubliches Gewirr an verschmolzenen und verbogenen Trümmern lag quer über den breiten Raum vor ihnen. Die Teile waren teilweise ineinander verbacken, wie die einer festen Masse.

»Aussichtslos«, sagte Rhodan. »Ich müsste mir den Weg mit dem Strahler freischießen. Die Tefroder würden die Energieentladungen anmessen und ihre Trupps hierher schicken. Genauso gut könnte ich Selbstmord begehen.«

»Hast du bei deinen Altinkarnierten Rücksprache gehalten, ob du eine Selbstentblätterung durchführen darfst?«, fragte Samtscharf.

»Wie bitte?«

»Ach, was soll's. Du verstehst ohnehin nichts von diesen Dingen«, quieckte das Buschwesen mit kaum noch verständlicher Stimme. »Ich werde uns den Platz freiräumen, damit wir in die herrliche Kühle hinausgelangen.« Seine Sprache versiegte endgültig. Jedwede Kommunikation zwischen ihnen war nunmehr unmöglich. Es fehlte das Medium, um den Schall zu leiten.

Das ist einfach unglaublich!, sagte sich der Unsterbliche. *Samtscharf hat eine Konstitution wie ein Haluter. All die Astlöcher sind geöffnet, das Beinahe-Vakuum ersetzt die Luftreserven in seinem Körper – und dennoch lebt er.*

Das Buschwesen fuhr die Arme aus. Blitzartig, mit der Wucht eines Dampfhammers – oder mehrerer. Die Hiebe pressten die Trümmer zusammen und drückten sie gleichzeitig ein Stück nach vorn. Mehrmals wiederholte Samtscharf das Manöver, scheinbar, ohne sich anzustrengen. Lücken wurden sichtbar, hinter denen die Schwärze des Weltalls zum Vorschein kam.

Rhodan berührte Samtscharf sanft an einem Blattbüschel. Die Gewächse fühlten sich unter den Rezeptoren seines Anzuges weich und biegsam an.

Samtscharf hielt inne. Eine der Breschen, die er geschlagen hatte, war groß genug, um sie beide durchzulassen.

Wahnsinn!, dachte der Unsterbliche. Das Herz schlug ihm bis zum Hals. *Ich bringe ihn um, wenn ich ihn mit mir nehme! Das kann ich einfach nicht verantworten ...*

Und doch ...

Sie wurden hinausgeschleudert, durch einen kurzen, auf zwei Sekunden beschränkten Schub seines Antriebssystems. Sie drehten sich, immer wieder. Der Unlichtplanet breitete sich »unter« ihnen aus.

Es waren bange Momente. Rhodan hatte die Anzugheizung auf ein Minimum geschalten, ebenso die Luftzirkulation. Er würde ein vernachlässigbar kleines Lichtpünktchen in der energetischen Ortung der Tefroder darstellen. So winzig, dass sie ihn hoffentlich ignorierten und sich nicht weiter um ihn kümmerten.

Minuten vergingen. Die Schwerkraft des Planeten zerrte an ihnen. Leicht, kaum spürbar – und dennoch entfernten sie sich immer weiter von der stationären Position, die die MO innehatte.

Samtscharf trieb neben Rhodan. Mit mehreren Handlungsästen hielt er sich sanft an ihm fest. Es gab keinerlei Anzeichen, die dem Unsterblichen die Gefühlswelt dieses ungewöhnlichen Lebewesens vermitteln könnten; dennoch wirkte es glücklich.

Ein Kilometer Entfernung zur MO. Dann ein Dutzend. Schließlich mehr als 50. Eine Viertelstunde war vergangen.

Rhodan wagte einen weiteren Beschleunigungsschub, scheinbar parallel zur Planetenoberfläche, die hier von milchigen Wolkenschleiern verhangen war. In Wirklichkeit stürzten sie mit mehr als 300 Kilometern in der Stunde dem Unlichtplaneten entgegen.

Die MO verschwand hinter der atmosphärischen Krümmung der blauen Welt. Die Beschleunigung hielt an, wurde allmählich heikel. Die Außeninstrumente zeigten zunehmende Atmosphärenreibung an und damit rasch steigende Temperaturen.

Wie viel Hitze vertrug Samtscharf? Das Buschwesen hatte gemeint, dass er seine Zweige minutenlang in kochendes Wasser stecken könne, ohne Verbrühungen davonzutragen. Er leide zwar darunter, würde diese Temperaturen aber aushalten.

Rhodan justierte seinen Schutzschirm und richtete die Wirkung konzentriert nach vorn. Ein Meter vor ihm entstand ein virtueller Punkt, kaum größer als eine Handfläche. Samtscharf umklammerte ihn. Sie boten eine möglichst geringe Widerstandsfläche. Das konzentrierte energetische Feld vor ihnen funktionierte wie ein Regenschirm, der vor Regen und Hagel schützen sollte. Sie durchstießen die überhitzte Atmosphäre mit der Wucht eines Kometen. Flammen, anfänglich violett und blau, später rot und gelb, züngelten über sie hinweg.

Es gab keine freie Sicht in diesem Feuerinferno. Der Unsterbliche nutzte Thermometer, Gyroskop und Höhenmeter als die aussagekräftigsten Instrumente. In Verbindung mit einer kleinen Positronik halfen sie ihm, im Schutz des Schirms hinabzugleiten, ohne geröstet zu werden.

Rhodan hielt den energetischen Aufwand, den der Schutzanzug für ihren Sturzflug entwickelte, gering. Überwachungssatelliten mochten den Unlichtplaneten umgeben und jedes auffällige Detail weitermelden. Selbst ihr »Erscheinungsbild« als Komet, der in der Atmosphäre verglühte, stellte hier im intergalaktischen Leerraum ein Risiko dar. Weltraumschrott und Abfälle der Orbitalstation FOARY wurden vielleicht so entsorgt; sicher konnte sich der Unsterbliche keinesfalls sein.

Da war die Aufregung, steigendes Adrenalin, die Angst. Ein laut pochendes Herz, während er der weißen Wolkenwand entgegenfiel.

Rhodan hatte ein schlechtes Gewissen. Denn trotz der Ausnahmesituation, in der er sich befand, genoss er diese Augenblicke unendlicher Freiheit.

Aset-Radol: Gegenwart

»Du kommst spät«, sagte Aset-Radol.

»Verzeih, Herr!« Synuit deutete eine Verbeugung an und blieb in respektvollem Abstand stehen.

»Es hat alles wie besprochen funktioniert?« Der Unsterbliche griff in eine bereitstehende Schüssel und nahm sich eine Handvoll erlesener Beerenfrüchte.

Er hielt die übliche Reserviertheit zum Gys-Voolbeerah aufrecht. Der Gestaltwandler war sein Untergebener und sein Geschöpf. Ein Erfüllungsgehilfe, in dessen Entscheidungsfähigkeit er großes Vertrauen setzte, der aber niemals sein Freund sein würde.

Der letzte Gefährte, dem er so etwas Ähnliches wie freundschaftliche Gefühle entgegengebracht hatte, war vor gut und gern 20.000 Jahren gestorben. Aset-Radol konnte sich weder an seinen Namen noch an sein Gesicht entsinnen. Lediglich der Hauch einer Erinnerung war geblieben; an Vertrauen, das er dem anderen gegenüber aufgebracht hatte.

»Es ist wie ein Traum!« Das Ara-Gesicht Synuits zeigte ein entrücktes Lächeln. »Das Ara-Toxin, besser gesagt: Radolxin, wurde programmgemäß auf Hunderten

Planeten ausgesät. Die Entwicklung Remions zum Darlos – oder Moby, wie die kristallisierten Körper in Teilen der Milchstraße genannt werden – verlief wie von dir vorhergesagt, Meister.«

»Traten irgendwelche Komplikationen auf?«

»Solche geringfügiger Natur.« Synuit verlagerte das Körpergewicht von einem Bein aufs andere. Ein Zeichen der Nervosität, das er von Jugend an gezeigt hatte – sofern sein jeweiliges Erscheinungsbild zwei oder mehr Beine hatte.

»Wie definierst du geringfügig?«

»Aus rätselhaften Gründen tauchten zwei der terranischen Unsterblichen auf dem araischen Versuchsplaneten Jaimbor auf. Sie verfolgten Kreolin, Trantipon und mich über Aralon und Remion bis Oyloz; dort konnte ich sie abschütteln.«

»Was wissen sie?«

»Zu wenig. Sie beobachteten, wie Remion unterging. Mag sein, dass die Terraner nicht wie geplant Bostich und die Arkoniden der Aussetzung des Ara-Toxin verdächtigen und auch mit dem offiziellen Aralon zu einer ... Übereinkunft kommen. Aber das sind meiner Meinung nach Marginalien. Unser Ziel ist erreicht, und die Unsterblichen haben keine Ahnung, was eigentlich gespielt wird.«

»Kreolin und Trantipon sind tot?«

»Ja, Herr ... aber woher weißt du ...?«

»Glaubst du denn, ich verlasse mich lediglich auf Informationen, die ich von dir erhalte?« Aset-Radol schleuderte wütend zwei der dunkelblauen Früchte zu Boden. Sie zerplatzten und hinterließen blutrote Schlieren auf dem sonst makellos sauberen Marmorboden.

»Meinst du, du wärest einzigartig? Meine einzige Verbindung zur Außenwelt? Dass ich ein Träumer bin, der hier in seinem Elfenbeinturm sitzt und lediglich darauf wartet, dass er Vollzugsmeldungen seines Untergebenen erhält? Nein, mein Lieber: Ich habe meine Fühler überall hin ausgestreckt. All das, was du mir nun erzählst, wusste ich längst. Zugetragen von Spionen. Informanten. Verrätern. Perry Rhodan und Julian Tifflor wissen von den Jüngern der Reinen Heilslehre, nicht wahr? Von deren Unsterblichkeit und den alten Geschichten rings um Mos Wirken.«

Synuit wich zurück. Sein Gesicht zeigte mehr als Respekt. Es war Furcht. Die Angst davor, gemaßregelt zu werden. Von ihm. Dem einzigen Wesen, dem der Gys-Voolbeerah jemals Ehrehrbietung gezeigt hatte und dessen Respekt er so sehr ersehnte. Das subdominante Verhalten, das er ihm gegenüber zeigte, wirkte merkwürdig angesichts der Macht, die der Gestaltwandler tatsächlich besaß. Irgendetwas Besonderes haftete ihm, Aset-Radol, an.

Nun – er hatte sich niemals damit beschäftigt, was in ihrer eigentümlichen Beziehung eigentlich vor sich ging. Es reichte ihm völlig zu wissen, dass ihm Schopsna hündisch ergeben war.

»Ich habe dich und die Unsterblichen selbstverständlich belauscht«, fuhr Aset-Radol fort. »Als ihr gemeinsam Triumphgesänge anstimmtet und den bevorstehenden Sieg feiertet. Das gefällt mir nicht; das gefällt mir ganz und gar nicht. Ihr verteilt die Beute, noch bevor ihr sie in Händen haltet.«

»Was soll denn passieren?«, fragte Synuit leise. »Es gibt kein Mittel gegen das Radolxin. Niemand weiß, wer du bist, Herr, oder wer ich bin. Die wenigen Spuren, die ich möglicherweise hinterließ, enden im Nichts.«

»Manchmal zeigst du eine Überheblichkeit, die an Fahrlässigkeit grenzt. Perry Rhodan und sein Begleiter Julian Tifflor sind nicht irgendwer. In ihnen steckt deutlich mehr, als das von ES verliehene Geschenk der Unsterblichkeit ausdrückt.« *Vielleicht sogar mehr als in mir selbst ...* »Es ist keine Selbstverständlichkeit, mit solch lächerlichen und schwachen Werten wie Humanität oder Demokratie ein Reich wie das der Terraner zusammenzuhalten und gegen den Widerstand höherer Entitäten in die Zukunft zu lenken. Perry Rhodan trotzte immer wieder Kräften, die weitaus stärker als jene waren, die er selbst verwaltete.«

»Das klingt fast so, als hättest du Respekt vor ihm, Herr.«

»Respekt – ja. Angst – nein.« Aset-Radol drehte sich beiseite und ließ seine Blicke über die unzähligen Holovid-Schirme schweifen. Sie zeigten seinen Planeten aus allen möglichen Blickwinkeln. Drei der Schirme in der untersten Reihe waren auf den Sechzehnten Yakuva-Baum und seine Früchte ausgerichtet. Die Kleinen machten sich soeben, nach einer kurzen Kräftigung im saftigen Boden des heimatlichen Tals, auf den Weg in die Selbstständigkeit. Sie hatten seinen Erzählungen bis zum Schluss gelauscht und ihn danach nicht mehr daran gehindert, den Schatten des Baums zu verlassen. Nach einer kurzen Erfrischung war er hierher transmittiert, an Bord der FOARY.

Mit einer Handbewegung schaltete er alle Bilder weg, mit Ausnahme jener wenigen, die das Innere der Station zeigten.

»Du wirst zu den Aras zurückkehren und sie bei Laune halten. Manipuliere sie nach Gutdünken. Achte darauf, dass sie spuren. Bald müssen sie an Bord der MO gehen, in die Milchstraße zurückkehren und einen Teil ihrer Identität preisgeben. Das Schiff muss bestausgerüstet dastehen. Vor allem die Arkoniden müssen begreifen, dass wir sie jederzeit und allerorts schlagen können. Durch die Zerstörung der Trümmerbrücke haben wir ihnen gezeigt, dass wir in der Lage sind, sie im unmittelbaren Einflussgebiet zu schlagen. Mit der Rückkehr der MO, die von den drei Darlos flankiert wird, werden wir sie neuerlich vor den Kopf stoßen. Sie sollen einen Flottenverband gegen unsere Einheiten angehen lassen. Die Darlos sind derart mit Energien vollgepumpt, dass sie Tausende arkonidische Schiffe in die Vernichtung treiben können. Das wird Bostich lehren, uns unangetastet zu lassen.«

Aset-Radol bedeutete dem Gys-Voolbeerah zu gehen. »Ich werde mich zu gegebener Zeit wieder bei dir melden. Das benötigte Material für den Vollausbau der MO ist wie besprochen in der FOARY eingelagert. Sorge dafür, dass die Aras weiterhin mit Hypnostrahlern bearbeitet werden. Sie müssen sich als Hintermänner des ganzen Komplotts sehen. Desgleichen dürfen sie niemals auf die Idee kommen, meinen Planeten zu besuchen. Ich will nicht, dass sie mit ihren schmutzigen Füßen dessen Boden betreten.«

»Ja, Herr.« Synuit verließ den kleinen Konferenzraum, der sich in unmittelbarer Nähe zu den Aufenthaltsbereichen der unsterblichen Aras befand. In den Augen Seeste Hreichs, Stongills, Zucry-Dals und all der anderen existierte dieser Bereich nicht. Sie waren blind für diese Räumlichkeiten, wie für vieles andere auch.

Aset-Radol ließ sich in einen Formenergiesessel sinken und eine Nackenmassage beginnen. Seine Gedanken waren düster.

Er hatte es satt, so satt. Dieses Täuschen und Tarnen, die Versteckspiele, die Intrigen, die Drohgebärden, das unendlich lang anhaltende Gefühl der Gier nach Macht.

Warum? Wofür tat er dies alles?

Er hatte es vergessen.

Der Krabbler

Er begann nochmals von vorn. Plan eins hatte kein Ergebnis gebracht. Die Alternative war, tief und zerstörerisch in die Programmierung des Steuerelements einzugreifen. Das bedeutete, dass er sich auf einen Kampf mit ungewissem Ausgang einlassen musste. Er hatte gut daran getan, so viel Energie wie möglich anzusparen.

Der Krabbler sandte erste Reizimpulse aus. Fühlte, erfühlte jene Kanäle, die von und zur Steuerung führten. Sie zeigten sich stark und gut belegt, ohne eine schadhafte Stelle, an der er seine eigenen Impulse einspeisen konnte.

Also musste er ein Loch bohren, in Form eines winzigen Destruktivprogramms, das Unsicherheiten und Abweichungen im beständigen Informations- und Leistungsstrom erzeugen würde. Dann konnte er Datenstreams abzapfen, analysieren, aufbereiten, umformulieren, mit einem Deaktivatorkode füttern.

Der Krabbler machte sich an die Arbeit. Anhand des selbst erstellten Handlungsschemas trachtete er danach, ein Optimum an Wissen unter Einsatz eines Minimums an Energie herauszuziehen.

Irgendwann kam er zu der Ansicht, dass sein Vorhaben gelingen könnte.

Es war eine Sache von Zehntelsekunden, die über das Gelingen seines Vorhabens entscheiden würden. Er hasste diesen Zustand vager Unsicherheit.

Julian Tifflor

»Lass die Kleine gefälligst in Ruhe!« Julian Tifflor zog Zhana näher an sich. Sie fühlte sich gut an. So wie immer.

»Wieso? Ich tue ihr doch gar nichts.«

»Deine Blicke reichen. Du verängstigst sie. Musst du denn so deutlich zeigen, was du von ihr hältst?«

»Ich kann gegen meine Natur eben nicht an. Ich mag keine Kinder. Außerdem stinkt das Mädchen.«

»Du warst selbst einmal so jung. Schon vergessen?«

Zhana schüttelte energisch den Kopf. »Meine Kindheit und Jugend waren, aus heutiger Sicht gesehen, unbedeutend.«

Tifflor unterdrückte einen Seufzer. Er mochte manches an der Ara-Frau nicht, und dennoch fand er sie begehrenswert. Er glaubte längst nicht mehr daran, dass ihre Leidenschaft füreinander allein auf einer hormonellen Fixierung beruhte. Es steckte mehr dahinter. Etwas ... Ehrliches, Tiefgründiges, Substanzielles, das alle möglichen Reibungspunkte in den Hintergrund drängte. Und er wusste, dass es nicht nur ihm so ging.

»Wie sieht es mit dem Krabbler aus?«, fragte er. »Irgendwelche Neuigkeiten?«

»Nein. Ich habe keinerlei Möglichkeiten, die Fortschritte anzumessen, die er macht. Wenn er Erfolg hat, dann innerhalb der nächsten sechs Stunden. Das ist das Limit seines Wirkungszeitrahmens. Die Kommandozentrale ist mittlerweile hochenergetisch abgesichert, die gegnerische Positronik schärft im ganzen Schiff ihre Sinne und tastet immer weiter um sich. Dutzende Nebenzentralen sind in ihren Einflussbereich geraten oder werden soeben synchronisiert. Es verhält sich wie mit einem Netz, dessen Fäden immer enger gezogen werden.«

»Das betrifft wohl auch unser Versteck hier?«

»In begrenztem Ausmaß. Dieser Bereich der MO liegt weiterhin außerhalb ihrer Zugriffsmöglichkeiten. Die Tefroder werden weitere Knotenpunkte installieren müssen, damit die Positronik ihre Sinne für diesen Teil des Schiffs aufbauen kann. Ich kann allerdings indirekte Anzeichen für erhöhte Transmitteraktivitäten anmessen. Wie mir scheint, beginnt ein reger Warenaustausch zwischen MO und FOARY. Das könnte der Beginn der Umbau- oder Ergänzungsarbeiten sein.«

Tifflor warf einen Blick auf Semta. Das Mädchen hatte Beruhigungsmittel erhalten und glitt in einen unruhigen Schlaf. Es zeigte überraschenderweise keinerlei Symptome von Hysterie oder Angst. Selbst nun, da es ruhig dalag, wirkte es ... seltsam.

Der Unsterbliche konzentrierte sich auf seine Aufgaben. Er vertiefte sich in mehrere Hologramme, in denen sich weit mehr als 100 rote Punkte im plump wirkenden Ganzen des Raumschiffs zeigten. Manche der angezeigten Flecken bewegten sich langsam, andere nicht.

»Unsere Problemkinder«, murmelte er und deutete auf eine Gruppierung von Signalen. »Die Darbidinen und ihre drei Mantrasängerinnen. Sie haben die Scheinschwangerschaften hinter sich gebracht und sind nunmehr völlig orientierungslos. Sie laufen den tefrodischen Spähtrupps geradewegs in die Arme.«

»Kann es sein, dass ihre Pheromone bis hierher wirken?« Zhanas Augen glänzten. »Warum pickst du ausgerechnet die Hurendienerinnen aus mehreren Dutzend Gruppen und Einzelpersonen heraus, die genauso viel oder wenig unsere Hilfe benötigen?«

»Irgendwo müssen wir ansetzen. Du kannst dich meinetwegen gern der christlichen Topsider annehmen, die den Tefrodern mit nach vorn gereckten Kreuzen entgegenmarschieren werden, sobald sie ihnen über den Weg laufen.«

»Was soll das?«, herrschte ihn Zhana an. »Wir bleiben still und leise hier sitzen, bis wir etwas von Perry hören oder die Beeinflussung der tefrodischen Para-Implantate durch den Krabbler beendet wird.«

»Und sehen dabei zu, wie andere Lebewesen getötet werden?« Tifflor richtete sich auf. »Unter keinen Umständen! Wir treiben diese desorientierten Gestalten zusammen, soweit es uns möglich ist, und bringen sie hierher.«

»Hast du nicht gehört, was ich eben gesagt habe? Die Hauptpositronik schließt allmählich alle Lücken in ihrem Bord-Beobachtungsnetz. In ein paar Stunden werden wir uns nicht mehr von hier wegbewegen können, ohne bemerkt zu werden. Selbst wenn dein Plan funktioniert und wir ein paar Flüchtlinge hierherschaffen können – was wäre gewonnen? Wir vergrößern lediglich unser Risiko. Zu zweit haben wir eventuell eine Chance, im Fall der Fälle durch ein Schlupfloch zu entkommen und die MO zu verlassen. Mit diesen armseligen Gestalten am Hals sicherlich nicht.«

»In ein paar Stunden sieht die Welt womöglich ganz anders aus. Vorerst gilt: Perry wird es schaffen. Der Krabbler wird es schaffen. Wir werden es schaffen. Also retten wir Leben. So viele wir können. Wir sind nämlich die Guten in diesem Spiel.«

»Es ist weder ein Spiel, noch gibt es Gut oder Böse«, erwiderte Zhana leise. »Du hast eine derart verklärte und idealistische Sicht der Dinge, dass mir ganz übel wird. Ich frage mich, wie du jemals so alt werden konntest.«

»Weil die Guten manchmal doch belohnt werden. Weil man mit ein klein wenig gutem Willen mehr bewirken kann, als du dir vielleicht vorstellen magst. Was ist nun? Kümmerst du dich um ein paar Echsenwesen, die sich unter dem Banner des Kreuzes versammelt haben und auf einen Erlöser warten?«

»Meinetwegen. Aber lass dir gesagt sein, dass ich dich für deinen Wahn, alles und jeden retten zu wollen, intensivst hasse.«

»Bevor du anfängst, mich zu verachten, küss mich gefälligst.« Julian strich durch das Haar der Ara-Frau, fühlte über den angedeuteten Spitzkopf, spürte mit der anderen Hand die Festigkeit ihrer Muskeln am Gesäß.

Sie erwiderte seinen Kuss. Kurz, leidenschaftlich und nach mehr schmeckend.

Es war mühsam, sich durch schmale unbeobachtete Korridore den Darbidinen zu nähern. Sie hatten ihre Hitzebox hinter sich gelassen und strebten nun einem

Bassinbereich in Ebene zwölf entgegen, in dem irgendwann einmal empfindliche Lagerware in chemisch aufbereiteter Konservierungsflüssigkeit versenkt worden war. Feuchtigkeit hatte sich ringsum ausgebreitet; auch hatte sich eine mikrokosmische Flora im weiteren Umfeld entwickelt. Gifte und Schadstoffe hielten sich zäh in der lokalen Atmosphäre, schlickige Algen überzogen weite Bereiche des unübersichtlichen Geländes. Die Luftaufbereitungsanlagen waren schadhaft, die Positronik hatte bislang nichts gegen die lokalen Schäden unternommen.

Tifflor hetzte die Route entlang, die ihm Zhana vorgegeben hatte. Meist musste er laufen. Nur selten kam er in Bereiche, in denen er die Schwebeaggregate einsetzen konnte, ohne Gefahr zu laufen, energetisch anmessbare Spuren zu hinterlassen.

Von drei Seiten näherten sich tefrodische Patrouillen den acht Darbidinen. Sie ahnten nichts vom Schicksal, das ihnen zugedacht war, wirkten aber dennoch völlig verängstigt. Nur zu gern hätte er ihnen eine Botschaft über die araischen Spionsonden zugetragen. Sie sollten sich verstecken, in eine der unteren Ebenen hinabsteigen und sich von seinen kleinen Agenten leiten lassen. Die winzigen Dinger waren mit bloßem Auge nicht zu erkennen und auch nicht auf Nachrichtenübermittlung ausgerichtet. Nur Zhana und er besaßen die dafür benötigten Empfangsgeräte.

Tifflor holte letzte Energiereserven aus seinem Körper. Es war kein regelmäßiger Dauerlauf, in dem er sich um einen vernünftigen Atemrhythmus bemühen konnte. Er musste beschleunigen, bremsen, beschleunigen. Immer wieder. Um Ecken, treppab und treppauf, über

Hindernisse hinweg. Blitzschnell entschied er über Umwege, wenn Patrouillen der Tefroder ihre Richtung unerwartet wechselten. Er schlug Haken, verließ sich bei Entscheidungen auf seine Intuition, versuchte, seine Gegner auszurechnen.

Er wusste nicht, was Zhana derzeit tat. Sie verzichteten auf Funk- und Bildkontakt. Die niedrigenergetisch arbeitenden Spionsonden hätten bestenfalls eine visuelle Übertragungsbrücke bilden können, doch die sollte nur im extremen Notfall zur Anwendung kommen.

Ein letzter Knick, dann 50 Meter geradeaus. Er näherte sich jenem Rondeau, in dem sich ein Ausleger des Bassins befand. In einem viel zu schmalen Hohlraum darunter hockten und schlotterten die Darbidinen vor Angst. Er eilte auf sie zu. Seine Beine waren schwer. Der Zellaktivator bekam in diesen Minuten ausreichend zu tun.

Ein rascher Blick auf ein miniaturisiertes Holobild, das seitlich rechts von seinem Gesicht mitschwebte, zeigte ihm, dass eine Gruppe von fünf Tefrodern in weniger als einer Minute freie Sicht auf die acht Flüchtlinge haben würde. Sie kamen von der linken Seite. Stumm, hoch konzentriert auf ihre Aufgabe.

»Folgt mir!«, flüsterte Julian Tifflor den Liebesdienerinnen zu, »ich bringe euch in Sicherheit.«

Die Darbidinen hielten sich an den Händen gefasst. Ihre schlangengleichen Körper wippten im gemeinsamen Rhythmus und verwirrten seine Sinne. Er sah weit ausladende Hüften, Brüste, schlanke und wohlgeformte Beine. Verlangende Körper, allemal eine Sünde wert. Selbst hier und jetzt, in dieser verzwickten Situation, täuschten die echsenähnlichen Wesen Lust und Verlangen vor. Instinktiv reagierten sie auf seinen Hormonhaushalt und signalisierten Paarungsbereitschaft.

»Hört gefälligst auf damit!«, herrschte Tifflor sie an. »Ich will euch helfen. In den nächsten Sekunden kommen ein paar ganz üble Burschen um die Ecke, die euch ans Leder beziehungsweise an die Schuppenhaut wollen. Wir müssen flüchten.«

Drei der Darbidinen nickten in typisch menschlicher Manier. Die Lustdienerinnen vertrauten – wie sie es immer taten – ihrem stark ausgeprägten Instinkt. Sie vertrauten ihm.

Für einen Augenblick erspähte Tiff die wahren Gesichter hinter den vorgetäuschten Abbildern. Er sah schuppige, braune Gesichter, von stechend blauen Glubschaugen beherrscht. Der Moment verging. Brünette, blonde und rothaarige Schönheiten verdrängten den Blick auf die Wahrheit.

Wohin? Der Weg zurück war versperrt. Sie wären den Tefrodern in die Arme gelaufen.

Denk nach, Tiff, denk nach ...

Die Konservierungsflüssigkeit! Sie würde mit etwas Glück die Infrarotspuren der Liebesdienerinnen überdecken. Er nestelte den Multitester aus dem schmalen Fach am rechten Oberarm. Der Beckenrand befand sich auf Kopfhöhe. Er tastete darüber hinweg und ließ das Gerät kurz in der dunklen Brühe versinken.

Die Analyse geschah innerhalb weniger Augenblicke. Die Flüssigkeit war seit langer Zeit nicht mehr zweckgemäß eingesetzt worden. Die chemisch beigemengten Konservierungsstoffe waren, wie in der Trümmerbrücke nicht anders zu erwarten, billig. Sie hatten sich aus der Verbindung gelöst und waren, da schwerer als Wasser, zu Boden gesunken. Nahe der Oberfläche erschien ein kurzes Bad ungefährlich.

»Da hinein, so rasch wie möglich!«, flüsterte er. »Wirbelt das Wasser ja nicht auf.«

Die Darbidinen gehorchten. Bislang hatte keine der Liebesdienerinnen ein Wort gesprochen. Nur selten hörte man von diesen seltsamen Lebewesen eine Silbe. Sie kommunizierten hauptsächlich mit der Sprache ihrer Körper – und das fast immer erfolgreich.

Sie stemmten sich hoch, eine nach der anderen. Schlangengleich glitten sie über den Rand hinweg, tauchten ein.

Tifflor wehrte sich mit geringem Erfolg gegen die Trugbilder. Sie gaukelten ihm prachtvoll geformte Hintern vor. Beine, so sanft und schön, dass er sie berühren und fest packen wollte ...

Die letzte Darbidine war in Sicherheit. Hastig vernichtete er mit einem Spray, den ihm Zhana mit auf den Weg gegeben hatte, letzte Spuren der Liebesdienerinnen. Die »intelligente« Flüssigkeit überdeckte die Hitzeablagerungen. Dann wuchtete auch er sich hoch. Er hörte die Schritte der Tefroder, wollte sich nicht mehr umdrehen. Jede Zehntelsekunde vergeudeter Zeit mochte über Leben und Tod entscheiden. Einen Moment lang balancierte er über dem Rand des Beckens, ließ sich dann so sanft wie möglich ins Wasser gleiten. Der Schutzhelm klappte selbsttätig zu. Ihm konnte nichts passieren.

Wellen schwappten über ihm zusammen. Die Flüssigkeit war zäh und kam bald wieder zur Ruhe.

Tifflor schaltete den Anzug auf tot und stellte jegliche Bewegung ein. Der Auftrieb genügte, um ihn auf halber Höhe in der Wasserbrühe zu halten. Instinktiv hielt er den Atem an; auch wenn der Luftvorrat im Inneren des Anzugs für einige Minuten reichte. Zwei der Darbidinen trieben links von ihm dahin. Wie Holzstecken, steif und tot. Ihre wahre Gestalt kam erneut zum Vorschein: geschuppte Haut, kräftige Beine, die in zwei Krallenzehen endeten, ein etwas zu kurzer Oberkörper mit deutlichem Hohlkreuz. Hautlappen, die unter den Armen hervorwuchsen, bedeckten zum Großteil die schlaffen Brüste der Darbidinen.

Wenn die Tefroder mutmaßten, dass hier irgendetwas nicht stimmte, und sich genauer umsahen, war es um seine Schützlinge und ihn geschehen. Gefangen in dieser zähen Brühe war keine vernünftige Gegenwehr möglich.

Schritte. Vibrationen von Fußtritten, die von den Wänden des Beckens weitergegeben wurden. Sie klangen gleichmäßig. Die Jäger marschierten vorbei, von links nach rechts, ohne innezuhalten.

Plötzlich: Ruhe. Die Tefroder blieben doch stehen. Stimmen erklangen. Sie diskutierten miteinander. Ein Lachen ertönte, durch das Wasser seltsam verzerrt.

Dann marschierten sie weiter.

Julian Tifflor zählte in Gedanken bis 50. Jederzeit mochte einer der Tefroder zurückkommen oder ein anderer Spähtrupp auftauchen.

Er schaltete die Minimalfunktionen des Anzugs wieder zu und nahm Kontakt zu den Spähsonden auf. Er wies eine von ihnen an, ihm eine Totale des Rondeau-Raums zu liefern.

Bange Sekunden vergingen. Tifflor fühlte, wie die Anspannung der Darbidinen wuchs. Sie waren bislang nicht aufgetaucht, besaßen offenbar die Fähigkeit von

Amphibien, sich längere Zeit unter Wasser aufzuhalten. Doch unter ihnen tickte eine Bombe. Der Schlick, den er vage unter sich wahrnahm, war hochgradig toxisch. Etwas zu viel Bewegung – und die Masse würde hochwirbeln und unbekannte chemische Reaktionen auslösen.

Erste Bilder der Spionsonde kamen herein.

Sie konnten das Bassin nicht mehr verlassen. Die Tefroder hatten über weite Bereiche des Rondeaus Bewegungssensoren ausgestreut und einfache Meldungssysteme verkabelt.

Die Darbidinen wurden unruhig. Sie fühlten Tiffs Nervosität. Sie stießen einander an, immer heftiger werdend, steckten sich gegenseitig in ihrer Nervosität an.

Eine Panik drohte, die ihnen allen das Leben kosten würde.

Tifflor ließ sich langsam zwischen die Darbidinen treiben, sachte und vorsichtig, sodass der Bodenschlamm nicht aufgewirbelt wurde. Die Liebesdienerinnen beruhigten sich augenblicklich. Sie rieben ihre fast nackten Leiber an seinem Anzug. Die unbestechlichen Rezeptoren vermittelten ihm das Gefühl glitschiger Schlangen- oder Echsenkörper. All seine anderen Sinne sagten ihm, dass er einige der begehrenswertesten Kreaturen dieses Universums um sich hatte.

Allmählich beruhigten sich die Darbidinen. Völlig unerwartet begannen sie zu sprechen. In einem gezwitschert vorgetragenen Interkosmo, kaum verständlich, beschäftigten sie sich mit seinen körperlichen Vorzügen, seinem Charakter, seinen guten Seiten.

Sie liebten die Kontakte mit Fremdwesen über alles. Tifflor wusste, dass die Angehörigen dieses seltsamen

Volkes Erfüllung darin fanden, anderen ihre Anteilnahme und Liebe zu schenken. Nur dann, wenn sie ihre Aufgaben zur vollsten Zufriedenheit ihrer Klienten erledigten, wurde es ihnen gestattet, nach ihrem Tod reinkarniert zu werden. Terranische Forschungstrupps, die sich ausführlich mit den Darbidinen beschäftig hatten, waren zu der übereinstimmenden Ansicht gelangt, dass dieses Glaubensmodell viel zu tief in deren Kultur verankert war, um die Schlangenwesen jemals aus ihrem sklavischen Daseinstrieb befreien zu können. Die in der deutlichen Mehrheit weiblichen Mitglieder des Volkes begriffen sich von frühester Jugend an als Inkarnationen ehemaliger Liebesdienerinnen. Sie waren glücklich, sie standen in Einklang mit ihrer Existenz.

Sie lieben mich wirklich!, dachte Tifflor verwundert. Er sah ihre Hingabe, ihre Leidenschaft und Zärtlichkeit. Zwei von ihnen nestelten am Verschluss seines Anzugs, ungeachtet der Gefahr, die ihnen allen drohte ...

Der Unsterbliche fand in die Wirklichkeit zurück. Die Betörungen der Darbidinen zeigten mehr Wirkung, als ihm recht sein konnte. Wenn er es zuließ, dass die naiven Wesen in leidenschaftliche Ekstase gerieten, würden sie die Flüssigkeit im Bassin aufwühlen, die Gift- und Reizstoffe hochwirbeln und ihr Leben in Gefahr bringen. Außerdem mochten die Bewegungsimpulse auch von den Gerätschaften der Tefroder angemessen werden.

Er schloss die Augen, verbannte die trügerischen Gefühle unermesslicher Leidenschaft, so gut es ging. Mithilfe der Steuerdüsen setzte er sich in Bewegung. So langsam wie möglich trieb er dahin, weg vom ohrmuschelähnlichen Ausleger des Bassins, hin zu dessen Zentrum, das sich in der angrenzenden Haupthalle befand. Hier war es nahezu dunkel. Einige wenige indirekte Lichtstrahlen reflektierten im Wasser. Unter ihnen, so sah Julian, befanden sich rostrote Ablagerungen. Teilweise kristallisiert, teilweise in Form von feinst geriffeltem Sand, klebten sie an Formen, die einstmals eingelagerte Güter festgehalten hatten. Krakenhafte Transportarme hingen von der Decke des Raumes herab. Vereinzelt ragten Träger und armdicke Kabel aus dem Wasser hervor, überdeckt von schlickigen, schmutziggrünen Algen.

Die Darbidinen maunzten, schmollten, bettelten um seine Liebe. Sie folgten ihm und überschütteten ihn weiterhin mit Liebesbezeugungen.

Charlashad half ihm. Die achte Stufe des Upanishad. Die Lehre, die »Über das Selbst hinaus« reichte und ihm zeigte, wie man Verlockungen und sexuellen Reizen widerstand.

Die Mitte des drei bis vier Meter tiefen Bassins war erreicht. Die Gefahr, von den Messgeräten der Tefroder erfasst zu werden, schien gebannt.

Konnte er die Darbidinen eine nach der anderen mithilfe der Flugaggregate aus der Gefahrenzone bringen und sie irgendwo auf dem Trockenen absetzen?

Wahrscheinlich nicht. Sie rieben sich aneinander, befanden sich in einem Zustand fortgeschrittener Entrückung. Trennte er eine Darbidine aus dem Verbund, löste er möglicherweise eine Katastrophe aus.

Sie mussten schwimmend den Rand erreichen,ohne den Schlamm unter ihnen aufzuwühlen. Die Unruhe der Liebesdienerinnen nahm weiter zu. Sie waren pure, unverfälschte Hingabe und verstanden nicht, dass er sich ihnen verweigerte.

Tifflor befand sich in der Zwickmühle. Er musste die Darbidinen hinter sich her schleppen, auf den 30 Meter entfernten Rand des Bassins zu, und dabei sein Interesse an ihren Liebesdiensten vorgaukeln. Wenn er zu eindeutige Signale aussandte, würden sie sich über ihn hermachen, ihm den Anzug vom Leib reißen.

Eins der Wesen schwang sich auf ihn. Es brachte dabei viel zu viel Unruhe in die Flüssigkeit. *Verdammt!* Die Darbidine hechelte gierig und drückte ihm ihren – menschlichen? echsenähnlichen? – Unterleib schmatzend gegen das Plastglas seines Schutzanzugs. Tifflors Blick reichte tief, sehr tief in den nackten Körper. Eine in die Scheibe eingearbeitete Mikrokamera und diverse Messgeräte lieferten ihm Einblicke, Holoaufnahmen und Analysen über Infektherde, Flüssigkeitszusammensetzungen und sogar über den Östrogenspiegel der Frau, die er lieber nicht zu Gesicht bekommen hätte. Zhana, so befürchtete er, würde nicht besonders viel Freude mit seinem soeben deutlich gesunkenen Interesse an Sex haben.

Sanft zog er die Darbidine von seinem Kopf und schob sie tiefer. So, dass sie auf seinem Körper zu liegen kam. Sie ließ es geschehen, kicherte leise und schmiegte sich an ihn. Sie beruhigte sich; so, wie er es beabsichtigt hatte.

Zehn Meter noch. Dann war es geschafft.

Ein Platschen erregte seine Aufmerksamkeit. Ein Gegenstand war von einem der halb versunkenen Träger ins Wasser gefallen. Ein Ast, von Algengewächsen überwuchert. Er rollte mehrmals um die eigene Achse – und bewegte sich plötzlich auf sie zu.

»Schluss jetzt!«, riss Tifflor die Darbidinen aus ihrem schlängelnden Treiben. »Wir werden angegriffen! Wir müssen raus aus dieser Brühe, so rasch wie möglich!«

Sie reagierten nicht, drückten sich enger an seinen Leib. Acht Körper. Lusterfüllt. Willig. Bereit, ihm zu Diensten zu sein, mit keinem Jota ihrer Aufmerksamkeit auf die Umgebung achtend.

Platsch. Platsch. Platsch.

Weitere »Algenäste« plumpsten ins Wasser. Kalt blickende Augen zeigten sich unter schlickigen Verwachsungen. Zähne wuchsen dort, wo keine sein durften. Luftblasen aus verwachsenen Nüstern. Lange, zweigeteilte Zungen. Ein Schwall farbiger Flüssigkeit, der das Wasser ringsum verfärbte.

Tifflor hatte kaum noch Bewegungsfreiheit. Das Gewicht der Liebesdienerinnen zog und zerrte an ihm. Die Darbidinen hatten jegliche Furcht vergessen. Sie waren nur noch darauf aus, ihm ihre Zuneigung zu beweisen.

Ein paar Meter noch bis zum Beckenrand. Ringsum sammelten sich armlange Wesen. Mit schmalen Flossentatzen wanden sie sich vorwärts. Sie ähnelten von Algen überwachsenen Kaulquappen. Wahrscheinlich machten sie im Normalfall aufeinander Jagd und besaßen genau abgegrenzte Reviere. Die Aussicht auf besonders fette Beute ließen sie alle Berührungsängte vergessen und brachte sie dazu, Tifflor und seine Schutzbefohlenen im Rudel anzugreifen.

Noch verhielten sie sich abwartend. Als hofften sie auf eine falsche Bewegung. Auf ein Zeichen der Angst.

Tifflor fluchte. Er saß in der Patsche. Ein Schuss würde die Tefroder alarmieren. Igelte er sich im Inneren eines Energiefeldes ein, musste er die Darbidinen schutzlos zurücklassen. Die Projektionsfläche des Schirms war viel zu klein, um die Liebesdienerinnen damit einzuschließen. Mit seiner eingeschränkten Bewegungsfähigkeit war er auch nicht in der Lage, das Schutzfeld punktuell zu verwenden und die angreifenden Kreaturen von sich wegzudrücken. Bewegte er sich zu hastig, würden Chemikalien hochgewirbelt werden.

Eine der Kaulquappen knurrte wie ein Ochsenfrosch, schnellte sich über die Wasseroberfläche hinweg auf Tifflor und die Darbidinen zu. Sie riss das Maul auf, renkte sich den Kiefer aus, verbiss sich ins Bein einer der Frauen.

Ein entsetzter, verzweifelter Aufschrei. Ein Knochen brach gut hörbar. Alle anderen Tiere fauchten und grollten, machten sich sprungbereit. Das Wasser begann zu brodeln, verfärbte sich allmählich rostrot.

Tifflor zog die Waffe, zielte auf den Leib der vordersten Kaulquappe und feuerte.

Die Hölle brach los.

PERRY RHODAN

Die Reise ging zu Ende. Perry fühlte immer deutlicher die Last des Zatysken auf seinen Schultern. Längst hatte er den kleinen energetischen Schutzschirm weggeschaltet. Weite Teile des Flugs waren in einem kontrollierten Gleitflug erfolgt. Nun fielen sie auf eine parkähnliche Landschaft hinab, die so perfekt wirkte, dass sie unmöglich natürlicher Herkunft sein konnte. Dosierte Schübe mit dem Antigrav verringerten die Sturzgeschwindigkeit.

In einer Entfernung von wenigen Kilometern konnte er flache, abgerundete Dächer ausmachen. Zwischen mehreren kleinen Wäldchen befanden sich die einzigen Behausungen auf diesem Planeten. Seine abenteuerliche Flugeinlage hatte ihn mehr oder weniger punktgenau an sein Ziel gebracht.

Der Erdboden kam mit erschreckender Rasanz näher. So spät wie möglich bremste er ab und belastete dabei die Anzugsysteme aufs Äußerste. Mehrere Gravos schlugen abrupt durch und ließen ihn ächzen. Die Bäume ringsum schützten ihn hoffentlich vor einer ortungstechnischen Entdeckung.

Der Aufprall. Mörderisch hart und überraschend. Perry rollte sich ab. Er fühlte, wie Samtscharf ihn losließ und er weit weg geschleudert wurde.

Zwei Purzelbäume musste er über sich ergehen lassen. Er riss niedriges Strauchwerk mit sich und wurde schließlich von den biegsamen Ästen junger, violett schimmernder Bäume abgefangen.

»Mist!«, sagte er, schüttelte benommen den Kopf und sortierte vorsichtig seine Knochen, bevor er es wagte, sich aufzurichten. In seinem Mund schmeckte er Blut. Auch aus der Nase drang Flüssigkeit, durch seinen Kopf marschierten Heerscharen von Straßenarbeitern, die mit Dampfhämmern seine Ganglien malträtierten.

»Lässt du mir bitte etwas von diesem Mist übrig?«, fragte Samtscharf. »Ich könnte durchaus ein wenig Dung gebrauchen, um diesen ansonsten prachtvollen Wurzelplatz ein wenig mit Mineralien anzureichern ...«

»Das war ... lediglich ein Fluch.« Ächzend kam Rhodan hoch. Der Zatyske stand unweit von ihm, die Forschhände weit von sich gestreckt. Andere, deutlich kleinere Glieder bohrten sich soeben in den torfigen Untergrund. »Du bist ... in Ordnung?«

»Dieser fantastische Flug hat meine Gebärlust über alle Maßen angefacht, Terraner. Auch wenn es hier wiederum viel zu warm ist, fühle ich mich für die Geburtswurzelung bereit.«

»Das freut mich.« Perry öffnete den Helm. Schon während des Anflugs hatte er die wichtigsten Daten übermittelt bekommen. Der Unlichtplanet hatte eine Schwerkraft von 1,01 Gravo, die Luft war für einen Terraner ausgezeichnet atembar.

Er inhalierte den frischen, nach Nadelbäumen und Früchten riechenden Sauerstoff. Es war kalt, aber durchaus im Bereich des Verträglichen.

»Wir sind quitt, nicht wahr?«, fragte Samtscharf.

»So ist es. Ich möchte ...«

»Dann fordere ich dich auf, mich jetzt zu verlassen.« Der Zatyske ächzte leise. »Es ist so weit. Ich benötige Ruhe, um die notwendige Kraft für einen schwierigen Prozess aufzubringen.«

»Selbstverständlich; wenn du willst, warte ich in gebührendem Abstand und sehe etwas später nach dir.«

»Sagtest du nicht, du hättest die ganze Milchstraße zu retten? Worauf wartest du dann noch? Wenn du deine Aufgabe erledigt hast, kannst du zurückkommen und meine Nächstinkarnierten bewundern. Es würde mich aber keineswegs stören, wenn ich dich nicht mehr vor die Blätter bekäme.«

»N... natürlich. Wenn du es so wünschst.« Rhodan war die Handlungsweise des Zatysken völlig fremd. Immer wieder zeigte er ungewöhnliche Handlungsmuster. Seine Logik war ganz anders als die eines Humanoiden.

»Viel Glück dann, alter Mann«, sagte das Buschwesen. »Und pass mir gut auf Seidenkratz auf. Ich bin mir sicher, sie hätte eine ausgezeichnete Zwischenmahlzeit abgegeben.«

Alle Bewegungen Samtscharfs endeten. Trotz des leichten Windes rührten sich auch seine Blätter nicht mehr. Aus dem Inneren drangen seltsame, unheimliche Laute.

Perry Rhodan hatte hier nichts mehr zu suchen. So rasch wie möglich entfernte er sich von der kleinen Lichtung.

Fußspuren.

Unverkennbar die eines Menschen oder Menschenähnlichen. Sie führten von und zur Stadt, in beide Richtung.

»Wer bist du, mein Freund?«, fragte Rhodan nachdenklich. Das Gras unter seinen Beinen fühlte sich ungewöhnlich warm an; die Hitze stand in keinerlei Relation zur Kühle des frühen Morgens.

Die Häuser der Stadt befanden sich links des Weges. Ein einziger Hügel lag noch zwischen ihm und seinem Ziel. Und dann ...

Ja, was dann? Was konnte, was würde er tun?

Der Unsterbliche griff zur Waffe, die ihm Zhana überlassen hatte. Er betrachtete Gewalt stets als letzten Ausweg. Doch wann, wenn nicht heute, würde er zu diesem ultimaten Mittel greifen müssen, um eine Lösung ihrer aussichtslosen Situation zu erzwingen?

Geräusche, rechts von ihm. Sanft wie fallende Blätter – oder wie Fußtritte, die über das weiche Moos des schmalen Weges führten. Rhodan sah sich hastig nach allen Seiten um, warf sich schließlich zwischen zwei breite, stachlige Büsche und drückte sich flach zu Boden. Er wollte seinen Gegner sehen. Wollte wissen, mit wem er es zu tun hatte, bevor er sich einer Auseinandersetzung stellte.

Die Schritte kamen näher. Es mussten mehrere Unbekannte sein, sicherlich mehr als ein Dutzend. Mit extrem kurzen Schritten trippelten sie dahin und blieben ansonsten stumm.

Ruhe. Die anderen hielten inne.

Hatten sie ihn aufgespürt, ihn irgendwie angemessen?

Er wollte den tief ins Gras gebeugten Körper heben und nachsehen, was wenige Meter von ihm entfernt geschah. Nur mühsam widerstand er der Versuchung. Er musste sich tot stellen, Eins mit der Umgebung werden ...

Eine Berührung an seinem linken Bein.

Rhodan wirbelte herum, trat mit aller Wucht zu und traf – nichts. Da war kein Widerstand, kein Gegner. Und dennoch fühlte er sich beobachtet.

Von kaum handgroßen Baumtrieben, deren winzige Wurzeln wie verlangend auf ihn ausgerichtet waren.

Sie bewegten sich! Stakten unerwartet geschmeidig auf ihn zu, krabbelten über Finger, Beine und Leib. Wie Kobolde oder Dämonen, wie Figuren aus William Shakespeares »Sommernachtstraum«, die Königin Titania zu Diensten waren.

Rhodan blieb ruhig liegen und verließ sich auf seinen Instinkt. Von diesen Pflanzengeschöpfen ging keinerlei Gefahr aus. Sie waren Geschöpfe des Unlichtplaneten; einer Welt, die allein durch den interstellaren Raum trieb.

Unregelmäßige Flecken, die über die winzigen Hauptstämme der Wesen verteilt waren, wirkten fein gemasert. Bei näherem Hinsehen erkannte er, dass es sich um feinst facettierte Flächen handelte.

Um Sinnesorgane.

»Was wollt ihr von mir?«, fragte er leise. »Solltet ihr Hunger haben, glaubt mir bitte, dass ich nicht besonders gut schmecke.«

Zwei der Trieblinge sprangen gleichzeitig auf seine Brust. In gewisser Weise ähnelten sie Samtscharf.

Hatte das Buschkreatur etwa schon geboren? Waren dies hier seine Kinder?

Nein. Samtscharf hatte keine Facettenaugen wie diese hier, und die Form der »Blätter« war gänzlich anders. Er durfte nicht dem Fehler verfallen, eine Verwandtschaft zwischen Wesen herbeizureden, weil sie auf pflanzlicher Basis beruhten. Genauso gut konnte er sagen, Blatt- und Nadelbäume wären dasselbe.

Yakuva, hörte er Stimmen in seinen Gedanken brummen, *Yakuva.*

Sie teilten sich ihm mit! Sie sandten ihm mentale Impulse, schwer verständlich und völlig fremdartig. Und die kleinen Yakuvas wirkten – verwirrt.

Er hatte in seinem Leben viel seltsamere Dinge gesehen und erlebt. Die intelligenten Mohann-Pflanzenwesen zum Beispiel, die vereinzelt auf terranischen Schiffen Dienst taten; sie hatten telepathische Kräfte und galten im Bereich der Allgemeinmedizin aufgrund ihrer Einfühlsamkeit als Koryphäen. Das Aussehen der Mohanns war grundsätzlich anders, viel ... strukturierter; aber prinzipiell erschienen sie ihm mit den Yakuvas vergleichbar.

»Ich habe leider keine Zeit, meine Kleinen«, sagte er leise. »Ich muss so rasch wie möglich in die Stadt hinter dem Hügel. Ihr werdet mir kaum dabei helfen können ... oder?«

Impulse der Verneinung erreichten ihn. Die Yakuvas deuteten ihre Enttäuschung darüber an, dass er nicht bleiben wollte. Sie hatten Dinge in sich gespeichert. Solche, die sie erzählt bekommen hatten. Die sie verwirrten, mit denen sie nichts anzufangen wussten. Die mit dem Herrn dieser Welt und dessen Gedankengut in Zusammenhang standen ...

»Mit dem Herrn dieser Welt?« Rhodan unterdrückte einen überraschten Aufschrei. »Ihr kennt ihn, habt euch mit ihm unterhalten?«

Er hat uns gebärtgeholfen, hat uns Wissen mit auf unseren Weg gegeben, sodass einer von uns zum Zweiundvierzigsten Baum werden und zur Erhaltung der Art beitragen wird ... Doch die Informationen, die er uns gab, sind so verwirrend. Sie liegen wie eine schwere Last auf uns. Kannst du uns manche Dinge erklären?

Rhodan schloss die Augen. Er ließ einwirken, was ihm diese etwas einfältigen, nichtsdestotrotz freundlichen Pflanzen erzählten.

War das seine Chance? Würde er hier jenes Wissen erlangen, das ihm ermöglichte, den richtigen Hebel zu finden, um die Bedrohung durch das Ara-Toxin zu beenden?

Er sah auf die Uhr. Die Zeit lief ihm davon. Tiff und Zhana saßen in der MO und warteten darauf, dass er Ergebnisse erzielte. Es ging um Stunden, wenn nicht gar um Minuten. Dennoch – diese Chance durfte er sich keinesfalls entgehen lassen. Ein Gegner, den man kannte, verlor viel von seinem Schrecken.

»Ich bin gern bereit, euch zuzuhören«, sagte er. »Es müsste allerdings rasch vor sich gehen. Ich bin in Eile.«

So rasch, wie du es verträgst, sangen und dachten die Yakuva-Pflanzen im Chor. *Gedanken sind schnell, so schnell, und sie können wehtun ... Wirst du uns erklären, was Aset-Radol mit seiner Geschichte sagen wollte?*

»Aset-Radol?« Rhodan dachte nach. Er hatte diesen Namen nie zuvor gehört. »Ich verspreche, dass ich mein Bestes tun werde.«

Wir danken dir. Du bist ihm sososo ähnlich, spürst dich aber viel weicher, weniger spröde und durchholzt an. Konzentrier dich bitte auf das, was uns Aset-Radol erzählt hat.

Zwei Dutzend Yakuva-Früchte hatten es sich mittlerweile auf seinem Leib bequem gemacht. Feinste Fühler tasteten über seinen Schutzanzug. Die Yakuva-Früchte klammerten sich mit ihren Wurzeln aneinander. Und dann kam die Gedankenflut. Wuchtig, dicht und so komprimiert, dass sie Rhodan fast in den Wahnsinn trieb.

Aset-Radol: Vergangenheit

Die Matrizes für die Duplos waren endgültig aufgebraucht, die millionenfach duplizierten Wesen, gedanken- und willenlos, waren würdelos gestorben. Aset-Radol weinte ihnen keine Träne nach. Wenn ihm nach Unterhaltung war, besprach er sich mit Maschinen, weckte Synuit für ein bis zwei Jahre oder begab sich in Maske unter Wesen jeglicher Couleur. Er lernte und plante, verwarf Ideen, kreierte neue. Seine besonderen Lieblingskinder, die Aras, arbeiteten ihm weiterhin zu. So lange, bis er eines Tages die notwendigen Informationen zusammenhatte, um einen wichtigen Part seiner Pläne in die Realität umzusetzen.

Neuerlich weckte er Synuit und machte ihn mit seinem Vorhaben vertraut. Dann ging er daran, Kandidaten für seinen besonderen Coup zu selektieren. Besonders begabte Aras, jeder ein Genie auf seinem Fachgebiet. Aset-Radol versammelte sie in der von ihm anonym finanzierten Forschungsstätte Juvin und machte sie mit Synuit in der Rolle des Aras Schopsna bekannt.

Doch dem Gestaltwandler kam in diesem von ungewöhnlich vielen Unabwägbarkeiten gekennzeichneten Spiel nur die Rolle eines besseren Statisten zu. Viel wichtiger war die Gestalt des Übervaters, die Seeste Hreich, Grandia Por, Trantipon, Stongill, Alymen, Kreolin, Zucry-Dal und Erbente-Bor leitete. Die die Ara-Frauen Elkoi Ferada und Staynno auf brutale Weise aus der Eskorte genannten Gruppe ausstieß, weil sie sich als nicht ausreichend geeignet erwiesen.

Ostiam Meharro war die Schlüsselfigur. Er brachte die Dinge ins Rollen. Er formte aus selbstsüchtigen Spezialisten und angehenden Genies eine funktionierende Gruppe. In Zusammenarbeit mit ihnen und anhand des Wissens, das Hunderte von Generationen an Aras angehäuft hatten, erzeugte er ein Mittel zur Erlangung der Unsterblichkeit. Mo, wie der Führer der Eskorte im Volksmund hieß, hatte die notwendigen Ingredienzien zusammengetragen und schaffte es, sie in die passende Form zu gießen.

Mo. Ostiam Meharro. Aset-Radol.

Drei Namen, eine Person.

Irgendwann kam der Moment, da er die Weiterentwicklung der Gruppe zu sehr einbremste. Die Eskorte hörte auf, auf seine Anregungen hin eigenständige Ideen zu entwickeln. Trantipon und die anderen Aras mussten emanzipiert und in die Freiheit entlassen werden.

Ein inszenierter Tod, just im Moment des größten Triumphs der Eskorte, tat dieser Sache genüge. Der bitter errungene Erfolg würde den Aras, die die Unsterblichkeit gewonnen hatten, für alle Ewigkeiten im Gedächtnis haften bleiben. Niemals würden sie ihre Verpflichtung Ostiam Meharro gegenüber vergessen und stets in seinem Andenken weiterwirken.

Der Beisetzung seines Alter Egos wohnte Aset-Radol selbstverständlich bei. Hunderttausende Aras gaben ihrer Trauer in einer bombastischen Zeremonie Ausdruck und würdigten ihren größten Sohn. Ungewöhnlich emotionale Ansprachen wurden gehalten. Der arkonidische Imperator Kanayath II. gab sich die Ehre, genauso wie regionale Herrscher, die über lächerlich kleine Sternenreiche geboten. Dies alles reizte Aset-Radol zum Lachen; umso mehr, als Trantipon dank Synuits suggestiver Beeinflussung ausgerechnet ihn in neuer Maske auswählte, um als »Unbekannter« zu sprechen. Er trug die Litanei »Wer ist der Tod?« vor und sah zu, wie sein vorgeblicher Leichnam vor den Augen des erlesenen Publikums desintegriert wurde.

Was für ein Auftritt!

Synuit spielte als Schopsna die Rolle seines Lebens. Nunmehr ebenfalls unsterblich geworden, begleitete er die Mitglieder der Eskorte durch die Jahrhunderte. Er ging mit ihnen in die notwendigen Tiefschlafepochen und beeinflusste sie im Sinne Aset-Radols in den Wachperioden.

Der Gys-Voolbeerah lieferte ihnen die zur Raumstation FOARY umgebaute INSTIN. Das Schiff, das Aset-Radol wie seine eigene Hosentasche kannte, auch wenn sie nach einem aufwendigen Umbau nichts mehr mit einem Kugelraumer gemein hatte. Nur allzu gern ließen sich Trantipon, Kreolin und die anderen auf das Geschenk ein. Sie adaptierten die FOARY für ihre Zwecke und zogen sich immer wieder hierher zurück, wenn es ihnen auf Aralon oder anderen Planeten zu eng wurde.

Die unsterblichen Aras waren weitaus besser »dressiert« als die Meister der Insel in Karahol. Sie glaubten, selbst an der Spitze der Nahrungskette zu stehen, wurden aber in Wirklichkeit durch Synuit beeinflusst, und der war wiederum von den Wünschen Aset-Radols abhängig. Sie fühlten sich frei und waren dennoch Gefangene.

Indes ging der ehemalige Meister der Insel daran, neue Ufer anzuvisieren und sich von alten Besitztümern zu trennen.

Die uralte Technologie der Sonnentransmitter war ihm bekannt. Aset-Radol verband sie mit dem Wissen, das er über einen langen Zeitraum hinweg über die Darlos gewonnen hatte. Sie waren ausgezeichnete Speichermedien, die gar nicht genug Energien aufnehmen konnten. Er schaffte es, ihr Emissionsspektrum zu formen und zu manipulieren. In zahlreichen Versuchen optimierte er deren Konstellationen und Zusammenstellungen. Drei Dreieckstransmitter entstanden, jeder ausreichend leistungskräftig, um Planeten und Sonnen versetzen zu können. Er stationierte einen in der Eastside der Galaxis, den zweiten nahe des arkonidischen Herrschaftsgebietes und, nach einem lange währenden »Huckepackmanöver«, den dritten im Leerraum zwischen Apsuhol und Karahol.

Er vernichtete Olmar und zog sich ins Große Nichts zurück. Auf den Unlichtplaneten. Eine Welt, die er kraft seines Wissens und seiner Fähigkeiten erschuf, per Transmitter versetzte und seinen Wünschen gemäß formte.

Nachdem er sein Werk vollbracht hatte, ließ er den unsterblichen Jüngern Mos durch Synuit die Idee einpflanzen, die FOARY im Orbit um seinen neuen Heimatplaneten anzusiedeln. Wiederum meinten sie, ein Relikt aus alten Zeiten ausfindig gemacht zu haben, das ihren Bedürfnissen nach Intimität perfekt entsprach.

Stieß der Gys-Voolbeerah einmal an die Grenzen seiner manipulativen Fähigkeiten, sprangen die überall an Bord der FOARY angebrachten Hypno-Strahler an. Sie sorgten für eine nachhaltige Behandlung, der die selbst so willensstarken Aras nicht beikommen konnten. Nach einem Antrittsbesuch auf der Unlichtwelt, bei dem sie sich davon überzeugten, dass es sich um eine lebensunwerte, stürmische Welt handelte, kamen sie nie wieder auf die Idee, Aset-Radols Besitz aufzusuchen.

Die Kontrolle über seine Geschöpfe war perfekt. Die Strukturen, auf denen er seine Pläne aufbaute, ebenfalls. Es fehlte nur noch die Gelegenheit, um zuzuschlagen. Der passende Augenblick. Die Initialzündung.

Aset-Radols Geduld sollte bis aufs Äußerste strapaziert werden. Weitere Jahrtausende mussten vergehen, bis er endlich seine Chance erhielt, zuzuschlagen.

Aset-Radol: Gegenwart

Er verließ die FOARY per Transmittersprung. Als er in seinem Domizil auf dem Unlichtplaneten angelangt war, steigerte sich sein Wohlbefinden. Er atmete tief durch, atmete die Luft dieser Welt.

Was für ein Narr war er doch gewesen! So lange war er in künstlichen Flugkörpern durch die Weiten des Alls vagabundiert, stets auf der Suche nach – nach was denn eigentlich?

Dienstbare Geister kamen herbeigeschwebt. Sie umringten ihn, schnatterten aufgeregt, streichelten mit ihren Flügeln sanft über ihn hinweg. Die Berührungen der federbewehrten Körper taten ihm gut. Ihm, dem Einsamen, der niemals die Gesellschaft anderer Wesen gesucht hatte.

Einer der Kunstvögel zwitscherte ihm die wichtigsten Nachrichten zu. Er sonderte zugleich Kunstkot ab, der auf seinen rechten Unterarm fiel und, auf nanomechanischer Ebene unterstützt, auf sein Datenarmband zufloss. Dort würde sich die Absonderung in ein winziges Wissensbecken einfügen und sich in Berichte, Bilder, Statistiken sowie weiteres wissenswertes Material wandeln.

Eine einzige Nachricht erweckte sein Interesse und ließ ihn staunen. Alles andere war zu erwarten gewesen.

»Ich brauche euch heute nicht mehr«, flüsterte Aset-Radol und vertrieb die künstlichen Geschöpfe mit einer Handbewegung. »Ich möchte mich ausruhen.«

Sie gehorchten ohne Widerrede und entfernten sich. Aset-Radol trat ins Freie. Die vormittägliche Sonne schien auf ihn herab. Spinnweben glänzten im Tau; in einem Dachwinkel des Schlafhauses schrien drei Jungvögel lautstark ihren Hunger in die Welt hinaus. Die Mutter kehrte soeben mit aufgeplustertem Federkleid von der Jagd zurück, würgte mehrere Käfer hoch und ließ sie ins Nest plumpsen. Heißhungrig stürzten sich die Jungen darauf.

Mit einem Zungenschnalzen öffnete Aset-Radol den Eingang. Musik ertönte. Solche, die er irgendwann auf einer Primitivwelt der »Milchstraße« aufgenommen hatte. Sie war atonal und dennoch mitreißend, stimulierte und befreite seine Gedanken aus dem engen Korsett, das er sich im Umgang mit all seinen Plänen angeeignet hatte.

Hatte aneignen müssen.

Aset-Radol legte sich auf die mit Massagefluid gefüllte Ruhestätte. Er musste reflektieren, über das kurze Gespräch mit Synuit auf der FOARY nachdenken. Es war eminent schwierig, all die Ideen bei sich zu behalten, die er im Verlauf von 25.000 Jahren gewälzt und zu einem in sich geschlossenen Konstrukt geformt hatte.

Er griff nach dem stabförmigen Zellaktivator, betrachtete ihn grübelnd. »Mehr Fluch als Segen bist du«, murmelte er zusammenhanglos. »Vielleicht hätte ich dich längst ablegen sollen.«

Wenn er es jetzt und hier tat? Hier, an diesem Ort, an dem er endlich seine Ruhelosigkeit hinter sich gelassen hatte? Er umfasste die Kette, betrachtete die abgewetzten Glieder. Sie waren vor gerade mal 300 Jahren geschmiedet worden. Oder waren es 400 gewesen? Er wusste es nicht mehr. Die selektive Erinnerung, derer er sich bedienen musste, sparte naturgemäß derartige Details aus. Im Haus des Gedächtnisses, das sich unweit von hier befand, legte er sich von Zeit zu Zeit zur Ruhe und ließ Memokriecher an sich heran. Sie krochen virtuell durch die Untiefen seines Gehirns, erforschten Trilliarden möglicher neuronaler Querverbindungen und loteten Bereiche aus, die einer Stilllegung und Neuaktivierung bedurften. Der Vorgang dauerte Wochen oder gar Monate. Er schuf dringend benötigten Platz für Neues, doch er tötete stets einen Teil seiner Vergangenheit ab. Er hinterließ ein Gefühl des Bedauerns und des Zweifels.

Was macht uns Lebewesen eigentlich aus?, fragte sich Aset-Radol. *Sind es die Erinnerungen, die wir krampfhaft bewahren – oder ist es die Gabe, zu vergessen? Würden wir denn nicht verrückt werden, wenn wir uns an alles erinnerten, an jedes schmerzhafte Detail unserer Existenz? Eine Mutter, die niemals den Geburtsschmerz vergisst; ein Sohn, der sich Tag für Tag an den Tod seiner Eltern erinnert; ein Drogensüchtiger, der sich in jedem Moment seiner Existenz an den Grund für sein Abgleiten in die Abhängigkeit erinnert – wäre das nicht eine fürchterliche, eine kaum zu ertragende Gabe? Wie geht Atlan, der unsterbliche Arkonide, mit der Qual der absoluten Erinnerung um? Reichen die Verdrängungsmechanismen, die er von Zeit zu Zeit durch einen Erzählzwang unterbricht, um ihn nicht wahnsinnig werden zu lassen?*

Aset-Radol hatte gemordet und morden lassen. Mit gnadenloser Konsequenz hatte er sich seinen Weg geebnet und war so an die fetten Futtertröge der Macht gelangt. Viele, wenn nicht gar die meisten Dinge, über die er entschieden hatte, würden von einem in Kategorien der Moral denkenden Wesen als äußerst verwerflich angesehen werden.

Das Vergessen war ein Sicherheitsnetz. Es befreite ihn von den Lasten, die er sich im Laufe seines langen Lebens auferlegt hatte. Es erlaubte ihm, weiterzumachen, vorwärtszublicken.

Aset-Radol seufzte.

Er selbst hatte die Erfindung der Memokriecher angeregt, das Volk der Aras hatte die notwendigen Grundlagenforschungen durchgeführt, die Unsterblichen die Umsetzung besorgt und in ihrem unnachahmlichen Hang zur Perfektion zum Abschluss gebracht. Ein ganzes Volk und dessen herausragendsten Vertreter standen ihm zur Verfügung, um all seine Wünsche in die Realität umzusetzen. Es mochte seine Zeit dauern, manchmal auch Hunderte von Jahren – doch er erhielt stets, was er begehrte.

Aset-Radol drehte sich beiseite. Die Reflektionen seiner Begegnung mit Synuit machten ihn unruhig. Alles kam nun zu seinem vorherbestimmten Ende, unaufhörlich tickte die Uhr. Seine Planungen fanden zu einem Ergebnis, das er so sehr herbeigesehnt hatte – und dessen Inhalt ihm nun, so kurz vor dem Ziel, sinnentleert erschien.

Er stand auf und aß eine Kleinigkeit. Eine Suppe mit Meeresfrüchten, die aus einem Ozean des Unlichtplaneten stammten, aromatisiert mit terranischem Balsamikum und bluesschen Dungkräutern der transpirierenden Kreatur der Würzigkeit. Dann hörte er sich eine Aufzeichnung der sonotorischen Krönungskantate an und ließ begleitend das Holovid einander umtänzelnder und streichelnder Walharlekine aus den Untiefen des botawistischen Dampfozeans zuspielen. Die beiden so unterschiedlichen Aufführungen ergänzten sich in einer Perfektion, die ihn denken ließen, es spielte alles Leben dieses Universums zusammen, um ein Konzert der Sinne entstehen zu lassen.

Vielleicht war es so. Vielleicht war auch er ein Instrument weit höherer Mächte als der Kosmokraten. Vielleicht geschahen die Dinge so, weil andere bestimmten; und weil sie alle, unwillentlich und unwissentlich, an unsichtbaren Strippen hingen.

Ein erschreckender Gedanke. Möglicherweise war auch er der Erfüllungsgehilfe eines gewaltig großen Plans. So wie Synuit, und so wie die araischen Unsterblichen.

Abrupt unterbrach Aset-Radol die Aufzeichnungen. Ihm war kalt geworden. Es wurde Zeit, dass er sich einer ganz besonderen Herausforderung stellte; möglicherweise der letzten seines langen Lebens.

SYNUIT

Ein Alarm ertönte nahe seines rechten Ohrs, unhörbar für die anderen Aras, die sich soeben angeregt über ein nekrogenetisches Fachproblem unterhielten.

Synuit hörte sich die Nachricht an. Einmal. Zweimal. Ein drittes Mal. So lange, bis der Sinn der Information eingesickert war und er auch tatsächlich glaubte, was er hörte.

Er fühlte Wut hochsteigen, und mit seltsamer Plötzlichkeit kam gleich danach das Gefühl des Überfordertseins.

Er benötigte einen Halt. Da Aset-Radol nicht verfügbar war, musste er auf die Aras zurückgreifen, so schwer ihm das auch fiel.

»Wir haben ein Problem auf der MO«, sagte er leise.

Augenblicklich verstummten alle Unterhaltungen. Die Unsterblichen blickten ihn an. Verwundert, vielleicht auch verärgert über die Unterbrechung.

»Was ist geschehen?«, fragte Stongill. Er warf sein Glas achtlos über die Schulter. Es wurde samt Inhalt zielgenau von einem Konverterstrahl der Stationspositronik erfasst und ausgelöscht.

»Unruhen im Schiff. Solche, die nicht auf ein paar übriggebliebene Flüchtlinge zu schieben sind, die den Transport hierhergeschafft haben.«

»Ich verstehe nicht.« Seeste Hreich runzelte die Stirn. »Ich dachte, es wäre alles unter Kontrolle?«

»Ich hatte nach meinem Erwachen in der Schiffszentrale ein geringfügiges Problem, das unter neu auftauchenden Gesichtspunkten nachträglich an Bedeutung gewinnt.« Es kostete Synuit Kraft und Mühe, diese Dinge auszusprechen. Sein Geschäft war Täuschung und Tarnung. Die Wahrheit war ein Aspekt seines Tagesgeschäftes, mit dem er sich nur äußerst ungern anfreundete. »Vier Eindringlinge wollten mich töten und die Kontrollschaltung, die die Tefroder geistig fixiert, deaktivieren. Ich erwachte rechtzeitig und konnte sie daran hindern. Einer der Männer wurde getötet, die drei anderen flüchteten.«

»Das erfahren wir erst jetzt?« Alymen erhob sich und plusterte sich auf, als wollte sie sich auf ihn stürzen. Das Verhalten der Frau wirkte angesichts ihrer zierlichen Figur und einer Körpergröße von nicht einmal ein Meter siebzig lächerlich.

»Dieser Vorfall erschien mir, wie gesagt, vernachlässigenswert. Ich entschuldige mich für meinen Irrtum und werde darüber Rechenschaft ablegen, sobald wir die Lage auf der MO wieder im Griff haben.«

»Jetzt rück endlich raus, was geschehen ist!«, fuhr ihn Stongill an.

»Bei der Reinigung des Schiffs stießen die Tefroder auf Ungereimtheiten. Gruppen von Flüchtlingen, die während der Verfolgung angemessen worden waren, verschwanden ohne erklärlichen Grund. Die Misserfolge unserer ... Jäger hängen aller Wahrscheinlichkeit nach mit den drei flüchtigen Attentätern zusammen, die sich im Schiff besser zurechtfinden, als uns lieb sein kann. Sie müssen gut ausgerüstet sein und über das notwendige Geschick verfügen.« Synuit holte tief Atem, bevor er weiterredete. »Zweitens ist die Schiffspositronik anhand von bewegungs- und handlungsmethodischen Vergleichen zu dem Schluss gelangt, dass die flüchtigen Attentäter Terraner sein müssen. Anhand von DNA-Spuren, die wir an den Resten des toten vierten Mannes fanden, lässt sich vermuten, dass es sich bei zwei der Flüchtigen um ... Julian Tifflor und Perry Rhodan handelt.«

Die Aras folgten ihm kommentarlos. Sie alle wussten, dass dies nicht der geeignete Zeitpunkt war, um einen Streit vom Zaum zu brechen. Die terranischen Unsterblichen stellten ein nicht zu unterschätzendes Gefahrenpotenzial dar.

Informationen über die Raumstation FOARY, ihren geheimen Rückzugsort und integren Bestandteil aller Planungen durften unter keinen Umständen bekannt werden. Umso schlimmer wäre es, würde ihnen die Gewalt über die Tefroder entgleiten. Der Plan wäre gescheitert, die unsterblichen Aras müssten wieder ganz von vorn beginnen.

Der Weg über den Transmitter zurück an Bord der ehemaligen Trümmerbrücke konnte Synuit gar nicht rasch genug geschehen. Pausenlos erhielt er Zusatzinformationen, die das Ausmaß seiner Verfehlungen vergrößerten. Er hatte fahrlässig gehandelt, die Gefahr unterschätzt. Er konnte das Versagen lediglich auf die kurze Phase der Verwirrtheit nach dem Erwachen aus dem Transitionsschmerz schieben. Dieses Argument würden die anderen Aras nicht gelten lassen, wenn sie nach Klärung der Situation über ihn Gericht saßen. Er würde all seine Suggestivkraft aufbringen müssen, um die Unsterblichen wieder auf Kurs zu bringen.

Doch vorerst ...

Die Abstrahltaster erfassten sie, brachten sie binnen einer nicht messbaren Zeitspanne auf die MO. Diskus- und Spinnenroboter erwarteten sie, ebenso ein gutes Dutzend schwer bewaffneter und blicklos vor sich hin starrender Tefroder.

»In die Zentrale!«, befahl Synuit. »Die Ruhephasen für die Besatzung werden ausgesetzt. Alles, was sich bewegen kann, macht sich auf, um die Flüchtigen zu suchen.«

Ein Tefroder nickte und gab die Befehle weiter. Er geleitete sie zu einem Transportgefährt, das sie den kurzen Weg zur Zentrale in Nullkommanichts überbrücken lassen würde. Sie stiegen in die glasverkleidete Kabine, spürten für einen Moment den Anpressdruck, während sie über einen neu erschaffenen Verbindungsweg durch das Schiff getragen wurden, stoppten keine zehn Sekunden später.

»An die Arbeit!«, forderte Synuit sie auf. »Jedermann weiß, was er zu tun hat?« Seine Kollegen bestätigten. Die Jünger Mos waren auf mindestens einem Dutzend Fachgebieten ausgebildet. Handlungsmechanismen griffen, die sie sich in Vorbereitungsübungen und Simulationen angeeignet hatten. Es war stets erwartet worden, dass nicht alles hundertprozentig glatt verlief.

Synuit ließ sich in den Kommandantensessel fallen. Er verscheuchte mehrere tefrodische Besatzungsmitglieder aus der Zentrale und schuf ausreichend große Arbeitsplätze für die anderen Unsterblichen. Notwendige Ausrüstung wurde herangeschafft. Spinnenroboter schufen den Leichnam des Attentäters herbei und bahrten ihn auf. Ein Teil des Raums verwandelte sich binnen weniger Minuten in einen Operationssaal. Zucry-Dal und Alymen, deren kognitiv geschulter Verstand durch eine bewundernswerte Leidenschaft für die Improvisation ergänzt wurde, lasen sich rasch durch bislang feststehende Ergebnisse, um sich gleich darauf an die Arbeit zu machen. Die Frau legte das gut gekühlte Gehirn frei, der pharmakologische Spezialist kümmerte sich um die forensischen Berichte und begann anschließend, dem Wesen namens Ignats Gorgides die Haut vom Leib zu ziehen. Keine noch so kleine Spur würde von nun an übersehen werden, wusste Synuit. Mit den Aras waren Fachleute am Werk, die weit mehr bewirken konnten als der bestausgebildete Soldatentrupp.

Julian Tifflor

Kaulquappen-Leiber wirbelten durch die Luft. Entsetzliche Schreie ertönten. Ein jeder Schuss, den er ins Wasser abfeuerte, erschwerte die Sicht. Wasserdampf, gelb und rot und grün, irrlichterte über die unruhige Oberfläche. Klumpen an Chemikalien wirbelten hoch, belegten und veränderten die Konsistenz des Wassers.

Die Darbidinen hatten sich längst von Tifflor gelöst. Sie kreischten panisch, schwammen mit ungelenken Kraulbewegungen in alle Richtungen davon. Die Kaulquappen hatten auf diesen Augenblick gewartet. Jeweils ein halbes Dutzend der Tiere machte Jagd auf eine der Liebesdienerinnen. Sie nahmen keinerlei Rücksicht auf ihr eigenes Leben. Tifflor tötete mehrere von ihnen. Andere schoben und drückten nach, stürzten sich auf die Beute.

Ein anzuginterner Alarm schlug an. Die Halle füllte sich mit tefrodischen Kamerasonden, Wärmemessern, Feldprojektoren. Ihre eigentlichen Gegner zeigten sich alert; als hätten sie gewusst, dass die Dinge hier und jetzt in Bewegung gerieten.

Tifflor hatte einiges riskiert, um die Leben der Liebesdienerinnen zu retten, und verloren. Wahrscheinlich mehr, als er verantworten konnte.

Jeglicher Tarnungsgrund war weggefallen. Er packte zwei der Darbidinen und zog mithilfe des Flugaggregats steil in die Höhe. Nach wie vor hielt er den Schutzschirm deaktiviert. Er ließ die Frauen neben dem Bassinrand fallen, in eine Tiefe von gut und gern drei Metern. Sie stürzten, fingen sich instinktiv und mit bemerkenswertem Geschick ab. Beide wirkten verwirrt, doch unverletzt. Er hatte keine Zeit, sich weiter um sie zu kümmern. Tifflor feuerte aus der Höhe eine breit gefächerte Salve im Paralysatormodus auf die Wasseroberfläche ab. Die Kaulquappen reagierten nicht darauf, ganz im Gegenteil: Sie zeigten sich wütender als zuvor.

Ein gut gezieltes Nadlerprojektil zerfetzte eines der Tiere. Fleischfetzen flogen umher, Algenranken wurden durch die Luft geschleudert, zischendes und kochendes Wasser trat über den Bassinrand.

Eine der Darbidinen trieb bewegungslos an der Wasseroberfläche. Ein Bein und eine Hand fehlten ihr, und noch während Julian Tifflor zusah, wurde ihr schmaler Leib von unten her durchstoßen. Wie rasend fraßen sich die Kaulquappen in das Fleisch. Sie verbissen sich ineinander, verletzten und töteten die Artgenossen. Noch im Sterben kauten und verdauten sie, folgten ihrem Trieb.

Tifflor durchtauchte die immer breiter und dichter werdenden Chemikalienwolken. Drei Darbidinen reckten ihm verzweifelt die Hände entgegen. Er packte sie, zog sie hoch. Eines der Geschöpfe entglitt seinem Griff, fiel mit einem Entsetzensschrei zurück in die Flüssigkeit.

Als es prustend an die Oberfläche zurückkehrte, waren Gesicht und Schulterbereich von roten Schleimbatzen überzogen. Panisch versuchte die Darbidine, den Film abzukratzen – und riss sich die Haut mit ab. Ihr Schrei, anklagend und voll Angst, endete. Die aggressiven Chemikalien hatten ihr die Stimmbänder weggeätzt.

Tifflor brachte die beiden anderen Darbidinen so rasch wie möglich in Sicherheit. Eine weitere der Frauen überkletterte völlig erschöpft die Seitenwand. Das Gesicht, echsenhaft spitz und derzeit ohne jeglichen Liebreiz, war von gelbem Schaum bedeckt, der sich so rasch durch Fleisch und Knochen fraß, dass er dabei zusehen konnte.

Er paralysierte sie, um ihr die Schmerzen zu nehmen. Was später mit ihr geschehen würde, konnte, musste – das verdrängte er vorerst.

Er kehrte ins Bassin zurück. Schaltete diesmal den Schutzschirm zu, tauchte in die Flüssigkeit hinab. Die Sicht blieb auf nicht einmal einen Meter beschränkt. Das vorher so ruhig daliegende Wasser schwappte hoch und nieder. Gut und gern ein Dutzend der Kaulquappen-Wesen hatte sich ineinander verbissen. Sie stritten sich um einen Torso, der einmal der Körper einer Darbidine gewesen war.

Da! Ein Vitalimpuls, und ein Infrarot-Wärmezeichen. Tifflor tauchte tiefer hinab, nutzte alle Möglichkeiten seines Anzugs zur Beschleunigung aus. Eine jede Sekunde mochte über Leben und Tod entscheiden. Er bekam einen Arm zu fassen, zerrte fest, fast brutal daran, brachte die Liebesdienerin zurück an die Oberfläche. Sie japste und jammerte und schrie. Ihr Körper war eine einzige blutige, blutende Masse – doch sie lebte. Auch sie setzte er auf festem Boden ab. Die Darbidine atmete rasend schnell, rang verzweifelt nach Luft. Für eine langwierige Analyse ihres Metabolismus blieb keine Zeit. Er jagte ihr einen araischen Breitbandheilstoff aus den Vorräten des Anzugs in die Venen. Er konnte nur hoffen, dass sie positiv darauf ansprach.

Mit unheimlicher Plötzlichkeit trat Stille ein. Das Wasser beruhigte sich, die ätzenden Nebelschwaden blieben zäh an der Oberfläche hängen.

Waren die Kaulquappen alle verendet? Oder hatten sie sich satt gefressen und waren in ihre jeweiligen Reviere zurückgekehrt?

Einerlei.

Rings um sie zog sich ein mehr oder weniger unsichtbares Geflecht tefrodischer mikrotechnischer Überwachungs – und Fangnetzeinheiten zusammen. Sie waren einer Gefahr entronnen und mussten sich der nächsten stellen.

Sechs Darbidinen hatte er retten können. Zwei von ihnen waren schwer verletzt, und die anderen vier sahen auch nicht so aus, als wüssten sie, wie sie sich angesichts der bestehenden Bedrohung verhalten sollten.

Tifflor aktivierte die Funkrelaiskette zu Zhana. Es dauerte lediglich wenige Augenblicke, bis ihr durch Störimpulse verzerrtes Gesicht auftauchte. Eine akustische Verbindung kam nicht zustande. Sie blickte ihn an, scheinbar wenig überrascht und signalisierte ihm, dass sie sich auf den Weg zu ihm machte. Zhana wirkte so, als wollte sie ihm sagen: »Ich wusste doch, dass du nur Unsinn anstellst.«

Zhana durchbrach den Boden, von einer feurigen Wolke umgeben, begleitet von lautem Knall und ätzendem Geruch. Wahrscheinlich hatte sie selbst dieses Donnerwetter fabriziert, um in dessen Gefolge zu ihm vordringen zu können. Sie kam wie eine Maus, die freiwillig in die Falle tappte.

»Ich muss zugeben: ein effektvoller Auftritt!«, sagte Tifflor. Er half Zhana auf die Beine und riss sie zu sich in die zweifelhafte Deckung mehrerer übereinandergestürzter Deckenplatten. Die eine Darbidine war zwischenzeitlich ihren schweren Verletzungen erlegen. Ihr Leichnam lag unweit von ihnen, mit einem Stofffetzen bedeckt. Ihre Landsfrauen hielten sich unter einem Schuttberg versteckt. Eine der Darbidinen zitterte trotz der künstlichen Betäubung unkontrolliert und bedurfte ständiger Aufsicht. Ihr vegetatives Nervensystem versagte allmählich.

»Ich will gar nicht wissen, was hier vor sich geht«, unterband Zhana von vorneherein jeden Erklärungsversuch. »Hast du einen Plan, wie wir hier herauskommen?«

»Ich hatte gehofft, dass du einen mitbringst.« Tifflor zuckte mit den Achseln. »Die Tefroder haben sich mittlerweile im oberen Deck zu uns vorgearbeitet – und offenbar auch im unteren, wenn ich deinen spektakulären Auftritt richtig deute. Auf unserer Ebene haben sie uns weitgehend eingekreist.«

»Weitgehend?«

»Hinter uns, jenseits der Wand, befindet sich ein abgesicherter Bereich. Möglicherweise ein Lager mit Hyperkristallen oder Gerätschaften, die später im Schiff zum Einsatz kommen sollen. Noch haben sich die Tefroder nicht überwinden können, uns direkt anzugreifen, weil sie befürchten, diese Vorräte zu beschädigen. Doch irgendwann wird ein schlauer Mann Aufwand und Nutzen gegeneinander hochrechnen. Er könnte auf die Idee kommen, dass es notwendig ist, uns trotz des möglichen Verlustes an Materialien töten zu lassen. Mein einziger Vorteil war bislang, dass die Tefroder nicht allzu viele Informationen über mich und die Darbidinen sammeln konnten. Ich habe den Informationstransfer über die Spionsonden so rasch wie möglich unterbunden.«

»Sie wissen nicht, dass du allein bist ... warst?« Zhana würdigte die Liebesdienerinnen keines Blickes. Ihrem Weltbild entsprechend teilte sie alle Wesen, mit denen sie zu tun hatte, in Schafe und in Wölfe ein. Die Darbidinen, die in ihren Augen eindeutig zur großen Herde der Schafe gehörten, verdienten ihre Aufmerksamkeit nicht. Und dennoch ließ sie so etwas wie ... Eifersucht erkennen.

»Ich habe mich bemüht, den Eindruck zu erwecken, als wären auch die Darbidinen schwer bewaffnet und hundertprozentig einsatzfähig.«

»Ich glaube nicht, dass sich die Tefroder so leicht hinters Licht führen lassen«, widersprach die Unsichtbare. »Mir scheint eher, als warteten sie auf ein Kommando. Auf einen Befehl von Schopsna.«

»Mag sein.« Es blieb keine Zeit zu theoretisieren. »Hast du einen Vorschlag, wie wir hier rauskommen?«

»Hast du es schon mit direkter Kontaktaufnahme versucht? Vielleicht lassen sie mit sich handeln, und wir gewinnen ein wenig Zeit.«

»Sie antworten nicht und stören augenblicklich jene Frequenzen, auf denen ich sende. Sie wollen nicht reden. Sonst noch eine Idee?«

»Nein. Ich kann lediglich auf jenes Arsenal zurückgreifen, das du bereits kennst«, sagte Zhana knapp. Sie sah sich aufmerksam um. Es schien so, als analysiere sie binnen weniger Augenblicke die Situation. »Beobachtungsgeräte, ein paar terkonit-sprengende Granaten, zusätzliche Energie-Paks, einen Schwarm-Kordon an Verteidigungsviren, sollte man unsere Technik lahmlegen wollen, einige hochenergetische Fallen. Das ist alles, was ich dir anbieten kann.«

»Keine Geheimwaffe? Nichts, das du mir bislang vorenthalten hättest?«

»Nein. Ich muss dich enttäuschen.« Sie verzog den Mund zu einem Grinsen. »Ich habe keinen Pfeil mehr im Köcher.«

Tifflor atmete tief durch. Die wenigen Sonden, die ihm noch Informationen aus den Bereichen außerhalb der Bassin-Halle lieferten, zeigten ihm, dass sich die feindlichen Trupps immer enger um ihren Standort zusammenzogen. Hunderte Tefroder waren es; alle gut ausgerüstet, alle trotz ihrer Fremdsteuerung hoch konzentriert bei der »Arbeit«.

»Ich verstehe dich nicht«, sagte er müde. »Warum bist du dann hierhergekommen, mit nichts in der Hand?«

»Du hast mich gerufen. Du warst in Gefahr. Das reicht mir.«

Er betrachtete sie. Die stolze, nüchterne Kämpferin, die Wert darauf legte, ihre vielen Geheimnisse so gut wie möglich für sich zu behalten. Hier und jetzt, so meinte er, zeigte sie erstmals ihr wahres Ich. Ihre Bereitschaft, für andere Wesen einzustehen. Ihre Liebe, ihre Leidenschaft, ihre Hingabe.

»Du bist verrückt«, sagte Tiff.

»Wir sterben ohnehin.« Zhana sagte es nüchtern, ohne ein Anzeichen des Bedauerns. »Die Handlungsfrist für den Krabbler ist vor wenigen Minuten abgelaufen. Von dieser Seite ist also auch nichts mehr zu erwarten. Ich möchte die letzten Atemzüge in Gegenwart jenes Menschen tun, den ich ... den ich ...«

Sie brachte es nicht über die Lippen – aber sie zeigte es. Tifflor beugte sich vor und küsste sie. Sie erwiderte seine Berührung. Er spürte ihre spröden, schmalen Lippen, die gerade und lange Nase. Zhana roch nach Schweiß und hatte den seltsamen Geschmack von Metall auf den Lippen. Die Kragen ihrer Schutzanzüge rieben aneinander und engten sie in ihrer Bewegungsfreiheit ein.

Er seufzte tief, als sie endlich losließ. »Was ist mit den Topsidern? Konntest du wenigstens sie in Sicherheit bringen?«

Zhana tastete über den Mund, als wäre ein spürbarer Rest seiner Leidenschaft dort hängen geblieben. »Sie verstanden augenblicklich, worum es ging. Ich konnte sie bewegen, mit mir zu kommen. Sie befinden sich nun in unserem Versteck, beten Semta ihre endlosen Litaneien vor und hoffen darauf, dass ich zurückkehre. Ich befürchte, sie werden umsonst warten.«

»Alles findet irgendwann einmal sein Ende.« Tifflor sagte es ohne Bitterkeit. »Eines Tages musste es so weit kommen. Der Zellaktivator garantiert mir, dass ich nicht im Bett sterbe.«

»Und du empfindest keinen Zorn, dass die andere Seite gewinnt? Dass das Böse gewinnt?«

»Sag bloß, dass ausgerechnet du an Kategorien wie Gut und Böse glaubst?«

»Möglicherweise habe ich einen Lehrmeister, der mir solche Dinge beibringt. Einen ausgezeichneten Lehrmeister übrigens.«

»Das klingt nicht besonders glaubwürdig.« Tifflor grinste schief. »Dennoch: Danke.«

Die Sekunden, da sie alles um sich herum vergessen und sich mit lockeren Gesprächen ihre Situation schönreden konnten, vergingen viel zu rasch. Die verletzte Darbidine stöhnte auf. Der Unsterbliche kroch zu ihr und sprühte einen weiteren Kühlgel-Strahl auf ihr zerfurchtes, zerstörtes Gesicht. Knochen schimmerten durchs Fleisch. Rotbraune Krusten und weiße Bläschen bildeten sich allerorts. Die unbekannte Chemikalien-Mixtur fraß sich immer weiter und tiefer in ihr Gesicht.

»Sie kommen«, sagte Zhana und deutete auf ein Holo, das zwischen ihnen schwebte. Weite Bereiche des dreidimensionalen Bildes blieben ausgeblendet. Dennoch war an den Bewegungen der Tefroder-Trupps nur allzu deutlich zu erkennen, dass sie sich anschickten, die Bassin-Halle zu stürmen.

»Wir verwenden alles Material, das uns noch zur Verfügung steht«, ordnete Tifflor hastig an. »Verteil die Granaten, so gut es geht. Da, da und da« – er deutete in das Holo – »erwarte ich die Spitzen ihres Angriffs. Wenn wir diese drei Stoßrichtungen im Vordringen aufhalten und vortäuschen können, dass wir über ausreichend Bewaffnung verfügen, überlegen sie es sich vielleicht noch einmal.«

Zhana sandte ihre Granaten aus. Die Waffen mit einem Wirkungskraft von jeweils 500 Vergleichskilogramm TNT setzten sich in Bewegung. Die unruhige

Oberflächenstruktur der kaum handgroßen Geräte ließ sie mit dem Hintergrund ihres jeweiligen Umfelds verschmelzen. Nach wenigen Sekunden verschwanden sie aus der Ortung, als hätte es sie nie gegeben.

»Beeindruckend«, murmelte Tiff. »Die Granaten stammen wohl auch aus araischer Fertigung?«

»Selbstverständlich. Wir offerieren jeweils das fertige Paket. Den intelligenten Sprengstoff, die Umgebungslogistik der Waffe, den genau bemessenen Wirkungsradius – und, für den Fall der Fälle, ein medizinisches Versicherungs- und Notversorgungspaket. Es ist optimal auf einen möglichen Leistungsanspruch zugeschnitten, mit Schwerpunkt auf Amputationen und Splitterverletzungen.«

»Wie überaus zynisch!«

»Du meinst wohl eher: Wie überaus klug durchdacht ...«

Seltsam. Wie sehr sie sich vom Unvermeidlichen ablenkten. Auf welche Dinge sie sich mit einem Mal kaprizierten. Wie wenig sie einander zu sagen wussten.

Keinesfalls, weil sie sich nicht verstanden. Sondern aus dem Grund, dass sie eine gewisse Normalität aufrechterhalten wollten, um nur ja nicht an das Ende, die endlose Schwärze, denken zu müssen.

Ohrenbetäubender Krach. Eine Rauchwolke. Eine Luftwalze, gegen die sich die Mechanismen ihrer Anzüge mit aller Macht stemmten. Die Darbidinen wurden davongeblasen und unter Trümmern begraben. Meterlange Stahlträger wirbelten wie Spielzeug umher, eine ungebändigte Wasserflut brach aus einer geborstenen Seitenwand hervor. Es war so weit; es ging ans Eingemachte.

Tifflor tappte ein letztes Mal unbeholfen über die behandschuhten Finger Zhanas. Um ihr zu verstehen zu geben, was keiner Worte mehr bedurfte. Dann war alles andere als der bevorstehende Kampf vergessen, beiseitegedrängt. Sh'ant, die dritte Stufe des Upanishad, griff. Er formulierte den »Kampfgedanken« notwendigerweise für die Situation um und erweiterte ihn problemlos von der waffenlosen Selbstverteidigung hin zum Allkampf, den auch das arkonidische Dagor lehrte.

Er schoss in die Wasserfluten. Eine Dampfwolke stieg hoch, es zischte und brodelte. Mehrere kleine Schatten, die sich daraus hervorwühlten, traf er in rascher Abfolge. Spinnenroboter explodierten, ihre metallenen Leiber glühten auf und vergingen. Zhana neben ihm feuerte einen einzigen Schuss ab. Sie vernichtete einen übrig gebliebenen Diskusroboter. Mit einer fließenden Bewegung drehte sie sich um, riss ihn mit sich zu Boden. Er gab nach, überließ ihr die Führung. Die Unsichtbare tauchte nach vorn weg, unter eine riesige, umgestürzte Mülltonne, rollte sich ab, wich einem freischwingenden Kabel aus, versetzte einer schwergliedrigen Kette, die von der Decke hing, einen genau gezielten Bewegungsimpuls, rutschte über den glitschigen Boden auf ihre nächste Deckung zu: ein Wandelement, das nur noch schief in seiner Halterung hing.

Tifflor tat ihr jede Bewegung nach. Ihre Fluchtbewegungen waren wie ein Partnertanz, in dem die Frau führte. Voll Exotik. Ein Tango, der ungemein viel Selbstbeherrschung und unbedingte Leidenschaft verlangte. Als müsse er einen erotischen ... Offenbarungseid leisten, so fühlte sich der Unsterbliche. Selbst die geringste

Fingerdrehung, die kleinste Bewegung des Kopfs ergaben einen Sinn.

Das Kabel peitschte zurück, riss einen der Diskusroboter aus der Luft. Die Kette hingegen verfing sich in zwei der Spinnen, ließ sie hilflos in der Luft zappeln, einfache Ziele, die Tiff mit fast banal anmutenden Feuerstößen ausradierte. Die Mülltonne kippte um, rollte in entgegengesetzter Richtung davon. Unterdrückte Flüche, über die Außenmikrofone des Schutzanzugs gerade noch als solche erkennbar, bewiesen ihm, dass das mindestens drei Meter hohe und breite Gefäß die Vorhut der Tefroder erreicht hatte. Inmitten des Chaos aus Dampf, Funken, Explosionsgewittern, Wasserfluten und grässlicher Geruchsentwicklung staksten ihre Gegner umher. Irritiert, keinesfalls mit dieser Art von Widerstand rechnend.

Einen Moment lang nahm er sich die Zeit, sich um die Darbidinen zu kümmern. Vier von ihnen lagen geschützt hinter einem Abfallhaufen, die fünfte konnte er nicht erfassen.

Eine der Kaulquappen flog durch die Luft, vom Explosionsdruck einer Splittergranate nahezu in zwei Hälften zertrennt. Jaulende, wütende Geräusche drangen aus dem zusammenfallenden, schmalen Sackleib; dann verstummte der tierische Jäger für immer. Er verendete, an einer Säulenwand klebend.

Tifflor löste sich aus dem »Tanzverbund« mit Zhana. Sie nickte ihm zu, als verstünde sie seine Motivation. Wahrscheinlich war es auch so. Sie bewegte sich, wie er es niemals zuvor gesehen hatte. Befreit und gelöst, als könnte sie nur in dieser wilden Jagd ihr wahres Ich freigeben. Als wäre sie eine Künstlerin, die eine Form der Erfüllung fand, die ihr sonst niemals gegeben war.

Tiff raste nach links, deponierte eine der übrig gebliebenen Streubomben. Schoss viermal aus unterschiedlichsten Positionen. Egal wohin. Hauptsache, er steigerte die Verwirrung der Angreifer. Das laut blaffende Nadlerfeuer Zhanas unterstützte ihn. Er raste durch die Luft, setzte wagemutig über die vordersten Tefroder hinweg, schoss sein Magazin leer. Stets in der Hoffnung, keinen ihrer Gegner ernsthaft zu verletzen oder gar zu töten. Noch war er nicht so weit. Noch glaubte er an dieses eine Wunder in letzter Sekunde, dem er schon so oft sein Leben verdankt hatte. An diesen Schutzengel, dem er in seiner Jugend seine Existenz anvertraut und an dessen wundersame Wirkung er zwischenzeitlich jeglichen Glauben verloren hatte. Nun kehrten die Erinnerungen zurück, samt Engelsgesicht, seinem uraltem christlichen Verständnis, der liturgischen Bedeutung eines einfachen Reims, der Bitte um Fürsprache ...

Eine Minute war vergangen, seitdem sich die Tefroder mit Gewalt Zutritt in den Bassinraum verschafft hatten. Dutzende Roboter lagen in Wasserlachen. Zhana löste weitere Granatexplosionen aus. Chaos, das sie losgetreten hatten, erschütterte das Gefüge dieses Teils der MO.

Der blind abgefeuerte Schuss eines Gegners hüllte ihn kurz in eine Feuerlohe. Der Anzug-Schutzschirm zeigt eine Belastung jenseits der 80-Prozent-Marke. Dann wanderte der Strahl weiter und brach schließlich ab.

Wenn Tifflor bislang gehofft hatte, dass die Tefroder sie lediglich festsetzen wollten, war er nun eines Besseren belehrt worden. Schopsna, der wohl hinter dem Angriffsbefehl stand, legte keinen Wert auf Überlebende in diesem ungleichen Kampf.

Tifflor folgte einer Eingebung. Er entließ seine letzten fünf Spionsonden, sandte sie in alle Bereiche der Halle davon. Die winzig kleinen Gerätschaften rasten dahin, vollführten irrwitzigste Manöver, zischten wie wild gewordene Winzbälle durch die Luft. Ihr dünnes Pfeifen trug zur allgemeinen Verwirrung bei. Wie Geschosse schlugen sie irgendwo in die Wände ein und erzeugten den Eindruck, als befänden sich weitere Waffenträger in dem weiten, unübersichtlichen Hallenraum. Tiff schaltete die Akustikfelder, die der Anzug erschaffen konnte, so weit wie möglich weg von sich selbst und schrie Sinnloses. In unterschiedlichen Tonhöhen, teilweise stimmverzerrt, teilweise mit Hall. Zhana fiel nach wenigen Sekunden in das grässliche Konzert ein. Ein unbedarfter Zuhörer musste den Eindruck gewinnen, dass hier mindestens ein Dutzend Frauen und Männer am Werk waren und den Tefrodern erbitterten Widerstand leisteten.

Tiff warf das dritte leer geschossene Energie-Pak achtlos beiseite, legte ein neues ein. Mehrere Garben, hoch in die Decke gezielt, ließen flüssiges Metall herabtropfen und -rinnen.

Dann hielt er inne. Eine merkwürdige Ruhe war eingekehrt. Die Tefroder zogen sich ob des unerwartet heftigen Widerstandes zurück.

Tifflor ließ sich vom Anzug zu Zhana leiten. Die beiden Systeme waren längst aufeinander justiert. Er löste die mechanische Helmverriegelung und wischte sich Schweiß aus dem Gesicht, der ihm in diesen maximal 90 Sekunden förmlich aus den Poren geschossen war.

»Das hält sie nicht lange auf«, keuchte Zhana. Sie beugte sich vor und atmete tief durch. »Binnen weniger Minuten werden ihnen die Auswertungsroutinen zeigen, dass wir sie getäuscht haben. Der nächste Angriff ist definitiv der letzte.«

Tifflor nickte müde. Nun würden sich wohl auch die letzten Schlupflöcher schließen. Selbst wenn sie die Darbidinen in Stich ließen – ein Entkommen war nicht mehr möglich.

»Wir leben noch«, sagte er leise. »Das ist mehr, als man verlangen kann – nicht wahr?«

Vergangenheit: Aset-Radol

Mirona Thetin starb, wie er es längst erwartet hatte. Getötet von den Terranern, denen er anfänglich keinerlei Bedeutung zuerkannt hatte.

Doch eigentlich hätte er es besser wissen sollen: Die Kinder jener Sonne, die bereits das Volk der Lemurer zu lichten Höhen geführt hatte, waren etwas ganz Besonderes.

In einer seltsamen Mischung aus Wagemut, Ignoranz und Selbstherrlichkeit eroberten sie Karahol. Wie ein Schwarm Fliegen, der über ein riesiges, schwerfälliges Raubtier herfiel, reinigten sie die Große Insel von den Meistern der Insel.

Etwas, das Jahrzehntausende gehalten hatte, zerbröckelte binnen weniger Monate. Perry Rhodan und Atlan schafften es, die tönernen Füße von Mirona Thetins Reich zu zertrümmern, den Maahks zu ihren alten Rechten zu verhelfen – und den Gemütszustand der Tefroder möglicherweise irreparabel zu schädigen. Geschlagen und traumatisiert ließen sie es zu, dass ihre so lange anhaltende Dominanz beendet wurde und sie den Glauben an sich selbst verloren.

Aset-Radol tat sich schwer, in dieser wilden Zeit intergalaktischer Umwälzungen ruhig zu bleiben. Das Volk der Arkoniden, in seinem Innersten längst geschädigt und verfault, verlor seine Vormachtstellung. Wiederum waren die terranischen Emporkömmlinge daran beteiligt, dass das so stolze Volk in die – vorübergehende – Bedeutungslosigkeit zurückgestoßen wurde.

Die Hohen Mächte traten erstmals seit Langem wieder in Erscheinung. Das einst so klar definierte Machtgefüge in der Milchstraße erfuhr schier unendlich viele Ausweitungen.

Die meiste Zeit verbrachte Aset-Radol auf dem Unlichtplaneten, gelegentlich von Synuit mit Nachrichten versorgt. Schweigend und staunend beobachtete er, was in Apsuhol vor sich ging. Wie sich der Fokus universumsweiter Geschehnisse immer mehr auf diese eigentlich so unscheinbare Galaxis konzentrierte.

Aset-Radol lernte über den Schwarm, die Mächtigen, die Endlose Armada. Er hielt still, während Monos die Milchstraße in ihrem Griff hielt, wohl wissend, dass sich dessen Herrschaft nicht lange halten konnte. Er ängstigte sich vor negativen Superintelligenzen, und er bewunderte die Terraner für ihre Sturheit, mit der sie die galaktischen Völker immer wieder von ihrer Vorstellung einer banalen demokratischen Ordnung überzeugen wollten. Völlig umsonst, wie Aset-Radol mit stiller Befriedigung feststellte. Auch dieses Modell versagte, musste versagen.

Und als ihn jene Gefühle der Resignation, derer er sich so lange erfolgreich erwehrt hatte, endgültig durchschlugen, als er sich von allen jemals gefassten Plänen verabschieden und im Freitod einen Ausweg aus den

Qualen ewigen Lebens suchen wollte, geschah das schier Unfassbare: Die Kriterien zur Extraktion des Radolxin veränderten sich zu seinen Gunsten. Er benötigte kein Altrit mehr. Von nun an reichte die billigste Form eines Hyperkristalls.

Der Schaffung weiterer Darlos stand nichts mehr im Wege. Wenn er wollte, so überlegte Aset-Radol, konnte er auch wieder beliebig viele Duplos anfertigen. Doch er verwarf den Gedanken augenblicklich wieder. Diese Geschöpfe waren niemals brauchbar für seine Pläne gewesen. Auch den Aras, die er lange Zeit mit diesem Problem beschäftigt hatte, war es nicht gelungen, den künstlich erzeugten Wesen den notwendigen Grad an Individualismus einzuhauchen. Zu viel von dieser Tugend erzeugte Trotz, Eigensinn und Widerspruchsgeist; zu wenig davon ließ sie tumb und schwach erscheinen.

»Darauf hast du immer gewartet, Herr!«, flüsterte Synuit. Er hatte den Körper eines Ovoiden und flatterte nervös mit den rudimentär ausgebildeten Flügeln. »Radolxin, so viel wir wollen. Unzählige Planeten, die wir bedrohen und vernichten können.« Er watschelte im Kreis, das Federbüschel an seinem nackten Bürzel hüpfte in lächerlicher Manier hoch und nieder. »Wir vernichten Terraner, Arkoniden, Blues und Akonen. Wir schaffen Anarchie. Wir erzeugen ein Machtvakuum, das einzig und allein wir schließen können, indem wir Rettung und Gesundheit versprechen. Wir haben das wichtigste Gut zu vergeben, nach denen es diese einfachen Kreaturen verlangt. Damit sie sich weiterhin an ihr bisschen Glück und den Traum von der Selbstbestimmung klammern können ...«

»Du hast recht«, sagte Aset-Radol leise. »Der große Moment ist gekommen. Du hast die Pläne parat?«

»Jederzeit. Es bedarf lediglich leichter suggestiver Beeinflussung, um die Unsterblichen auf Kurs zu bringen. Sie strotzen vor Tatendrang.«

»Dann macht euch daran, meine Vorgaben umzusetzen.« Aset-Radol drehte sich um und winkte zum Abschied mit der Hand. Dann ließ er sich von der Raumstation FOARY zurück auf den Unlichtplaneten abstrahlen. Die Yakuva-Bäume trieben aus. Er wollte das Schauspiel unter keinen Umständen versäumen. Er hatte diese merkwürdigen Wesen vor nicht einmal 100 Jahren von einer untergehenden Welt gerettet und bewunderte seitdem deren ungewöhnliche Form der Lebensbewahrung. Er schenkte den Kleinen seine Erfahrungen und Geschichten, sie widmeten ihm ihre Aufmerksamkeit und Zuneigung. Ein faires Geschäft, das er niemals bereut hatte.

Er machte sich auf den Weg, um den Sechzehnten Yakuva-Baum aufzusuchen. Heute würden seine Kinder schlüpfen. Er war der Großartigste in einer Reihe ganz außergewöhnlicher Geschöpfe.

Die Yakuvas belegten ihn mit Stimmungen und Emotionen, die er zuvor nicht gekannt hatte. Sie brachten neue Facetten seiner Persönlichkeit zutage, und sie vermittelten ihm Dinge, die er zeit seiner Existenz verdrängt oder ignoriert hatte.

Hatte er denn das Recht, nach all dieser Zeit noch immer den Wunsch nach Macht zu verspüren? War seine Zeit nicht schon längst abgelaufen? War er zu einem Relikt aus der tiefen Vergangenheit geworden?

Aset-Radol schüttelte den Kopf.

Seltsam.

Ausgerechnet die Kosmokraten hatten ihm zu alter Machtfülle verholfen. Durch die Erhöhung der Hyperimpedanz verschoben sich Wertigkeit und Wirkungsspektrum hyperkristallinen Erzes. Die Erzeugung des Radolxin wurde mehr oder minder zum Kinderspiel.

Perry Rhodan

Er erwachte und schrie seinen Schmerz, seine Furcht, sein Entsetzen in die Welt hinaus.

Hastig sprang der Unsterbliche hoch und rannte davon. Er kümmerte sich nicht um die völlig verunsicherten Früchte des Yakuva-Baums. Sie waren zu Nebenfiguren geworden in einem Spiel, dessen Größe ihm nicht begreiflich werden wollte.

Ein Meister der Insel! Ein Überlebender aus einer der schrecklichsten Epochen, die die Völker der Milchstraße und Andromedas jemals durchgemacht hatte.

Endlich blieb er stehen. Schweißbedeckt, mit laut pumpendem Herz, lehnte er sich gegen den Stamm eines knorrigen Baums. Am Horizont wetterleuchtete es, eine Wolkenbank zog dort vorüber.

Er spürte Angst. Tiefe, kreatürliche Furcht. Dämonen, die er längst hinter sich gelassen geglaubt hatte, kehrten mit einem Mal zurück.

Eine Geschichte, die 25.000 Jahre oder mehr überspannte, hatte sich unverrückbar in sein Gedächtnis eingebrannt. All die fürchterlichen Dinge, die Aset-Radol in Gang gesetzt, die er unbemerkt geplant hatte ...

Stets mit dem Ziel vor Augen, eines Tages ein Regime zu installieren, dem er in aller Heimlichkeit vorstand und das er im Schatten seiner Puppendarsteller noch weitaus subtiler und intensiver prägen würde, als dies Mirona Thetin in Andromeda getan hatte.

Wie konnte ein Wesen Jahrzehntausende verbringen, indem es wartete? Welcher Art war der Wahnsinn, der in Aset-Radol steckte? Wie konnte er nur so vermessen sein, ein Volk wie die Aras zu züchten, damit es seine Eitelkeiten und seinen schier unbändigen Wissensdrang befriedigte? Und, als wichtigste Frage von allen: Was konnte er, Rhodan, tun, um den Meister der Insel aufzuhalten?

Rhodan sah auf die Uhr. Die Yakuva-Früchte hatten ihn stundenlang aufgehalten. Auf der MO konnte Werweiß-was geschehen sein. Kein Funkspruch, keine Information war ihm bislang zugegangen. Hätte der Krabbler an Bord des Trümmerschiffs seine Aufgabe erfüllt, wäre er längst benachrichtigt worden. Er musste davon ausgehen, dass nur noch er selbst über Wohl und Wehe ihrer Mission entschied.

Die Ansiedlung. Er musste sie erreichen. Er musste plangemäß vorgehen und sich von dort aus zur FOARY abstrahlen lassen.

Rhodan straffte seinen Körper und machte sich auf den Weg, zurück zu den Früchten. Er wollte sich für sein unmotiviertes Verhalten entschuldigen und anschließend seinen Weg fortsetzen. Immerhin trug er nun ein ganz besonderes Rüstzeug mit sich: Er kannte jedes kleinste Detail aus Aset-Radols Plan. Er musste einen Keil zwischen die Aras, Synuit und den Meister der Insel treiben, musste diese drei Faktoren voneinander trennen. Es gab ausreichend Themen, die Aset-Radol tunlichst vor seinen Edeldomestiken zu verbergen hatte. Er benötigte eine einzige Gelegenheit. Ein paar Augenblicke Zeit, um gegenüber den Aras das loszuwerden, was er in Erfahrung gebracht hatte.

Die Terraner hatten die Meister der Insel besiegt. Er würde höchstpersönlich den letzten Rest, die letzte Erinnerung an diese galaktische Plage löschen.

Es waren niedrige, flache Gebäude. Zweckbauten, nicht mehr als ein Dutzend von ihnen. Sie sahen aus wie übergroße Zuckerwürfel, die jemand in die friedlich wirkende Landschaft gestreut hatte. Willkürlich, ohne Plan und Ziel.

Rhodan maß mehrere Energieflüsse an. Manche Parameter konnten seine araische Positronik identifizieren. Dort drüben existierte in der Tat eine Transmitterstation, ein Konverter, energieerzeugende Anlagen und Steuerungsaggregate, die möglicherweise als Justierungsstation für den Moby-Transmitter dienten. Darüber hinaus durchzogen Strahlenbilder unbekannter Art das anmessbare Gesamtspektrum, die er keinem Zweck zuordnen konnte. Einen Schutzschirm, der ihn vom Betreten der kleinen Ansiedlung abhalten konnte, bemerkte er jedenfalls nicht.

»Was erwartest du nur von mir?«, murmelte er. »Weißt du, dass ich komme?«

Er hielt sich auf dem schmalen Trampelpfad auf, der auf das vorderste Haus zuführte, und beobachtete aufmerksam die Umgebung. Nichts und niemand verhieß Gefahr. Links und rechts befanden sich gepflegte Hecken, sorgsam angeordnete Blumenbeete, aber auch scheinbar willkürlich in die Gegend gestreute Biotope. Eine Rotte harmlos wirkender Pflanzenfresser beobachtete ihn mit aufgerichteten Oberkörpern. Die hasenähnlichen Tiere mümmelten an dottergelben Blumen und putzten sich immer wieder irritiert mit schmalen Pfoten über die graublauen Spitzschnauzen.

Rhodan hatte sich kurzerhand entschlossen, den Weg der direkten Konfrontation zu suchen. Hier durchs Gras zu kriechen und sich wie ein Frontsoldat anzuschleichen, erschien ihm ... absurd. Der Fleck wirkte zu harmlos, zu schön. Das Reich eines Fürsten der Finsternis sah anders aus.

Ein mannsgroßer, humanoider Roboter näherte sich. Seine schwarzen, künstlichen Augen blitzten, der Blick irrte unstet hin und her. Er hielt kurz inne und griff mit einem seiner Arme an seine Seite, in eine Art Halfter ...

Rhodan blieb stehen, die Hand an der Waffe. Seine Schutzschirmautomatik würde sich aktivieren, sobald die Positronik eine beginnende energetische Aufladung anmaß.

Der Android zog den Gegenstand aus dem Köcher. Es handelte sich um das Multifunktionswerkzeug eines Gärtners. Er bückte sich und schnippelte von einem tulpenähnlichen Gewächs drei abgestorbene Blätter weg.

»Ein prächtiger Tag heute, ist es nicht?«, sagte er im breiten Dialekt einer Sprache, die Perry augenblicklich verstand, aber nicht zuordnen konnte.

Britisches Englisch, sagte er sich dann. *Im saubersten, unglaublichsten Oxford-Dialekt. Sein Verhalten, die Körper-*

haltung, die Sprache – der Roboter benimmt sich so, als wäre er ein englischer Gärtner in einem tudorschen Prachtgarten. Aset-Radol besitzt einen etwas abgedrehten Humor. Als wäre er ein lange verschollener Vetter von ES.

»Ein herrlicher Tag, in der Tat«, erwiderte er in seiner Muttersprache und marschierte mit langsamen Schritten zum Maschinenwesen. »Wissen Sie vielleicht, wo ich den Landlord finden kann?«

Der Roboter richtete sich auf und blickte ihn an. Er zwirbelte den aus langen Drahthaaren bestehenden Bürstenbart in Form und zog in snobistischer Vollendung eine der künstlichen Augenbrauen hoch. »Sie werden erwartet?«

»Nein, aber ... ich hätte ein dringendes Anliegen.«

Wie absurd! Wie unendlich, widerwärtig absurd! Warum ließ er sich auf ein derartiges Spielchen ein? Konnte er derart die Gefühle der Angst, die in ihm wühlten, unter Kontrolle halten?

»Ich bin mir sicher, dass Master Aset-Radol ein offenes Ohr für Ihre Anliegen hat«, sagte der Roboter. »Vorausgesetzt, sie finden die Kraft, ihn aufzusuchen.«

»Wie soll ich das verstehen ...?«

»Ich wünsche einen schönen Tag, mein Herr. Es ist wirklich prächtiges Wetter, und es verspricht eine genauso prächtige Nacht zu werden.« Der Android kümmerte sich nicht mehr um ihn. Er marschierte davon, sang mit grässlich künstlich klingender Stimme »Amazing Grace«, zupfte da und dort an Büschen und Blumen.

Wenn ich die Kraft finde, Aset-Radol aufzusuchen ...

Eine Prüfung erwartete ihn. Der MdI wollte Spielchen spielen. Nun, das konnte er haben. Perry war zu allem bereit, um diese Farce, die auf dem Rücken von Trillionen von Lebewesen ausgetragen wurde, zu beenden.

Der Weg schlängelte sich nun in die Niederung des Tals hinab. An einem Bächlein vorbei, dessen Wasser aufwärts floss, zwischen Bäumen, deren Äste sich über seinem Kopf ineinander verhakten und einen unendlich langsamen Ringkampf vollführten.

Nur noch 100 Meter, dann war der vorderste der Zweckbauten erreicht. Ein psychedelisch anmutender Farbanstrich von ineinandergreifenden Spiralen und labyrinthischen Spuren wirkte verwirrend. Doch das war es nicht, das sein stetig wachsendes Gefühl der Angst gerechtfertigt hätte. *Irgendetwas stimmt hier nicht,* dachte Rhodan. *Es wäre besser, wenn ich umkehrte und ein anderes Mal zurückkäme.*

Ein anderes Mal?!

Es würde keinen zweiten Versuch geben. Wie kam er nur auf eine derart absurde Idee?

Er marschierte weiter. Vorsichtiger nun, auf die Zeichen achtend, die rings um ihn eine Veränderung ankündeten. Im räudigen Fell der scheinbar so niedlichen Feldtiere zeigten sich Blutflecken. Ihre Zähne wirkten spitz, ihr eindringliches Pfotentrampeln kündete von Ungeduld. Pflanzen mit bleichen, breiten Blütenkelchen reckten ihm die Hälse entgegen. Sie wurden von fetten, grün schillernden Fliegen umschwirrt. Ein Etwas schnappte nach ihm, nach seinen Beinen. Der Unsterbliche fühlte den Luftzug, trotz des Anzugs, der ihn schützte.

Ein mentaler Schwall drückte ihn zu Boden. Die Wucht des geistigen Hiebes legte sich auf Fleisch und

Knochen. Berührte seine Seele, seine Psyche, seine Physis. Zerbohrte und zerstörte alles, kümmerte sich keinen Deut um die Mentalstabilisierung.

Die Bilder einer friedlichen, ruhigen Landschaft verschwanden vor seinen Augen. Er roch Schwefel, Teufelswurz und Ammoniak. Seine Haut brannte. Rings um ihn brach der Boden weg. Abgründe taten sich auf, aus denen Flammenzungen hochloderten. Albtraumhafte Gestalten krochen zwischen widerwärtigem Gewächs dahin. Auf ihn zu. Jaulend, heulend, von der Erwartung und Hoffnung getrieben, ihn auszusaugen, zu vernichten und ihm alles zu nehmen, das ihn ausmachte.

»Das ist also deine Welt, Aset-Radol?«, schrie Rhodan, plötzlich von unheiligem Zorn erfüllt, in den stinkenden Äther hinaus. »Und du meinst, du kannst mich davon abhalten, dich zu holen?« Er ballte die Faust, reckte sie in die Höhe. »Du irrst dich, alter Mann! Du kannst mich nicht stoppen!«

Die Aggregate seines Anzugs versagten von einem Augenblick zum nächsten. Der Stoff zerriss und verbrannte. Die dünne hitzeisolierende Schicht war alles, was ihn vor dem Tod bewahrte.

Rhodan bewegte sich vorwärts, taumelte und torkelte an Lavaseen und glühend heißem Gestein vorbei. Brandblasen wuchsen in seinem Gesicht. Sie platzten, brachten rohes Fleisch zum Vorschein. Seine Kräfte ließen nach. Er fiel auf die Knie und kroch weiter. Robbte weiter. Zog sich mit zerstörten Handschuhen und blutig gerissenen Fingerspitzen auf das Ziel zu.

Sein Herz trommelte in raschem Rhythmus, der Zellaktivator in ihm jagte Impulse durch den Leib, die ihm eigentlich helfen sollten, in Wirklichkeit den Schmerz aber nur verstärkten.

Rhodan versuchte ein Lachen. Es klang wie das Ächzen eines verendenden Tieres. »Mehr hast du nicht zu bieten, Aset-Radol?«, hauchte er kraftlos.

Dann kamen die wirklichen Schmerzen über ihn.

Aset-Radol

Er bewunderte den Terraner. Für dessen Naivität, die andernorts als Mut bezeichnet worden wäre. Er nahm eine Herausforderung an, die er unmöglich bestehen konnte. Er marschierte weiter, in Trugbildern unendlicher Intensität gefangen. Perry Rhodan ließ sich nicht entmutigen, hielt sich irgendwie aufrecht.

Aset-Radol gab dem Unsterblichen jene mentalen Absonderungen zu spüren, die ihm die Memokriecher über die Jahrtausende immer wieder entnommen hatten. All die Dinge, die er im Laufe seines langen Lebens verarbeitet – oder auch nicht verarbeitet hatte. Seine Ängste, seine Nöte. Krustige und verschorfte Ablagerungen, so widerwärtig, dass manche der Memokriecher nach getaner Arbeit ihre Funktion eingestellt hatten.

Perry Rhodan hieb um sich. Er vollführte Bewegungen, als schlängle er über den Erdboden. Blut tröpfelte aus den Augenwinkeln, mit seinen Nägeln riss er sich tiefe Narben in die Wangen. Er hatte seinen Körper längst nicht mehr unter Kontrolle. Speichel rann über sein Gesicht, Krämpfe durchzogen Bauch- und Armmuskulatur.

Der Unsterbliche ging und kam dennoch kaum von der Stelle. Er verlor diesen Kampf gegen die Widerlichkeiten, die ihm Aset-Radol entgegenwarf. Dieser Erinnerungswucht konnte sich niemand gesunden Verstandes entziehen.

Rhodan grunzte Zusammenhangloses. In einer Sprache, die keine war. Seine Worte wurden von Schaumflanken begleitet, die von Blut durchmengt waren. Die inneren Organe versagten, kamen mit der Überbelastung des Geistes nicht mehr zurecht. Eine Kettenreaktion war in Gang gesetzt, die nur noch im Exitus enden konnte.

Aset-Radol maß den Herzinfarkt an, vom Zellaktivator mühselig bereinigt. Die beiden platzenden Gerinnsel im vorderen Stirnlappen, jedes für sich lebensbedrohend. Das Versagen der Nieren, die innerliche Vergiftung. Die Zerrüttung eines prachtvollen Verstandes. Das kumulierende körperliche und geistige Versagen all dessen, was das Wesen Perry Rhodans ausmachte.

Der Unsterbliche kämpfte.

Und kämpfte.

Und kämpfte.

Er überwand eigenen Grenzen und durchstieß den geistigen Schutzwall Aset-Radols.

»Bemerkenswert«, murmelte Aset-Radol, das erste Mal seit – wie lange? 20.000 Jahren? – wirklich beeindruckt.

Nach einer Weile fügte er hinzu: »Allmählich fange ich an zu begreifen.«

Er schwieg neuerlich, sortierte seine Gedanken. Er hatte noch ein wenig Zeit, bevor er über Leben und Tod des Unsterblichen entscheiden musste. Noch waren die

Folgen nicht irreparabel, noch konnte araische Heiltechnik dieses terranische Wrack wieder zu dem machen, was es noch vor wenigen Minuten gewesen war.

Dann traf er seine Wahl. Mit einer Handbewegung forderte er die unsichtbaren Scharen seiner robotischen Lebensgefährten auf: »Behandelt ihn. Gebt ihm zurück, was ihm genommen wurde.«

»Sehr wohl.« Maschinen kamen herbeigeeilt. Sie packten Perry Rhodan vorsichtig, hievten ihn auf eine blumenumkränzte Antigravtrage und schafften ihn in das Hospital, das sonst nur einem einzigen Wesen diente.

PERRY RHODAN

Er kam zu sich, in eine Gesamtkörperzwinge eingespannt. Er fühlte sich hundsmiserabel und dennoch weitaus besser als während des Marsches zu Aset-Radols Lager.

Der Unsterbliche war ... leer. Nichts an und in ihm schien mehr so zu sein, wie es einmal gewesen war.

»Und?«, fragte jemand mit einer klaren Stimme. »Bist du wieder in Ordnung, Terraner?« Der Mann betonte jedes Wort überdeutlich, als wollte er beweisen, dass er Interkosmo perfekt sprach, auch wenn es nicht seine Muttersprache war.

Er trat durch einen perlenden Lichtvorhang. Der Feind bekam endlich ein Gesicht. Er hatte einen langen, wallenden Mantel umgeworfen. Das altertümlich wirkende Stück war blutrot, mit aufgesticktem Blümchenmuster in Blassgrün. An jedem anderen Wesen hätte dieser Aufzug lächerlich gewirkt. Aset-Radol jedoch trug sein Gewand mit natürlicher Nonchalance. So, als hätte er sein Lebtag nichts anderes getan.

»Ich fühle mich halbwegs erholt.« Rhodan rüttelte mit den Armen an den Verschlüssen der Zwinge. »Darf ich bitten ...?«

»Selbstverständlich.« Der MdI gab einen Wink. Augenblicklich lösten sich die Halterungen.

Rhodan fühlte wieder sein ganzes Gewicht – und hatte Mühe, auf den Beinen zu bleiben.

»Ich möchte mit dir reden, Terraner.« Aset-Radol setzte sich auf ein Sofa und lud ihn ein, sich ihm gegenüber niederzulassen.

»Worüber? Über Genozid, Heimtücke, Rache? Über ein bestimmtes Gift, mit dessen Hilfe du das Leben in der Milchstraße auszurotten hoffst?«

»Vielleicht.«

Aset-Radol wirkte wie ein Mittvierziger. Nichts an ihm wies auf sein wahres Alter hin. Grau meliertes Haar, dunkle Augen, hellbraune Haut, Lachfältchen um die Augen, ein strahlend weißes Gebiss. Ein etwas schwammiger und untrainierter Körper, etwas zu kurz geratene Beine. Eine Allerweltserscheinung, die nirgendwo Aufsehen erregt hätte.

»Wein?«, fragte Aset-Radol.

»Wenn er vergiftet wäre, fände ich das nicht besonders witzig nach dem anstrengenden Spaziergang, den ich hinter mir habe.«

»Immer einen kleinen Scherz auf den Lippen, nicht wahr, Terraner? Ist das deine Art, mit der Unsterblichkeit fertig zu werden?« Aset-Radol lächelte unverbindlich und zog an einer nahezu unsichtbaren Strippe, die von der Decke hing.

Ein diensteifriger Roboter kam herbeigeeilt. Er ähnelte wie ein Ei dem anderen jenem Gärtner-Androiden, dem Perry vor der Stadt begegnet war. Das Maschinenwesen balancierte ein silberglänzendes Tablett mit Fleisch und Gemüse auf seinen Fingermagneten.

»Was soll das?«, fragte Rhodan. Er warf einen Blick auf die Uhr seines Anzugs, den der MdI ihm gelassen hatte. Die Empfindung, das Gewand vom Leib gebrannt bekommen zu haben, war einer Täuschung seiner Sinne entsprungen. »Ich bin weder hungrig noch auf Smalltalk aus. Du hättest mich ohne Probleme töten können; stattdessen unterwirfst du mich einem Test.«

»Einem, den du unter keinen Umständen hättest bestehen dürfen«, meinte Aset-Radol. »Es war schlicht und einfach unmöglich, dieser Wucht an Gedankenbildern zu widerstehen – und dennoch hast du es geschafft. Ich frage mich, wie und warum.«

»Das sind also die Probleme jenes Wesens, das über das Schicksal der Milchstraße entscheidet? Du beschäftigst dich mit mir und der Art, wie ich mit den Dingen fertig werde?«

Aset-Radol schnippte. Eine Tasse mit dampfender Flüssigkeit wurde von einem weiteren Diener herbeigebracht. Der MdI begann, mit einem Löffel, dem zwei Gabelzinken vorn abstanden, eine würzig duftende und mit Fleischstücken gefüllte Suppe zu essen.

»Du stehst für etwas, Rhodan«, sagte er leise. »Du bist eine Ikone. Viele deiner Bemerkungen sind zu geflügelten Wörtern geworden. Man vergleicht allerorts Herrscher mit dir, dein strategisches Geschick ist sprichwörtlich. Du verkörperst in vielen Kulturen das Gute an sich, und in anderen wirst du dafür gehasst, weil du so viel Erfolg hast.«

»Ich sehe meine Lebensgeschichte ein wenig anders. Aber noch einmal: Worauf willst du eigentlich hinaus?«

»Du kennst meine Biografie, weil du den Yakuva-Früchten begegnet bist, nicht wahr? Ich habe mittlerweile davon erfahren. Du hast also in meine Psyche geblickt, von meinen Erfahrungswelten und meinen Ansichten erzählt bekommen. Du weißt, dass ich Pläne hegte, die nicht unbedingt von Machtgier geprägt sind, sondern in ganz Apsuhol für stabile Verhältnisse sorgen sollen.«

»Für stabile Verhältnisse sorgen? Du manipulierst, und du löschst gewissenlos Leben aus. Du arbeitest nach Methoden, die ich niemals akzeptieren kann!« Rhodan krampfte seine Finger in das fein gemusterte Sitzpolster. Der Stoff kühlte augenblicklich ein wenig ab. Das intelligente Material erkannte die Erregung des Unsterblichen und reagierte darauf.

»Genau darum geht es.« Aset-Radol stellte die leere Suppenschüssel vorsichtig beiseite. »Wir gehen unterschiedlich an die Sache heran. Aber im Prinzip wollen wir dasselbe.«

»Du vergleichst unser beider Ziele?« Rhodan schüttelte heftig den Kopf. Die hastigen Bewegungen schmerzten. »Ich will alles Unheil von Terranern und den assoziierten Welten der LFT fernhalten. Ich will Frieden, und ich möchte, dass die ewigen Kämpfe um eine Vormachtstellung irgendeines Volkes in der Milchstraße enden.«

»Um dieses Ziel zu erreichen, arbeitest du mit Methoden, die wirkungslos sind.« Aset-Radol lächelte. »Bostich zum Beispiel wird dir immer den Weg verstellen. Der Hochwohlgeborene ist ein Alphatier durch und durch. Nimm ihm seine Besitztümer, seine Welten, seinen Reichtum, all seine persönliche Habe weg und setz dich gemeinsam mit ihm in ein Zimmer. Er wird so lange nicht Ruhe geben, bis er dir bewiesen hat, dass seine Abstammung die bedeutsamere ist, dass er intelligenter ist und dass er meinetwegen auch stärker. Bostich formuliert sich über seine Überlegenheit. Trotz seiner Intelligenz kann er nun mal nicht aus seiner Haut.«

»Er besitzt nunmehr die Unsterblichkeit, wie wir beide. Die Zeit wird ihn lehren, gewisse Dinge zu verstehen.«

»Das ist mal wieder typisch für dich! Bostich könnte dir beide Arme und Beine abhacken – und du würdest immer noch darauf vertrauen, dass ein guter Kern in ihm steckt.«

Rhodan schüttelte den Kopf. Das Gespräch lief in eine ganz andere Richtung, als er es sich vorgestellt hatte. Es hatte nichts mit Ara-Toxin, den Vorgängen auf der MO und den Plänen des MdI zu tun. Aset-Radol wollte Smalltalk betreiben und tat so, als hätten sie alle Zeit der Welt.

»Ich habe es satt, mit dir über diese Dinge zu diskutieren«, sagte Rhodan schließlich. »Ich bin dir wehrlos ausgeliefert. Du wirst einen Grund haben, warum du mich nicht sterben ließest. Also sag mir bitte endlich, was du eigentlich von mir willst.«

»Nichts«, lautete die überraschende Antwort.

»Wie bitte?«

»Ich wollte dich persönlich kennen- und verstehenlernen. Ich wollte wissen, was dich so stark macht, was dich niemals an deinen Überzeugungen zweifeln lässt.«

»Und? Hast du deine Antworten erhalten?«

Aset-Radol stand auf, tat ein paar Schritte, blickte durch ein Fenster auf die untergehende Sonne. »Es gibt keine allgemeingültigen Antworten. Ich war stets davon überzeugt, richtig zu handeln. Im Lauf der Zeit lernte ich, dass unsere Taten niemals direkt interpretiert werden können. Es gibt keinen Moment der Abrechnung, sondern immer nur Zwischenbilanzen oder Momentaufnahmen. Die Summen unserer Leistungen müssen Tag für Tag neu berechnet werden. Manchmal ergeben sie eine positive, manchmal eine negative Bilanz. Ich hatte gehofft, durch meine Geduld und möglichst subtile Einflussnahme irgendwann einmal ein dickes Plus auf der Sollseite stehen zu sehen. Dem ist aber nicht so. Während du es durch deinen verfluchten, arroganten Glauben an das Gute in allen Wesen dieses Universums schaffst, selbst die mieseste Abrechnung positiv aussehen zu lassen. Das, mein Freund, ist deine größte Gabe.« Aset-Radol drehte sich um und sah ihm tief in die Augen. »Du gibst Hoffnung, wo keine mehr ist. Du nimmst wie ein Messias die Sünden auf dich und bist bereit, dich ans Kreuz nageln zu lassen. Sosehr ich dich auch verachte, du hast bei vielem recht, das du tust. Du hast den richtigen Kurs gewählt, und ich den falschen. So einfach ist das.« Der MdI atmete tief durch, seufzte und senkte die Stimme. »Ich erkläre meinen Plan hiermit für gescheitert. Ich werde das Experiment mit dem Radolxin – beziehungsweise Ara-Toxin – beenden. Du erhältst das Gegenmittel, und du kannst so weiterwursteln, wie du es bisher getan hast. Ich hoffe, dass du deine Leistungsbilanz weiterhin positiv halten kannst.«

Perry Rhodan war wie betäubt. Er verstand nicht, konnte das Gehörte nicht ausreichend rasch verarbeiten.

»Ich verstehe nicht recht«, sagte er, »es gibt ein Gegengift, und du bist bereit, es mir zu geben? Du wirst deine araischen Untergebenen zurückpfeifen und diesen Gestaltwandler aus dem Verkehr ziehen? Einfach so?«

»Ich habe das Spiel begonnen, und ich kann es genauso gut wieder beenden. Wo und wann es mir passt. Und selbstverständlich habe ich ein Gegenmittel entwickelt. Die Gefahr, die vom Ara-Toxin ausgeht, ist zu groß, um die Ausbreitung des Gifts ohne Rückversicherung zuzulassen. Synuit und die unsterblichen Aras ahnen nichts davon. Sie mussten von ihrer Sache hundertprozentig überzeugt sein, um jeglichen Fehler von vornherein zu vermeiden.«

»Du wirst mir das Gegenmittel geben und uns zurück in die Milchstraße schaffen?«, hakte Rhodan nach. »Du steckst all deine Machtansprüche zurück?«

»So ist es. Ich verschwinde aus der Geschichtsschreibung Apsuhols. Ich habe ohnedies darauf geachtet, so wenig Spuren wie möglich zu hinterlassen. Es wird keinen Trivid-Sender geben, der vom Abdriften des Unlichtplaneten tiefer in den intergalaktischen Leerraum berichten wird. Niemand braucht von meiner Existenz zu erfahren. Oder denkst du, dass ich bei den Aras vorstellig werden sollte, um sie meine Kinder zu nennen und ein Adoptionsverfahren einzuleiten?«

»Das ist das unglaublichste Ende einer Krise, das ich jemals erlebt habe. Verzeih mir, wenn ich ein wenig baff bin.« Rhodan lehnte sich zurück und schloss die Augen. All die Probleme, die sich in ihm angehäuft hatten, und die Wut, die er auf diese eine Person fokussiert hatte; die Kämpfe, Schlachten, Vernichtungen, Zerstörungen, für die Aset-Radol verantwortlich zeichnete; das alles schien nebensächlich zu werden neben dem Wissen, dass es nun bald vorüber war. Dass die Krise ein Ende finden würde und er ein Unheil dadurch abgewendet hatte, indem er seine Willenskraft unter Beweis gestellt hatte.

»Julian Tifflor!«, sagte er laut. »Er befindet sich noch an Bord der MO, gemeinsam mit …«

»Ich weiß«, unterbrach ihn Aset-Radol. Er pflückte traubenähnliche Früchte von einem stachligen Stiel und schob sie sich Stück für Stück in den Mund. »Die Dinge haben dort ohnedies eine unerwartete Entwicklung genommen. Ich werde Synuit anweisen, die Situation so rasch und ruhig wie möglich zu bereinigen. Mach dir bitte keine Sorgen mehr. Deine Gefährten werden binnen kürzester Zeit hierherverbracht …«

Julian Tifflor: zuvor

Die Tefroder ließen sich Zeit. Sie leckten ihre Wunden und analysierten offenbar ihre Situation. Mehrere Scheinangriffe hatten mehr den Zweck, Zhana und ihn zu zermürben und ihre tatsächliche Kampfkraft auszuloten, als sie tatsächlich zu überwältigen.

Vier Darbidinen waren noch am Leben. Sie klammerten sich an Zhana, wann immer sie konnten. Die Ara-Frau ließ es verwirrt geschehen. Irgendwie erfreute sie sich der Zuneigung.

»Tifflor?«, meldete sich nach stundenlangem, nervenzehrendem Warten eine raue Stimme über den Funk. »Kannst du mich hören, Terraner?«

Der Unsterbliche zuckte zusammen. Zhana nickte ihm zu. Sie hörte Schopsnas Stimme genauso gut wie er.

»Ich bin hier. Was willst du? Gibst du auf und übergibst mir das Schiff? Ich garantiere dir ein faires Gerichtsverfahren und nicht mehr als zwanzigtausend Jahre schweren Kerker. Die sitzt du doch locker auf einer Backe ab.« Tifflor wischte sich müde den Schweiß aus dem Gesicht.

Dröhnendes Lachen antwortete ihm. »Du hast deinen Humor also nicht verloren, Terraner. Es macht Spaß, mit Gegnern zu spielen, die ihr Handwerk so ausgezeichnet beherrschen wie du und deine Begleiterin.«

Tifflor zuckte mit den Achseln. Schopsna hatte also, wohl anhand der Kampfauswertung, in Erfahrung gebracht, dass sie nur zu zweit waren.

»Du musst verstehen, dass du meinen ... unseren Plänen hinderlich bist«, fuhr Schopsna fort. »So gern ich mich auch mit dir beschäftigen möchte – ich muss dich leider ein wenig töten. Wärst du bitte so freundlich und würdest mir vorher mitteilen, wo sich Perry Rhodan aufhält?«

Sein Freund befand sich also nach wie vor in Freiheit. Gut zu wissen. Sie hatten noch eine Chance. Die Völker der Milchstraße hatten noch eine Chance.

»Wir haben uns getrennt«, blieb Tifflor so weit bei der Wahrheit, wie er es für richtig hielt. »Du kannst dich darauf verlassen, dass er dir noch mächtig Feuer unterm Hintern machen wird.«

»Er wird doch sicherlich herbeigerannt kommen, wenn ich ankündige, dass ich dich gefangen habe? Ihr Terraner habt eine so lustige Ansicht von Moral und Hilfsbereitschaft.«

Irgendjemand im Hintergrund lachte. Tifflor konnte mehrere Stimmen auseinanderhalten. Mehrere männliche, und eine weibliche.

»Ich tippe auf Aras!«, sagte Zhana leise. »Die Wortmelodien und die Betonungen hören sich ganz danach an.«

»Hast du deinen ... Kollegen jemals von deinen seltsamen Begabungen erzählt?«, sagte Tifflor, einer plötzlichen Eingebung folgend. »Wissen sie, dass du ein Gestaltwandler bist und dass du über Suggestivkräfte verfügst, mit denen du sie beeinflusst?«

Einen Moment lang herrschte Stille. Dann wurden wieder die Stimmen im Hintergrund laut, und die Funkverbindung brach abrupt ab.

»Kann es sein, dass wir in ein Wespennest gestochen haben?« Tifflor lächelte, das erste Mal seit Tagen.

Der Krabbler

0,384 Sekunden entschieden über die Sinnhaftigkeit seines Auftrags. Er schaffte es, alle Barrieren zu überwinden und die feindliche Schaltung davon zu überzeugen, dass sie sich abschalten musste.

Der Krabbler hatte den Kampf gewonnen, den Sieg davongetragen. Für die restlichen 0,384 Sekunden holte er ein besonderes Zusatzprogramm aus den Tiefen seines Speichers hervor und initialisierte es. Er gab sich dem kataklysmischen Rausch der Zufriedenheit hin. Binäre Kodes überschütteten, durchschwemmten, überlasteten ihn und erzeugten ... Lust. Dann endete seine Existenz.

Synuit

Die Aras reagierten verwirrt und empört; sie riefen laut durcheinander, gestikulierten wie wild und zeigten durch übertriebene Gestik, wie sehr sie bereit waren, die Worte des Terraners ernst zu nehmen. Synuit gelang es, all seine Kräfte zu bündeln und in einem suggestiven Rundumschlag Zucry-Dal und die anderen in einen Zustand der Lähmung zu versetzen. Vorerst einmal hatte er die Krise überstanden.

Der Gys-Voolbeerah hatte einen entscheidenden Fehler begangen. Er, der selbst unter größtem Druck stets das Richtige tat. Perry Rhodan, Julian Tifflor und ihre Begleiterin, diese araische Kampfmaschine namens Zhana, wussten seit den Erlebnissen auf Oyloz über seine Fähigkeiten als Gestaltwandler Bescheid. Sie kannten auch andere Angehörige seines Volkes, hatten sich eingehend mit ihnen beschäftigt und ihnen zu andauernder Stasis-Ruhe auf dem Planeten Targriffe verholfen.

Ein Grund mehr, die Unsterblichen zu hassen: Was maßten sie sich eigentlich an, derartige Entscheidungen herbeizuführen? Auch wenn er seine Leute verachtete und hasste und nie wieder etwas mit ihnen zu tun haben wollte – die widerlichen Terraner hatten keinerlei Recht, sich in die Angelegenheiten der Gys-Voolbeerah einzumischen.

Alymens Kopf fiel nach vorn. Nur mühsam konnte sie sich wach halten. Die suggestive Beeinflussung zeigte öfters unkontrollierbare Nebenwirkungen, wie Synuit nur zu gut wusste.

»Julian Tifflor ist ein Lügner«, singsangte er. »Er würde alles unternehmen, um sein erbärmliches Leben und das seiner Schlampe zu retten. Glaubt ihm nicht. Vergesst, was er gesagt hat. Wir sind Freunde, wir würden einander niemals betrügen ...«

Minutenlang fuhr er in einer Litanei fort, die die suggestive Beeinflussung weiter verstärken sollte. Er hatte in Erfahrung gebracht, dass seine Gaben dann besonders intensiv wirkten, wenn er so viele Sinne wie möglich einsetzte.

Die Tefroder in der Kommandozentrale achteten nicht auf die Aras und ihn. Sie waren aus jeglicher Kommunikation ausgespart und reagierten nur dann, wenn Synuit sie direkt ansprach. Wie eine Horde terranischer Schäfchen waren sie, die ohne einen Leithammel rein gar nichts unternahmen.

»Ihr solltet euch um die Schiffsführung kümmern, während ich den Angriff auf Tifflor befehlige«, wies Synuit Alymen und ihre männlichen Kollegen an. »Ich möchte diesem Kerl in die Augen sehen, während er stirbt.«

»Wäre es nicht besser, wenn wir ihn zuerst befragten?« Stongill schüttelte irritiert den Kopf, also wolle er eine Fliege vertreiben, die sich auf seiner Nase festgesetzt hatte.

»Wir wissen alles, was wir benötigen.« Er trat zu dem Ara und sah ihm tief in die Augen. Einmal mehr steigerte Synuit die Intensität seiner suggestiven Beeinflussung und richtete sie gezielt auf den groß gewachsenen Mann. »Überlass alles nur mir, mach dir keine Sorgen …«

Er hätte von vorneherein verhindern sollen, dass die Aras auf die MO überwechselten. Höchstwahrscheinlich wäre er auch ohne sie zurechtgekommen. Sie hatten ihm lediglich bestätigt, dass sich Rhodan und Tifflor an Bord des Schiffes befanden. Alle anderen Ergebnisse ihrer Untersuchungen waren marginal und halfen ihm nicht weiter. In dieser kritischen Situation war es ratsam, die Zügel allein in der Hand zu halten und nicht auch noch auf die Befindlichkeiten der araischen Unsterblichen Rücksicht nehmen zu müssen.

Die Aras nickten seinen Vorschlag ab, einer wie der andere von Synuit beeinflusst. Er durfte sie nicht allzu lange allein lassen. Sie würden wiederum anfangen, Ungereimtheiten in ihren Erinnerungen kritisch zu hinterfragen und gegebenenfalls seine Anordnungen an Bord der MO außer Kraft zu setzen.

Sollte er sie mitnehmen, hinab in die Tiefen des Schiffs und sie direkt in die Kampfhandlungen mit einbeziehen?

Nein. Ihr Unterbewusstsein würde umso heftiger reagieren. Seit Tausenden von Jahren hielten sie sich zurück, wichen einer jeden direkten Konfrontation aus. Ein Abgehen von einem derartigen Verhalten würde sie in Verwirrung stürzen – und möglicherweise seinen mühsam aufrecht gehaltenen Suggestivblock brechen.

Synuit griff nach der Ausrüstung und marschierte davon. Ein tefrodischer Trupp erwartete ihn vor der Zentrale. Anhand eines virtuellen Leitsystems brachten sie ihn auf schnellstem Weg zum Ort des Kampfgeschehens. Müde, verschwitzte und teilweise verletzte Truppen empfingen ihn. Die Frauen und Männer wirkten verwirrt, vielleicht auch ratlos angesichts der unerwartet heftigen Gegenwehr.

»Wir greifen in zehn Minuten an«, befahl Synuit. »Macht mit der Frau, was ihr wollt. Der Mann wird in die Enge getrieben und entwaffnet. Dann überlasst ihn mir.«

»Ja, Herr.«

Letzte Vorbereitungen wurden getroffen. Die Tefroder überprüften die Funktionstüchtigkeit ihrer Waffen, hielten taktische Besprechungen ab, suchten nach möglichen Schwachstellen in ihrer Strategie. Die Sekunden tickten ereignislos herunter. Der tefrodische Kommandant des Fronttrupps gab schließlich das Kommando zum Angriff. Mehrere Hundert Soldaten und Roboter machten sich auf den Weg.

Synuit lächelte.

Ein Direktruf. Von Aset-Radol. Über eine Funkfrequenz, die allein für die Nachrichtenübermittlung zwischen ihm und dem Meister der Insel gedacht war.

Die Botschaft enthielt eine kodifizierte Kennung und ein paar lapidar hingeworfene Worte.

»Es ist vorbei«, sagte der Übermittlungs-Avatar. »Tifflor und seiner Begleiterin darf nichts geschehen, alle Kampfhandlungen müssen eingestellt werden.«

Mehr nicht.

Keine Begründung, kein aufklärendes Wort.

»Nein!« Synuit brüllte es hinaus, achtete nicht auf die erstaunt blickenden Tefroder; er trat mit aller Kraft gegen eine Wand. Eine tiefe Beule zeigte sich.

»Was ist, Herr?«, fragte der tefrodische Befehlshaber irritiert.

Synuit nahm sich zurück. »Alles in Ordnung. Die Aktion läuft wie geplant ab.«

Nein. Er würde sich nicht aufhalten lassen. Diesmal nicht!

Die Terraner hatten ihm zu oft in die Suppe gespuckt. Nun würden sie bluten. Zuerst Tifflor, und, nachdem er aus diesem den Aufenthaltsort Perry Rhodans geprügelt hatte, auch der oberste der terranischen Unsterblichen.

Aset-Radol würde ihn nicht verurteilen, wenn er diesen einen Befehl missachtete. Den ersten seit vielen Jahrtausenden, den er nicht zu befolgen trachtete. Er würde Verständnis zeigen, würde ihm verzeihen ...

»Ziel erkannt«, meldete der Tefroder an Synuits Seite. »Sperrfeuer wird eröffnet, unsere Truppen brechen von vier Seiten kommend durch. In zwei bis drei Minuten ist der ganze Zauber vorbei.«

»Gut so.«

Aset-Radol wartete auf eine Bestätigung. Er würde sagen, dass er den Funkruf viel zu spät registriert hatte. *Tut mir leid, ich wollte nicht, dass das passierte, ausgerechnet zu Beginn der Kampfhandlungen, ich konnte mich nicht auf alles gleichzeitig konzentrieren ...*

»Die Gegner sind eingekreist«, meldete ein anderer Truppenführer. »Wir trennen sie voneinander und treiben den Mann vor uns her, in deine Richtung.«

Mündungsfeuer. Rauchschwaden. Hitzewolken, die den schmalen Gang ausfüllten und ätzenden Rauch vor sich her trieben. Dahinter das Geschrei mehrerer Kämpfer, die von der Jagdlust gepackt worden waren.

Die Änderung geschah langsam, anfänglich kaum wahrnehmbar. Die Atemzüge der Tefroder, die Synuit umringten, wurden ruhiger, ihre Bewegungen träger. Das Fauchen der Strahlwaffen wurde weniger, dieser überaus komplexe Klangteppich, der den Kampf umgab, dünnte aus, bis nur noch Restgeräusche übrig blieben: heftiges, erschrocken wirkendes Atmen, das Tickeln überhitzten Metalls, das Zischen darüberrinnenden Wassers.

»Was ist los?« Synuit drehte sich beiseite und packte einen der Tefroder. »Warum haben deine Leute die Kämpfe eingestellt?«

Er erhielt keine Antwort, erntete nur entsetzte Blicke, Unverstehen und Furcht. In den Augen das Mannes trat die wachsende Erkenntnis, gesteuert und manipuliert worden zu sein.

Die Steuerung!, kam es Synuit plötzlich zu Bewusstsein, *sie hat ausgesetzt! Hat Aset-Radol direkt eingegriffen, nachdem ich seine Anweisungen ignorierte? Die Tefroder sind wieder Herr ihrer Sinne und wissen, was sie angerichtet haben!*

Wut überkam Synuit. Er packte den Tefroder am Kragen des geöffneten Kampfanzugs, schüttelte ihn, schleuderte ihn mit aller Kraft von sich.

»Es ist noch nicht vorbei!«, rief er, »es ist noch lange nicht vorbei!«

Er ignorierte die Männer, die ganz allmählich aus ihrem geistigen Sklaventum in die Wirklichkeit zurückfanden. Er hastete an ihnen vorbei, durch den Gang, den Tifflor entlangkommen musste. Synuits Blickfeld verengte sich, wurde zu einem Tunnel, der auf dieses einzige Wesen fokussiert war. Der Unsterbliche musste büßen, musste für all den Frust bezahlen, der sich in ihm angestaut hatte.

Auch hier standen Tefroder. Sie umringten eine einsame Gestalt, die in eine Ecke getrieben worden war. Der Schutzschirm war erloschen, das Plastglas von Tifflors Helm zerschmolzen, mehrere Spritzer flüssigen Metalls fraßen sich in seine Wangen. Oberhalb des rechten Knies pulsierte Blut aus der zerfetzten Uniform.

Synuit schob die Männer achtlos beiseite und stellte sich breitbeinig, mit gezückter Waffe, vor den Unsterblichen hin. »Ich werde das nicht zulassen!«, sagte er und drückte ab.

ZHANA

Warum auch immer sie es tat – sie stellte sich schützend vor die vier überlebenden Darbidinen. Mit sorgsam gezielten Schüssen brachte sie Deckenteile zum Einsturz, erzeugte Hitzewogen, schuf irritierende Lichtphänomene, spielte all ihre Erfahrung im Verteidigungskampf aus.

Irgendwann verlor sie Julian aus den Augen. Es war bedeutungslos. Sie hatten sich alles gesagt, was zu sagen war. Beide würden sie den Tod hinnehmen, in dem Bewusstsein, während der letzten Wochen etwas unendlich Wertvolles erlebt und gelebt zu haben.

Alles wurde zu einer sinnlos raschen Abfolge einzelner Handlungen. Alles zerfaserte in singuläre, eingefrorene Standbilder, die Zusammenhänge gingen verloren. Sie war im Kampf, und der Kampf war in ihr. Geräusche, Gerüche, Töne, Schmerzensschreie, Blut, Wut – nichts passte mehr zum anderen.

Und es endete irgendwann.

Wurde zu einer Stille, deren Wucht monumental und wie niemals zuvor erlebt über sie kam. Furchterregende Geräuschlosigkeit hüllte sie ein, ließ Zhana erstmals seit Langem wieder einmal Angst spüren.

Sie erhob sich und blickte sich ratlos um; darauf bedacht, durch kein Geräusch diese seltsame Stille zu zerstören und die Dämonen des Kampfes wieder zu erwecken.

Zwanzig Schritte vor ihr standen, saßen, lagen Tefroder. Zhana marschierte auf die Gruppe zu. Wachsam wie immer, noch immer nicht an ein Wunder glaubend.

Einer ihrer Gegner desaktivierte den Schutzschirm und öffnete den Helm.

Eine Frau, schwarzhaarig, schwarzäugig, mit grün geschminkten Lippen blickte sie an. Tränen rannen ihr in Sturzbächen über die Wangen. »Was haben wir getan?«, fragte sie schluchzend.

Das surreale Bild der Zerstörung und Verwüstung hatte sich in ihre Iris gebrannt, wollte einfach nicht mehr weggehen. Tefroder irrten in den Trümmern umher, baten und bettelten um Vergebung, kümmerten sich um die vier Darbidinen, die wie durch ein Wunder die Kampfhandlungen nahezu unverletzt überlebt hatten.

Der Krabbler war doch noch durchgedrungen und hatte die Schaltung Synuits ungeschehen gemacht. Ihre Gegner waren wieder zu jenen freundlichen, etwas hilflos wirkenden Gestalten geworden, die Zhana auf der Trümmerbrücke kennengelernt hatte. Ein Haufen trauriger Frauen und Männer, die so wie Ignats Gorgides wirkten, traumatisiert durch Vorgänge, die Jahrtausende in der Vergangenheit geschehen waren und immer noch wie eine düstere Wolke über ihnen hingen.

Der heutige Tag würde nicht dazu beitragen, dass das tefrodische Volk wieder zu sich selbst zurückfand, ganz im Gegenteil: Heerscharen an Psychiatern reichten nicht aus, um das ungeschehen zu machen, was an Bord der MO geschehen war.

»Du ... wirst gerufen«, sagte ein kleinwüchsiger Tefroder, der als einer von wenigen zu so etwas wie Handlungsfähigkeit zurückgefunden hatte. »Man erwartet dich in der Transmitterhalle. Du sollst zu Perry Rhodan abgestrahlt werden.«

»Ich möchte mich zuerst um meinen Begleiter kümmern«, entgegnete Zhana. Sie schwankte zwischen Hoffen und Bangen. Sie wollte nicht daran glauben, dass ihr Liebhaber in diesen letzten Minuten eines aussichtslos scheinenden Kampfes gefallen war.

Der Tefroder griff sich ans Ohr und hörte auf die Nachrichten, die man ihm übermittelte. Ein verlegen wirkendes Lächeln stahl sich in sein Gesicht. »Julian Tifflor wurde bereits gefunden; er ist verletzt und wird soeben von einer Ärztin untersucht. Der Ara Schopsna fand im Zuge der Kampfhandlungen den Tod. Meine Kameraden erschossen ihn. Sie erwischten ihn gerade noch rechtzeitig, bevor er Tifflor etwas antun konnte.«

Zhanas Beine wurden weich, ein riesiger Stein fiel ihr vom Herzen. Der einzige Mann, der ihr jemals etwas bedeutet hatte, lebte. Das Abenteuer ging zu Ende; zumindest diese eine Klippe war umschifft, und wenn Perry Rhodan sie rufen ließ, konnte das nur Gutes bedeuten ...

Dennoch blieb sie vorsichtig. Das Misstrauen alles und jedem gegenüber war tief in ihr verwurzelt. Sie gestattete den Tefrodern nicht, sie anzugreifen, marschierte als Letzte hinter dem kleinen Begleittrupp her, hielt die Augen nach allen Richtungen offen.

Überall begegnete sie kleinen Gruppen der von ihrer Beeinflussung befreiten Wesen. Viele von ihnen taten Sinnloses. Andere räumten Trümmer beiseite, redeten leise miteinander, kümmerten sich um andere Verlorene, erzählten sich gegenseitig die neuesten Informationen. Noch griffen keinerlei Kommandostrukturen. Offenbar wusste niemand, wie es weitergehen sollte.

»Was ist mit den Aras passiert?«, fragte Zhana eine der Frauen vor sich.

»Wir wissen nichts Genaues«, antwortete die Tefroderin. »Gerüchteweise wurden sie in der Zentrale festgesetzt und mehrere von ihnen verletzt. Man sagt, dass es bald eine Ansprache geben wird. Von einem Wesen namens Aset-Radol, das uns Aufklärung liefern soll.« Schüchtern fragte sie: »Weißt du, was eigentlich geschehen ist?«

»Nicht viel mehr als ihr. Ich hoffe, bald die Wahrheit zu erfahren.« Zhana wich einer direkten Antwort aus. Wie so oft. Paranoia, dein ständiger Begleiter, dachte sie, und zuckte unwillkürlich mit den Achseln.

Die Transmitterhalle war erreicht. Weitere Tefroder mit verkniffenen, schuldbewussten Gesichtern erwarteten sie und baten sie in den Abstrahlbereich.

Zhana fühlte Unruhe. Sie wollte wissen, wie es Tifflor ging, wollte auf sein Eintreffen warten ...

»Hierher bitte!«, forderte sie einer der Tefroder auf. Er wirkte überfordert; vor wenigen Tagen noch war er wahrscheinlich ein Lagerarbeiter gewesen; nun trug er die Verantwortung über die Abstrahlstation. Wissen, das ihm aufgepfropft worden war, existierte wie ein seltsamer geistiger Fremdkörper in ihm. »Perry Rhodan und Aset-Radol erwarten dich.«

Zhana zögerte nicht mehr weiter. Sie betrat das Feld, sah den Tefroder die entscheidende Schaltung tun und schloss die Augen. Die Entstofflichung passierte.

Die Sorgen waren immer noch da, die in ihrem Kopf ablaufenden Gedanken setzten sich ohne Unterbrechung fort. Rhodan stand vor ihr und musterte sie besorgt. Er hielt einen gehörigen Respektabstand zu einem Mann mit dunkler Hauttönung, wohl ebenfalls ein Tefroder. »Du bist okay?«

»Mir geht es den Umständen entsprechend.« Zhana deutete auf den anderen Mann. »Wer ist das?«, fragte sie ohne Respekt. Und: »Ist es vorüber?«

»Ja, es ist vorbei.« Der Unsterbliche blieb schmallippig, als er sich seinem Begleiter zuwandte. »Darf ich vorstellen? Aset-Radol, Renegat, Massenmörder und ehemaliger Meister der Insel.«

Scherzte Perry Rhodan?

Wohl kaum.

Doch ein Meister der Insel – das war ein Ding der Unmöglichkeit! Sie kannte die galaktische Geschichte aus dem Effeff. Das Wissen um die Vergangenheit gehörte zu ihrem wichtigsten Rüstzeug. Ein Aset-Radol war ihr niemals untergekommen.

»Wo ist Julian?«, fragte nun der Unsterbliche.

»Mir wurde gesagt, dass er noch untersucht wird und jede Minute hier auftauchen soll.«

Aset-Radol nickte zustimmend und deutete auf ein kaum sichtbares Akustikfeld, das ihn langsam umkreiste. »Allmählich greifen einfache Strukturen an Bord der MO. Ich habe verlautbaren lassen, dass die Tefroder innerhalb der nächsten Stunde von mir eine Aufklärung über die Geschehnisse erhalten. Man sagte mir, dass jederzeit mit dem Eintreffen Julian Tifflors zu rechnen sei. Ich muss gestehen, dass ich auf ihn ebenso neugierig bin wie auf dich, Rhodan.« Er nickte Zhana zu. »Das bedeutet nicht, dass ich dich geringschätze, mein Kind.«

Aset-Radol betonte die letzten Worte in einer merkwürdigen Art und Weise. Zhana schwieg. Sie hatte keine Ahnung, wie sie die Situation einschätzen sollte. Rhodan würde sie informieren, sobald er es für notwendig erachtete.

Ein Signal kündete von der Aktivierung des Transmitterstrahls. Tifflors Transport wurde vorbereitet.

Sie drehte sich um und trat ein wenig zur Seite. Sie wollte die Erste sein, die er zu sehen bekam, wenn er materialisierte.

Der Unsterbliche erschien. Er wirkte unendlich müde, doch seine Augen glänzten freudig erregt. Tiefe Narben zogen sich durch sein Gesicht, eine Heilcreme war hastig darübergeschmiert worden. Und er humpelte. Das provisorische Schienengestell, das man ihm über Oberschenkel und Kniegelenk geschoben hatte, zeugte von einer großflächigen und schmerzhaften Wunde, die aber nicht lebensbedrohlich war.

Zhana zögerte mit ihrem Lächeln, und sie fühlte eine Erleichterung, wie sie sie niemals zuvor gespürt hatte. Gegen alle Erwartungen hatten sie es geschafft, aus dieser vertrackten Situation zu entkommen.

Sie atmete tief ein, roch seinen körpereigenen Duft, wartete darauf, dass er sie in die Arme nahm und ihr diese ungewohnten Worte von Liebe und Sehnsucht ins Ohr stammelte ...

Tifflor atmete tief durch und tat einen Schritt in den Raum hinein. Er heischte um Verständnis dafür, dass er sich zuerst um Perry und dessen Begleiter kümmerte.

Zhana spürte den Zorn, der in ihr aufwallte, fühlte ihn wachsen, konnte sich nicht dagegen wehren. Irgendetwas in ihr sagte, was sie zu tun hatte, nahm ihren Körper und ihren Geist in Besitz. Zwang sie zu tun, was zu tun war.

Warum nur, warum?, fragte sie sich verzweifelt.

Sie zog ihre Waffe.

Richtete sie aus, bevor irgendjemand etwas dagegen unternehmen konnte. Alles in ihr verlangte danach, dieses ... dieses verhasste Wesen zu vernichten.

Sie schoss Julian Tifflor mitten ins Herz.

Die Darbidinen

Mrrsont klammerte sich nach wie vor an ihre Gelegeschwester Zssabor. Sie erhitzten sich gegenseitig durch verstärkte Körperwindungen, hielten diese schreckliche und kalte Angst von sich fern.

So vieles war in den letzten Stunden geschehen. Mrrsont verstand nicht, warum und wieso. Ihre ganze Existenz war darauf ausgerichtet, die Fremden glücklich zu machen. Ihnen jene Wärme zu geben, die wie ein unterdrücktes Etwas in ihnen lag und niemals richtig zum Vorschein kommen wollte. Die Fremden schafften es nicht, richtig zu lieben. Sie mühten sich manchmal und gaben sich kurzen Momenten der Leidenschaft hin, um gleich danach all das wieder zu vergessen, was sie erlebt hatten. Sie kannten nicht das Gefühl der andauernden Orgasmen, die die Männer ihrer Art nahezu ihr Leben lang im Bann hielten. Wie schade.

Mehrere Tefroder kamen auf sie zu und versuchten, Mrrsont von ihrer Gelegeschwester zu trennen. Reflexartig ließ sie ihn ihre Hitze spüren. Der Mann reagierte irritiert, ebenso die beiden Frauen, die neben ihm standen. Doch sie überwanden ihre Verwirrung und gaben sich erneut einem schrecklich rationalen Handlungsbild hin, das lediglich von geringsten Bändern und Schleifen emotionaler Grundhaltung durchzogen wurde.

»Ich liebe dich«, hauchte Mrrsont verwirrt, »schlaf mit mir, mit uns. Ich, wir werden dich verwöhnen, wie du es niemals zuvor kennengelernt hast.«

Der Tefroder wehrte sie harsch ab. Auch er verfolgte jene seltsame Einstellung, die den meisten Zweibeinern zu eigen war. Er stellte Vernunft über die Liebe.

»Kommt mit uns!«, befahl er, seine Lust mit Grobheit überspielend. »Wir bringen euch von hier weg, zu einem Arzt, der euch auf Verletzungen untersuchen soll.«

Mrrsont benötigte keinen Arzt, sie brauchte Liebe ...

Ihre feine Nase nahm einen Geruch auf, den sie nur zu gut kannte. Zssabor reckte ebenfalls den Kopf hoch. Gleich ihr hatte sie die Witterung aufgenommen. Unweit von hier lag er. Jener Mann, der einen besonderen Aspekt ihres Verlangens geweckt hatte. Er schmeckte so gut, so ... so ... richtig.

Sie lösten sich ein wenig aus der Umklammerung und begannen zu laufen, zu eilen. Die Duftnote, die ihn umhing, signalisierte, dass es dem Mann nicht gut ging. Er benötigte diesmal nicht ihre Leidenschaft, sondern ihre Zuneigung. Ihre Eigenschaft, durch Hingabe zu heilen.

PERRY RHODAN

Er schrie: »Nein!«, stürzte auf den fallenden Freund zu und fing ihn auf. Bereits der erste Blick sagte ihm, dass hier nichts mehr zu machen war. Das Leben war aus ihm geschwunden, die Augen gebrochen.

Rhodan legte ihn zu Boden. Blut sickerte zwischen seinen Fingern hindurch. Tränen füllten seine Augen. Jegliche Beherrschung fiel von ihm ab. Er war kein Unsterblicher mehr, er war nur noch Mensch, der eine unendlich kostbare Freundschaft verloren hatte.

Zhana!

Hasserfüllt wandte er seinen Blick der Unsichtbaren zu. Sie ließ soeben die Mordwaffe aus den Fingern gleiten und stand da, mit seltsam verzerrtem Gesicht, als wüsste sie nicht, was sie getan hatte.

Sie ist beeinflusst!, sagte sich Rhodan. *Aber warum, um alles in der Welt, tötet sie Tiff? All die Zeit beschützte sie uns; und nun, angesichts des Feindes, erschießt sie ihren Liebhaber.*

Er schloss Julian die Augen. Sein Kopf war leer. Sein Vermögen, in den unmöglichsten Situation glasklare und richtige Entscheidungen zu treffen, war wie weggeblasen.

»Warum?«, schrie er und weinte. »Warum?«

»Weil er falsch riecht«, sagte Zhana. Ihr ganzer Körper zitterte. Sie rang mit jeder Silbe, mit jedem Wort, voll der Furcht, etwas Falsches zu sagen. »Das ist nicht Tiff, sondern der Gys-Voolbeerah.«

Aset-Radol trat hinzu. Er scheuchte jene Roboter beiseite, die rings um sie Position bezogen hatten, und kniete neben dem Toten nieder. Er war blass geworden, und auch er zeigte Emotionen. Mit seinen zarten, fragilen Fingern streichelte er dem Toten über die Wangen. Als könnte er ertasten, ob es sich wirklich um Synuit handelte.

»Du erinnerst dich, Perry?«, fragte Zhana. »Ich ließ mir den Geruchssinn verbessern. Ich nahm die Operation einzig und allein für diesen einen Augenblick auf mich. Um den Gys-Voolbeerah an seinem süßlichen Geruch erkennen zu können. Das ist nicht Julian!«

Sie schrie es, als müsse sie sich selbst davon überzeugen, richtig gehandelt zu haben. Als benötige sie seine Absolution.

»Wenn du recht hast«, fragte Perry, »wo ist dann Tiff abgeblieben? Wenn das Synuit ist, muss eine Begegnung und ein Austausch stattgefunden haben, und dann ...«

»Ich weiß«, schnitt ihm Zhana das Wort ab. Sie hatte sich wieder gefangen. Die Ara-Frau wirkte ernst und selbstbeherrscht. Wie immer.

Aset-Radol erhob sich. »Ich weiß es nicht, bei den alten Göttern, ich weiß es nicht«, murmelte er. »Ich erkenne mein eigenes Erzeugnis nicht. Doch die Anzeichen sprechen dafür, dass die Ara-Frau recht hat.« Er deutete auf Tifflors Rechte. Ein winziger Strahler war darin verborgen.

»Dein Erzeugnis?« Rhodan lachte. Voll Bitternis und Angst. »Du hast dieses Wesen ganz nach deinen Vorstellungen geformt und ihm vollkommen verdrehte Moralvorstellungen eingeredet. Da liegt ein weiteres Opfer deines Machtwahns. Bist du zufrieden mit dir, alter Mann?«

»Du urteilst über etwas, das du nicht verstehst.« Aset-Radols Kiefer mahlten laut hörbar aufeinander. Der MdI wirkte angeschlagen. Das erste Mal, so schien es, glitt ihm die Kontrolle aus der Hand.

»Du vergisst, dass ich deinen Lebenslauf fast so gut kenne wie du selbst.« Rhodan war es leid. Eigentlich hätte er sich freuen sollen, dass die Situation endlich zu seiner Zufriedenheit bereinigt war. Doch die Ungewissheit um Julians Schicksal nagte an ihm. Das Leben des Freundes war ihm in diesen Augenblicken wichtiger als alles andere. Vergessen war das Ara-Toxin, vergessen der seidene Pakt, den ihm Aset-Radol angeboten hatte.

Der MdI setzte zu einer Entgegnung an. Die Falten um seine Augen waren verschwunden, die ehemals weichen Gesichtszüge wirkten nun kantig und verschlossen.

Du spielst mit einem zu hohen Einsatz!, warnte Perry Rhodans innere Stimme. *Aset-Radol kann seine Versprechungen jederzeit rückgängig machen. Du befindest dich in einer denkbar schlechten Situation, um irgendwelche Spielchen zu treiben.*

Spiele? Es ging um Julian Tifflor. Um ein Leben, um einen Freund, um ein Stück persönlicher Vergangenheit – und Zukunft …

Aset-Radol erstarrte und hielt den Kopf ein wenig schief. Das Akustikfeld, das ihn nach wie vor umkreiste, übermittelte ihm weitere Nachrichten.

Der Meister der Insel räusperte sich und tat einen tiefen Atemzug. »Die Tefroder haben Julian Tifflor gefunden«, sagte er leisc. »Er ist verletzt, doch er lebt. Und er wird wohl durchkommen. Vier seltsame Lebewesen kümmern sich scheinbar rührend um ihn. Man sagte mir, dass er trotz seiner Wunden und Schmerzen bereits wieder gut gelaunt sei.«

Zhana

Die nächsten Tage waren gefüllt mit Planungen, Besprechungen und Vorbereitungen. Die Tefroder leckten ihre Wunden, Perry Rhodan und Aset-Radol besprachen in aller Förmlichkeit eine weitere Vorgehensweise. Ihre Zusammentreffen blieben stets kurz. Die Spannungen zwischen ihnen waren unübersehbar. Keiner der beiden bemühte sich, Verständnis für den jeweils anderen zu entwickeln. Sie waren zu unterschiedlich. Ihre Lebenseinstellungen divergierten so sehr, dass sie drohten, selbst über die geringsten Kleinigkeiten in Streit zu geraten. Und es war nicht zu übersehen, dass sie voreinander ... Angst hatten.

Zhana war ebenso vollauf beschäftigt. In den wenigen Minuten, da sie sich nicht um die Herstellung eines Normalzustands auf der MO und der Suche nach den letzten Flüchtlingen im Schiff kümmerte, sorgte sie sich um ihren Liebsten. Zuallererst vertrieb sie die Darbidinen aus seiner unmittelbaren Nähe, um dann auch die Medo-Roboter zu verjagen. Seine Wunden verheilten rasch, obgleich sie grässlich aussahen. Was der Unsterbliche dringend benötigte, war ihre ungeteilte Aufmerksamkeit.

»Ich verstehe nicht, warum er dich nicht tötete«, hörte sich Zhana fragen. »Du sagtest, Synuit hätte auf dich angelegt. Mit einem einzigen gezielten Schuss hätte er dich zerstrahlen können. Stattdessen jagt er dir fein justierte Strahlimpulse in die Oberarme und Beine.«

Julian schloss die Augen. Es war ihm anzusehen, dass es ihm schwerfiel, über diese Momente seines Lebens zu sprechen. »Er zielte präzise. Er wusste genau, was er tat. Nachdem er mich verletzt hatte, erledigte er die Tefroder, die ihn umstanden. Erbarmungslos, ohne mit der Wimper zu zucken. Er hatte keinerlei Achtung vor dem Leben, und dennoch verschonte er mich. Warum dem so war – nun, darüber kann ich nur mutmaßen.«

»Und zwar?«

»Vielleicht sah er etwas in mir, in dem er sich erkannte. Möglicherweise war es das Wissen, niemals ganz oben an der Spitze stehen zu können, sondern der beste zweite Mann zu sein, den es nur gab. Ausgestattet mit unbeschränkten Machtmitteln, und dennoch nicht der Herrscher.«

»Du redest über Synuit oder über dich?«

Tifflor brachte ein schmerzverzogenes Lächeln zustande. »Ich interpretiere sein seltsames Verhalten. Mir ist meine Rolle durchaus recht. Ich habe niemals den Platz an der Sonne angestrebt. Denkst du etwa, ich könnte Perry Rhodan ersetzen?«

»Nein. Niemals.«

Tifflor schluckte. »Deine Direktheit ist ... erfrischend. Hättest du nicht wenigstens versuchen können, mir ein wenig zu schmeicheln?«

»Warum? Du weißt ohnehin, wo du stehst. Und du wirst niemals den ganzen Druck auf dir lasten spüren, wie es bei Perry der Fall ist. Er wacht auf und weiß, was alles von ihm abhängt. Er geht schlafen und weiß es. In jedem verfluchten Moment seiner Existenz ist er der Terraner, an dem sich alle anderen messen und aufrichten. Würdest du das etwa aushalten?«

»Nein«, gestand Julian. »Ich würde daran zerbrechen. Außerdem gefällt es mir, ihm von Zeit zu Zeit auf den Boden der Tatsachen zurückholen zu dürfen.«

Aset-Radol gestattete Zhana, Tifflor und Rhodan, von Samtscharf und seinen Nachinkarnierten auf seinem Planeten Abschied zu nehmen. Der Zotyske hatte die Erlaubnis des MdI erhalten, auf dem Unlichtplaneten Wurzeln zu schlagen. Wie sich herausstellte, verstand er sich ausgezeichnet mit den Yakuva-Bäumen, auch wenn er sie etwas abfällig als »überkandidelte Harthölzerne« bezeichnete.

Ignats Gorgides, zwei Dutzend gefallener Tefroder und weit mehr als hundert Wesen unterschiedlichster Herkunft erhielten ein feierliches Begräbnis, bevor ihre leiblichen Hüllen in die Sonne des Unlichtplaneten geschossen wurden. Synuits Leichnam hingegen verschwand. Aset-Radol ließ sich nicht entlocken, was mit seinem ehemaligen Gehilfen geschehen war.

Der Abflug selbst gestaltete sich unspektakulär und wurde in größtmöglicher Hast vollzogen. Perry Rhodan und der Meister der Insel waren wie zwei gleich gepolte Magneten, die sich abstießen. Zu viel stand zwischen ihnen. Der unsterbliche Terraner hatte zu tief in die Seele des unsterblichen Lemurers geblickt. Eindrücke, die zurückgeblieben waren, ließen Perry noch verschlossener und unnahbarer als während der letzten Wochen erscheinen.

Zhana und Julian Tifflor gelang es, die Tefroder so weit zu motivieren, dass sie ihre aufgepfropften Fähigkeiten für die Steuerung der MO ausreichend abrufen konnten. Nach nicht einmal zehn Tagen der Vorbereitung verließen sie das namenlose System des Unlichtplaneten und stießen in die energetische Hölle zwischen den drei Mobys vor. Der Transmitterschock war wie immer schrecklich, dennoch fühlte Zhana riesengroße Erleichterung, als sie das unmittelbare Zentrum von Aset-Radols Reich verließen.

»Wie konntest du das bloß zulassen?«, herrschte Tifflor seinen Freund an. Er humpelte durch die Zentrale. Selbstbewegliche, intelligente Schienen, die um Oberschenkel und Knie gepresst waren, steuerten gleichzeitig Heilungsprozess und Muskelaufbau. »Ein junges tefrodisches Mädchen in den Fängen diese Kerls, Unholds, Monsters zurückzulassen.«

»Es war ihr freier Wille«, sagte Perry und zuckte mit den Achseln. »Sie wollte bei ihrem Freund Samtscharf bleiben. Ihre Mutter starb während der Absprengung der MO, sie hat keine lebenden Verwandten mehr. Von unseren tefrodischen Freunden war niemand bereit, sich um sie zu kümmern. Das Mädchen gilt als schwierig und eigentümlich.«

Die Frauen und Männer der Kommandobesatzung duckten sich unter Rhodans vorwurfsvollen Worten. »Aset-Radol hingegen versprach mir, sich um sie zu kümmern.«

»Du vertraust diesem Massenmörder?«

»In mancher Beziehung nicht weiter, als meine Nasenspitze reicht. Was Semta betrifft: voll und ganz. Er hat mir überzeugende Argumente genannt, warum die Kleine bei ihm bleiben sollte.« Er warf Zhana einen geheimnisvollen Blick zu und klatschte dann in die Hände, wie er es oft tat, wenn er das Thema wechseln wollte. »Wir sind wieder zurück in der guten, alten Milchstraße. Vor uns wartet ein größeres Flottenkontingent unseres arkonidischen Freunds Bostich. Es bedarf sicherlich diplomatischen Geschicks, um diese ... Affäre aufzuklären. Konzentrier dich bitte.«

Funkrufe trudelten ein. Ein Has'athor, ein arkonidischer Einsternegeneral, machte auf sich und seine Truppen aufmerksam. Im gewohnt arkonidischem Gehabe forderte er »die augenblickliche Kapitulation der feindlichen Einheit« und ließ vorsorglich ein paar Warnschüsse vor den Bug der MO ab.

»Wir haben in der Tat einigen Erklärungsbedarf«, seufzte Tifflor. »Ich befürchte, die nächsten Wochen und Monate werden diplomatische Missionen mit sich bringen, auf die ich gut und gern verzichten könnte.«

»Immerhin bringen wir gute Nachrichten mit. Wir müssen uns so gut wie möglich verkaufen. Ich bin sicher, wir werden die Situation in den Griff bekommen.«

Ja, das würden sie. So wie immer.

Perry Rhodan

Im Orbit von Tahun, 25. September 1340:

»Weißt du eigentlich, was du ausgelöst hast?«

»Es freut mich auch, dich wiederzusehen, Resident. Darf ich mir einen Schluck vom terranischen Kirschsaft nehmen?«

»Nimm dir, was du willst, und dann hör gefälligst zu: Mir ist nicht nach Smalltalk zumute, und auch nicht nach dem Austausch irgendwelcher Höflichkeitsfloskeln. Ich frage dich nochmals: Bist du dir dessen bewusst, was du angerichtet hast?«

»Ich habe dir geholfen, eine galaxisweite Krise zu bewältigen. Selbstverständlich musste ich dabei zu etwas ungewöhnlichen Mitteln greifen. Du wirst verstehen, dass ich tunlichst darauf bedacht war, meine Anonymität zu wahren.«

»Deine Handschrift war dennoch nicht zu übersehen, Zheobitt. Der Liebeszauber, mit dem du Zhana und Tifflor aneinanderbandest. Die genetische Veränderung, die mir den ersten Schnupfen seit Jahrtausenden einbrachte; wohl als kleine zusätzliche Gemeinheit geplant, nicht wahr?«

»Ein Scherz, Perry, ein kleiner Scherz, nicht mehr. Du solltest spüren, dass ich durchaus in der Lage bin, die Leistung der Zellaktivatoren zu neutralisieren. Intelligente Virenstämme, die transmutatives Verhalten zeigen und durch Nanobewusstseine gesteuert werden, können selbst dir und deinesgleichen beikommen.« Zheobitt warf sich stolz in die Brust. »Aber dieses kleine Geheimnis ist bei mir sicher. Solange ich, vom Liga-Recht unbelästigt, in Ruhe arbeiten darf ...«

Die Drohung war unüberhörbar. Rhodan achtete nicht weiter darauf. Das Verhältnis zwischen diesem zweifellos hoch begabten Mediziner und ihm würde stets in einer Balance bleiben. In einem gewissen Ausmaß brauchten sie einander.

»Und die Schwierigkeiten, die bei der Transmission an Bord des Ara-Schiffes entstanden?«, hakte der Unsterbliche nach. »Soll ich darüber ebenfalls lachen?«

Zheobitt beugte den hageren Körper nach vorn. Die Augenlider, auf denen Sinnsprüche tätowiert standen, zuckten irritierend. »Ich muss gestehen, dass ich mit diesen ... Nebenwirkungen nicht rechnete. Die araischen Transmissionsverfahren arbeiten auf einem hyperenergetischen Level, das bei vielen der auf Jaimbor stationierten Patienten gewisse Probleme erzeugte. Ich bin gern bereit, dir meine diesbezüglichen Aufzeichnungen zu überreichen, um ...«

»Geschenkt!« Rhodan trat näher und sah dem Mantarheiler tief in die – teilkünstlichen – Augen. »Du besitzt also die medizinischen Voraussetzungen, die Wirkung des Zellaktivators zu stören. Du hast Zhana auf uns angesetzt, und du wolltest uns in deiner etwas verqueren Denke auf Aras ansetzen, die dir in die Suppe als begabtester Arzt deiner Generation spuckten. Gekränkte Eitelkeit hat dich dazu gebracht, die Dinge in Bewegung zu setzen! Ist das so ungefähr eine Zusammenfassung, wie auch du sie formulieren würdest?«

»Einigermaßen.« Zheobitt zeigte sich unbeeindruckt von Rhodans Wissen. »Ich ahnte, dass etwas im Busch ist. Eine Sache, die selbst mir zu groß erschien. Ara-Toxin ... ein Gift, das die ganze Milchstraße auszurotten drohte. Welch dumme Idee, wenn doch kleinere Epidemien da und dort einen viel regelmäßigeren Geldfluss versprechen.« Er seufzte. »Meine Ehre als Mantarheiler und die Gebote meines Suhyags verbieten es mir, Kollegen zu verraten. Ich benötigte jemanden, dem ich zutrauen konnte, die Fährte aufzunehmen und selbsttätig die Puzzleteile zusammenzufügen. Nun, Zhana war ein wirklich brauchbares Medium. Ich habe ihre Leistungsprämie im Nachhinein um großzügige zweieinhalb Prozent erhöht.«

»Aus deinem perfiden Plan ist zumindest ein Gutes erwachsen: Zhana und Tiff lieben sich wirklich.«

»Ich wusste, dass es funktionieren würde.«

»Wie bitte?«

»Glaubst du etwa, ich setze eine Wildfremde auf dich und Julian Tifflor an? Eine Frau, über die ich nicht hundertprozentig Bescheid weiß? Selbstverständlich sorgte ich dafür, dass die beiden ... kompatibel sind. Ihr jetziges Verhältnis ist ein unbedeutendes Nebenprodukt meiner perfekten Planung und Ausführung. Die Wirkung meiner Mittelchen war zeitlich begrenzt. Was übrig blieb, ist eine emotionelle Übereinstimmung. Was in der Tat tief in das Seelenleben dieser beiden so unterschiedlichen Wesen blicken lässt. Findest du nicht auch, Perry?«

»Hm.« Rhodan fühlte sich für einen Augenblick lang machtlos angesichts der weitreichenden Strategien, die der angeblich beste Mediziner der Galaxis ausgelegt hatte.

»Also hat ein Meister der Insel hinter alldem gesteckt?«, fragte Zheobitt neugierig. »Ich hätte mich sehr dafür interessiert, diesen alten Herrn persönlich kennenzulernen.«

»Das ist leider nicht möglich. Ich würde dir dennoch gern ein Geschenk für deine überaus reizende Unterstützung überreichen; eigentlich sind es mehrere ...«

»Ja?« Zheobitt leckte sich über die schmalen Lippen.

»Wir konnten der breiten Öffentlichkeit nicht die ganze Wahrheit über die Erzeugung des Ara-Toxins sagen. Es hätte zumindest für ein Volk traumatische Folgen gehabt. So beließen wir es bei einer allgemein gehaltenen Erklärung, die Aset-Radol als Bösewicht in den Vordergrund stellte. Ich freue mich aber, dir Landsleute von dir vorzustellen: Alymen, Grandia Por, Stongill, Zucry-Dal, Seeste Hreich und Erbente-Bor. Sechs Wesen aus fernster Vergangenheit. Sie sind sicherlich bereit, dir einiges über die von dir so geschätzte Person Mo zu erzählen. Ich bin sicher, du wirst mit dem notwendigen Nachdruck dafür sorgen, dass sie sich dir öffnen. Und mit ein wenig Geschick kannst du ihnen vielleicht ein paar Geheimnisse bezüglich der Unsterblichkeit entlocken. Wenn dich das Thema überhaupt interessiert ...«

Gier leuchtete in Zheobitts Augen auf. Nervös spielte er mit seinen messerscharfen Fingernägeln. Ließ sie stakkatoartig über den Tisch kratzen. »Du bist überaus großzügig, Perry. Weitaus mehr, als ich erhofft hatte. Mein Großmut und meine prächtige Idee, dich in dieses kleine Abenteuer zu stürzen, scheinen dich richtiggehend enthusiasmiert zu haben.«

Rhodan lächelte. »So sehr, dass ich dir ganz allein die Geschichte des araischen Volkes erzählen möchte. Ich bin mir sicher, du wirst sie äußerst interessant finden. Sie begann vor ungefähr 20 000 Jahren, als der Meister der Insel Aset-Radol beschloss, ein Hilfsvolk für sich heranzuziehen ...«

Zheobitt hatte die Erinnerungen Aset-Radols mit der erhofften Fassungslosigkeit hingenommen. Der Gedanke, dass dieses überheblichste aller Wesen erfahren hatte, dass er und Seinesgleichen eine spezielle Züchtung waren und von nun an er allein mit der Bürde dieses Wissens fertig werden musste, stimmte Rhodan froh. Der Mantarheiler würde sich hüten, die Wahrheit weiterzuerzählen. So gefestigt die Aras auch wirkten – eine derartig abenteuerliche Geschichte mochte ungeahnte Traumata auslösen und ein ganzes Volk ins Unglück stürzen.

Rhodans Gedanken verblieben lediglich für kurze Zeit bei Zheobitt. Der Mantarheiler nahm die sechs hochgradig verwirrten Unsterblichen kommentarlos in Empfang, drehte sich um, würdigte die Unsterblichen keines Blickes mehr und verließ die ANENKA.

Was soll's?, dachte Rhodan. *Es gibt Dringlicheres zu tun. Weitere Verhandlungen mit Bostich stehen an. Ich muss dem Imperator Zugeständnisse aus den Rippen leiern. Die neu gegründete Kolonie der Remiona ist ein wichtiges Thema, ebenso die Lieferung einer Dosis des Antidots zum Ara-Toxin an die Arkoniden. Für die operative Entfernung der Implantate bei den Tefrodern werden wir die Aras ver-*

pflichten, neue Unterstützungserklärungen mit vom Ara-Toxin betroffenen Welten müssen formuliert werden ... Das politische Hickhack wird die Beamtenschaften über Jahre hinweg mit Arbeit versorgen.

Die von Aset-Radol gelieferte Formel hatte in Zusammenwirkung mit dem von MdI zur Verfügung gestellten »Bestandteil X« die erwünschte Wirkung gezeigt. Auf Terra und all den anderen befallenen Planeten hatte augenblicklich eine Umkehrung der beobachteten Zerfallserscheinungen stattgefunden. Es war, als würde das Leben auf den geheilten Planeten neu beginnen.

Warum und wieso diese Mischung »funktionierte«, wussten die beschäftigten Wissenschaftler und Techniker nicht zu sagen. »X«, das Aset-Radol in größeren Mengen auf die MO hatte laden lassen, widersetzte sich einer genaueren Untersuchung. Die biochemischen Grundstoffe zerfielen nicht eindeutig, eine unbestimmbare hyperenergetische Komponente ließ die Kernladungen der verwendeten Elemente wild hin und her hüpfen.

Der Meister der Insel hatte auch in anderer Hinsicht Wort gehalten: Die beiden in der Milchstraße geparkten Moby-Sonnentransmitter waren von einem Tag zum nächsten mit unbekanntem Ziel verschwunden. Eine weitere Reise zum Unlichtplaneten schien unter den derzeitigen Reisebedingungen angesichts der Erhöhung der Hyperimpedanz ausgeschlossen. Der Planet Aset-Radols befand sich einsam und allein auf einer Reise ins Nirgendwo. Mit dem letzten lebenden Renegaten Andromedas »an Bord«, einem mehr als merkwürdigen Buschwesen und einer jungen Tefroderin.

Rhodan wandte sich Kapitän Antonin zu und bedeutete ihm, die Treffpunkt-Position mit Zheobitts ZENTRIFUGE II nahe Tahun zu verlassen. Die Heimreise zur Erde würde mehr als zehn Tage in Anspruch nehmen.

Der schnauzbärtige Kommandant zwinkerte ihm vergnügt zu. An seinem rechten Fuß klebte ein kleiner, mit Reiskörnern gefüllter Sack, den er zwischendurch immer wieder hoch in die Luft schleuderte und mit viel Gefühl auffing.

Perry Rhodan hasste Fußball.

ZHANA

»Das war's also.« Zhana setzte sich nieder und überkreuzte die Beine.

Julian Tifflor nahm ihr gegenüber Platz. Er wirkte blass und schwitzte. Seine Schwäche war nicht allein auf die Schmerzen zurückzuführen, die er während der konventionellen Reha durchmachen musste. Mehr als fünf Prozent des Körpergewebes waren ersetzt worden. Sein Metabolismus litt nach wie vor unter den Belastungen.

»Ja. Das war's«, sagte er leise. »Wir wussten, dass dieser Moment kommen würde. Der Kreis hat sich geschlossen. Tahun ist der Ort, an dem alles begann, und hier endet dieses Abenteuer auch.«

»Perry und du, ihr werdet weitermachen, wo ihr aufgehört habt. Die Geschicke der Menschheit leiten, sie in eine glorreiche Zukunft führen. So lange, bis euch irgendwer aus dem Weg räumt oder eure Zellaktivatoren versagen, nachdem die Garantiefrist abgelaufen ist.«

»So wird es wohl sein.« Tifflor rutschte unruhig hin und her. Es war ihm anzusehen, wie sehr er Szenen wie diese hier hasste, und wie sehr ihm die Worte fehlten.

»Du bist dir darüber im Klaren, dass es nicht allein eine fremdbestimmte Steuerung war, die uns zusammenführte?«

»Ich wünschte mir, dass es so wäre.« Er nestelte mit den Fingern umher, unsicher wie ein kleines Kind. »Ich weiß nicht mehr, was ich glauben soll. Ich hoffe, dass Perry dem Schuldigen kräftig eine über die Rübe zieht.«

»Schlussendlich müssen wir Zheobitt danken.« Zhana fühlte dennoch Wut in sich hochkochen. Schon daran zu denken, wie sehr und wie intensiv sie manipuliert worden war, erzeugte ungewohnte Schmerzen. »Wäre er nicht gewesen, hätten wir niemals diese Wochen und Monate miteinander verbracht.« Sie sah Tiff tief in die Augen. »Du bereust es doch nicht?«

»Keinesfalls. Es ist nur so ... ich ... du weißt schon ...«

»Du willst sagen: Es kann auf Dauer nicht funktionieren?«

»So ist es!«, platzte Tifflor heraus, erleichtert darüber, dass Zhana es ausgesprochen hatte. »Ich kehre in meinen Elfenbeinturm zurück. Du hingegen wirst deine alte ... Profession wieder aufnehmen. Dich als bezahlte Killerin in die Unsichtbarkeit zurückziehen.«

»Unsere unterschiedlichen Berufsbilder und moralischen Wertvorstellungen sind in der Tat ein wenig hinderlich für eine intensivere Beziehung.« Zhana zuckte mit den Achseln. »Aber im Großen und Ganzen hat es doch funktioniert, nicht wahr?«

»Schon, aber ...«

»Was heißt da: Schon, aber ...? Willst du die Dinge ungeschehen machen? Willst du behaupten, es bedeutete dir nichts, mit mir zusammen gewesen zu sein?«

»Doch! Sonst hätte ich dieses Gespräch nicht gesucht und wäre gleich mit Perry zur Erde geflogen.« Tifflor seufzte, stand auf, trat an sie heran und berührte sie sanft an der Schulter. »Ich habe um Urlaub ersucht. Fünf Tage bleiben uns, bevor mich ein LFT-Raumer nach Terra bringt. Wir sollten die Zeit genießen. Nicht nachdenken, es einfach geschehen lassen.«

Zhana lehnte ihren Kopf gegen seine Hand. Sie liebte seine fleischigen Finger und seinen ebenso fleischigen Körper. »Fünf Tage«, seufzte sie. »Und dann?«

»Dann sehen wir weiter.«

Julian Tifflor beugte sich zu ihr herab, küsste sie und zog sie mit sich ins Schlafzimmer.

Aset-Radol

»Du bist ein merkwürdiges Mädchen«, sagte er und streichelte der Kleinen sanft über den Kopf.

»Ich weiß. Das haben mir schon viele Leute gesagt.« Semta winkte dem Zweiundvierzigsten Yakuva-Baum und Samtscharf zu, der sich und seinen Kleinen ganz in der Nähe eine Gebüschkuhle gegraben hatte. Baum- und Buschwesen wirkten müde. Sie benötigten Ruhe. »Was machen wir jetzt?«

»Ich habe für ein paar Stunden zu tun. Am Nachmittag können wir mit deinem Unterricht fortfahren. Einverstanden?«

»Klar. Darf ich währenddessen spielen gehen?«

»So viel du willst. Meine Roboter werden auf dich achten.«

Semta lief davon, den Hügel hinab zum Wasser. Sie schöpfte ein wenig von der kühlen Flüssigkeit und trank.

Aset-Radol war zufrieden. Keinen Augenblick lang bereute er, seine alten Pläne aufgegeben zu haben. Und bald würden ihn nicht einmal mehr die Erinnerungen an all die Geschehnisse stören, die er in Gang gesetzt hatte. Die Memokriecher waren beauftragt, so viele Inhalte wie möglich aus seiner bewegten Vergangenheit zu löschen. Die Yakuva-Bäume wussten ohnedies über ihn Bescheid, und Semta würde es eines Tages auch tun.

Die Kleine ... Sie war auf eine herzerfrischende Art seltsam. So, wie es auch ihr Landsmann Synuit in jungen Jahren gewesen war. Es würde eine Zeit lang dauern, bis sie die Transformationsvorgänge verinnerlicht hatte. Doch sie würde es schaffen, und er würde bei ihr das besser machen, was er bei seinem ... Sklaven verpfuscht hatte.

Aset-Radol hockte sich hin und streichelte das feuchte Gras. Er fühlte, wie sich der Unlichtplanet räkelte, wie sich die lebendige Komponente in ihm bemerkbar machte.

Die Darlos, in der Milchstraße Mobys genannt, waren keinesfalls das Endprodukt jener raschen Kette an Umwandlungen. Aus einem kristallinen Schlackehaufen wuchs nach Jahrtausenden, wenn man der fünfdimensionalen Erinnerung, der »Seele« der hier Verstorbenen, nachhalf, neues Leben. Aus den Tiefen der Welt, die einstmals Dumestol geheißen hatte, stammte das Antidot zum Radolxin. Diese Welt lebte, und Gewächse wie der Yakuva-Baum lebten mit ihr.

Aset-Radol erhob sich. Er hatte eine Verabredung mit den Memokriechern.

Um zu vergessen.

Über Albertus Magnus, seinen Roboter und einige damit zusammenhängende Gegenstände und Personen

von Claudia E. Kraszkiewicz

Die Aras gehören seit den ersten Jahren zum Kernbestand der Völker im PERRY RHODAN*-Kosmos. Aras – das ist heute fast gleichbedeutend mit dem Ausdruck »Galaktische Mediziner«.*

In der Medizin haben die Aras wahrhaftig immer wieder Spitzenleistungen gezeigt – im Guten wie im Bösen. Aber heißt das, wir müssten in jedem Ara tatsächlich einen »Mediziner« sehen?

Im Anschluss an jeden Roman der Ara-Toxin-Serie wollten wir deshalb eine etwas andere Facette dieses Volkes zeigen: Aras, die als Botaniker, als Gladiator, als Informationshändler, Kunstsammler oder als Juwelier leben. Erzählt wurden die Geschichten von Andreas Eschbach, Hans Kneifel, Rüdiger Vaas, Ernst Vlcek und Uschi Zietsch.

Zum Abschluss dieses kleinen araischen Panoramas tauchen wir einmal tief in die Vergangenheit ein, in eine Zeit, als nur sehr wenige Menschen auf Terra Kenntnis von diesem Sternenvolk hatten. Um genau zu sein: nur zwei.

Claudia E. Kraszkiewicz, eine junge Autorin aus der Hansestadt Dortmund, hat für uns im Dominikanerkonvent Sankt Andreas zu Köln ein merkwürdiges Kirchenfens-

Im Dominikanerkonvent Sankt Andreas zu Köln ist ein Kirchenfenster zu bestaunen. Es zeigt den großen Kirchenlehrer Albertus Magnus (circa 1200–1280), er sitzt. Neben ihm steht der heilige Thomas von Aquin (circa 1225–1274). Zu ihren Füßen liegt ein Roboter.
Das Bild wurde im Jahr 1954 in Köln von der Glasmalerei-Werkstatt des Jakobus Melchior gefertigt.
Diese Geschichte erzählt, was es mit dem Roboter auf sich hat.

ter entdeckt und die dahinterliegende, schier unglaubliche Geschichte recherchiert.

Es regnete bereits seit Stunden auf das Weichbild der Stadt Köln. Der Regen weichte an diesem Frühsommermorgen die Wege auf und erschwerte die Zuglast der Ochsen; die Wagenräder sanken immer tiefer in den Schlamm.

Etwas oberhalb dieser Straße, im Dominikanerkonvent, saß Albertus Magnus auf der Kante seines Eichenstuhls und sortierte Aufzeichnungen über Gartenpflanzen und Duftkräuter, prüfte einzelne Notizen. Er ordnete ihnen kleine Gefäße mit Pflanzenteilen zu, manche frisch, andere getrocknet; er roch an der einen oder anderen Probe, schrieb neu und griff nach dem nächsten Tiegel.

Als er gerade ein frisches Blatt der *Marmacora* zwischen den Fingern zerrieb und sich anschickte, den Geruch der Zitronenmelisse zu beschreiben, steckte Thomas vorsichtig den Kopf zwischen den schweren, braunen Vorhängen hindurch, mit denen der Zugang zum Arbeitszimmer seines Meisters verhängt war.

»Ah, Thomas!«, dröhnte Albert ihm entgegen. »Nur herein! Habt Ihr mir die *Rosa gallica officinalis* mitgebracht, um die ich Euch gebeten habe?«

Anstelle einer Antwort trat Thomas von Aquin auf Albert zu und überreichte ihm die gewünschte Apothekerrose.

Albert bedankte sich. »Setzt Euch, setzt Euch!«

Die beiden Männer saßen einander gegenüber, stumm wie in ein geheimes Gebet versunken. Endlich räusperte sich Thomas: »Meister, werdet Ihr nun, da ich kurz vor dem Ende meiner Studien hier in Köln stehe, Euer Versprechen einhalten und mir sagen, was es mit Eurem geheimen Verschlag auf sich hat, dessen Schlüssel ihr seit nunmehr vier Jahren so wohl behütet, als handle es sich um einen besonderen Schatz?«

»Aber ja, ich hatte es Euch versprochen. Wisst Ihr übrigens ...« – fragte Albert in einem verschwörerischen Ton und beugte sich vor, und Thomas beugte sich ihm entgegen – »was das Besondere an dieser Rose ist? Ah, was für ein wunderbarerer Duft! – Nein? Dann könnt ihr auch nicht wissen, warum sie unbedingt in den Garten muss! Ich weiß nur noch nicht genau wohin ...«

Thomas seufzte leise und blickte demonstrativ in Richtung Fenster, durch das man hinter dem Regenvorhang die Baustelle des Kölner Doms eher erahnen als sehen konnte.

»Ah, ich sehe schon, Ihr wollt viel lieber etwas über den Verschlag erfahren.«

Thomas nickte: »Das und, mit Verlaub, wie es dazu kam, dass Ihr vor vier Jahren auf immer von Eurem Zipperlein geheilt worden seid. Denn da besteht doch ein Zusammenhang, oder?«

»Es besteht ein Zusammenhang zwischen allem, mein Lieber. Das nennt man das Universum!«

»Ach was«, entfuhr es Thomas.

Albert wiegte den Kopf, stand auf, förderte aus einer hölzernen Truhe einen großen, gusseisernen Schlüssel zutage, kehrte zu seinem Platz zurück und legte ihn vor sich auf den Tisch.

»Ihr habt recht. Es ist an der Zeit, Euch alles anzuvertrauen.« Albert nickte kurz. »Allerdings sollte ich noch schnell notieren, dass die *Gladiolus aquosus* auf jeden Fall in der Nähe der Quelle wachsen soll. Sie riecht zwar etwas sumpfig, aber auch würzig und passt hervorragend zu …«

Fast unmerklich schüttelte Thomas den Kopf und sah zu seinem Lehrer auf: »Soll ich vielleicht doch lieber später wiederkommen?«

»Nicht nötig, lieber Thomas. Nur, wo beginnen?« Albert wog eine Weile den Schlüssel in der Hand. Dann begann er: »Schon bei meinem ersten Aufenthalt hier in Köln hatte ich alle möglichen wundersamen Gerüchte gehört: Ein junges Mädchen in einem Dorfe sei von den Pocken geheilt worden, nachdem ihr Bräutigam einen Pakt mit dem Teufel eingegangen war. Ein armer Bauer aus derselben Gegend sei in den Wald gegangen, heimgekehrt und habe im selben Jahr *zweimal* seine Felder abgeerntet, jedes Mal mit überreichem Ertrag. Ein alter

Mann, fast völlig erblindet durch den *Katarakt*, sei aus dem Wald hervorgekommen mit einem Blick, scharf wie der eines Falken.«

Thomas lächelte nachsichtig. »Geschichten, wie sie die Leute allerorten erzählen, wenn die Tage dunkler werden.«

Albert ließ den Schlüssel sinken und legte ihn schließlich in seinem Schoß ab. »Möglich. Aber immer, wenn ich solche oder ähnliche Geschichten hörte und genauer nachfragte, erfuhr ich, dass es sich um etwa dieselbe Gegend handelte – dieselbe Gegend: westlich von Köln! Schließlich vor etwa vier Jahren, im 1248. Jahre des Herrn, war ich auf dem Weg nach Köln. Damals hatte ich die alten Storys fast schon vergessen! Die Jahre in Paris! Die ... Wie auch immer. Ich rastete in einem Wirtshaus, in – wie hieß noch gleich dieses Nest mit der Mühle? – ach ja, in Sielsdorf. Etwa eine Tagesreise von hier. Dort hörte ich wieder eine solche Geschichte.

Der Mann hatte offenbar schon einige kölsche Biersuppen gelöffelt und sprach laut, sodass ich seine Erzählung zunächst unfreiwillig mit anhörte. Er berichtete von einem aufrecht gehenden, sprechenden Ziegenbock, der angeblich Wunder vollbringen könne. Er redete großtuerisch und behauptete, er kenne den Ziegenbock persönlich.

Zunächst fand ich die Geschichte albern, aber dann sagte er, ein Wort von ihm genüge und der Ziegenbock heile jede Krankheit, sogar die Pocken, und wenn man ihm, dem Ziegenbockkundler, nur zwei Silbergroschen gebe, werde er den Kontakt schon herstellen.

Der Ziegenbock hause nicht sehr weit entfernt, in einer versteckten Klause im Wald.

Da fielen mir die seltsamen Geschichten von früher wieder ein. Sielsdorf liegt südwestlich von Köln, es war also möglich, dass dort eine Verbindung bestand.

Ich ließ den Mann an meinen Tisch holen, zahlte ihm drei Silbergroschen in die Hand und erhielt eine Wegbeschreibung. Am nächsten Morgen machte ich mich auf diesen Weg.«

»Ihr seid aufs Geratewohl seinen Anweisungen gefolgt?! Woher wusstet Ihr, dass der Mann nicht gelogen hatte? Oder einfach nur Schabernack trieb? Ihr seid fürwahr ein Gutgläubiger!«

»Thomas! Ich *wusste* überhaupt nichts! Aber ad primum war es *die* Gelegenheit, mehr über den Hintergrund jener Geschichten zu erfahren, ad secundum reise ich nicht unbewacht, sondern stets mit meinen Getreuen, ad tertium begann mich just zu diesem Zeitpunkt wieder meine Gicht zu plagen, und wenn dieser Ziegenbock tatsächlich in der Lage war, die Pocken zu heilen, dann musste ihm dieses Zipperlein ein Leichtes sein, ad id bedeutete das ganze Unterfangen keinen großen Umweg, konnte aber umso ertragreicher sein!«

»Ihr seid schlicht neugierig«, korrigierte Thomas.

»Natürlich. Ich bin Wissenschaftler! Am nächsten Morgen brach ich also mit einigen Begleitern – mit Dietrich von Ewing, Jordan dem Halblahmen und Arnulf –, Ihr kennt sie nicht? Auch gut. Brach also nach Junkersdorf auf und von dort weiter nach Westen, in Richtung Lövenich. Als wir durch die Felder in Lövenich hindurch waren, kamen wir zu einem Waldstück, in dem es vor lauter *Galium Odoratum* nur so wimmelte! Die Luft war ganz erfüllt von Waldmeisterduft, der ist natürlich nicht unbedingt für meinen Garten geeignet, weil ...«

Thomas räusperte sich. Albert setzte neu an:

»Jedenfalls ruckelte und schaukelte das Ochsengespann bedenklich. Aber mit Gottes Hilfe kamen wir an die Weggabelung mit dem bemoosten Buchenstamm. Dort wies ich meine Leute an, ein Lager aufzuschlagen. Ich selbst setzte meinen Weg zu Fuß fort und ging weiter nach Westen, tiefer in den Wald hinein.

Es war ein mühsamer Weg. Ohne den Stenz hätte ich es kaum geschafft.« Albert wies mit dem Kinn auf den knotigen, verdrehten Wanderstock, der in der Ecke des Zimmers neben einem Besen lehnte: ein knorriges, vom Knöterich deformiertes Holz.

»Nach einer Weile traf ich auf einen schmalen Pfad, der sich durch allerlei Farne schlängelte – so kräftige Exemplare des *Osmunda Regalis* sieht man nicht jeden Tag! –, und kam endlich zu einer Lichtung, auf der eine Handvoll kleiner Häuschen stand, von denen die meisten verfallen wirkten. Bei einem stieg jedoch Qualm aus dem Rauchtürmchen und als ich näher trat, sah ich, dass es von einem wundervollen Garten umgeben lag. Da kannte sich jemand offenbar gut aus mit Duft- und Heilkräutern. Ich bewunderte gerade vier außergewöhnlich schön gediehene *Malos* – hübsch angeordnet in einer Raute, die kultivierte Form, keine Dornen! …«

Thomas stöhnt bedrohlich.

»… als mir plötzlich dieses Wesen erschien. Ich war so überrascht, dass ich gar nicht wusste, wie reagieren! Steht da doch plötzlich ein *Ziegenbock!*«

»Mit Verlaub, Meister, ihr werdet doch auch vorher schon mal einen Ziegenbock gesehen haben?«

Albert machte eine wegwerfende Bewegung mit der linken Hand. »Der Ziegenbock ging aufrecht, überragte mich dabei um anderthalb Kopflängen und trug eine lange, weite Tunika aus dunkelbrauner Wolle. Tun das Ziegenböcke für gemeinhin?«

»Tun sie nicht«, räumte Thomas ein.

»Dieser, wie Ihr zugebt, ungewöhnliche Ziegenbock war schwarz, seine Augen leuchteten rot, und er besaß – *faszinierend!* – drei Nasenlöcher!«

»Dann war es kein Ziegenbock, sondern der Leibhaftige«, stellte Thomas fest. »Habt Ihr dem Heiligen Vater schon von dieser Erscheinung Bericht erstattet? Rom wird interessiert sein zu erfahren, dass der Teufel aus der Hölle ausgezogen ist und nun Urlaub bei Köln macht.«

»Wo sonst?«, kicherte Albert. »Aber im Ernst: Zunächst bekam ich einen ordentlichen Schreck, aber dann sagte ich mir, wer einen so herrlich *harmonischen* Garten anlegt, kann nicht ganz böse sein. Und *der* Böse schon gar sein.«

»Interessante Argumentation«, spöttelte Thomas.

»Ich habe mich also vorgestellt und von dem Mann in dem Wirtshaus in Sielsdorf erzählt. Er antwortete zwar mit einer hohen und merkwürdig meckernden Stimme, aber in äußerst geschliffenem Latein. Er nannte sich Zhaldrafan Prirokazchkynen – ein etwas ausgefallener Name, selbst für Kölner Verhältnisse.«

»Unorthodox«, stimmte Tomas zu.

»Er erklärte mir, dass er bereits von mir gehört habe, und erkundigte sich nach meinen Studien über die Schriften des *Aristoteles*, und so kamen wir ins Plaudern.«

»Alle Dämonen kitzeln die Eitelkeit«, dozierte Thomas.

Albert lachte vergnügt. »Dämonen sind eben gute Psychologen. Nun. Wir setzten uns auf seine Rasenbank – ein wunderbares Exemplar, das übrigens als Vorbild für diejenige dient, die ich in meinem Gartenkonzept –, aber alles nach der Reihe.

Natürlich konnte ich nicht umhin, ihn nach seiner außergewöhnlichen Physiognomie zu fragen. Er meckerte tief und volltönend und ich begriff, dass er auf seine Weise *lachte.*«

»Das Hohngelächter des Teufels. Oder habt ihr Gott schon einmal lachen hören?«

»Aber ja. Ihr nicht? In jedem Geräusch der Welt hört man ein sanftes Echo seines Gelächters, denn er sieht, wie gut die Welt ist, die er schuf.«

»Da sieht er manchmal mehr als ich«, bemerkte Thomas.

»Na na«, tadelte Albert. »Es steckt in Euch doch wohl kein kleiner Ketzer?«

Thomas brummelte etwas Unverständliches. »Was hat er auf Eure Frage geantwortet?«

»Er hat geantwortet, er hätte auch von meiner Neugierde bereits viel Gutes gehört.«

»Hat Euch also mächtig Honig um den Bart geschmiert.«

»Dann erklärte er mir, dass es viele Wesen seiner Art gebe, und darüber hinaus unerhört viele andere Geschöpfe von noch fremdartigerem Aussehen ...«

»... welche wir gemeinhin *Tiere* nennen«, warf Thomas ein.

»Welche weder Tiere heißen noch Tiere sind, sondern Geschöpfe voller Geist, Verstand und Bildung. Und sie lebten, stellt euch vor, bei den Sternen.«

»Wo sonst?«, lachte Thomas.

»Denn die Sterne seien nichts als endlos weit entfernte Sonnen, und um all die Sterne kreisten andere

Erden. Unendlich viele Erden, lieber Thomas, unendlich viel Geist. Ist das nicht wunderbar?«

»Unendlich viel Geist, und also doppelt unendlich viel Dummheit. Unverstand, Verbrechen, Mord und Krieg.«

»Ach hört auf, Ihr seid eine pessimistische Seele.«

»So? Hat Euch Euer Schmeichler vom großen Frieden da oben erzählt, wo angeblich viele Welten um angeblich viele Sonnen kreisen, Zwergenwelten um Zwergensonnen?«

Thomas deutete mit Daumen und Zeigefinger die Winzigkeit der Sterne, also der Sonnen an.

»Stellt Euch nicht so dumm an, Thomas. Die Sterne wirken nur deswegen so klein, weil sie so weit entfernt sind.«

»Und Gott hat sie alle geschaffen?«

»Wer sonst?«

»Und er hat sie alle, die auf diesen Sternen leben, erlöst?«

»Wir haben, verzeiht, nicht viel über Theologie geredet.«

»Sondern über bedeutsamere Themata. Über Gartenbau, zum Beispiel. Und Fenchel.«

»Er lud mich ein in sein Haus.«

»Eine Einladung, die Ihr klüglich ausgeschlagen habt.«

»Eine Einladung, die ich als höflicher Mensch angenommen habe. Wir schritten vorbei an wunderschön angelegten Kräuterbeeten von Raute und Salbei, Malve, Melisse, Minze, Rosmarin und Gartenthymian; ich sah die wohlbeschnittenen Bäume und Sträucher, die sorgsam angelegte Quelle, die kunstvoll arrangierten Lilien, Veilchen, Akelei, die Iris und die schönen Rosen. Und dann trat ich ein in sein Haus.«

»Aha. Und? Der Laden eines Blumenhändlers und Kräutermännleins?«

»Es war – nun, ein nie gesehener Ort. Die Wände waren glatt und schimmerten silbrig, anstelle einer Feuerstelle stand dort ein geschlossener Behälter, eine Art Truhe mit einem Metalldeckel, auf dem einige Töpfe standen, darin es brutzelte und kochte.

An den Wänden hingen oder lehnten allerlei Gerätschaften, die mir so ungewöhnlich erschienen, dass ich sie zunächst gar nicht als solche erkannte – geschweige denn ihren Nutzen erraten hätte! Da waren metallene Kästen mit abgerundeten Kanten, auf denen allerlei kleine Lichter in verschiedenen Farben leuchteten.

Zhaldrafan stampfte kurz und rhythmisch auf den Boden, und zu meinem Erstaunen fuhr sogleich eine große purpurrote Platte aus der Wand, gleichzeitig tat sich der glatte Boden vor und hinter der Platte auf und förderte zwei runde, leuchtend gelbe Hocker zutage.

›Das spart Platz‹, erklärte Zhaldrafan meckernd. Dann ergriff er eines der metallischen Kästchen, legte es auf den Tisch und – ja, und fuhr aus einem Nasenloch ein dünnes Ärmchen aus mit einer winzigen, zartgliedrigen Hand am Ende.«

»Hm.«

»Er berührte das Kästchen mit den winzigen Fingerchen, und dann … sah ich ein Wunder.«

»Wunder wirkt nur Gott; der Teufel aber äfft ihn gerne nach.«

»Nun gut, Ihr habt wohl recht. Es war kein Wunder, es war nur – eine Art Verfahren.«

Albert rollte den Schlüssel zwischen seinen aneinandergelegten Handtellern hin und her. »Was sich vor meinem Auge auftat, schien direkt aus dem kleinen Kästchen aufzusteigen: eine Anordnung von verschiedenfarbigen Kugeln, kleinen und großen, die alle sehr langsam um eine große, sehr helle Kugel rotierten. Ich habe versucht, eine davon in die Hand zu nehmen, aber meine Hand glitt durch sie hindurch wie durch einen Nebelhauch!«

»Also nichts als eine Sinnestäuschung.«

»So, wie Gemälde und Schildereien Sinnestäuschungen sind. Gut gemachte, informative Sinnestäuschungen. Zhaldrafan hat es mir erklärt, es sei eine Art von Aufzeichnung, wie wir sie erst in vielen Hundert Jahren nutzen werden. Er nannte das Gerät einen *Holoprojektor* und sagte: ›Ihr könnt die Bilder nicht anfassen, weil sie nur so etwas wie eine Spiegelung der Luft sind. – Wisst Ihr, was sie darstellen?‹

Wusste ich natürlich nicht.

›Das ist eine Darstellung der Planeten, der Welten, wie sie um die Sonne kreisen.‹ Dass die Erde eine Kugel ist ...«

»... ist mir klar«, sagte Thomas. »Nur die Deppen glauben, sie sei eine Scheibe. Doch da sich bei jeder Mondfinsternis der Schatten der Erde über den Mond schiebt, und dieser Schatten immer kreisrund ist, und da es nur einen geometrischen Körper gibt, der aus jeder möglichen Perspektive einen kreisrunden Schatten wirft, nämlich die Kugel, muss die Erde ...«

»... eine Kugel sein. Eigentlich klar. Auch seine Heimatwelt sei eine solche Weltenkugel, sie heiße ...«

»Gehenna«, tippte Thomas. »Oder Scheol.«

»Nein. Pspopta. Eine Welt, reich an Meeren. Und die Meere schimmern, denkt Euch, purpurrot! Er erzählte mir von seinem Haus am Gestade des Chüchonda-Meeres, wo die Fähren der Liebenden und Toten fahren, von der Stadt Tryppzhour, wo die Häuser singen und miteinander reden, und von den beiden Monden, die wie goldene Räder durch den Nachthimmel rollen.«

»Ich verstehe kein Wort«, räumte Thomas ein.

»Ich habe auch keines verstanden, aber ich habe verstanden, dass dieses Geschöpf seine Weltenkugel liebte und darunter litt, sie nie wieder sehen zu können.«

»Warum solle diese Kreatur ihre Heimat nie wieder sehen?«

»Ist das nicht klar? Weil er mit einigen der Seinen auf einem Weltenraumschiff von seiner Welt zu unserer gelangt ist, und weil dieses Weltenraumschiff scheiterte. Weil es auf die Erde abstürzte, die meisten der Weltenraummatrosen in den Tod riss und alle, die den Sturz überlebten, auf die Erde verbannte.«

»Meine Güte«, entfuhr es Thomas.

»Natürlich«, fuhr Albert fort,»versuchten einige der Cheborparner, wie sie sich nannten, alles, um das Wrack ihres Weltenraumschiffs wieder flugfähig zu machen. Es gelang ihnen auch, das Schiff in die Lüfte zu bringen, aber dort ist es zerknallt.«

»Und Euer Cheborparner?«

»Der hatte das Schiff für irreparabel gehalten und sich geweigert, an Bord zu gehen.«

»Eine weise Entscheidung.«

»Weise? Ich weiß nicht. Er lebte seit jenen Tagen ohne Artgenossen hier, allein unter Fremden.«

»Ziemlich bitter«, sagte Thomas.

»Sie hatten eine kleine Siedlung im Wald gegründet, und dort lebte er nun, trieb kleinen Handel, und wo möglich half er den Menschen, die ihn um Hilfe baten.«

»Wie ließ er sich bezahlen: mit Seelen?«

»Du bist ein abergläubisches Scheusal«, sagte Albert und lächelte nachsichtig. »Er liebte Enten, Gänse, Hühner und Hühnereier, Schinken und Bier.«

»Und er heilte die Pocken, und den Katarakt, und in eurem Fall: die Gicht?«

Albert nickte. »Die Gicht, eine Purin-Stoffwechselerkrankung, die durch die Ablagerung von Harnsäurekristallen in Gelenken und Geweben eine schmerzhafte Knorpelveränderung herbeiführt. Wie er mir erklärte.«

»Wie Euch der gelehrte Dämon verriet.«

»Überprüft es und schaut, ob der Dämon die Wahrheit sagte.«

»Können Dämonen die Wahrheit sagen?«

»Wird eine Wahrheit zur Lüge, wenn ein Dämon sie sagt? Jedenfalls verabreichte mir der freundliche Dämon aus der Nachbarschaft eine Arznei, die mich für einige Jahre schmerzfrei leben ließ. Kostenlos, nebenbei bemerkt.«

»Doch nun kehren die Schmerzen heim?«

»Das tun sie. Aber ich habe das erwartet, denn Zhaldrafan hatte mir gesagt, dass er mir vorläufig nur eine Tablette geben wollte und dass er mich in den nächsten Tagen gründlicher untersuchen wollte, um eine nachhaltige Heilung herbeizuführen. In den nächsten Tagen, denn an diesem Tag war es etwas spät geworden. Sehr spät, leider ... Und es war meine Schuld, meine Schuld ganz und gar.«

Er betrachtete wieder den Schlüssel, der immer noch in seiner Hand lag.

»Was ist geschehen?«, fragte Thomas.

»Dietrich von Ewing, Jordan und Arnulf war die Zeit lang geworden, vielleicht trieb sie auch wirklich die Sorge um mich, wie sie später behaupteten. Sie mussten mir nachgegangen und sich ans Haus geschlichen haben.

Ich weiß nicht, von wo aus und was sie gesehen haben. Aber als mein cheborparnischer Wohltäter mir seinen mechanischen Hausdiener präsentierte, da drangen sie durch das Fenster ein, schrien ebenso wildes wie dummes Zeug und prügelten auf den armen Zhaldrafan ein. Sie schlugen ihn tot.«

Albert schluckte und griff den Schlüssel fester.

»Ungebildetes, aber frommes Volk. Ihr solltet die Burschen nicht schelten«, flüsterte Thomas.

»Das nicht. Aber ich hätte ihnen rostige Nägel in den Hintern getrieben, um ihnen mehr Verstand einzubläuen. Hätte ich wirklich. Brauchte ich aber nicht.«

»Was habt Ihr getan?«

»Was habe ich getan? Ich weiß es nicht mehr genau. Geschrien habe ich. Ich habe sie auf den Kopf gehauen, als sie Zhaldrafan schlugen und mit Messern stachen. Ich habe versucht, ihn aus dem Haus zu bergen, als das Feuer um sich griff. Ich habe versucht, sie vor dem Hausdiener zu retten, der sie gepackt hatte und schüttelte. Ich habe ihre Schreie im Feuer gehört, ich habe den Hausdiener gesehen, wie er rot glühend aus dem brennenden Haus rollte und irgendetwas zu Zhaldrafan sagte, der in seinem Garten, in meinen Armen starb. Ich weiß es nicht mehr.«

Es entstand eine lange Pause. Sie hörten das Feuer knistern, den Regen, der in den Blättern rauschte.

»In der Kammer«, sagte Thomas, »ist also etwas, das Ihr aus dem Haus des Cheborparners gerettet habt. Ein Souvenir. Welches? Das Ding, das Weltenkugeln zeigte?«

Albert erhob sich ächzend und trat an den Verschlag. Er führte den Schlüssel ein und drehte ihn zweimal nach links. Die Tür öffnete sich. »Komm heraus«, sagte Albert leise, »wir haben Besuch.«

Und heraus kam ein Etwas, röchelnd und gewaltig, eine Sphinx, halb Mensch, halb Rüstung, die auf Ketten rollte und in einer Sprache redete, die nicht von dieser Welt war.

»Dämonenschiss!«, entfuhr es Thomas. »Ein Teufel aus Metall! Albert!« Das Ding, das bislang auf seinen Raupen in Richtung Albert gerollt war, hielt inne, ruckte herum und hielt auf Thomas zu. Thomas sprang auf und wich vor dem sphingenhaften Gerät zurück, das mal zu der einen, mal zu der anderen Seite sich neigte wie ein Schiff, das krängte.

Das Oberteil des Dinges sah aus wie die Karikatur eines Menschen, eine überlange Nase, ein wie angeklebtes Ohr. Aber ohne jeden Zweifel war die Haut aus Metall, das bläulich schimmerte. Es krächzte irgendetwas, was Thomas nicht verstand.

Thomas floh vor dem Monstrum immer weiter zurück zur Wand, stand endlich da, gefangen, hielt den Atem an und begann, den Rosenkranz zu beten. Wie aus einer anderen Welt vernahm er Albert, der offenbar nicht wusste, ob er lachen oder weinen sollte.

»Er tut dir nichts!«, hörte Thomas den Lehrer rufen. Aber was sollte das heißen? Wer würde wem nichts tun?

Das Ding war direkt vor Thomas zum Halt gekommen. Obwohl es keine Beine besaß, sondern der Rumpf auf dem Gestell mit Raupenketten aufsaß, konnte Thomas dem Metallmann in die fremden, düster rot leuchtenden Augen blicken.

Da der Rosenkranz sich in diesem Fall nicht wirklich bewährte, schrie Thomas: »Apage, Satanas!«, aber das Ding stellte sich entweder taub, oder es verstand kein Griechisch.

Da holte Thomas tief Luft, hielt den Atem an, stürzte seitlich an dem Ding vorbei, war mit zwei, drei Sätzen bei dem Stenz, riss ihn hoch, sprang zurück zu dem Ding und prügelte mit dem schweren Holzstock auf dessen Kopf ein.

Es klang, als schlüge man eine Glocke.

»Nein! Nein!«, hörte er Albert schreien, der herbeigeeilt war und ihm in den Arm zu fallen suchte.

Aber da lag das Gerät schon zu ihren Füßen, umgekippt, zerbeult, die Ketten schnarrten, es roch nach unsäglichen Dingen, und sonderbar zähflüssiges, goldenes Blut tröpfelte auf den Boden der Hütte.

»Heilige Mutter Gottes«, murmelte Albert.

Einige Tage darauf kam Thomas, um sich bei Albert zu entschuldigen. Es dämmerte bereits, und Thomas nahm die Einladung zum Abendbrot an. Sie beteten, aßen Brot und Gurken, tanken etwas Moselwein. Thomas rülpste dezent, räusperte sich und sprach: »Es tut mir leid, dass ich Euren Sphingen demoliert habe. Vielleicht wird er ja wieder gesund?«

»Das glaube ich nicht«, sagte Albert. »Ich habe ihn inzwischen gewissermaßen begraben.«

»Ihr habt ihn bestattet wie einen Christenmenschen?«

»Nicht ganz. Ich habe ihn dem örtlichen Schmied verkauft, der ihn zerlegen und einschmelzen will.«

Thomas nickte. So hatte sich doch noch alles zufrieden stellend entwickelt. Was teilweise vielleicht doch dem Rosenkranz zu verdanken war, teilweise aber zweifellos dem wuchtigen Stenz. Er fragte: »Wo, übrigens, habt ihr damals den Cheborparner zu Grabe gelegt? Oder habt Ihr den auch einschmelzen lassen?«

Albert lächelte und ließ seinen Blick aus dem Fenster schweifen. »Ich habe ihn in seinem Garten begraben. Unter jenen Blumen, aus dem wir eine schmerzstillende Salbe gewinnen.« Er grinste amüsiert; Thomas nickte unwillig, weil er mit dem botanischen Tipp nichts anzufangen wusste. *Unter den Lilien,* ergänzte Albert in Gedanken, *den Totenblumen, den Blumen der Gerechten und Auserwählten,* aber das verriet er seinem Schüler nicht.

»Vergesst ihn«, riet Thomas.

»Dazu habe ich in dieser kurzen Zeit zu viel von ihm gelernt. Er war der Heiler an Bord seines Weltenraumschiffes, der Arzt. Er hat mit von vielen Wundern – oder, wenn Ihr es vorzieht: von so vielen Verfahren berichtet, den Leib und seine Schäden zu sanieren.«

»Ob man nicht besser alles gehen lassen sollte, wie's Gott gefällt?«

»Ob es Gott nicht viel besser gefällt, wenn seine Geschöpfe Gebrauch machen von dem Verstand und der Fähigkeit zur Einsicht, die er eigens dazu in ihren Kopf gepackt hat?«

Sie schauten einander an und lachten los.

»Medizinische Wunder – oder Verfahren. Nennt mir einige davon.«

Albert überlegte. »Ich werde euch von Einzelheiten verschonen und nur das größte aller Wunder berichten. Dort draußen« – er wies mit der Hand aus dem Fenster und in den nächtlichen Himmel hinein – »lebt, wie mir Zhaldrafan Prirokazchkynen erzählt hat, zwischen den Sternen ein Volk, das seine ganze Kultur, seine Zivilisation, der medizinischen Forschung und der Therapie widmet. Sie nennen sich *Aras*.«

Thomas nickte. »Sollte es sie wirklich geben, müssen sie ein sehr beliebtes Volk sein«, mutmaßte er.

»Oh ja«, sagte Albert, »das sind sie wohl in der Tat. Das beliebteste Volk der *Milchstraße*.«

Thomas schwieg eine Weile. »Vielleicht werden wir – ich meine: unsere Nachfahren – diesen Aras eines fernen Tages begegnen.«

»Vielleicht«, sagte Albert. Seine alten Augen strahlten. »Das wird ein guter Tag für die Menschen.«

Thomas seufzte. »Ohne jeden Zweifel«, sagte er dann. Sehr überzeugt klang es nicht.

»Du alter Pessimist«, sagte Albert und strich Thomas sanft über die Hand.

Der bemühte sich um ein Lächeln. »Gebe Gott, dass nicht wir Pessimisten, sondern die Optimisten das Universum erben«, sagte er.

»Wer sonst?«, fragte Albert und lachte. »Wer denn sonst?«

Stephen Baxter

Evolution

Sie traten zum ersten Mal auf, als die Dinosaurier die Erde beherrschten. Und sie entwickelten sich in zahllosen Jahrtausenden auf einer Welt voll tödlicher Gefahren. Bis sie schließlich ihren Heimatplaneten hinter sich ließen ... Dies ist ihre Geschichte. Und unsere.

»Stephen Baxters Fähigkeit, wissenschaftliche Erkenntnisse in eine atemberaubende Erzählung zu verwandeln, macht ihn zu einem der bedeutendsten Science-Fiction-Autoren unserer Zeit.« **The Times**

978-3-453-87546-3

HEYNE